May. 2017

D1502516

MAXI

Título original: *Body of Evidence*
Traducción: M.ª Antonia Menini
1.ª edición: octubre, 2016

© Patricia Cornwell, 1991
© Ediciones B, S. A., 2016
   para el sello B de Bolsillo
   Consell de Cent, 425-427 - 08009 Barcelona (España)
   www.edicionesb.com

Printed in Spain
ISBN: 978-84-9070-295-6
DL B 16469-2016

Impreso por RODESA
         Pol. Ind. San Miguel, parcelas E7-E8
         31132 - Villatuerta-Estella, Navarra

El cuerpo del delito

Patricia Cornwell

MAXI

Para Ed, agente especial
y amigo especial

Prólogo

13 de agosto
KEY WEST

M. de mi vida:
Treinta días han transcurrido en mesuradas sombras de soleado color y cambios en la dirección del viento. Pienso demasiado y no sueño. Me paso casi todas las tardes en Louie's, escribiendo en el porche y contemplando el mar. El agua es verde esmeralda sobre el mosaico de los bancos de arena y aguamarina en las zonas más profundas. El cielo parece infinito y las nubes son unas blancas vaharadas en perenne movimiento como el humo. Una brisa incesante borra los sonidos de los nadadores y de los veleros que amarran justo al otro lado del arrecife. El porche está cubierto y, cuando se desencadena una repentina tormenta, tal como suele ocurrir a última hora de la tarde, me quedo sentada junto a mi mesa, aspirando el perfume de la lluvia y viéndola alborotar el agua como cuando se frota un abrigo de piel en sentido contrario a la dirección del pelo. A veces, diluvia y luce el sol al mismo tiempo.
Nadie me molesta. Ahora ya formo parte de la familia que regenta el restaurante como *Zulu*, el negro labrador que chapotea en pos de los aros que le arrojan, y los gatos callejeros que se acercan en silencio y esperan educadamente que les echen algunas sobras. Los pupilos de cuatro patas de Louie's comen mejor que cualquier ser humano.

Es un consuelo ver al mundo tratar con amabilidad a sus criaturas. No puedo quejarme de mis días.

Las noches son lo que más temo.

Cuando mis pensamientos regresan subrepticiamente a los oscuros recovecos y tejen sus temibles telarañas, empiezo a vagar por las abarrotadas calles de la ciudad vieja, atraída por los bares como una mariposa por la luz. Walt y PJ han refinado mis hábitos nocturnos hasta convertirlos en un arte. Walt regresa primero a la pensión porque su negocio de joyas de plata en Mallory Square cierra cuando oscurece. Destapamos botellas de cerveza y esperamos a PJ. Después vamos de bar en bar, y solemos terminar en Sloppy Joe's. Nos estamos convirtiendo en amigos inseparables. Confío en que ellos dos sean siempre inseparables. El amor entre ambos ya no me parece fuera de lo corriente. Nada me lo parece, excepto la muerte que atisbo.

Hombres pálidos y demacrados, con ojos como ventanas, a través de las cuales veo sus almas atormentadas. El sida es un holocausto que consume las ofrendas de esta pequeña isla. Es curioso que me sienta a gusto con los exiliados y los moribundos. Puede que todos ellos me sobrevivan. Cuando permanezco despierta por la noche escuchando el zumbido del ventilador de la ventana, me asaltan imágenes de cómo será.

Cada vez que oigo sonar el teléfono, lo recuerdo. Cada vez que oigo caminar a alguien a mi espalda, me doy la vuelta. Por la noche, miro en el interior del armario, detrás de la cortina y debajo de la cama, y después coloco una silla detrás de la puerta.

Dios mío, no quiero regresar a casa.

BERYL

30 de septiembre
KEY WEST

M. de mi vida:
Ayer, en Louie's, Bret salió al porche y me dijo que me llamaban al teléfono. Se me aceleraron los latidos del corazón cuando entré y escuché los ruidos de las interferencias; después, la línea se quedó muda. ¡No sabes lo que sentí! Creo que me estoy volviendo excesivamente paranoica. Él me hubiera dicho algo y se hubiera alegrado de mi temor. Es imposible que sepa dónde estoy, imposible que me pueda haber localizado aquí. Uno de los camareros se llama Stu. Hace poco rompió sus relaciones con un amigo del norte de la isla y se vino a vivir aquí. A lo mejor, llamó su amigo y la conexión era defectuosa. Me pareció que preguntaba por «Straw» en lugar de «Stu» pero, cuando contesté, colgó.
Ojalá no le hubiera revelado a nadie mi sobrenombre. Soy Beryl. Soy Straw. Y tengo miedo.
No he terminado el libro. Pero estoy casi sin dinero y el tiempo ha cambiado. Esta mañana amaneció con el cielo encapotado y sopla un viento muy fuerte. Me he quedado en mi habitación porque, si hubiera intentado trabajar en Louie's, el viento se me hubiera llevado las páginas hacia el mar. Las farolas de la calle están encendidas. Las palmeras luchan contra el viento y sus copas parecen paraguas vueltos del revés. El mundo gime al otro lado de mi ventana como si estuviera herido y, cuando la lluvia azota los cristales, suena como si un oscuro ejército hubiera avanzado hasta aquí y Key West se encontrara bajo asedio.
Pronto tendré que irme. Echaré de menos la isla. Echaré de menos a PJ y a Walt. Me han hecho sentir protegida y segura. No sé qué voy a hacer cuando regrese a Richmond. Tal vez fuera conveniente que me trasladara en seguida a otro sitio, pero no sé adónde.

BERYL

1

Guardando de nuevo las cartas de Key West en su sobre de cartulina, saqué un par de guantes quirúrgicos, los introduje en mi negro maletín y bajé en el ascensor hasta el depósito de cadáveres.

El suelo de mosaico del pasillo aparecía mojado porque lo acababan de fregar y las salas de autopsias estaban cerradas porque ya no era hora de trabajar en ellas. Al otro lado del ascensor, en sentido diagonal, estaba la cámara frigorífica de acero inoxidable. Abriendo su enorme puerta, recibí en pleno rostro la habitual ráfaga de frío aire viciado. Localicé la camilla sin molestarme en consultar las etiquetas que figuraban en la parte inferior, pues ya había reconocido el delicado pie que asomaba por debajo de la blanca sábana. Conocía a Beryl Madison centímetro a centímetro.

Unos ojos azul humo me miraron inexpresivamente a través de los párpados entornados. El rostro tenía los músculos relajados y estaba surcado por unos pálidos cortes abiertos, la mayoría de ellos en el lado izquierdo. El cuello estaba abierto hasta la columna vertebral y los músculos de sujeción aparecían cortados. En la parte izquierda del pecho se veían nueve puñaladas idénticas, cual rojos ojales casi perfectamente verticales. Se las habían infligido en rápida sucesión una detrás de otra y la fuerza había sido tan violenta que la piel mostraba las huellas de la empuñadura. La longitud de los cortes de los antebrazos y las manos variaba entre el medio centímetro y los diez centímetros. Contando las dos de la espalda y excluyendo las cuchilladas y el corte de la garganta, había veintisiete heridas por objeto punzante, infligidas mientras ella trataba de protegerse de las acometidas de una ancha hoja afilada.

No necesitaba fotografías ni diagramas corporales. Cuando cerraba los ojos, veía el rostro de Beryl Madison. Veía con nauseabundo detalle la violencia que habían descargado sobre su cuerpo. El pulmón izquierdo había sido pinchado cuatro veces. Las arterias carótidas estaban casi seccionadas. El arco aórtico, la arteria pulmonar, el corazón y el pericardio habían sufrido lesiones. Ya estaba prácticamente muerta cuando aquel loco la medio decapitó.

Estaba tratando de buscar alguna explicación lógica. Alguien la había amenazado con asesinarla. Ella había huido a Key West. Estaba irracionalmente aterrorizada. No quería morir. Pero la noche en que regresó a Richmond ocurrió lo que más temía.

«¿Por qué le dejaste entrar en tu casa? ¿Por qué lo hiciste, por Dios bendito?»

Alisando de nuevo la sábana, empujé la camilla hacia la pared del fondo del frigorífico al lado de las camillas de otros cuerpos. Mañana a aquella hora su cuerpo sería incinerado y sus cenizas se enviarían a California. Beryl Madison hubiera cumplido treinta y cuatro años al mes siguiente. No tenía familiares vivos; al parecer, no tenía a nadie en el mundo, excepto una hermanastra en Fresno. La pesada puerta se cerró.

El asfalto del parking situado en la parte de atrás del Departamento de Medicina Legal resultaba cálidamente tranquilizador bajo mis pies. Aspiraba el olor de la creosota del cercano viaducto del tren asándose bajo un tórrido sol impropio de la estación.

Era la víspera de Todos los Santos.

La puerta vidriera estaba abierta de par en par, y uno de los asistentes del depósito de cadáveres estaba regando el suelo de hormigón con una manguera. Arqueaba de manera juguetona el chorro de agua y lo dejaba caer lo suficientemente cerca de mí como para que yo notara las salpicaduras en los tobillos.

—Oiga, doctora Scarpetta, ¿es que ahora hace usted horario de banco? —me preguntó.

Eran algo más de las cuatro y media y yo raras veces abandonaba mi despacho antes de las seis.

—¿Necesita que la lleve a algún sitio? —añadió el asistente.

—Tengo quien me acompañe, gracias —contesté.

Yo había nacido en Miami y el rincón del mundo en el que Beryl se había ocultado durante el verano no me era en modo alguno desconocido. Cuando cerraba los ojos, veía los colores de Key West. Los intensos verdes y azules y aquellas puestas de sol tan esplendorosas que sólo Dios las hubiera podido inventar. Beryl Madison jamás hubiera debido regresar a casa.

Un LTD Crown Victoria recién estrenado y tan brillante como un espejo entró muy despacio en el parking. Esperando ver el viejo y conocido Plymouth, me quedé de una pieza al ver cómo bajaba automáticamente la luna del nuevo Ford.

—¿Es que está esperando el autobús o qué?

Unas gafas de sol reflectantes me devolvieron la imagen de mi sorprendido rostro. Pete Marino aparentó indiferencia mientras las cerraduras electrónicas se abrían con un firme clic.

—Me he quedado de piedra —dije, acomodándome en el lujoso interior.

—Me lo han asignado coincidiendo con el ascenso —dijo Marino, tomando velocidad—. No está mal, ¿eh?

Tras pasarse varios años con decrépitos caballos de tiro, Marino había conseguido finalmente un espléndido semental.

Mientras sacaba la cajetilla de cigarrillos, observé el hueco en el tablero de instrumentos.

—¿Quería enchufar una lámpara o simplemente su maquinilla eléctrica de afeitar?

—No me lo recuerde —dijo Marino en tono quejumbroso—. Algún sinvergüenza me robó el encendedor. En el túnel de lavado. Era el primer día que lo utilizaba, ¿se imagina? Me puse furioso porque los cepillos me habían roto la antena y les estaba echando una bronca a aquellos zánganos...

A veces, Marino me recordaba a mi madre.

—... hasta al cabo de un buen rato no me di cuenta de que el maldito encendedor había desaparecido.

Hizo una pausa, rebuscando en su bolsillo mientras yo buscaba las cerillas en mi bolso.

—Oiga, jefa, yo creía que iba usted a dejar de fumar —me dijo en tono un tanto sarcástico mientras me arrojaba un encendedor Bic sobre las rodillas.

—Y pienso hacerlo —musité—. Mañana.

La noche en que Beryl Madison fue asesinada, yo había soportado una ópera aburridísima seguida de unos tragos en un pub inglés de inmerecida fama en compañía de un juez retirado, cuyo comportamiento se fue haciendo progresivamente menos correcto a medida que avanzaba la noche. Como no llevaba el buscapersonas, la policía no me pudo localizar y había llamado al lugar de los hechos a mi adjunto Fielding. Por consiguiente, ésa iba a ser la primera vez que entraba en la casa de la escritora asesinada.

Windsor Farms no era el tipo de barrio en el que uno pudiera imaginar algo tan horrible. Las casas eran grandes y se levantaban a cierta distancia de la calle, en medio de unas parcelas primorosamente ajardinadas. Casi todas tenían instalados sistemas de alarma antirrobo y todas disponían de ventilación central, que evitaba la necesidad de tener que abrir las ventanas. El dinero no puede comprar la eternidad, aunque sí cierto grado de seguridad. Nunca había tenido entre manos un caso de homicidio en Farms.

—Está claro que había cobrado dinero de alguna parte —comenté mientras Marino se detenía ante un semáforo.

Una dama de cabello blanco como la nieve nos miró de soslayo mientras paseaba a su blanco perrito maltés y éste olfateaba unas hierbas antes de hacer lo que era inevitable.

—Qué bola peluda tan inútil —dijo Marino, mirando desdeñosamente a la mujer y a su perro—. Aborrezco estos perruchos. Andan por ahí ladrando y meándose por todas partes. Yo, si he de tener un perro, quiero algo que tenga unos buenos dientes.

—Algunas personas quieren simplemente compañía —dije.

—Ya. —Marino hizo una pausa y después contestó a mi anterior comentario—. Beryl Madison tenía dinero, casi todo invertido en la casa. Al parecer, los ahorros que tenía se los gastó allí abajo, en la Isla de los Maricas. Aún estamos examinando lo que escribió.

—¿Alguna parte había sido revisada?

—No creo —contestó Marino—. Hemos descubierto que no lo hacía del todo mal como escritora... sabía ganar dólares. Al parecer, utilizaba varios seudónimos. Adair Wilds, Emily Stratton, Edith Montague.

Las gafas reflectantes volvieron a mirarme. Ninguno de los nombres me era conocido, excepto el de Stratton.

—Su segundo apellido es Stratton.

—A lo mejor, de ahí le venía el apodo de Straw.*

—De ahí y de su cabello rubio —dije yo.

Beryl tenía el cabello rubio como la miel y el sol le había añadido unos reflejos dorados. Era de baja estatura y tenía unas facciones delicadas y regulares. Puede que llamara la atención en vida. Era difícil saberlo. La única fotografía que yo había visto de ella era la que figuraba en su permiso de conducir.

—Cuando hablé con su hermanastra —me estaba explicando Marino—, ésta me dijo que sus amigos más íntimos la llamaban Straw. La persona a quien ella escribía desde los cayos debía de conocer su apodo. Ésa es la impresión que yo tengo. —Ajustó el espejo retrovisor—. No entiendo por qué fotocopió aquellas cartas. Lo he estado pensando mucho. Vamos a ver, ¿cuántas personas conoce usted que hagan fotocopias de las cartas personales que escriben?

—Usted mismo ha dicho que era muy aficionada a guardarlo todo —le recordé.

* «Paja», en inglés. (N. de la T.)

—Exacto. Y eso también me llama la atención. Parece ser que el tío llevaba varios meses amenazándola. ¿Qué hacía? ¿Qué decía? No tenemos ni idea, porque ella no grababa las llamadas ni anotaba nada. La señora hace fotocopias de las cartas personales, pero no lleva ningún registro de las llamadas de alguien que amenazaba con convertirla en picadillo. Ya me dirá usted si eso tiene sentido.

—No todo el mundo piensa como nosotros.

—Bueno, algunas personas no piensan porque están metidas en algo de lo que no quieren que nadie se entere —replicó Marino.

Enfilando una calzada particular, Marino aparcó delante de la puerta del garaje. La hierba había crecido y estaba punteada por altos amargones mecidos por la brisa; había un letrero de EN VENTA colocado cerca del buzón de la correspondencia. La puerta pintada de gris aún estaba cruzada por la cinta amarilla que colocaba la policía en los escenarios de los delitos.

—Su automóvil está en el garaje —dijo Marino mientras descendíamos del vehículo—. Un precioso Honda Accord EX de color negro. Puede que algunos detalles le parezcan interesantes.

De pie en la calzada, miramos a nuestro alrededor. Los oblicuos rayos del sol me calentaban los hombros y la nuca. El aire era fresco y sólo se oía el incesante zumbido de los insectos otoñales. Respiré hondo, muy despacio. De repente me sentía muy cansada.

Su casa era del llamado estilo internacional, muy moderna y extremadamente simple, con una fachada horizontal de grandes ventanales sostenida por unos pilares que le conferían la apariencia de un barco con una cubierta inferior abierta. Era una casa de piedra y madera como la que se hubiera podido construir una joven pareja adinerada... grandes habitaciones, altos techos y mucho espacio desperdiciado. Windham Drive terminaba en su parcela, lo cual explicaba por qué nadie oyó ni vio nada hasta que ya fue demasiado tarde. La casa estaba flanqueada a ambos lados por unas cortinas de robles y pinos que la aislaban con su follaje de los vecinos más próximos. En la parte de atrás, el patio descendía bruscamente a una hondonada de rocas y matorrales, más allá de la cual un bosque virgen se extendía hasta donde alcanzaba la vista.

—Qué barbaridad. Apuesto a que incluso debe de haber ciervos por aquí —dijo Marino mientras rodeábamos la casa por la parte de atrás—. Es fantástico, ¿verdad? Te asomas a la ventana y crees que el mundo es tuyo. La vista debe de ser preciosa cuando nieva. Me encantaría vivir en una casa como ésta. Encendería la chimenea en invierno, me prepararía una copa de *bourbon* y contemplaría el bosque. Debe de ser bonito tener dinero.

—Sobre todo si uno está vivo para disfrutarlo.

—Y no es así en este caso —dijo Marino.

Las hojas caídas crujían bajo nuestros pies cuando rodeamos el ala oeste del edificio. La entrada principal se encontraba al mismo nivel que el patio; yo observé la presencia de una mirilla contemplándome como un minúsculo ojo vacío. Marino arrojó la colilla de su cigarrillo hacia la hierba y después introdujo la mano en el bolsillo de los pantalones verdeazulados. Se había quitado la chaqueta y el voluminoso vientre le sobresalía por encima del cinturón; la camisa blanca de manga corta con el cuello desabrochado mostraba unas grandes arrugas alrededor de la funda de su revólver.

Sacó una llave identificada con una etiqueta amarilla de prueba y, mientras abría la cerradura, me sorprendió por enésima vez el tamaño de sus morenas y fuertes manos. Parecían guantes de béisbol. Jamás hubiera podido ser músico o dentista. De unos cincuenta y tantos años, el ralo cabello entrecano y el rostro tan deteriorado como sus trajes, su figura seguía siendo lo bastante impresionante como para infundir respeto a la gente. Los policías corpulentos como él raras veces tienen que utilizar los puños. La chusma de la calle les echa un vistazo y se calma de golpe. Nos pusimos los guantes bajo el rectángulo de luz solar que iluminaba el vestíbulo. La casa olía a moho y a polvo, tal como huelen las casas que llevan algún tiempo cerradas. Aunque la Unidad de Identificación, o ID, del Departamento de Policía de Richmond había registrado minuciosamente el escenario de los hechos, nadie había tocado nada. Marino me había asegurado que la casa estaría exactamente tal y como estaba cuando se encontró el cuerpo de Beryl, dos noches atrás. Marino cerró la puerta y encendió la luz.

—Como ve —resonó su voz—, tuvo necesariamente que abrirle la puerta al individuo. No hay ninguna huella de que alguien forzara la cerradura y, además, la casa dispone de un sistema de alarma antirrobo de máxima seguridad. —Marino me indicó un panel de botones junto a la puerta y añadió—: Está desactivado en estos momentos. Pero se encontraba en funcionamiento cuando llegamos aquí y la sirena silbaba que no vea usted; por eso la encontramos tan rápido.

Me recordó que un vecino de Beryl había llamado al 911 de la policía poco después de las once de la noche, señalando que la alarma estaba sonando desde hacía casi media hora.

Acudió un coche patrulla y el oficial encontró la puerta principal abierta de par en par. Minutos después, el oficial solicitó refuerzos por radio.

El salón estaba totalmente revuelto. La mesita de cristal estaba volcada; revistas, un cenicero de cristal, varios cuencos *art déco* y un jarrón de flores aparecían diseminados sobre la alfombra *dhurrie*, y un sillón orejero de cuero azul pálido estaba volcado junto a un almohadón de un sofá a juego. En la blanca pared, a la izquierda de una puerta que daba al pasillo, había varias manchas oscuras de sangre seca.

—¿Sabe si tiene la alarma algún dispositivo de retardo? —pregunté.

—Por supuesto. Usted abre la puerta y la alarma emite un zumbido durante unos quince segundos, tiempo suficiente para que usted pulse el botón del código y la desactive.

—Eso significa que ella abrió la puerta, desactivó la alarma, hizo entrar a la persona y dejó la alarma conectada mientras la persona se encontraba en la casa. De lo contrario no se hubiera disparado cuando el desconocido salió más tarde. Interesante.

—Sí —dijo Marino—, tan interesante como la mierda.

Nos encontrábamos en el salón junto a la mesita volcada. Todo estaba polvoriento; las revistas esparcidas por el suelo eran publicaciones de información general y de tipo literario, todas ellas atrasadas.

—¿Encontraron algún periódico o revista recientes? —pregunté—. Si compró algún periódico local, podría ser importante. Convendría saber adónde fue al bajar del avión.

Observé que Marino tensaba los músculos de la mandíbula. Se molestaba cuando pensaba que yo le quería enseñar cómo hacer su trabajo.

—Había un par de cosas arriba, en su dormitorio, junto con la cartera de documentos y el equipaje —contestó Marino—. Un *Herald* de Miami y una publicación llamada *Keynoter* especializada en anuncios inmobiliarios de los cayos. A lo mejor tenía intención de irse a vivir allí. Las dos publicaciones correspondían al lunes. Las debió de comprar en el aeropuerto antes de tomar el avión de Richmond.

—Me interesaría saber lo que dice su corredor de fincas...

—Nada, no dice nada —me interrumpió Marino—. No tiene ni idea de dónde estaba Beryl y sólo enseñó la casa una vez en su ausencia. Una joven pareja. El precio les pareció demasiado alto. Beryl pedía trescientos mil dólares por la casa. —Miró a su alrededor con expresión impenetrable—. Supongo que alguien la podría comprar ahora a precio de saldo.

—Beryl tomó un taxi para regresar a casa desde el aeropuerto la noche de su llegada —dije yo, volviendo a los detalles.

Marino sacó un cigarrillo y me apuntó con él.

—Encontramos la factura sobre la mesita del vestíbulo junto a la puerta. Ya hemos localizado al taxista, un tal Woodrow Hunnel. Más tonto que yo qué sé. Dijo que estaba esperando en la parada de taxis del aeropuerto. Ella tomó su taxi cerca de las ocho, cuando estaba lloviendo a cántaros. Llegó a la casa unos cuarenta y cinco minutos más tarde, él dejó sus dos maletas en la puerta y se largó. La carrera costó veintiséis dólares, incluyendo la propina. El taxista regresó al aeropuerto aproximadamente media hora más tarde y recogió a otro cliente.

—¿Está usted seguro o es lo que él le dijo?

—Tan seguro como que ahora estoy aquí con usted. —Marino se golpeó los nudillos con el cigarrillo y empezó a acariciar el filtro con el pulgar—. Hemos comprobado los datos. Hunnel nos dijo la verdad. No tocó a la dama. No tuvo tiempo.

Seguí la dirección de sus ojos hasta las oscuras sombras de la pared. El asesino se debió de manchar la ropa de sangre. No era probable que un taxista con la ropa manchada de sangre hubiera recogido a otros clientes.

—Llevaba muy poco rato en casa —dije yo—. Llegó sobre las nueve y un vecino llamó a las once. La alarma sonaba desde hacía media hora, lo cual significa que el asesino se fue hacia las diez y media.

—Sí, y eso es lo más difícil de entender. Basándonos en las cartas, parece ser que estaba muerta de miedo. Vuelve en secreto a la ciudad, se encierra en la casa, tenía incluso su tres ochenta sobre el mostrador de la cocina... ya se la enseñaré cuando lleguemos allí. Y ¿qué ocurre? ¿Suena el timbre o qué? No lo sabemos, pero el caso es que ella le abre la puerta al asesino y deja puesta la alarma. Tenía que ser un conocido.

—Yo no excluiría a un desconocido —dije—. Si era una persona muy amable, puede que le inspirara confianza y la dejara entrar.

—¿A aquella hora? —Los ojos de Marino se encendieron mientras recorrían la estancia—. ¿Qué cree usted, que el sujeto vendía suscripciones a revistas de humor a las diez de la noche?

No contesté. No lo sabía.

Nos detuvimos junto a la puerta que daba acceso al pasillo.

—Ésta es la primera sangre —dijo Marino, contemplando

las manchas resecas de la pared—. El primer corte se lo hicieron aquí mismo. Supongo que ella corría como una loca y él la perseguía con el cuchillo.

Me imaginé los cortes en la cara, los brazos y las manos de Beryl.

—Yo creo —añadió Marino— que aquí le hizo un corte en el brazo izquierdo, en la espalda o en la cara. La sangre de la pared procede de la hoja porque él ya le había causado por lo menos una herida y la hoja estaba ensangrentada. Cuando la blandió de nuevo, las gotas se escaparon y salpicaron la pared.

Eran unas manchas elípticas de unos seis milímetros de diámetro, más alargadas cuanto más se alejaban del marco de la puerta. Las salpicaduras cubrían una distancia de unos tres metros. El asaltante debió de blandir el cuchillo con la fuerza propia de un jugador de *squash*. Sentí la emoción del crimen. No era cólera. Era algo mucho peor. ¿Por qué le dejó entrar?

—Basándome en la situación de las salpicaduras, creo que el tipo debía de encontrarse más o menos aquí —dijo Marino, situándose a varios metros de la puerta y ligeramente a su izquierda—. Blande el cuchillo, la hiere de nuevo y, mientras la hoja se mueve, la sangre se escapa y salpica la pared. Las manchas empiezan aquí, como puede ver. —Señaló las manchas más altas, que casi alcanzaban el nivel de su cabeza—. Después se agacha y se detiene a varios centímetros del suelo. —Hizo una pausa y me miró con expresión desafiante—. Usted la ha examinado. ¿Qué cree? ¿Era zurdo o no?

Los policías siempre querían saberlo. Por mucho que yo les dijera que no se podía establecer, ellos siempre lo preguntaban.

—No es posible saberlo a través de estas manchas de sangre —contesté, notándome la boca seca y con sabor a polvo—. Depende totalmente del lugar que ocupara con respecto a ella. En cuanto a las heridas del pecho, le diré que están ligeramente inclinadas de izquierda a derecha. Eso podría indicar que es zurdo, pero ya le digo que todo depende del lugar que ocupara en relación con ella.

—Pues a mí me parece muy interesante que casi todas las lesiones de defensa estén localizadas en la parte izquierda de su cuerpo. Ella corría y él se le acerca por la izquierda y no por la derecha. Eso me induce a sospechar que es zurdo.

—Todo depende de las respectivas posiciones del asaltante y de la víctima —repetí con impaciencia.

—Ya —musitó Marino—. Todo depende de algo.

Cruzamos la puerta. El suelo era de parquet y en él se había trazado un camino con tiza en el cual se encerraban las manchas de sangre que conducían hacia una escalera situada unos tres metros a nuestra izquierda. Beryl había seguido aquel camino para dirigirse a la escalera. Su angustia y terror debieron de ser más intensos que su dolor. En la pared de la izquierda se observaban varias tiznaduras de sangre hechas con los dedos heridos, que la víctima debió de extender y deslizar por dicha pared para no perder el equilibrio.

Había manchas negras en el suelo, las paredes y el techo. Beryl había corrido hasta el final del pasillo del piso de arriba, donde su atacante la acorraló momentáneamente. Allí había mucha sangre. La persecución se debió de reanudar cuando ella consiguió huir del callejón sin salida y corrió a su dormitorio, donde quizás escapó de su atacante subiendo a la cama de matrimonio mientras él la rodeaba. En aquel momento, ella le debió de arrojar la maleta o quizá la maleta estaba encima de la cama y cayó al suelo. La policía la encontró abierta sobre la alfombra y boca abajo, como una tienda de campaña, con varios papeles diseminados a su alrededor, entre ellos las fotocopias de las cartas que había escrito desde Key West.

—¿Qué otros papeles encontraron aquí? —pregunté.

—Recibos, un par de guías turísticas, un folleto con un plano —contestó Marino—. Le haré fotocopias si quiere.

—Sí, por favor —dije yo.

—También encontré un montón de páginas mecanografiadas en aquella cómoda de allí —añadió Marino, señalándola—.

Probablemente era lo que estaba escribiendo en los cayos. Hay muchas notas al margen escritas a lápiz. No hay ninguna huella que merezca la pena. Unas cuantas tiznaduras y algunas huellas parciales de la propia víctima. En la cama sólo quedaba el colchón desnudo. La colcha y las sábanas ensangrentadas habían sido enviadas al laboratorio. La víctima empezó a debilitarse y a perder la capacidad de movimiento. Salió a trompicones al pasillo y allí cayó sobre un *kilim* oriental que yo recordaba haber visto en las fotografías. En el suelo se veían señales de arrastre y huellas de manos ensangrentadas. Beryl se desplazó a rastras hasta el dormitorio de invitados al otro lado del cuarto de baño y allí finalmente murió.

—Me parece —añadió Marino— que el tipo quiso divertirse persiguiéndola. Hubiera podido agarrarla y matarla allí mismo, en el salón, pero eso le hubiera quitado toda la gracia. Probablemente se lo pasó en grande mientras ella sangraba, gritaba y le suplicaba. Al llegar aquí, ella se derrumba y ahí se acaba la diversión. La cosa ya no tiene gracia. Y entonces el tipo decide terminar.

La estancia tenía un aire invernal y estaba decorada en tonos amarillos tan pálidos como el sol de enero. El suelo de parquet era casi de color negro en la proximidad de una de las dos camas, y se veían algunas tiznaduras y manchas negras en la pared pintada de blanco. En las fotografías tomadas en el escenario de los hechos, Beryl se encontraba de espaldas con las piernas separadas, los brazos alrededor de la cabeza y el rostro vuelto hacia la ventana protegida por unas cortinas. Estaba desnuda, y la primera vez que estudié las fotografías no pude distinguir cómo era ni de qué color tenía el cabello. Todo lo que veía era de color rojo. La policía había encontrado unos ensangrentados pantalones caqui junto a su cuerpo. Faltaban la blusa y la ropa interior.

—Ese taxista que dice usted... Hunnel o como se llame... ¿recordaba lo que vestía Beryl cuando la recogió en el aeropuerto? —pregunté.

—Ya había oscurecido —contestó Marino—. No estaba seguro, pero creía que vestía pantalones y chaqueta. Sabemos que llevaba unos pantalones cuando la atacaron, los caqui que encontramos aquí. Había una chaqueta a juego en una silla de su dormitorio. No creo que se cambiara de ropa al llegar a casa, simplemente se debió de quitar la chaqueta y dejarla en la silla. Las demás prendas, la blusa y la ropa interior, se las llevó el asesino.

—Como recuerdo —dije en voz alta.

Marino estaba contemplando el suelo manchado de sangre donde se había encontrado el cuerpo.

—Tal como yo lo veo —dijo—, el tipo la inmoviliza aquí, le quita la ropa y la viola o, por lo menos, lo intenta. Después, la apuñala y por poco la decapita. Lástima lo del ERP —añadió, refiriéndose al Equipo de Recogida de Pruebas, en cuyas torundas de muestras no se habían descubierto restos de esperma—. Creo que ya podemos despedirnos de las pruebas del ADN.

—A no ser que alguna muestra de la sangre que estamos analizando sea suya —dije—. En caso contrario, adiós ADN.

—Y no se ha encontrado ningún cabello —dijo Marino.

—Ninguno, a excepción de unos cuantos pertenecientes a la propia víctima.

La casa estaba tan silenciosa que nuestras voces sonaban inquietantemente altas. Dondequiera que yo mirara veía las horribles manchas y las imágenes de mi mente: las heridas por objeto punzante, las huellas de la empuñadura, la espantosa herida del cuello, abierta como una boca ensangrentada. Salí al pasillo. El polvo me estaba irritando los pulmones. Me costaba respirar.

Cuando la policía llegó al escenario del crimen aquella noche, encontró la pistola automática del calibre 38 de Beryl en el mostrador de la cocina, cerca del microondas. El arma estaba cargada y tenía el seguro puesto. Las únicas huellas parciales que había podido identificar el laboratorio correspondían a la víctima.

—Guardaba la caja de municiones en el cajón de una mesa junto a la cama —explicó Marino—. Es probable que el arma también la guardara allí. Debió de subir las maletas a la habitación del piso de arriba, deshizo el equipaje, arrojó casi toda la ropa en el cesto de mimbre del cuarto de baño y guardó las maletas en el armario del dormitorio. En determinado momento debió de sacar la pistola, señal inequívoca de que estaba muerta de miedo. Apuesto a que debió de recorrer todas las estancias de la casa con la pistola en las manos para estar más tranquila.

—Es lo que yo hubiera hecho —dije.

—A lo mejor bajó a prepararse un tentempié —señaló Marino, mirando a su alrededor.

—Bajó para prepárárselo, pero no se lo comió —repliqué yo—. Su contenido gástrico eran cincuenta milímetros, o sea, menos de sesenta gramos de un líquido marrón oscuro. Lo último que comió ya estaba casi totalmente digerido cuando murió... o, mejor dicho, cuando la atacaron. La digestión se corta en momentos de fuerte tensión o temor. Si se hubiera comido un tentempié cuando el asesino la atacó, la comida aún hubiera estado en el estómago.

—De todos modos, no había gran cosa —dijo Marino como si ello tuviera importancia, abriendo el frigorífico.

Dentro encontramos un limón arrugado, dos paquetes de mantequilla, un trozo de queso Havarti rancio, varios condimentos y una botella de agua tónica. El congelador resultaba un poco más prometedor, aunque no demasiado. Había varios paquetes de pechuga de pollo y carne magra picada.

Por lo visto, la cocina no era para Beryl un placer, sino un ejercicio utilitario. Yo sabía cómo estaba mi propia cocina. Aquélla resultaba desoladoramente estéril. Se veían motas de polvo suspendidas en la pálida luz que se filtraba a través de las persianas grises de diseño que protegían la ventana, situada por encima del fregadero. El fregadero y el escurreplatos estaban vacíos y secos. Los aparatos eran modernos y estaban casi por estrenar.

—La otra posibilidad es que bajara a prepararse un trago —dijo Marino.

—La prueba de alcohol fue negativa —dije.

—Lo cual no significa que no tuviera intención de preparárselo.

Marino abrió el armario que había encima del fregadero. No quedaba en los estantes ni un solo centímetro libre: Jack Daniel's, Chivas Regal, Tanqueray, diversos licores y una cosa que me llamó la atención. Delante de la botella de coñac del estante superior había una botella de ron haitiano Barbancourt de quince años y tan caro como un whisky escocés de malta. Tomándola con una mano enguantada, la deposité sobre el mostrador. No había ningún sello arrancado y el precinto que rodeaba el tapón dorado estaba intacto.

—No creo que lo comprara aquí —le dije a Marino—. Deduzco que lo adquirió en Miami o en Key West.

—¿Quiere decir que lo trajo de Florida?

—Es posible. Es evidente que era una experta en bebidas caras. El Barbancourt es maravilloso.

—Me parece que tendré que empezar a llamarla Doctora Experta —dijo Marino.

La botella de Barbancourt no estaba cubierta de polvo como muchas de las que la rodeaban.

—Puede que eso explique por qué bajó a la cocina —dije—. Quizá bajó para guardar la botella de ron. A lo mejor pensaba tomarse una copita cuando alguien llamó a la puerta.

—Sí, pero eso no explica por qué dejó la pistola encima del mostrador cuando fue a abrir la puerta. Suponemos que estaba asustada, ¿no? Sigo pensando que esperaba a alguien y que conocía al tipo que llamó a su puerta. Tiene todas estas bebidas tan caras. ¿Me va usted a decir que se las bebía sola? No tiene sentido. Es más lógico suponer que, de vez en cuando, recibía a alguien. Qué demonios, a lo mejor es ese «M» a quien escribía desde los cayos. A lo mejor es la persona a la que estaba esperando la noche en que la liquidaron.

—Cree que «M» podría ser el asesino —dije yo.

—¿Usted no?

Se estaba poniendo agresivo y su manera de juguetear con el cigarrillo sin encender ya empezaba a atacarme los nervios.

—Yo lo creo todo —contesté—. Por ejemplo, también creo que, a lo mejor, la víctima no esperaba a nadie. Se encontraba en la cocina guardando la botella de ron y quizá pensaba prepararse un trago. Estaba nerviosa, había dejado la pistola automática encima del mostrador. Se sobresaltó cuando sonó el timbre o alguien empezó a aporrear la puerta...

—Muy bien —me interrumpió Marino—. Se sobresalta y está nerviosa. Pues entonces, ¿por qué deja la pistola en la cocina cuando se dirige a abrir la maldita puerta?

—¿Había hecho prácticas?

—¿Prácticas? —preguntó Marino, mirándome a los ojos—. ¿Prácticas de qué?

—De tiro.

—Pues, francamente... no sé...

—Si no las había hecho, el gesto de tomar el arma no constituía para ella un reflejo natural sino una reflexión consciente. Algunas mujeres llevan aerosoles irritantes en sus bolsos. Las atacan y no se acuerdan de usarlos hasta después de que han sufrido el ataque porque la idea de la defensa no constituye un reflejo.

—Pues no sé...

Yo sí lo sabía. Tenía un revólver Ruger del 38 cargado con Silvertips, las municiones más mortíferas que existen en el mercado. La única razón por la que tomaba el arma eran las prácticas que hacía con ella varias veces al mes en la sala de tiro de mi departamento. Cuando estaba sola en casa, me sentía más a gusto con el arma que sin ella.

Y había otra cosa. Pensé en el salón y en los atizadores colocados en su soporte de latón junto a la chimenea. Beryl había forcejeado con su atacante en aquella estancia y no se le había ocurrido la posibilidad de tomar el atizador o la pala. La defensa no era en ella un reflejo. Su único reflejo era huir corriendo, ya fuera escaleras arriba o bien a Key West.

—Puede que no conociera bien el arma, Marino —dije—. Suena el timbre. Ella está nerviosa y confusa. Se dirige al salón y después mira a través de la mirilla. Quienquiera que sea, le inspira la suficiente confianza como para inducirla a abrir la puerta. Se olvida del arma.

—O, a lo mejor, esperaba la visita —repitió Marino.

—Es muy posible. Siempre y cuando alguien supiera que ella se encontraba de regreso en la ciudad.

—Puede que él lo supiera —dijo Marino.

—Y puede que sea «M».

Le dije a Marino lo que éste deseaba escuchar mientras volvía a colocar la botella de ron en el estante.

—Justamente. Ahora la cosa ya tiene más sentido, ¿no le parece?

Cerré la puerta del armario de la cocina.

—Llevaba ya varios meses amenazada y aterrorizada, Marino. Me cuesta creer que fuera un amigo íntimo y Beryl no sospechara en absoluto de él.

Marino pareció ofenderse mientras consultaba su reloj y se sacaba otra llave del bolsillo. Era totalmente absurdo suponer que Beryl le hubiera abierto la puerta a un desconocido. Pero más absurdo todavía era suponer que alguien en quien ella confiaba le hubiera podido hacer semejante cosa. ¿Por qué le había abierto la puerta? No podía quitarme la pregunta de la cabeza.

Un pasadizo cubierto unía la casa con el garaje. El sol se había ocultado detrás de los árboles.

—Le voy a decir una cosa —añadió Marino, abriendo la puerta—, yo entré aquí poco antes de llamarla a usted. Hubiera podido derribar la puerta la noche en que la asesinaron, pero no vi la necesidad. —Se encogió de hombros y enderezó las anchas espaldas como si quisiera asegurarse de que yo comprendía su capacidad de derribar una puerta o un árbol o de volcar un camión si le viniera en gana—. Ella no había vuelto a entrar en el garaje desde que se fue a Florida. Tardamos un buen rato en encontrar la maldita llave.

Era el único garaje de paredes revestidas con paneles de madera que yo había visto en mi vida; el suelo era una preciosa piel de dragón realizada con carísimos azulejos italianos en tonos rojos.

—¿Esto fue diseñado realmente para ser un garaje? —pregunté.

—Tiene una puerta de garaje, ¿no? —Marino se estaba sacando varias llaves del bolsillo—. Menudo refugio para proteger el vehículo de la lluvia, ¿eh?

El garaje no estaba ventilado y olía a polvo, a pesar de que estaba impecablemente limpio. Aparte de un rastrillo y de una escoba apoyados contra la pared de un rincón, no se veían cortadoras de césped ni las habituales herramientas que suele haber en un garaje. La estancia más parecía la sala de exposiciones de un concesionario de automóviles con el Honda negro colocado en el centro del suelo de azulejos. El automóvil estaba tan limpio y reluciente que hubiera podido pasar por nuevo y sin estrenar.

Marino abrió la portezuela del lado del conductor.

—Ahí tiene. La invito a que suba —dijo Marino.

Me acomodé en el asiento de suave cuero color marfil y contemplé los paneles de madera de la pared a través del parabrisas.

Apartándose un poco del vehículo, Marino añadió:

—Quédese sentada donde está. Póngase cómoda, examine el interior y dígame qué le viene a la mente.

—¿Quiere que lo ponga en marcha?

Marino me entregó la llave.

—Y ahora tenga la bondad de abrir la puerta del garaje si no quiere que nos asfixiemos aquí dentro —añadí.

Marino miró a su alrededor frunciendo el ceño hasta que vio el botón adecuado y abrió la puerta.

El vehículo no se puso en marcha a la primera y el motor se caló varias veces ronroneando por lo bajo. La radio y el acondicionador de aire estaban en marcha. El depósito de gasolina sólo estaba lleno hasta un cuarto de su capacidad y el cuentakilómetros registraba menos de ocho mil kilómetros; el techo de ventilación estaba parcialmente abierto. En el tablero de instrumentos había un resguardo de limpieza en seco fechado el jueves 11 de julio, en que Beryl llevó a la tintorería una falda y una chaqueta que, evidentemente, no pudo recoger. En el asiento del pasajero había la cuenta de una tienda de alimentación fechada el 12 de julio a las diez cuarenta de la mañana, cuando la víctima había comprado una lechuga, tomates, pepinos, carne picada de buey, queso, zumo de naranja y una cajita de pastillas de menta, todo lo cual le costó nueve dólares con trece centavos que pagó con un billete de diez dólares entregado a la cajera.

Al lado de la cuenta se veía un sobre vacío de banco de color blanco y una funda beige claro de gafas Ray Ban... también vacía.

En el asiento de atrás había una raqueta de tenis Wimbledon y una arrugada toalla blanca. Alargué la mano por encima del respaldo del asiento para alcanzarla. Grabado en pequeñas letras azules en el borde de rizo figuraba el nombre del Westwood Racquet Club, el mismo que yo había visto en una bolsa roja de vinilo en el interior del armario de Beryl.

Marino se había guardado lo más espectacular para el final. Yo sabía que había examinado minuciosamente todos aquellos objetos y quería que yo los viera in situ. No eran pruebas. El asesino no había entrado en el garaje. Marino me estaba aguijoneando desde que entramos en la casa. Era una costumbre suya que me sacaba de quicio.

Apagando el motor, descendí del vehículo y la portezuela se cerró a mi espalda con un sólido sonido amortiguado. Marino me miró inquisitivamente.

—Un par de preguntas —dije.

—Dispare.

—Westwood es un club de lujo. ¿Era socia?

Inclinación afirmativa de la cabeza.

—¿Ha comprobado usted cuándo reservó pista por última vez?

—El viernes 12 de julio a las nueve de la mañana. Tomó una lección con el profesor. Tomaba una lección una vez a la semana, a eso se limitaba su práctica de este deporte.

—Si no recuerdo mal, salió de Richmond a primera hora de la mañana del sábado 13 de julio y llegó a Miami poco después del mediodía.

Otra inclinación de cabeza.

—O sea, que dio la clase y se fue directamente a la tienda de alimentación. Después puede que se dirigiera al banco. Sea como fuere, después de hacer la compra, en determinado momento debió de decidir abandonar repentinamente la ciudad. Si hubiera tenido intención de marcharse al día siguiente, no se hubiera molestado en ir a comprar comida. No hubiera tenido tiempo de comerse todo lo que compró y no dejó la comida en el frigorífico. Debió de tirarlo todo menos la carne picada, el queso y, probablemente, las pastillas de menta.

—Me parece bastante razonable —dijo Marino con aire ausente.

—Dejó la funda de las gafas y otros objetos en el asiento —añadí yo—. Y, además, la radio y el acondicionador de aire estaban en marcha y dejó el techo de ventilación parcialmente abierto. Al parecer entró con el vehículo en el garaje, apagó el motor y se dirigió corriendo a la casa con las gafas puestas. Eso me induce a preguntarme si ocurrió algo mientras regresaba a casa en su automóvil desde el club de tenis y la tienda de comestibles...

—Estoy seguro de que sí. Rodee el automóvil y eche un vistazo por el otro lado... fíjese en concreto en la portezuela.

Lo hice.

Lo que vi me desperdigó los pensamientos cual si fueran canicas. Grabado en la reluciente pintura negra, justo por debajo del tirador de la portezuela, vi el nombre BERYL en el centro de un corazón.

—Se le pone a uno la carne de gallina, ¿verdad?

—Si el tipo lo hizo mientras el automóvil estaba aparcado

en el club o en las inmediaciones de la tienda —dije yo—, me parece que alguien le hubiera visto.

—Claro. Lo cual quiere decir que, a lo mejor, lo hizo antes. —Marino hizo una pausa, contemplando el grabado con aire pensativo—. ¿Cuándo examinó usted por última vez la portezuela del lado del pasajero de su automóvil?

Podían haber transcurrido varios días. O incluso una semana.

—Se fue a comprar la comida —dijo Marino, encendiendo finalmente el dichoso cigarrillo—. No compró muchas cosas —añadió, dando una fuerte chupada—. Y seguramente todo le cupo en una sola bolsa. Cuando mi mujer sólo lleva una o dos bolsas, las coloca en el suelo de la parte delantera o en el mismo asiento. Por consiguiente, es probable que Beryl rodeara el automóvil para colocar la bolsa de la compra en el asiento. Y fue entonces cuando vio lo que alguien había grabado en la pintura. A lo mejor supo que lo habían tenido que hacer necesariamente aquel día. A lo mejor, no. No importa. Inmediatamente se asusta y se pone nerviosa. Regresa a casa o pasa primero por el banco para sacar dinero. Reserva plaza en el primer vuelo y se va a Florida para huir de Richmond.

Abandoné el garaje en compañía de Marino y ambos regresamos juntos a su automóvil. Estaba oscureciendo con gran rapidez y la temperatura había refrescado. Marino puso en marcha el vehículo mientras yo contemplaba en silencio la casa de Beryl a través de la ventanilla. Los ángulos agudos se estaban difuminando en la penumbra y las ventanas estaban a oscuras. De pronto se encendieron las luces del porche y del salón.

—Vaya —musitó Marino—. ¿Son los niños de Todos los Santos?

—Iluminación intermitente —dije.

—No me diga.

2

Brillaba la luna llena sobre Richmond cuando emprendí el largo camino de regreso a casa. Sólo los más tenaces fantasmas de Todos los Santos continuaban la ronda mientras los faros delanteros de mi automóvil iluminaban sus espectrales máscaras y sus amenazadoras siluetas de tamaño infantil. Me pregunté cuántos niños habrían llamado a mi puerta para solicitar las tradicionales golosinas sin que nadie les contestara. Mi casa era una de las preferidas por los niños que festejaban la víspera de Todos los Santos, pues, al no tener hijos propios a los que mimar, yo solía mostrarme con ellos extremadamente generosa. Al día siguiente no tendría más remedio que repartir las cuatro cajas enteras de chocolatinas entre mis colaboradores.

El teléfono empezó a sonar mientras yo subía la escalera. Lo descolgué antes de que saltara el contestador automático. Al principio no identifiqué la voz, pero, al reconocerla, me dio un vuelco el corazón.

—¿Kay? Soy Mark. Menos mal que ya estás en casa...

Mark James me hablaba como desde el fondo de un bidón de petróleo y se oía en segundo plano el rumor del tráfico.

—¿Dónde estás? —conseguí preguntarle, consciente de la irritación de mi voz.

—En la 95, a unos noventa kilómetros al norte de Richmond.

Me senté en el borde de la cama.

—En una cabina telefónica —añadió—. Necesito instrucciones para llegar a tu casa. —Otra ráfaga de tráfico—. Quiero verte, Kay. Llevo toda la semana en el distrito de Columbia y estoy intentando localizarte desde última hora de la tarde. Al final he decidido correr el riesgo y he alquilado un automóvil. ¿Te parece bien?

No supe qué decirle.

—He pensado que podríamos tomar un trago juntos y ponernos al día sobre nuestras actividades respectivas —dijo aquel hombre que antaño me rompiera el corazón—: Tengo reservada habitación en el Radisson del centro de la ciudad. Mañana a primera hora hay un vuelo desde Richmond a Chicago y pensé que... Bueno, en realidad, quiero discutir un asunto contigo...

No acertaba a imaginar qué podíamos discutir Mark y yo.

—¿Te parece bien? —repitió.

¡Pues no, no me parecía bien! Pero lo que dije fue:

—Por supuesto, Mark. Me encantará verte.

Tras facilitarle las correspondientes instrucciones, fui al cuarto de baño para refrescarme un poco y aproveché para hacer inventario. Habían transcurrido más de quince años desde nuestros días juntos en la facultad de Derecho. Mi cabello era más ceniza que rubio y mis ojos eran más brumosos y menos azules que entonces. El imparcial espejo me recordó con cierta frialdad que ya no volvería a cumplir los treinta y nueve y que existían unos métodos llamados *liftings*. En mi memoria, Mark seguía teniendo apenas veinticuatro años, la edad en que se convirtió para mí en un objeto de pasión y subordinación que más tarde me llevó a la más abyecta desesperación. Cuando todo terminó, me entregué en cuerpo y alma al trabajo.

Conducía tan rápido como siempre y no había perdido la afición a los buenos automóviles. Menos de cuarenta y cinco minutos más tarde, abrí la puerta de mi casa y le vi bajar de su Sterling de alquiler. Seguía siendo el Mark que yo recordaba, con el mismo cuerpo delgado y las largas piernas de confiados andares. Subió los peldaños en un abrir y cerrar de ojos, con una leve sonrisa en los labios. Tras darnos un pequeño abrazo, permanecimos un momento de pie en el vestíbulo sin saber qué decirnos.

—¿Sigues bebiendo whisky? —pregunté yo finalmente.

—Eso no ha cambiado —me contestó él, acompañándome a la cocina.

Sacando la botella de Glenfiddich del bar, le preparé automáticamente el trago tal como solía hacerlo en otros tiempos: dos dedos, hielo y un chorrito de agua de Seltz. Sus ojos me siguieron mientras me movía por la cocina y posaba los vasos sobre la mesa. Tomando un sorbo, contempló el vaso y empezó a agitar lentamente el hielo tal como siempre hacía cuando estaba nervioso. Contemplé largamente sus refinadas facciones, los altos pómulos y los claros ojos grises. Su cabello oscuro era algo más ralo en las sienes.

Concentré mi atención en el hielo girando lentamente en el interior de su vaso.

—Supongo que estarás trabajando en un bufete de Chicago.

Reclinándose en su asiento, Mark levantó los ojos y contestó:

—Me limito casi exclusivamente a los recursos, sólo muy de tarde en tarde hago juicios. Veo de vez en cuando a Diesner. Así fue como supe que estabas en Richmond.

Diesner era el jefe del Departamento de Medicina Legal de Chicago. Yo le veía en las reuniones y ambos formábamos parte de varios comités. Jamás me había comentado que conociera a Mark James y yo no sabía cómo había averiguado mi antigua relación con él.

—Cometí la equivocación de decirle que te había conocido en la facultad de Derecho y creo que de vez en cuando me habla de ti para pincharme —me explicó Mark, leyendo mis pensamientos.

No hacía falta que me lo jurara. Diesner era tan áspero como un macho cabrío y no les tenía demasiada simpatía a los abogados defensores. Algunas de sus batallas y de sus teatrales actuaciones ante los tribunales se habían convertido en auténticas leyendas.

—Como todos los patólogos forenses —estaba diciendo Mark—, siempre se inclina por los fiscales. Como yo represento a un asesino convicto, soy el malo. Diesner no para hasta que me localiza y entonces me comenta, como el que no quiere la cosa, el último artículo que has publicado o algún caso tremebundo en el que has trabajado. La doctora Scarpetta. La famosa jefa Scarpetta —añadió riéndose aunque no con los ojos.

—No me parece justo decir que nos inclinamos por los fiscales —contesté—. A primera vista damos esta impresión porque, si las pruebas son favorables a un acusado, el caso jamás pasa a los tribunales.

—Kay, ya sé lo que ocurre —dijo Mark con aquel tono de voz de «dejémoslo ya» que tan bien recordaba yo—. Yo sé lo que ves y, en tu lugar, querría que todos los hijos de puta se pudrieran en una cárcel.

—Sí, tú sabes lo que yo veo, Mark —dije.

Era la misma discusión de siempre. No podía creerlo. Mark llevaba apenas quince minutos allí y ambos estábamos recogiendo el hilo de lo que habíamos interrumpido años atrás. Algunas de nuestras peores peleas habían sido precisamente a propósito de aquel tema. Yo ya era médica y me había matriculado en la facultad de Derecho de Georgetown cuando conocí a Mark. Había visto el lado oscuro, la crueldad y las tragedias inexplicables. Había apoyado mis manos enguantadas sobre los ensangrentados despojos del sufrimiento y de la muerte. Mark, en cambio, era un espléndido representante de la Ivy League cuya idea del delito se identificaba con alguien que le hubiera rayado la pintura de su Jaguar. Tenía que ser abogado porque su padre y su abuelo lo eran. Yo era católica y Mark, protestante. Yo italiana, y él, tan inglés como el príncipe Carlos. Yo había crecido en la pobreza y él se había criado en unos de los más lujosos barrios residenciales de Boston. Llegué a pensar en cierta ocasión que nuestro matrimonio se habría fraguado en el cielo.

—No has cambiado, Kay —dijo Mark—. Como no sea tal

vez en el hecho de que irradias una cierta dureza y determinación. Apuesto a que debes de ser temible en los juicios.

—No me gustaría pensar que soy dura.

—No lo he dicho como una crítica. Lo que digo es que pareces tremenda. —Mark miró a su alrededor—. Y has triunfado. ¿Eres feliz?

—Me gusta Virginia —contesté, apartando la mirada—. Sólo me quejo de los inviernos, aunque supongo que tus quejas deben de ser más graves a este respecto. ¿Cómo puedes resistir los seis meses de invierno de Chicago?

—No he conseguido acostumbrarme, si quieres que te diga la verdad. Tú no lo soportarías. Una flor de invernadero de Miami como tú no aguantaría allí ni un mes. No estás casada —añadió, tomando otro sorbo de su bebida.

—Lo estuve.

—Hummm. —Mark frunció el ceño, tratando de recordar—. Tony no sé qué... recuerdo que empezaste a salir con Tony... Beneditti, ¿verdad? Fue hacia finales del tercer curso.

Me sorprendió que Mark se hubiera dado cuenta y más todavía que lo recordara.

—Nos divorciamos hace tiempo —añadí.

—Lo siento —dijo Mark en voz baja.

Alargué la mano hacia mi vaso.

—¿Te has estado viendo con alguien simpático? —preguntó Mark.

—En estos momentos no me veo con nadie ni simpático ni antipático.

Mark no se reía tanto como antaño.

—Estuve casi a punto de casarme hace un par de años, pero la cosa no dio resultado —me explicó sin emoción—. O tal vez sería más honrado decir que, en el último momento, me entró miedo.

Me costaba trabajo creer que no se hubiera casado. Debió de leer por segunda vez mis pensamientos.

—Fue después de que muriera Janet —dijo tras dudar levemente—. Estuve casado.

—¿Janet?

Mark agitó de nuevo el hielo de su vaso.

—La conocí en Pittsburgh, después de Georgetown. Era una abogada del bufete, especializada en derecho tributario. Le estudié con más detenimiento, perpleja ante lo que veían mis ojos. Mark había cambiado. La vehemencia de antaño era ahora distinta. No lograba identificarla, pero me parecía más sombría.

—Un accidente de tráfico —explicó—. Un sábado por la noche. Salió a comprar palomitas de maíz. Queríamos ver una película en la televisión. Un conductor borracho se cruzó en su camino. Ni siquiera llevaba los faros delanteros encendidos.

—Dios bendito, Mark, cuánto lo siento —dije—. Debió de ser terrible.

—Fue hace ocho años.

—¿No tenéis hijos? —pregunté en un susurro.

Negó con la cabeza.

Permanecimos unos instantes en silencio.

—Nuestro bufete va a abrir un despacho en el distrito de Columbia —me dijo cuando nuestras miradas se cruzaron.

No hice ningún comentario.

—Es posible que me trasladen al distrito de Columbia. No te imaginas lo que estamos creciendo; tenemos más de cien abogados, y oficinas en Nueva York, Atlanta y Houston.

—¿Cuándo harías el traslado? —pregunté muy serena.

—Pues, en realidad, podría ser a primeros de año.

—¿Y estás totalmente decidido?

—Estoy hasta la coronilla de Chicago, Kay, necesito un cambio. Quería que lo supieras... por eso he venido. O, por lo menos, éste es el motivo principal. No quería trasladarme a vivir al D. C. y tropezarme contigo en determinado momento. Viviré en el norte de Virginia. Tú tienes un despacho en el norte de Virginia. Lo más probable es que coincidiéramos en un restaurante o un teatro el día menos pensado. Y yo no quería que las cosas ocurrieran de esa manera.

Me imaginé sentada en el Centro Kennedy viendo a Mark

tres filas más adelante, susurrándole algo al oído a una bella acompañante. Recordé el antiguo dolor, un dolor tan intenso que casi lo sentía físicamente. No podía compararle con nadie. Todas mis emociones se concentraban en él. Al principio, una parte de mí intuyó que los sentimientos no eran recíprocos. Más tarde, lo supe con certeza.

—Éste es el principal motivo —repitió Mark en plan de abogado que da comienzo a la exposición de su informe—. Pero hay algo más que, en realidad, no tiene nada que ver con nosotros personalmente.

Guardé silencio.

—Hace un par de noches una mujer fue asesinada aquí, en Richmond. Beryl Madison...

La expresión de asombro de mi rostro le obligó a hacer una breve pausa.

—Berger, el socio gerente, me lo dijo cuando me llamó a mi hotel del D. C. Quiero hablarte de ello...

—¿Y eso qué tiene que ver contigo? —pregunté—. ¿Acaso la conocías?

—Vagamente. La conocí en Nueva York el invierno pasado. Nuestro bufete de allí suele manejar asuntos relacionados con el mundo del espectáculo y el ocio. Beryl tenía serios problemas de publicación, una disputa sobre un contrato, y solicitó los servicios de Orndorff & Berger para resolver el asunto. Yo estaba casualmente en Nueva York el mismo día en que ella se reunió con Sparacino, el abogado que llevaba su caso. Al final, Sparacino nos invitó a ella y a mí a almorzar en el Algonquin.

—Si hay alguna posibilidad de que esta disputa que has mencionado esté relacionada con su asesinato, tendrías que hablar con la policía y no conmigo —dije en tono levemente molesto.

—Kay —replicó Mark—, mi bufete ni siquiera sabe que estoy aquí, hablando contigo, ¿comprendes? Cuando ayer me llamó Berger, fue por otra cosa. Me comentó el asesinato de Beryl Madison en el curso de la conversación y me dijo que echara un vistazo a los periódicos de por aquí, a ver qué decían.

—Ya. Hablando en plata, a ver qué podías averiguar a través de tu ex...

Sentí que el rubor me subía por la garganta. ¿Ex qué?

—No es eso —dijo Mark, apartando los ojos—. Estaba pensando en ti, tenía intención de llamarte antes de que me llamara Berger, antes incluso de enterarme de lo de Beryl. Durante dos malditas noches estuve a punto de llamarte, incluso había pedido tu número en Información. Pero no me atrevía. Y puede que jamás lo hubiera hecho si Berger no me hubiera contado lo ocurrido. Es posible que Beryl me facilitara la excusa, lo reconozco. Pero no es lo que tú piensas...

No le escuchaba. Estaba deseando creerle muy a pesar mío.

—Si tu bufete tiene algún interés en este asesinato, dime exactamente de qué se trata.

Mark reflexionó un instante.

—La verdad es que no sé si tenemos un interés legítimo en el asesinato. Puede que sea algo de tipo personal, una sensación de horror y de sobresalto para aquellos de nosotros que tuvimos contacto con ella cuando estaba viva. Te diré, además, que Beryl estaba metida en una amarga disputa sobre los derechos que le habían estafado a causa de un contrato que firmó hace ocho años. Es algo muy complicado y tiene que ver con Cary Harper.

—¿El novelista? —pregunté desconcertada—. ¿A ese Cary Harper te refieres?

—Tal como seguramente sabes —dijo Mark—, vive no demasiado lejos de aquí, en una plantación del siglo XVIII llamada Cutler Grove. A orillas del río James, en Williamsburg.

Estaba tratando de recordar lo que había leído sobre Harper, el ganador de un premio Pulitzer de novela hacía veinte años, legendariamente aislado del mundo en compañía de una hermana. ¿O acaso era una tía? Se habían hecho muchas conjeturas sobre la vida privada de Harper; cuanto más huía de los reporteros y más se negaba a conceder entrevistas, tanto más crecían los rumores y conjeturas sobre su persona.

Encendí un cigarrillo.

—Pensaba que ya lo habrías dejado —dijo Mark.

—Para eso tendrían que extirparme el lóbulo frontal.

—Ahí va lo poco que yo sé. Beryl tuvo una relación con Harper cuando contaba unos veinte años. Durante algún tiempo llegó a vivir en la casa junto con él y su hermana. Aspiraba a convertirse en escritora y era como la hija de talento que Harper nunca tuvo. Se convirtió en su protegida y, gracias a sus amistades, consiguió publicar su primera novela cuando apenas tenía veintidós años, una especie de novela rosa escrita bajo el apellido Stratton. Harper escribió incluso un comentario para la cubierta del libro acerca de aquella joven e interesante autora que él acababa de descubrir. Muchos se sorprendieron bastante. La novela era una obra eminentemente comercial y carecía de calidad literaria. Por si fuera poco, Harper llevaba mucho tiempo sin dar señales de vida.

—¿Qué tiene eso que ver con la disputa sobre el contrato?

—Puede que Harper fuera un primo en manos de una jovencita que fingía adorarle como a un héroe, pero es también un hijo de puta de mucho cuidado. Antes de que la chica publicara la novela, la obligó a firmar un contrato con el cual se le prohibía escribir nada sobre él o sobre cualquier cosa relacionada con su persona mientras él y su hermana vivieran. Harper tiene apenas cincuenta y tantos años y su hermana, unos pocos más. El contrato ataba prácticamente a Beryl para toda la vida y le impedía escribir sus memorias, pues, ¿cómo hubiera podido hacerlo sin mencionar a Harper?

—Tal vez hubiera podido —repliqué—, pero, sin Harper, el libro no se hubiera vendido.

—Exactamente.

—¿Por qué utilizaba seudónimos? ¿Formaba parte de su acuerdo con Harper?

—Creo que sí. Probablemente, él quería que Beryl fuera su

secreto. La ayudó a alcanzar el éxito literario, pero quería mantenerla alejada del mundo. El nombre Beryl Madison no es muy famoso que digamos, a pesar del éxito económico que han cosechado sus novelas.

—¿Debo suponer que la chica estaba a punto de incumplir el contrato y que por eso solicitó los servicios de Orndorff & Berger?

Mark tomó un sorbo de whisky.

—Permíteme recordarte que ella no era mi cliente. Por consiguiente, no conozco todos los detalles. Pero mi impresión es que ya estaba quemada y quería escribir algo de más fuste. Y ahora viene lo que seguramente tú ya sabes. Al parecer tenía problemas, alguien la amenazaba y la perseguía...

—¿Cuándo?

—El invierno pasado, más o menos por las fechas en que yo almorcé con ella. Creo que fue a finales de febrero.

—Sigue —dije, intrigada.

—No tenía ni idea de quién la amenazaba. No sé si la cosa empezó antes de que decidiera escribir lo que en aquellos momentos tenía entre manos o bien después, no puedo asegurarlo.

—¿Y cómo se las hubiera arreglado para incumplir el contrato sin sufrir las consecuencias?

—No estoy muy seguro de que hubiera podido hacerlo —contestó Mark—, pero la estrategia que pensaba seguir Sparacino consistiría en informar a Harper de que no tendría más remedio que colaborar si quería que el producto final resultara más bien inofensivo... en otras palabras, se le ofrecerían a Harper poderes limitados de censura. En caso de que optara por comportarse como un hijo de puta, Sparacino le asestaría un golpe, facilitando la debida información a los periódicos. Harper estaba atrapado. Por supuesto que podía querellarse contra Beryl, pero ella no tenía tanto dinero como para eso, era una simple gota de agua en el mar en comparación con lo que vale él. El pleito sólo hubiera servido para que la gente corriera a comprar el libro de Beryl. Harper no podía ganar.

—¿Y no hubiera podido conseguir un mandato judicial que impidiera la publicación? —pregunté.

—Eso hubiera significado más publicidad. Detener la publicación le hubiera costado millones.

—Ahora ella ha muerto —contemplé mi cigarrillo, apagándose en el cenicero—. Supongo que el libro no está terminado. Harper ya no tiene por qué preocuparse. ¿A eso querías llegar, Mark? ¿A la posibilidad de que Harper esté involucrado en el asesinato?

—Me he limitado a facilitarte los datos —dijo Mark.

Los claros ojos se estaban clavando en los míos. Recordé con inquietud lo increíblemente distantes que podían ser a veces.

—Tú, ¿qué piensas? —me preguntó.

No le dije lo que realmente pensaba, a saber, que me parecía muy raro que precisamente él me hubiera revelado todos aquellos detalles. No importaba que Beryl no fuera su cliente. Él conocía muy bien los códigos de conducta legales, según los cuales los datos que obran en poder de un socio de un bufete obligan por igual a todos los demás socios. Se encontraba a un paso de quebrantar las normas éticas y ello me parecía tan impropio del escrupuloso Mark James que yo recordaba como el hecho de que se hubiera presentado en mi casa luciendo un tatuaje.

—Creo que será mejor que hables con Marino, el jefe de la investigación —repliqué—. O tal vez será mejor que yo misma le comunique lo que acabas de decirme. En cualquier caso, él se pondrá en contacto con tu bufete y hará las preguntas que crea convenientes.

—Me parece muy bien. No tengo ninguna objeción.

Ambos permanecimos un instante en silencio.

—¿Cómo era? —pregunté, carraspeando.

—Tal como te he dicho, sólo la vi una vez. Pero era extraordinaria. Dinámica, ingeniosa, atractiva, vestida de blanco. Un fabuloso vestido blanco de invierno. Te la podría describir también como levemente distante. Tenía muchos secretos. No creo que nadie hubiera alcanzado jamás el fondo de sus profundidades. Y bebía mucho, o, por lo menos, bebió mucho aquel día durante el almuerzo... se tomó tres cócteles, lo cual me pareció excesivo a aquella hora del día. Aunque puede que no lo fuera tanto, teniendo en cuenta lo tensa y nerviosa que estaba. El problema por el que había recurrido a Orndoff & Berger no era precisamente un motivo de alegría. Estoy seguro de que todo ese asunto de Harper la tenía muy preocupada.

—¿Qué bebió?

—¿Cómo?

—Los tres cócteles. ¿Qué eran? —pregunté.

Mark frunció el ceño, mirando hacia el otro extremo de la cocina.

—Pues no lo sé bien, Kay. Pero ¿qué importancia tiene eso?

—No sé si tiene importancia —dije, recordando el armario de las bebidas de Beryl—. ¿Comentó las amenazas que estaba recibiendo? En tu presencia, quiero decir.

—Sí. Y Sparacino también se refirió a ellas. Lo único que yo sé es que empezó a recibir unas llamadas telefónicas de carácter muy específico. Siempre la misma voz, pero no era ningún conocido suyo o, por lo menos, eso es lo que dijo. Hubo otros acontecimientos extraños. No puedo recordar los detalles... ocurrió hace tiempo.

—¿Sabes si llevaba un registro de esos acontecimientos? —pregunté.

—No lo sé.

—¿Y no tenía ni idea de quién lo hacía ni por qué?

—Ésa es la impresión que daba.

Mark empujó su silla hacia atrás. Ya era casi medianoche.

Mientras le acompañaba a la puerta, se me ocurrió repentinamente una cosa.

—Sparacino —dije—. ¿Cuál es su nombre de pila?

—Robert —contestó Mark.

—No tendrá una M inicial, ¿verdad?

—No —dijo Mark, mirándome con curiosidad.

Se produjo una tensa pausa.

—Ten cuidado por la carretera.

—Buenas noches, Kay —dijo Mark, vacilando.

Puede que fueran figuraciones mías, pero, por un instante, pensé que iba a besarme. Después bajó apresuradamente los peldaños y yo ya había cerrado la puerta cuando le oí alejarse en su automóvil.

La mañana siguiente fue tan ajetreada como de costumbre. Fielding nos informó durante la reunión del equipo de que teníamos cinco autopsias, entre ellas la de un «flotador», es decir, un cuerpo en descomposición rescatado del río, perspectiva que nunca dejaba de suscitar gruñidos de desagrado. El Departamento de Policía de Richmond nos había enviado las pruebas de sus dos tiroteos más recientes y yo había conseguido enviar por correo los resultados de los análisis de las primeras antes de salir corriendo hacia la sala de justicia John Marshall para declarar en el juicio de otro tiroteo con resultado de muerte y, desde allí, hacia el Colegio de Médicos para almorzar con uno de los estudiantes a los que asesoraba. Durante mi trabajo, traté por todos los medios de quitarme de la cabeza la visita de Mark. Pero, cuanto más me esforzaba por no pensar en él, tanto más pensaba. Era precavido. Era obstinado. No era propio de él que se hubiera puesto en contacto conmigo al cabo de más de una década de silencio.

Resistí hasta primera hora de la tarde, en que no pude más y llamé a Marino.

—Precisamente ahora iba a llamarla —me dijo Marino antes de que yo pudiera pronunciar dos palabras—. Estaba a punto de salir. ¿Puede reunirse conmigo en el despacho de Benton dentro de una hora u hora y media?

—¿De qué se trata?

Ni siquiera le había dicho por qué le llamaba.

—He conseguido los informes sobre Beryl. Pensé que le interesaría estar presente.

Colgó como siempre hacía sin decir adiós.

A la hora convenida enfilé la East Grace Street y aparqué en el primer espacio del parquímetro que pude encontrar a una distancia razonable de mi destino. El moderno edificio de diez pisos era como un faro en medio de una deprimente zona de tiendas de baratijas, que pretendían ser establecimientos de antigüedades, y de pequeños restaurantes típicos cuyos platos «especiales» no eran tales. Los vagabundos caminaban sin rumbo por las cuarteadas aceras.

Tras identificarme en la garita de los guardas del vestíbulo, tomé el ascensor hasta el quinto piso. Al final del pasillo había una puerta de madera sin ninguna indicación. La localización de la oficina de operaciones del FBI de Richmond era uno de los secretos más celosamente guardados de la ciudad, y su presencia era tan discreta como la de sus agentes de paisano. Un joven sentado detrás de un mostrador que se extendía hasta la mitad de la pared del fondo me miró mientras hablaba por teléfono. Cubriendo el teléfono con la mano, arqueó las cejas como preguntándome: «¿En qué puedo servirla?» Le expliqué el motivo de mi visita y me invitó a sentarme.

El vestíbulo era pequeño y decididamente masculino, con el mobiliario tapizado en un sólido cuero azul oscuro y una mesita en la que se amontonaban distintas revistas deportivas. En los paneles de madera de las paredes figuraban una galería de retratos de los antiguos directores del FBI, varias distinciones por servicios y una placa de latón con nombres de agentes muertos en acto de servicio. De vez en cuando se abría la puerta exterior y entraban unos hombres de elevada estatura vestidos de oscuro y con los ojos protegidos por gafas ahumadas, los cuales no se molestaban tan siquiera en dirigirme una sola mirada.

Benton Wesley podía ser tan prusiano como todos los demás, pero con el tiempo había conseguido ganarse mi respeto. Debajo de su placa del FBI se ocultaba un ser humano de esos que merece la pena conocer. Era rápido y enérgico incluso cuando estaba sentado e iba típicamente vestido con pantalón oscuro y blanca camisa almidonada. Lucía una impecable corbata estrecha a la última moda y en su cinturón llevaba la negra funda para el 10 milímetros que casi nunca se ponía cuando estaba en un ambiente cerrado. No le había visto mucho últimamente, pero no había cambiado. Estaba en muy buena forma y era guapo a su manera, un tanto dura, con un cabello prematuramente gris plateado que nunca dejaba de sorprenderme.

—Siento que haya tenido que esperar, Kay —me dijo sonriendo.

Su apretón de manos fue tranquilizadoramente firme y estuvo exento de cualquier insinuación machista. El apretón de manos de algunos policías y abogados que yo me sé son unas moles de quince kilos sobre un gatillo de un kilo y medio que casi me rompen los dedos.

—Está aquí Marino —añadió Wesley—. Tenía que repasar unas cuantas cosas con él antes de hablar con usted.

Sostuvo la puerta para que yo pasara y ambos bajamos por un desierto pasillo. Haciéndome pasar a su pequeño despacho, se retiró para ir a por el café.

—Anoche conseguimos finalmente que funcionara el ordenador —dijo Marino.

Repantigado cómodamente en su sillón, estaba examinando un revólver del calibre 357 aparentemente por estrenar.

—¿El ordenador? ¿Qué ordenador?

¿Había olvidado mis cigarrillos? No. Otra vez en el fondo del bolso.

—El de jefatura. Se estropea cada dos por tres. Sea como fuere, al final he conseguido unas copias de los informes del delito. Interesantes. Por lo menos, a mí me lo parecen.

—¿Son los de Beryl?

—Ni más ni menos. —Marino depositó el arma sobre el escritorio de Wesley y añadió—: Bonita pieza. El muy bastardo se la ganó como premio en la convención nacional de jefes de policía que se celebró en Tampa la semana pasada. Yo ni siquiera consigo ganar un par de dólares en la lotería.

Mi atención empezó a vagar. El escritorio de Wesley estaba atestado de mensajes telefónicos, informes, cintas de vídeo y gruesos sobres de cartulina que debían de contener detalles y fotografías de los distintos crímenes que las jurisdicciones policiales sometían a su consideración. Detrás de los paneles de cristal de la librería adosada a la pared había varias armas macabras... una espada, una llave inglesa, un fusil improvisado, una lanza africana... trofeos de caza o regalos de protegidos agradecidos. Una anticuada fotografía mostraba a William Webster estrechándole la mano a Wesley sobre el telón de fondo de un helicóptero de la Marina en Quantico. No se veía la menor señal de que Wesley tuviera esposa y tres hijos. Los agentes del FBI, como casi todos los policías, protegen celosamente su vida privada, especialmente cuando se han acercado lo suficiente al mal como para haber sentido su horror. Wesley era un experto en diseño de perfiles de sospechosos. Sabía lo que era examinar fotografías de carnicerías inimaginables y visitar las penitenciarías y ver cara a cara a los Charles Manson y los Ted Bundy.

Wesley regresó con dos vasos de poliestireno de café, uno para Marino y otro para mí. Wesley siempre recordaba que yo bebo el café solo y necesito un cenicero al alcance de la mano.

Marino tomó unas fotocopias de informes policiales que tenía sobre las rodillas y empezó a repasarlas.

—Para empezar —dijo—, sólo hay tres. Tres informes que constan en archivo. El primero de ellos está fechado el 11 de marzo a las nueve y media de un lunes por la mañana. La víspera, Beryl Madison había marcado el 911 y había pedido la presencia de un oficial en su casa para formularle una denuncia. No es de extrañar que la llamada se considerara de baja prioridad, pues la calle no era conflictiva. El agente uniformado no se presentó hasta la mañana siguiente. Un tal Jim Reed, que lleva cinco años en el departamento —añadió, mirándome.

Sacudí la cabeza. No conocía a Reed.

Marino examinó el informe.

—Reed informó de que la denunciante Beryl Madison estaba muy alterada y había afirmado que la víspera, un domingo por la noche, sobre las ocho y cuarto, había recibido una amenaza telefónica. Una voz que ella identificó como masculina y posiblemente de una persona blanca le dijo lo siguiente: «Apuesto a que me has echado de menos, Beryl. Pero yo siempre te vigilo aunque tú no me veas. Yo te veo. Puedes correr, pero no puedes esconderte.» La denunciante añadió que el comunicante dijo haberla visto aquella mañana comprando un periódico delante de un establecimiento Seven-Eleven. El desconocido le describió cómo iba vestida, con «un chándal de color rojo y sin sujetador». Beryl confirmó que se había dirigido en su automóvil al Seven-Eleven de la avenida Rosemount aproximadamente a las diez de la mañana del domingo vestida en la forma descrita. Aparcó delante del Seven-Eleven y compró un *Washington Post* en la máquina automática sin entrar en la tienda y no vio a nadie por los alrededores. Se preocupó al ver que el comunicante conocía aquellos detalles y dijo que la debía de haber seguido. A la pregunta de si había advertido que alguien la siguiera, contestó que no.

Marino pasó a la segunda página, que era la parte confidencial del informe, y añadió:

—Reed informa de que la señorita Madison se mostró reacia a revelar los detalles concretos de la amenaza hecha por el comunicante. Al final, ante la insistencia del agente, contestó que el comunicante había hecho unos comentarios «obscenos» y había dicho que, cuando se la imaginaba desnuda, sentía deseos de «matarla». Al llegar a este punto, la señorita Madison dijo haber colgado el teléfono.

Marino dejó la fotocopia en el borde del escritorio de Wesley.

—¿Qué consejo le dio el oficial Reed? —pregunté.

—El de siempre —contestó Marino—. Le aconsejó que llevara un registro y que, cada vez que recibiera una llamada, anotara la fecha, la hora y lo que había ocurrido. Le aconsejó también mantener las puertas y las ventanas cerradas e instalar, a ser posible, un sistema de alarma. Y le dijo que, si veía algún vehículo extraño, anotara el número de la matrícula y llamara a la policía.

Recordé lo que Mark me había dicho a propósito de su almuerzo con Beryl en el mes de febrero.

—¿Dijo que esta amenaza del 11 de marzo había sido la primera?

Fue Wesley quien contestó mientras se inclinaba hacia delante para tomar el informe.

—Parece ser que no —dijo, pasando la página—. Reed escribió que la denunciante afirmó haber estado recibiendo amenazas desde primeros de año, aunque no lo había notificado a la policía hasta entonces. Al parecer, las llamadas anteriores no eran frecuentes ni tan concretas como la que recibió la noche del domingo, 10 de marzo.

—¿Y estaba segura de que las llamadas anteriores las había hecho el mismo hombre? —preguntó Marino.

—Le dijo a Reed que la voz parecía la misma —contestó Wesley—. Un varón blanco de suaves modales y con facilidad de palabra. No era la voz de ningún conocido... o, por lo menos, eso es lo que ella dijo.

Marino añadió, tomando el segundo informe:

—Beryl llamó al número de contacto del oficial Reed un martes a las siete y dieciocho minutos de la tarde. Dijo que necesitaba verle y el oficial se presentó en la casa menos de una hora más tarde, poco después de la ocho. Según el informe estaba muy alterada y dijo haber recibido otras amenazas poco antes de marcar el número de contacto de Reed. Era la misma voz, la misma persona que la había llamado otras veces. El mensaje era similar al de la llamada del 10 de marzo. —Marino empezó a leer el informe, palabra por palabra—: «Sé que me has echado de menos, Beryl. Pronto iré a por ti. Sé dónde vives, lo sé todo de ti. Puedes correr, pero no puedes esconderte.» Después añadió que sabía que tenía un nuevo automóvil, un Honda de color negro, y que él le había roto la antena la víspera cuando ella lo dejó aparcado en la calzada particular.

La denunciante confirmó que la víspera su automóvil estaba aparcado en la calzada y que, al salir aquel martes por la mañana, había observado la rotura de la antena. Aún estaba fijada al vehículo, pero tan doblada y estropeada que no podía funcionar. El oficial salió a ver el automóvil y comprobó que la antena se encontraba en el estado descrito por el denunciante.

—¿Qué determinación tomó el oficial Reed? —pregunté.

Marino pasó a la segunda página y contestó:

—Le aconsejó que aparcara el vehículo en el garaje. Ella le contestó que nunca utilizaba el garaje y que tenía la intención de convertirlo en despacho. Entonces el oficial le aconsejó que preguntara a sus vecinos si habían visto algún automóvil sospechoso por la zona o a alguna persona en su jardín. Dice en el informe que ella le preguntó por la conveniencia de adquirir un arma.

—¿Eso es todo? —dije—. ¿Qué hay del registro que Reed le había aconsejado llevar? ¿Se dice algo a este respecto?

—No. El oficial anotó lo siguiente en la parte confidencial del informe: «La reacción de la denunciante a los daños producidos en la antena parecía excesiva. Se mostró extremadamente alterada y, en determinado momento, maltrató de palabra al oficial que suscribe.» —Marino levantó la vista—. Eso significa que Reed no la creyó y dio a entender que, a lo mejor, ella misma había roto la antena y se había inventado toda esta mierda de las amenazas.

—Dios bendito —musité asqueada.

—Bueno, ¿tiene usted idea de la cantidad de chalados que llaman constantemente contando este tipo de cosas? Las mujeres son muy aficionadas a llamar y a denunciar cortes, arañazos y violaciones. Y muchas se lo inventan. Tienen un tornillo suelto y necesitan llamar la atención...

Yo lo sabía todo sobre las falsas enfermedades y lesiones, sobre los barones de Münchhausen de pacotilla y las inadaptaciones y las manías que inducían a algunas personas a desear e incluso provocarse terribles enfermedades y violencias. No necesitaba que Marino me soltara un sermón.

—Siga —dije—. ¿Qué ocurrió después?

Marino dejó el segundo informe sobre el escritorio de Wesley y empezó a leer el tercero.

—Beryl volvió a llamar a Reed, esta vez el sábado 6 de julio a las once de la mañana. El oficial se presentó en su domicilio a las cuatro de la tarde y la denunciante le recibió muy alterada y con hostilidad...

—Me lo imagino —dije—. Se había pasado cinco malditas horas esperándole.

—En esta ocasión... —Marino no me hizo caso y leyó palabra por palabra...—, «la señorita Madison afirmó que el mismo sujeto la había llamado a las once de la mañana y le había comunicado el siguiente mensaje: "¿Me sigues echando de menos? Pronto, Beryl, pronto. Anoche vine a por ti. No estabas en casa. ¿Te decoloras el cabello? Espero que no." Al llegar a este punto, la señorita Madison, que es rubia, dijo haber intentado conversar con él. Le suplicó que la dejara en paz y le preguntó quién era y por qué le hacía eso. Dijo que él no contestó y colgó. La señorita Madison confirmó haber salido la víspera en que el comunicante dijo haber pasado por su casa. Cuando el oficial que esto suscribe le preguntó adónde había ido, contestó con evasivas y se limitó a decir que había estado fuera de la ciudad».

—¿Y qué hizo el oficial Reed esta vez para ayudar a la dama en apuros? —pregunté.

Marino se quedó mirándome sin inmutarse.

—Le aconsejó que se comprara un perro y ella dijo que era alérgica a los perros.

Wesley abrió una carpeta.

—Kay, usted lo está viendo retrospectivamente a la luz de un terrible crimen ya cometido. Pero Reed lo estaba viendo desde el otro extremo. Mírelo a través de sus ojos. Una joven que vive sola y se pone histérica. Reed hace todo lo que puede por ella... le facilita incluso su teléfono de contacto. La atiende rápidamente, por lo menos al principio. Pero ella se muestra evasiva cuando él le hace preguntas significativas. No tiene pruebas. Cualquier oficial se hubiera mostrado escéptico.

—Yo sé lo que hubiera pensado en su lugar —terció Marino—. Hubiera sospechado de esta chica que vivía sola y necesitaba que le hicieran caso y sentir que alguien se preocupaba por ella. O, a lo mejor, algún tipo le había hecho daño y ella estaba preparando un escenario para vengarse.

—Claro —dije yo sin poder contenerme—. Y si hubiera sido su marido o su novio el que hubiera amenazado con matarla, usted hubiera pensado lo mismo. Y Beryl hubiera acabado muerta de todas maneras.

—Tal vez —dijo Marino en tono irritado—. Pero si hubiera sido su marido, suponiendo que lo tuviera, yo hubiera tenido por lo menos un maldito sospechoso y hubiera podido conseguir un maldito mandamiento y el juez hubiera podido cursar una orden de detención.

—Las órdenes de detención son papel mojado —repliqué yo, enfurecida y a punto de perder los estribos.

Cada año, yo hacía la autopsia a por lo menos media docena de mujeres brutalmente asesinadas contra cuyos maridos o novios se habían cursado órdenes de detención.

Tras un prolongado silencio le pregunté a Wesley:

—¿No sugirió Reed en ningún momento la conveniencia de intervenir el teléfono?

—No hubiera servido de nada —me contestó—. No es fácil conseguir una intervención. La compañía telefónica necesita una larga lista de llamadas, pruebas evidentes de que se está produciendo un acoso.

—¿Y ella no disponía de esas pruebas evidentes?

Wesley sacudió lentamente la cabeza.

—Hubieran sido necesarias más llamadas que las que ella recibía, Kay. Un montón de llamadas. Un esquema de cuándo se producían. Un detallado registro. Sin todo eso, no se puede intervenir un teléfono.

—Por lo visto —añadió Marino—, Beryl sólo recibía una o dos llamadas al mes. Y no llevaba el registro que Reed le había aconsejado llevar. O, en caso de que lo llevara, no lo hemos encontrado. Al parecer, tampoco grababa las llamadas.

—Santo cielo —murmuré—. Alguien amenaza tu vida y hace falta un maldito decreto del Congreso para que alguien se lo tome en serio.

Wesley no contestó.

—Ocurre lo mismo que en su profesión, doctora —dijo Marino, soltando un bufido—. La medicina preventiva no existe. Somos simplemente el equipo de limpieza. No podemos hacer absolutamente nada hasta que se producen los hechos y existen pruebas evidentes. Por ejemplo, un cadáver.

—La conducta de Beryl hubiera tenido que ser una prueba suficiente —contesté—. Fíjese en estos informes. Hizo todo lo que le aconsejaba el oficial Reed. Éste le dijo que instalara un sistema de alarma, y lo hizo. Le dijo que aparcara el automóvil en el garaje, y lo hizo a pesar de que tenía intención de convertirlo en un despacho. Le preguntó el oficial si le convenía comprarse un arma de fuego y se la compró. Y, siempre que llamaba a Reed, lo hacía inmediatamente después de que el asesino la hubiera llamado y amenazado. En otras palabras, no esperaba horas ni días para llamar a la policía.

Wesley empezó a extender sobre el escritorio las fotocopias de las cartas de Beryl desde Key West, los dibujos y el informe del escenario de los hechos y toda una serie de fotografías Polaroid de su patio, del interior de la casa y, finalmente, del cuerpo en el dormitorio del piso de arriba. Lo examinó todo en silencio y con rostro impenetrable. Estaba insinuando con toda claridad que ya era hora de que empezáramos a ponernos en marcha y que ya nos habíamos quejado y habíamos discutido bastante. Lo que había hecho o dejado de hacer la policía no tenía importancia. Lo importante ahora era encontrar al asesino.

—Lo que más me preocupa —dijo Wesley— es esta incongruencia en el *modus operandi*. Las amenazas que recibía son propias de una mentalidad psicopática. Alguien que siguió y amenazó a Beryl durante varios meses, alguien que, al parecer, sólo la conocía de vista. Está claro que su mayor placer lo constituían las fantasías, la fase preliminar que él prolongó. Es posible que la atacara precisamente en aquel momento debido a que ella lo irritó abandonando la ciudad. A lo mejor temió que se marchara definitivamente y la asesinó en cuanto regresó.

—Al final, se enfadó con ella por lo que había hecho —terció Marino.

—Aquí veo mucha rabia —añadió Wesley, contemplando las fotografías—, y eso es lo que me desconcierta. La rabia parece dirigida personalmente contra ella. La desfiguración del rostro en particular. —Tocó una fotografía con el índice—. El rostro es la persona. En un típico homicidio cometido por un sádico sexual, el rostro de la víctima no se toca. Está despersonalizada, es un símbolo. En cierto sentido, carece de rostro para el asesino porque no es nadie para él. En caso de que haya mutilación, las zonas elegidas son el pecho, los órganos genitales... —Wesley hizo una pausa y miró a su alrededor con expresión perpleja—. En el asesinato de Beryl hay elementos personales. Los cortes del rostro, el ensañamiento, sugieren que el asesino era alguien a quien ella conocía, tal vez muy bien. Alguien que estaba obsesionado por ella en secreto. Sin embargo, el hecho de que la vigilara de lejos y la siguiera no encaja con esta imagen. Este comportamiento es más propio de un asesino desconocido.

Marino estaba jugueteando con el revólver del 357 de Wesley. Haciendo girar con aire distraído el tambor, dijo:

—¿Quieren mi opinión? A mi juicio, este individuo tiene complejo de Dios. O sea, mientras te sometas a sus normas, no te hace daño. Beryl quebrantó las normas marchándose de la ciudad y poniendo un letrero de EN VENTA en el patio. La cosa ya no tenía gracia. Si quebrantas las normas, yo te castigo.

—¿Qué perfil le hace usted? —le pregunté a Wesley.

—Blanco, de veintitantos a treinta y tantos años. Inteligente, hijo de una familia rota en la que faltaba la figura del padre. Puede que haya recibido malos tratos en su infancia, físicos o psicológicos o ambos a la vez. Es un solitario. Lo cual no significa, sin embargo, que viva solo. Podría estar casado, puesto que es muy hábil en preservar su imagen pública. Lleva una doble vida. Por una parte está el hombre que ve el mundo y, por otra, esta faceta más oscura. Es un obseso impulsivo y un *voyeur*.

—Ya —murmuró Marino con ironía—. Más o menos como casi todos los tíos con quienes yo trabajo.

Wesley se encogió de hombros.

—Puede que esté dando palos de ciego, Pete. Aún no lo tengo bien estudiado. Podría ser un perdedor de esos que viven en casa con su madre, podría tener antecedentes, haber estado recluido en alguna institución o alguna cárcel. Qué demonios, incluso podría trabajar en una importante compañía de seguros y no tener ningún antecedente ni penal ni psiquiátrico. Al parecer solía llamar a Beryl por la noche. La única llamada que hizo de día fue la de un sábado, que nosotros sepamos. Ella trabajaba fuera de casa y se pasaba casi todo el día allí. Él la llamaba cuando le convenía o cuando sabía que la iba a encontrar en casa. Me inclino a pensar que trabajaba de nueve a cinco y tenía los sábados libres.

—A no ser que la llamara desde su lugar de trabajo —dijo Marino.

—También cabe esta posibilidad —reconoció Wesley.

—¿Y qué me dice de la edad? —pregunté yo—. ¿No cree que podría ser mayor de lo que usted supone?

—Sería muy insólito —contestó Wesley—. Pero todo es posible.

Tomando un sorbo del café que ya se había enfriado, conseguí revelarles finalmente lo que Mark me había dicho a propósito de los conflictos contractuales de Beryl y de su enigmática relación con Cary Harper. Cuando terminé, Wesley y Marino me miraron con curiosidad. En primer lugar, aquella repentina visita del abogado de Chicago a última hora de la noche resultaba un tanto extraña. Y, en segundo, yo acababa de lanzarles una insinuación. Ni a Marino ni a Wesley y tanto menos a mí antes de la víspera, se nos había ocurrido la posibilidad de que el asesinato de Beryl tuviera un móvil. El móvil más común de los homicidios sexuales era la inexistencia de un móvil. Los autores del delito lo cometen porque disfrutan haciéndolo y porque se les ofrece la ocasión.

—Tengo un amigo policía en Williamsburg —comentó Marino—. Me cuenta que Harper es un auténtico ermitaño. Se desplaza en un viejo Rolls-Royce y nunca habla con nadie. Vive en una enorme mansión a la orilla del río y nunca recibe a nadie. Y, además, es un viejo, doctora.

—En eso se equivoca —dije—. Tiene sólo cincuenta y tantos años. Pero es cierto que le gusta la vida retirada. Creo que vive con su hermana.

—Es una posibilidad muy remota —dijo Wesley, mirándonos con inquietud—. Pero mira a ver qué puedes hacer, Pete. Si no otra cosa, puede que Harper tenga alguna idea sobre quién puede ser ese «M» a quien Beryl escribía. Está claro que era alguien a quien ella conocía muy bien, un amigo, un amante. Alguien tiene que saber quién es. Si lo averiguamos, ya podremos empezar a hacer algo.

Deduje que a Marino no le gustaba la perspectiva.

—Yo sé lo que me han contado —dijo—. Harper no querrá hablar conmigo y yo no dispongo de ninguna causa probable para obligarle a que lo haga. Tampoco creo que sea el tipo que mató a Beryl aunque quizá tuviera un motivo. Creo que, de haberlo querido hacer, lo hubiera hecho en seguida. ¿Por qué prolongar la cosa durante nueve o diez meses? Además, si él la hubiera llamado, ella le habría reconocido la voz.

—Harper pudo contratar a alguien —dijo Wesley.

—Sin duda. Pero en tal caso la hubiéramos encontrado una semana más tarde con un tiro en la nuca —dijo Marino—. Los asesinos a sueldo no tienen por costumbre seguir a sus víctimas, llamarlas por teléfono, utilizar un arma blanca y violarlas.

—La mayoría de ellos no hace tal cosa —convino Wesley—. Pero tampoco podemos estar seguros de que hubo violación. No se ha encontrado líquido seminal. —Wesley me miró y yo asentí con la cabeza para confirmarlo—. Puede que el tipo padeciera una disfunción. O puede que colocara el cuerpo de tal forma que pareciera una agresión sexual cuando, en realidad, no lo fue. Todo dependería de la persona que se hubiera contratado y del plan que tuviera. Por ejemplo, si Beryl hubiera aparecido muerta en plena disputa con Harper, la policía habría colocado a éste en el primer lugar de la lista. En cambio, si el asesinato pareciera obra de un sádico sexual o un psicópata, a nadie se le ocurriría pensar en Harper.

Marino contempló la librería con el rostro arrebolado. Poco a poco se volvió a mirarme con cierta inquietud y me preguntó:

—¿Qué otra cosa sabe sobre este libro que estaba escribiendo?

—Sólo lo que ya he dicho, que era autobiográfico y que posiblemente constituía una amenaza para la reputación de Harper —contesté.

—¿Eso es lo que estaba escribiendo allí abajo en Key West?

—Supongo, pero no estoy segura.

—Bueno, pues —dijo Marino tras una leve vacilación—, lamento tener que decírselo, pero no encontramos nada de todo eso en la casa.

Hasta Wesley puso cara de asombro.

—¿Y el manuscrito que se encontró en su dormitorio?

—Ah, sí —Marino se sacó la cajetilla de cigarrillos del bolsillo—, le he echado un vistazo. Una mierda de novela romántica ambientada en la época de la guerra de Secesión. Desde luego, no parece eso que la doctora está describiendo.

—¿Tiene título o lleva alguna fecha? —pregunté.

—No. En realidad, ni siquiera parece que esté terminado. Es así de gordo. —Marino indicó como unos dos centímetros con los dedos—. Hay muchas notas al margen y unas diez páginas más escritas a mano.

—Será mejor que volvamos a repasar todos los papeles y los disquetes del ordenador para cerciorarnos de que este manuscrito autobiográfico no se encuentra entre ellos —dijo

Wesley—. También tenemos que averiguar quién es su agente literario o su editor. A lo mejor, antes de marcharse a Key West, le envió el manuscrito por correo a alguien. Tenemos que asegurarnos de que no regresó a Richmond con él. Si lo llevaba consigo y ahora no está, sería muy significativo, por no decir otra cosa.

Consultando su reloj, Wesley empujó su sillón hacia atrás y anunció en tono de disculpa:

—Tengo otra cita dentro de cinco minutos.

Después salió con nosotros y nos acompañó hasta el vestíbulo.

No pude librarme de Marino, que se empeñó en acompañarme hasta mi automóvil.

—Tiene que mantener los ojos muy abiertos. —Ya estaba otra vez con lo mismo, echándome uno de sus sermones de «sabiduría callejera» como los que en tantas otras ocasiones me había echado—. Muchas mujeres no piensan en eso. Las veo constantemente caminando por ahí sin tener la más remota idea de quién las mira o tal vez las sigue. Y, cuando llegue al automóvil, saque las malditas llaves y mire debajo, ¿eh? Le sorprendería la cantidad de mujeres que tampoco piensan en eso. Si va usted al volante de su automóvil y se da cuenta de que alguien la sigue, ¿qué hace?

No le contesté.

—Se dirige al cuartelillo de bomberos más próximo, ¿de acuerdo? ¿Por qué? Pues porque allí siempre hay alguien. Incluso a las dos de la tarde del día de Navidad. Es el primer lugar al que debe dirigirse.

Mientras esperaba a que se abriera un hueco en el tráfico para poder cruzar, busqué las llaves en el bolso y, al mirar hacia el otro lado de la calle, vi un siniestro rectángulo blanco bajo el limpiaparabrisas de mi automóvil oficial. ¿No habría puesto suficientes monedas? Maldita sea.

—Están por todas partes —añadió Marino—. Fíjese en ellos cuando regrese a casa o cuando ande por ahí haciendo la compra.

Le lancé una de mis miradas asesinas y crucé a toda prisa la calle.

—Oiga —me dijo Marino cuando llegamos a mi automóvil—, no sé por qué se enfada tanto conmigo. Debería considerarse afortunada por el hecho de que yo la proteja como un ángel de la guarda.

Me había pasado quince minutos del tiempo. Arrancando la notificación del parabrisas, la doblé y la introduje en el bolsillo de la camisa de Marino.

—Cuando vuelva volando a jefatura —le dije—, encárguese de resolver este asunto, si no le importa.

Mientras me alejaba, le vi mirarme con expresión ceñuda.

3

Diez manzanas más allá, me adentré en otra zona de aparcamiento e introduje en la ranura las dos últimas monedas de cuarto de dólar que me quedaban, dejando una roja placa con la palabra MÉDICO bien a la vista en el tablero de instrumentos de mi vehículo oficial. Por lo visto, los agentes de tráfico nunca se fijaban en nada. Varios meses atrás, uno de ellos había tenido la desfachatez de ponerme una multa mientras yo estaba trabajando en el escenario de un delito al que la policía me había llamado en medio de la jornada.

Subiendo a toda prisa los peldaños de cemento, empujé una puerta de cristal y entré en la sala principal de la biblioteca pública donde la gente se movía en silencio de un lado para otro y en cuyas mesas de madera se amontonaban enormes cantidades de libros. La sosegada atmósfera me seguía inspirando la misma reverencia que cuando era pequeña. Al llegar a la hilera de máquinas de microfichas que había en el centro de la sala, saqué un índice de los libros escritos bajo los distintos seudónimos de Beryl Madison y empecé a anotar los títulos. La obra más reciente, una novela histórica ambientada en la guerra de Secesión y publicada bajo el seudónimo de Edith Montague, se había publicado un año y medio atrás. Probablemente no valía gran cosa y Mark tenía razón, pensé. A lo largo de diez años, Beryl había publicado seis novelas. Y yo jamás había oído hablar ni de una sola de ellas.

A continuación eché un vistazo a las publicaciones periódicas. Nada. Beryl se limitaba a escribir libros. Al parecer, no había publicado nada y tampoco le habían hecho entrevistas en las revistas. Quizás encontraría algo en los periódicos. El *Times* de Richmond había publicado algunas reseñas de libros en los últimos años, pero no me servían de nada porque se referían a la autora utilizando su seudónimo. El asesino de Beryl conocía su verdadero nombre.

Las pantallas de un blanco brumoso iban pasando ante mis ojos. «Maberly», «Macon» y, finalmente, «Madison». El *Times* había publicado una breve nota sobre Beryl en el mes de noviembre:

CONFERENCIA DE UNA ESCRITORA

La novelista Beryl Stratton Madison pronunciará el próximo miércoles una conferencia organizada por las Hijas de la Revolución Americana en el hotel Jefferson situado en la confluencia entre las calles Mayor y Adams. La señorita Madison, descubierta por el premio Pulitzer, Cary Harper, es especialmente conocida por sus obras ambientadas en la guerra de Independencia y en la de Secesión. Su disertación versará sobre el tema «Validez de la leyenda como vehículo de la verdad».

Tras anotar la información que me interesaba, me entretuve en buscar varios libros de Beryl y en echarles un vistazo. Después regresé a mi despacho y, mientras intentaba enfrascarme en el trabajo, no pude evitar que mi atención se desviara constantemente hacia el teléfono. «No es asunto de tu incumbencia.» Conocía muy bien los límites de mi jurisdicción y los de la policía.

Se abrió la puerta del ascensor del otro lado del vestíbulo y las cuidadoras empezaron a conversar animadamente entre sí mientras se dirigían al armario de la conserjería situada varias puertas más abajo. Siempre llegaban sobre las seis y media. La señora J. R. McTigue, que, según el periódico, era la encargada de las reservas, no contestaría de todos modos. El número que yo había copiado correspondía probablemente a las oficinas de Hijas de la Revolución Americana, que habrían cerrado a las seis.

Contestaron al teléfono al segundo timbrazo.

Tras una pausa pregunté:

—¿La señora J. R. McTigue, por favor?

—Sí, soy yo.

Ya era demasiado tarde. De nada hubiera servido andarme con evasivas.

—Señora McTigue, soy la doctora Scarpetta...

—¿La doctora qué?

—Scarpetta —repetí—. Soy la forense que investiga la muerte de Beryl Madison...

—¡Ah, sí! Lo leí. Qué pena tan grande, era una joven encantadora. Cuando me enteré, no podía creerlo...

—Tengo entendido que pronunció una conferencia en la reunión de noviembre de HRA —dije.

—Estuvimos muy contentas cuando accedió a participar. No solía intervenir en esta clase de actos, ¿sabe usted?

La señora McTigue parecía bastante mayor y pensé con profundo desaliento que me había equivocado. Pero, de pronto, me dio una sorpresa.

—Mire, Beryl lo hizo como un favor. Sólo fue posible gracias a eso. Mi difunto marido era amigo de Cary Harper, el escritor. Seguramente habrá oído hablar de él. En realidad, lo organizó Joe. Sabía que eso significaría mucho para mí. Siempre me han gustado los libros de Beryl.

—¿Dónde vive usted, señora McTigue?

—En los Jardines.

Jardines Chamberlayne era una residencia geriátrica situada bastante cerca del centro de la ciudad, uno de los muchos escenarios de mi vida profesional. En el curso de los últimos años, me había encargado de varios casos de los Jardines y de prácticamente todas las residencias de ancianos u hospitales de crónicos de la ciudad.

—¿Le importaría que pasara unos minutos por ahí antes de volver a casa? —le pregunté—. ¿Sería posible?

—Pues claro que sí. Supongo que no habrá inconveniente. ¿Es usted la doctora qué?

Le repetí lentamente mi apellido.

—Estoy en el apartamento tres siete ocho. Al entrar en el vestíbulo, tome el ascensor hasta el tercer piso.

El solo hecho de saber dónde vivía, ya me indicaba muchas cosas sobre la señora McTigue. Jardines Chamberlayne era una residencia destinada a personas que no dependían de la Seguridad Social para vivir. Los depósitos que había que entregar para ocupar sus apartamentos eran muy elevados y el alquiler mensual superaba con mucho los plazos de las hipotecas de la mayoría de la gente. Pero los Jardines, como otros establecimientos de su clase, era una jaula dorada. Por muy bonita que fuera, a nadie le apetecía realmente vivir allí.

Situado en el sector oeste de los aledaños del centro de la ciudad, el edificio era un moderno rascacielos de ladrillo que parecía una deprimente mezcla de hotel y hospital. Aparqué en la parte reservada a las visitas y me dirigí hacia un porche iluminado que parecía ser la entrada principal. El vestíbulo estaba amueblado con piezas de estilo Williamsburg, muchas de las cuales ostentaban arreglos florales de seda en pesados jarrones de cristal tallado. La alfombra roja de pared a pared estaba cubierta por alfombras orientales tejidas a máquina y, en el techo, brillaba una lámpara de latón. Un anciano estaba sentado en el borde de un sofá con un bastón en la mano y la mirada perdida bajo la visera de una gorra inglesa de *tweed*. Una anciana decrépita avanzaba por la alfombra con la ayuda de un andador.

Un joven de expresión aburrida, casi oculto detrás de una planta de interior en el mostrador de recepción, no me prestó la menor atención cuando me dirigí hacia el ascensor. Las puertas se abrieron y tardaron una eternidad en cerrarse, tal como suele ocurrir en los lugares donde la gente necesita mucho tiempo para moverse. Mientras subía los tres pisos sola, leí los boletines fijados a los paneles del interior en los que anunciaban visitas a museos y plantaciones de la zona, clubs de *bridge*, artes y oficios y el plazo de entrega de las prendas de punto que necesitaba el Centro de la Comunidad judía. Muchos de los anuncios ya eran antiguos. Las residencias geriátricas, con sus nombres de cementerio tales como Tierra del Sol, Refugio del Pinar o Jardines de Chamberlayne, siempre suscitaban en mí una cierta desazón. No sabía lo que iba a hacer cuando mi madre ya no pudiera vivir sola. La última vez que la había llamado me había dicho que, a lo mejor, le tendrían que colocar una prótesis de cadera.

El apartamento de la señora McTigue se encontraba hacia la mitad del pasillo a la izquierda, y mi llamada fue inmediatamente atendida por una acartonada mujer con el ralo cabello fuertemente rizado y teñido de amarillo como el papel antiguo. Llevaba mucho colorete en la cara e iba arrebujada en un jersey blanco demasiado grande para ella. Se aspiraba el perfume de un agua de colonia con esencias florales y el aroma de un pastel de queso.

—Soy la doctora Scarpetta —dije.

—Oh, cuánto me alegro de que haya venido —exclamó, dándome unas palmaditas en la mano que yo le tendía—. ¿Tomará té o algo un poco más fuerte? Cualquier cosa que desee, la tengo. Yo beberé una copita de oporto.

Todo eso me lo dijo mientras me acompañaba a un pequeño salón y me indicaba un sillón orejero. Apagó el televisor y encendió otra lámpara. El salón era tan agobiante como el decorado de la ópera *Aida*. Sobre todos los espacios disponibles de la gastada alfombra persa había antiguos muebles de caoba: sillas, veladores, una mesita con cachivaches, estanterías abarrotadas de libros y rinconeras con objetos de porcelana translúcida y cristal tallado. Las paredes aparecían cubiertas de sombríos cuadros, tiradores de campanillas y grabados de latón.

Regresó portando en una fuente de plata una botella Waterford de oporto, dos copas de cristal tallado a juego y una bandejita con galletas de queso de elaboración casera. Llenando las copitas, me ofreció las galletas y unas servilletas de lino y encaje recién planchadas. El ritual nos llevó un buen rato. Después se sentó en el borde de un sofá en el que yo supuse que permanecía sentada casi todas las horas del día, leyendo o viendo la televisión. Le encantaba tener compañía aunque el motivo de mi visita no tuviera, en cierto modo, carácter social. Me pregunté quién la visitaría, si es que alguien lo hacía.

—Tal como le he dicho antes, soy la forense que trabaja en el caso de Beryl Madison —dije—. En estos momentos, los que estamos investigando su muerte apenas sabemos nada sobre ella o las personas que la conocían.

La señora McTigue tomó un sorbo de oporto con expresión impenetrable. Yo estaba tan acostumbrada a ir directamente al grano cuando hablaba con la policía o los abogados, que a veces me olvidaba de que el resto del mundo necesita un poco de lubrificación previa. La galleta era mantecosa y francamente buena. Así se lo dije.

—Muchas gracias —contestó sonriendo la señora McTigue—. Sírvase, por favor. Hay muchas.

—Señora McTigue —añadí—, ¿conocía usted a Beryl Madison antes de que la invitara a hablar para su grupo en el otoño pasado?

—Sí, por supuesto —contestó—. Por lo menos, en forma indirecta, pues llevo muchos años admirando su obra. Me refiero a sus libros, ¿sabe? Las novelas históricas son lo que más me gusta.

—¿Cómo se enteró de que ella era la autora? —pregunté—. Escribía con seudónimos y su verdadero nombre no figuraba ni en las cubiertas ni en la nota sobre el autor.

Antes de salir de la biblioteca, yo había examinado varios de los libros de Beryl.

—Muy cierto. Creo que soy una de las pocas personas que conocían su identidad... gracias a Joe.

—¿Su marido?

—Él y el señor Harper eran amigos —contestó—. Bueno, todo lo amigos que podían ser, teniendo en cuenta la personalidad del señor Harper. Mantenían tratos a través de los negocios de Joe. Así empezó todo.

—¿A qué se dedicaba su marido? —pregunté, llegando a la conclusión de que mi anfitriona no estaba tan alelada como yo había pensado al principio.

—A la construcción. Cuando el señor Harper compró Cutler Grove, la casa necesitaba muchas reformas. Joe se pasó casi dos años allí, supervisando las obras.

Hubiera tenido que comprender inmediatamente la conexión. Construcciones McTigue y Compañía Maderera McTigue eran las constructoras más importantes de Richmond, con delegaciones en toda la mancomunidad.

—Eso fue hace más de quince años —añadió la señora McTigue—. Cuando trabajaba en el Grove, Joe tuvo ocasión de conocer a Beryl. Ella solía acudir allí con el señor Harper varias veces por semana y muy pronto se instaló en la casa. Era muy joven. —La anciana hizo una pausa—. Recuerdo que Joe me contó entonces que el señor Harper había adoptado a una chica muy guapa que, además, era una escritora de gran talento. Creo que era huérfana. Una historia muy triste. Todo eso se mantuvo en secreto, por supuesto.

La señora McTigue posó la copa y cruzó lentamente la estancia para dirigirse a un secreter. Abriendo un cajón, sacó un gran sobre de color marfil.

—Aquí tiene —dijo, ofreciéndomelo con trémulas manos—. Es la única fotografía que tengo de ellos.

En el interior del sobre había una hoja en blanco de grueso papel tela que protegía una fotografía en blanco y negro con exceso de exposición. A ambos lados de una bonita y delicada adolescente rubia aparecían dos altos y bronceados hombres vestidos con ropa de faena. Las tres figuras estaban muy juntas y mantenían los ojos entornados bajo el ardiente sol.

—Ése es Joe —dijo la señora McTigue, indicándome al hombre situado a la izquierda de la muchacha que sin duda debía de ser la joven Beryl Madison. Llevaba las mangas de la camisa caqui remangadas hasta los codos y sus ojos estaban protegidos por la visera de una gorra de la International Harvester. A la derecha de Beryl se encontraba un corpulento individuo de blanco cabello que, según me dijo la señora McTigue, era Cary Harper.

»La fotografía se tomó junto al río —añadió la señora McTigue—. Joe estaba trabajando en las reformas de la casa. Ya entonces, el señor Harper tenía el cabello blanco. Supongo que ya debe de conocer las historias que se cuentan. Al parecer, el cabello se le volvió blanco mientras escribía *La esquina mellada*, cuando apenas contaba treinta y tantos años.

—¿La fotografía se tomó en Cutler Grove?

—Sí, en Cutler Grove —contestó la señora McTigue.

El rostro de Beryl me llamaba poderosamente la atención. Era un rostro demasiado sabio y experto para alguien tan joven, el melancólico rostro de anhelo y tristeza que yo suelo asociar a los niños que han sido maltratados y abandonados.

—Beryl era casi una niña —añadió la señora McTigue.

—Debía de tener dieciséis o tal vez diecisiete años, ¿verdad?

—Pues sí, más o menos —contestó, observando cómo yo envolvía la fotografía en la hoja de papel y la introducía de nuevo en el sobre—. La encontré cuando murió Joe. Debió de tomarla uno de sus empleados.

Guardó el sobre en el cajón y añadió, sentándose en el sofá:

—Creo que uno de los motivos por los cuales Joe se llevaba tan bien con el señor Harper es el hecho de que Joe fuera extremadamente discreto con los asuntos de otras personas. Hay muchas cosas que estoy segura de que jamás me contó ni siquiera a mí —dijo con una leve sonrisa en los labios.

—Cuando se empezaron a publicar los libros de Beryl, el señor Harper le debió de comentar algo a su marido —dije.

La señora McTigue me miró con expresión sorprendida.

—Pues verá, no estoy muy segura de que Joe me dijera alguna vez cómo se había enterado, doctora Scarpetta... Qué apellido tan encantador. ¿Español?

—Italiano.

—¡Ah! En tal caso, estoy segura de que debe de ser usted una excelente cocinera.

—Es algo que me encanta, en efecto —dije, tomando un sorbo de oporto—. O sea, que seguramente el señor Harper le habló a su marido de los libros de Beryl.

—Vaya. —La señora McTigue frunció el ceño—. Es curioso que me lo pregunte. Es algo que nunca se me había ocurrido. Pero el señor Harper le debió de hacer algún comentario en determinado momento. De otro modo, no sé cómo Joe se hubiera podido enterar, porque el caso es que se enteró. Cuando se publicó *Bandera de honor*, me regaló un ejemplar por Navidad. —Volvió a levantarse y, tras buscar en varias estanterías, sacó un grueso volumen y me lo entregó—. Está dedicado —añadió con orgullo.

Lo abrí y contemplé la amplia firma de «Emily Stratton», estampada un mes de diciembre de diez años atrás.

—Su primer libro —dije.

—Posiblemente uno de los pocos que dedicó —dijo la señora McTigue con una radiante sonrisa en los labios—. Creo que Joe lo consiguió a través del señor Harper. Claro, no hubiera podido conseguirlo de ninguna otra manera.

—¿Tiene usted algún otro ejemplar dedicado?

—De obras suyas no, pero tengo todos sus libros y alguno de ellos los he leído hasta dos y tres veces. —La señora McTigue hizo una pausa, mirándome con los ojos muy abiertos—. ¿Ocurrió tal como lo describieron en los periódicos?

—Sí.

No le estaba diciendo toda la verdad. La muerte de Beryl había sido mucho más brutal de lo que habían dicho los periódicos.

La señora McTigue alargó la mano para tomar una galleta y, por un instante, temí que rompiera a llorar.

—Hábleme del pasado mes de noviembre —le dije—. Hace casi un año que Beryl pronunció una conferencia para su asociación, señora McTigue. Fue para Hijas de la Revolución Americana, ¿verdad?

—Fue en ocasión de nuestro banquete anual. Es el máximo acontecimiento del año, al que invitamos a un orador especial... normalmente, un personaje famoso. A mí me correspondió presidir el comité, tomar todas las disposiciones necesarias y buscar al orador. Desde un principio me interesó Beryl, pero en seguida empecé a tropezar con obstáculos. No tenía ni idea de cómo localizarla. Su teléfono no figuraba en ninguna guía y yo no sabía dónde vivía, ¡no tenía ni la más remota idea de que vivía aquí mismo, en Richmond! Al final, le pedí a Joe que me ayudara. —La señora McTigue vaciló y soltó una risita nerviosa—. Verá, es que yo quería resolverlo todo por mi cuenta. Además, Joe estaba muy ocupado. Bueno, mi marido llamó una noche al señor Harper y, a la mañana siguiente, sonó mi teléfono. Jamás podré olvidar la sorpresa que me llevé. Me quedé casi sin habla cuando ella se identificó.

Su teléfono. No se me había ocurrido la posibilidad de que el teléfono de Beryl no figurara en la guía. El detalle no se mencionaba en los informes del oficial Reed. ¿Lo sabía Marino?

—Aceptó la invitación para mi gran alegría y después me hizo las habituales preguntas —añadió la señora McTigue—. Cuánta gente habría. Le contesté que entre doscientas y trescientas personas. La fecha, cuánto rato debería hablar y cosas por el estilo. Estuvo amabilísima y encantadora, aunque no me pareció muy parlanchina, lo cual es bastante insólito. No mostró ningún interés por llevar libros. Los escritores siempre quieren llevar libros, ¿sabe usted? Así escriben dedicatorias y los venden. Beryl dijo que no lo tenía por costumbre y, además, se negó a percibir ningún tipo de honorarios. Me pareció deliciosa y muy modesta.

—¿En el grupo sólo había mujeres? —pregunté.

La señora McTigue trató de recordar.

—Creo que algunas socias llevaron a sus maridos, pero la mayoría de asistentes eran mujeres. Como siempre.

Lo suponía. No era probable que el asesino de Beryl hubiera figurado entre sus admiradores aquel día de noviembre.

—¿Solía aceptar invitaciones como la que ustedes le hicieron? —pregunté.

—Oh, no —se apresuró a contestar la señora McTigue—. Me consta que no, por lo menos, no por aquí. Yo me hubiera enterado y hubiera sido una de las primeras personas en apuntarme. Me pareció una joven muy reservada que escribía por el puro placer de escribir y no pretendía llamar la atención. Lo cual explica por qué utilizaba seudónimos. Los escritores que ocultan su identidad de esta manera raras veces se muestran en público. Y estoy segura de que ella no hubiera hecho una excepción en mi caso de no haber sido por la amistad de Joe con el señor Harper.

—Eso quiere decir que estaba dispuesta a hacer cualquier cosa por el señor Harper —comenté.

—Pues sí, supongo que sí.

—¿Le vio usted alguna vez?

—Sí.

—¿Qué impresión le causó?

—Supongo que debía de ser tímido —contestó la señora McTigue—, pero a veces me parecía un hombre muy desdichado que tal vez se consideraba por encima de los demás. Tenía una poderosa personalidad. —Su mirada volvió a perderse en la distancia y la luz de sus ojos se apagó—. Mi marido le tenía un gran aprecio.

—¿Cuándo vio usted por última vez al señor Harper?

—Mi marido murió la primavera pasada.

—¿Y usted no ha vuelto a ver al señor Harper desde entonces?

La señora McTigue negó con la cabeza y se perdió en algún oculto y amargo lugar privado del que yo no sabía nada. Me pregunté qué habría ocurrido realmente entre Cary Harper y el señor McTigue. ¿Relaciones de negocios ruinosos?

¿Una influencia sobre el señor McTigue que acabó convirtiendo a este último en un hombre distinto del que su esposa había amado? Tal vez todo se redujera a que Harper era un hombre egocéntrico y poco sociable.

—Creo que tiene una hermana. ¿Cary Harper vive con su hermana? —pregunté.

La reacción de la señora McTigue a mi pregunta me desconcertó, pues la vi apretar fuertemente los labios mientras los ojos se le llenaban de lágrimas.

Posando la copa en una mesita, alargué la mano hacia mi bolso.

La señora McTigue me acompañó a la puerta.

Insistí con delicadeza.

—¿Les escribió Beryl alguna vez a usted o a su marido?

Sacudió la cabeza.

—¿Sabe si tenía otros amigos? ¿Le hizo su marido algún comentario en este sentido?

Otro movimiento de negación con la cabeza.

—¿Conoce a alguien a quien ella pudiera llamar «M», es decir, con la inicial «M»?

La señora McTigue contempló tristemente el desierto pasillo con la mano apoyada en la puerta. Cuando me miró, sus ojos estaban llorosos y desenfocados.

—Hay un «P» y un «A» en dos de sus novelas. *Espías de la Unión*, creo. Oh, Dios mío, creo que no he apagado el horno. —Parpadeó varias veces como cuando a uno le molesta el sol—. Vendrá otra vez a verme, espero.

—Me encantaría.

Comprimiéndole afectuosamente el brazo, le di las gracias y me alejé.

Llamé a mi madre en cuanto regresé a casa y, por una vez, lancé un suspiro de alivio al oír sus habituales sermones y advertencias con aquella voz suya tan autoritaria con la cual me manifestaba su cariño a pesar de los reproches.

—Aquí hemos estado toda la semana a veintitantos grados, pero he visto en el telediario que en Richmond habéis bajado a doce —dijo—. Eso quiere decir que hace mucho frío. ¿Todavía no ha nevado?

—No, mamá, no ha nevado. ¿Qué tal tu cadera?

—Todo lo bien que se puede esperar. Te estoy haciendo una mantita para que te cubras las rodillas cuando estés trabajando en tu despacho. Lucy ha preguntado por ti.

Llevaba varias semanas sin hablar con mi sobrina.*

—Ahora mismo está trabajando en un proyecto de ciencias en la escuela —añadió mi madre—. Un robot parlante nada menos. Lo trajo a casa la otra noche y el pobre *Sinbad* se llevó tal susto, que se escondió debajo de la cama.

Sinbad era un perverso y antipático gato callejero a rayas grises y negras que había empezado a seguir tenazmente a mi madre una mañana en que salió de compras por Miami Beach. Siempre que yo iba por allí, *Sinbad* me expresaba su hospitalidad instalándose encima del frigorífico como un buitre y mirándome con muy malos ojos.

—¿A que no sabes a quién vi el otro día? —dije con una jovialidad un tanto forzada. Experimentaba el apremiante impulso de contárselo a alguien. Mi madre conocía mi pasado o, por lo menos, una buena parte de él—. ¿Te acuerdas de Mark James?

Silencio.

—Estuvo en Washington y vino a verme.

—Pues claro que me acuerdo.

—Vino para discutir un caso conmigo. Ya recuerdas que es abogado. Vive en Chicago —añadí, tratando de hacer marcha atrás—. Tenía un asunto que resolver en el D. C.

Cuanto más hablaba, tanto más me cercaba el silencioso reproche de mi madre.

—Ya. Lo que yo recuerdo es que estuvo a punto de matarte, Katie.

Cuando me llamaba «Katie», yo volvía a tener diez años.

* Véase, de la misma autora, *Post mortem*, en esta misma colección. (N. del E.)

4

La ventaja más evidente de tener los laboratorios forenses en el mismo edificio consistía en que no tenía que esperar los informes por escrito. Lo mismo que yo, los científicos ya sabían a menudo muchas cosas antes de sentarse a escribirlas. Yo había entregado las pruebas de vestigios de Beryl Madison exactamente una semana antes y probablemente transcurrirían varias semanas antes de que el informe se encontrara sobre mi escritorio, pero Joni Hamm ya tendría sus opiniones y sus interpretaciones personales. Tras haber terminado los casos de aquella mañana, me apetecía hacer conjeturas, por lo que, con una taza de café en la mano, decidí subir al cuarto piso.

El «despacho» de Joni no era más que un cuartito emparedado entre los laboratorios de análisis de vestigios y de narcóticos al final del pasillo. Cuando entré, la vi sentada junto a un negro mostrador, examinando algo a través del ocular de un microscopio estereoscópico, teniendo junto a su codo un cuaderno de espiral lleno de notas pulcramente escritas.

—¿Vengo en mal momento? —pregunté.

—No peor que cualquier otro —me contestó, levantando la vista con aire distraído.

Acerqué una silla.

Joni era menuda y tenía una corta melena negra y unos grandes ojos oscuros. Estaba haciendo el doctorado, daba clases nocturnas, era madre de dos hijos pequeños y siempre parecía cansada y excesivamente agobiada. Tal como les ocurría a casi todos los científicos que trabajaban en los laboratorios y también a mí.

—Quería saber qué tal van los vestigios de Beryl Madison, —dije—. ¿Qué se ha descubierto?

—Más de lo que esperábamos, supongo. —Joni se volvió de espaldas al cuaderno—. Los vestigios de Beryl Madison son una pesadilla.

No me extrañaba. Yo había entregado una enorme cantidad de sobres y de cápsulas de pruebas. El cuerpo de Beryl estaba tan ensangrentado que había recogido toda clase de restos cual si fuera un papel atrapamoscas. Las fibras, en particular, serían difíciles de examinar porque habría que limpiarlas antes de que Joni pudiera colocarlas bajo el microscopio. Para ello se tendría que colocar cada fibra individual en el interior de un recipiente con solución jabonosa, introducido a su vez en un baño de ultrasonidos. Cuando la sangre y el polvo se desprendían, la solución se pasaba a través de un filtro estéril de papel y cada fibra se colocaba en un portaobjetos de vidrio.

Joni estaba estudiando sus notas.

—Si no me constara que no fue así —añadió—, diría que Beryl Madison fue asesinada no en su casa, sino en otro sitio.

—Eso no es posible —dije—. Fue asesinada en el piso de arriba y llevaba muy poco tiempo muerta cuando llegó la policía.

—Ya lo sé. Empezaremos por las fibras de su casa. Eran tres, recogidas en las zonas ensangrentadas de las rodillas y las palmas de las manos. Son de lana. Dos de ellas rojo oscuro y una dorada.

—¿Coinciden con el *kilim* del pasillo del piso de arriba? —pregunté, recordando las fotografías del escenario del delito.

—Sí —contestó Joni—. Coinciden perfectamente con las muestras que entregó la policía. Si Beryl Madison hubiera estado a cuatro patas sobre esa alfombra, se explicaría la existencia de las fibras que usted recogió y su localización. Eso es lo más fácil.

Joni tomó unas cuantas carpetas de cartón que contenían vanos portaobjetos y rebuscó entre ellas hasta encontrar la que le interesaba. Abriéndola, examinó varias hileras de portaobjetos de vidrio y dijo:

—Aparte de esas fibras había varias más de algodón blanco. No sirven para nada, pueden proceder de cualquier sitio y probablemente corresponden a la sábana blanca con que cubrieron su cuerpo. Examiné también otras diez fibras recogidas en su cabello, en las zonas ensangrentadas de su cuello y su pecho y en las uñas. Sintéticas. —Joni me miró—. Y no coinciden con ninguna de las muestras que entregó la policía.

—¿No coinciden ni con las prendas que vestía ni con la ropa de la cama? —pregunté.

—En absoluto —contestó Joni, sacudiendo la cabeza—. Al parecer corresponden a otro escenario y, como estaban adheridas a la sangre o se encontraban bajo las uñas, es muy probable que sean el resultado de una transferencia pasiva desde el atacante hasta la víctima.

Era un hallazgo inesperado. Cuando el subjefe Fielding consiguió finalmente localizarme la noche del asesinato de Beryl, yo le pedí que me esperara en el depósito de cadáveres. Llegue allí poco después de la una de la madrugada y nos pasamos varias horas examinando el cuerpo de Beryl con rayos láser y recogiendo todas las partículas y fibras que pudimos descubrir. Pensé que casi todo lo que habíamos encontrado serían inservibles restos de la propia ropa de Beryl o de su casa. La idea de que se hubieran encontrado diez fibras depositadas por el atacante me parecía sorprendente. En casi todos los casos que pasaban por mis manos tenía suerte cuando encontraba una fibra desconocida y me llevaba una alegría cuando encontraba dos o tres. Muchas veces no encontraba ninguna. Las fibras no se ven con facilidad ni siquiera con una lupa, y el menor movimiento del cuerpo o el más leve soplo de aire puede desplazarlas mucho antes de que el forense llegue al lugar de los hechos o de que el cuerpo sea trasladado al depósito de cadáveres.

—¿Qué clase de fibras sintéticas? —pregunté.

—Olefina, acrílica, nailon, polietileno y Dynel, pero casi todas de nailon —contestó Joni—. Los colores varían: rojo, azul, verde, dorado, anaranjado. Bajo el microscopio tampoco coinciden entre sí.

Joni colocó los portaobjetos uno después de otro en la platina del microscopio y miró a través de la lente.

—En sentido longitudinal —explicó—, algunas son estriadas y otras no. Casi todas contienen dióxido de titanio en distintas proporciones, lo cual significa que algunas brillan un poco, otras no brillan y algunas son brillantes. Los diámetros son bastante ásperos, lo cual podría indicar que son fibras de alfombra, pero en sentido transversal las formas varían.

—¿Diez orígenes distintos? —pregunté.

—Eso parece de momento —contestó Joni—. Decididamente atípicas. Si las fibras proceden del atacante, quiere decir que éste llevaba encima una insólita variedad de fibras. Está claro que las más toscas no pertenecen a su ropa, pues son fibras de tipo alfombra. Y no pertenecen a ninguna de las alfombras de la casa. El hecho de que el atacante llevara encima tantas fibras es curioso por otro motivo. A lo largo del día recogemos toda clase de fibras, pero no las conservamos. Nos sentamos en un sitio y recogemos fibras, pero éstas se desprenden cuando, al cabo de un rato, nos sentamos en otro. O el aire se las lleva.

La cosa se complicaba. Joni pasó a otra página del cuaderno de notas y añadió:

—También he examinado las pruebas de la aspiradora, doctora Scarpetta. Concretamente, los restos que Marino recogió con la aspiradora en la alfombra de oración son un auténtico batiburrillo. —Echó un vistazo a la lista—. Ceniza de tabaco, partículas de papel rosado que coinciden con el sello de una cajetilla de cigarrillos, cuentas de vidrio, dos restos de vidrio roto correspondientes a una botella de cerveza y a faros delanteros de un automóvil. Como de costumbre, hay restos de insectos, de hortalizas y también una esfera metálica. Y mucha sal.

—¿Sal de mesa?

—Exactamente.

—¿Todo eso en el *kilim* de oración? —pregunté.

—Y también en la zona del suelo donde se encontró el cuerpo —contestó Joni—. Y lo mismo se encontró en su cuerpo, en las uñas y en el cabello.

Beryl no fumaba. No había razón para que en la casa hubiera ceniza de tabaco o partículas procedentes del sello de una cajetilla de cigarrillos. La sal se asocia con la comida y era absurdo que hubiera sal en el piso de arriba o en su cuerpo.

—Marino entregó seis muestras distintas de aspiradora, todas ellas recogidas en alfombras y zonas del suelo donde se encontró sangre —dijo Joni—. Además, he examinado las muestras de control recogidas en zonas de la casa o en alfombras donde no había sangre ni evidencia de lucha... unas zonas en las que el asesino no estuvo, según cree la policía. Las muestras son significativamente distintas. Los restos que acabo de enumerar se encontraron exclusivamente en las zonas donde se cree que estuvo el asesino, lo cual quiere decir que casi todo este material se transfirió desde su persona al escenario del delito y el cuerpo de la víctima. Puede que estuviera adherido a sus zapatos, a su ropa y a su cabello. Dondequiera que fuera, todo aquello que rozó recogió parte de los vestigios.

—Debía de parecer una auténtica pocilga —dije.

—Todo eso resulta casi invisible a simple vista —me recordó Joni con la cara muy seria—. Probablemente, él no tenía ni idea de que llevaba todos estos vestigios encima.

Estudié la lista escrita a mano. En mi experiencia sólo había dos tipos de casos que podían explicar semejante abundancia de vestigios. Uno de ellos se daba cuando un cuerpo se arrojaba a un terraplén o a algún otro lugar polvoriento como, por ejemplo, una cuneta de carretera o un parking de grava; el otro cuando un cuerpo se trasladaba de un lugar a otro en un sucio portamaletas o en el sucio suelo de un automóvil. Ninguna de ambas cosas tenía aplicación en el caso de Beryl.

—Clasifíquemelas según el color —dije—. ¿Cuáles de estas fibras podrían corresponder a alfombras y cuáles a prendas de vestir?

—Las seis fibras de nailon son de color rojo, rojo oscuro, azul, verde, amarillo verdoso y verde oscuro. Las verdes podrían ser negras en realidad —añadió Joni—. El negro no parece negro bajo el microscopio. Todas estas fibras son ásperas como las de las alfombras, y sospecho que algunas de ellas podrían corresponder a una alfombra de automóvil y no a la de una casa.

—¿Por qué?

—Por los vestigios que he encontrado. Por ejemplo, las cuentas de vidrio se asocian a menudo con la pintura reflectante que se utiliza en las señalizaciones viarias. En las muestras de aspiradora de vehículos encuentro a menudo esferas metálicas. Son bolas de soldadura del montaje del chasis del vehículo. No se ven, pero están ahí. Fragmentos de vidrio roto... hay fragmentos de vidrio roto por todas partes y, sobre todo, en las cunetas de las carreteras y los parkings. Los recogemos con las suelas y los introducimos en nuestro automóvil. Lo mismo ocurre con los restos de tabaco. Finalmente, nos queda la sal, y eso me induce a sospechar que el origen de los vestigios de Beryl es un automóvil. La gente entra en un MacDonald's y se come las patatas fritas en el interior de su automóvil. Probablemente todos los automóviles de esta ciudad tienen restos de sal.

—Supongamos que tiene usted razón —dije—. Digamos que estas fibras proceden de la alfombra de un automóvil. Eso todavía no explica por qué tendría que haber seis fibras de nailon distintas. No es probable que ese individuo tenga seis tipos distintos de alfombra en su vehículo.

—No, no es probable —dijo Joni—. Pero las fibras se podrían haber transferido a su automóvil. A lo mejor, su profesión lo expone a las alfombras. A lo mejor desempeña un trabajo que le obliga a entrar y salir de automóviles distintos a lo largo de todo el día.

—¿Un túnel de lavado? —pregunté, recordando el vehículo de Beryl impecablemente limpio por dentro y por fuera.

Joni reflexionó con expresión reconcentrada.

—Bien pudiera ser algo de eso. Si trabaja en uno de esos sitios donde los empleados limpian los interiores y los portamaletas, se debe de pasar todo el día expuesto a una gran variedad de fibras de alfombra. Y es inevitable que las recoja. Otra posibilidad es que sea un mecánico de automóviles.

Tomé mi taza de café.

—Muy bien. Vamos con las otras cuatro fibras. ¿Qué puede decirme de ellas?

Joni leyó sus notas.

—Una es acrílica, otra es olefina, la otra es polietileno y la última es Dynel. Las tres primeras son de tipo alfombra. La fibra de Dynel es interesante porque no la suelo ver muy a menudo. Se asocia, en general, con los abrigos de piel de imitación y con las alfombras de pelo y las pelucas. Pero esta fibra de Dynel es más fina y podría corresponder a una prenda de vestir.

—¿La única fibra de prenda de vestir que ha encontrado?

—Creo que sí —contestó Joni.

—Al parecer, Beryl vestía un traje pantalón de color tostado...

—No es Dynel —dijo Joni—. Por lo menos, los pantalones y la chaqueta no lo son. Son una mezcla de poliéster y algodón. Puede que la blusa fuera de Dynel, pero no podemos saberlo porque no ha aparecido. —Joni tomó otro portaobjeto y lo colocó en la platina del microscopio—. En cuanto a la fibra anaranjada que he mencionado, la única acrílica que he encontrado, debo decir que su sección transversal tiene una forma que jamás había visto.

Trazó un diagrama para enseñármelo, tres círculos unidos en el centro como un trébol de tres hojas sin tallo. Las fibras se fabrican introduciendo un polímero fundido o disuelto a través de los minúsculos orificios de una hilera. Cortados transversalmente, los filamentos o fibras resultantes tendrán la misma forma que los orificios de la hilera, de la misma manera que una porción de dentífrico tendrá la misma sección transversal que la forma de la abertura del tubo a través del cual se introdujo. Yo tampoco había visto jamás aquella forma de hoja de trébol. Las secciones transversales de casi todas las fibras acrílicas tienen forma redonda, de cacahuete, de tibia, de pesa de gimnasia o de hongo.

—Observe.

Joni se apartó a un lado para hacerme sitio.

Miré a través del ocular. La fibra parecía una moteada cinta retorcida cuyos variados matices de anaranjado vivo aparecían punteados por negras partículas de dióxido de titanio.

—Como se puede ver, el color también es un poco raro —añadió Joni—. El anaranjado. Desigual y moderadamente cubierto de partículas para atenuar el brillo de la fibra. Aun así, el anaranjado es muy llamativo, como el que lucen los niños la víspera de Todos los Santos, lo cual me parece un poco raro en una fibra de prenda de vestir o de alfombra. El diámetro es moderadamente áspero.

—Y eso quiere decir que pertenece a una alfombra —apunté—. A pesar de lo insólito del color.

—Posiblemente.

Empecé a pensar en los distintos tipos de telas de color anaranjado vivo con los cuales yo me había tropezado.

—¿Y qué me dice de las prendas de tráfico? —pregunté—. Son de color anaranjado vivo y una fibra de este tipo encajaría con los vestidos que usted ha identificado.

—No es probable —dijo Joni—. Casi todas las prendas de tráfico que he visto son de nailon y no acrílicas; la trama suele ser muy áspera y no se deshilacha fácilmente. Además, los blusones y las chaquetas de los obreros que trabajan en las carreteras o de la policía de tráfico son muy lisas, no se deshilachan y suelen ser de nailon. Tampoco creo que lleven muchas partículas para eliminar el brillo... un blusón de tráfico tiene que brillar.

Me aparté del estereoscopio.

—En cualquier caso, esta fibra es tan curiosa que debe de estar patentada. Seguramente alguien la podría identificar, aunque nosotros no podamos compararla con ningún tejido conocido.

—Pues le deseo mucha suerte.

—Ya lo sé. Derechos de propiedad. La industria textil es tan celosa con sus patentes como lo es la gente con sus citas galantes.

Joni se desperezó y se aplicó un masaje en la nuca.

—Siempre me ha parecido un milagro que los federales obtuvieran tanta colaboración en el caso de Wayne Williams —dijo, refiriéndose al terrible período de veintidós meses, en Atlanta, durante el cual se cree que murieron nada menos que treinta niños negros a manos del mismo asesino en serie. Los restos fibrosos encontrados en doce de los cuerpos de las víctimas estaban relacionados con el domicilio y con los automóviles utilizados por Williams.

—Convendría que Hanowell echara un vistazo a estas fibras y, particularmente, a la anaranjada —dije.

Roy Hanowell era un agente especial del FBI de la Unidad de Análisis Microscópicos de Quantico. Había examinado las fibras del caso Williams y, desde entonces, numerosos organismos de investigación de todo el mundo le pedían constantemente que examinara toda clase de cosas desde fibras de lana de cachemira a telarañas.

—Le deseo suerte —repitió Joni en tono burlón.

—¿Le llamará? —le pregunté.

—Dudo de que quiera examinar algo que ya ha sido examinado —contestó—. Ya sabe usted cómo son los federales.

—Le llamaremos las dos —sentencié.

Cuando regresé a mi despacho, me encontré media docena de hojitas rosas de mensajes telefónicos. Una me llamó inmediatamente la atención. En ella figuraba el número de una centralita de Nueva York y una nota que decía: «Mark. Por favor, devuelva la llamada cuanto antes.» Sólo se me ocurría una razón que explicara su presencia en Nueva York. Había ido a ver a Sparacino, el abogado de Beryl. ¿Por qué el bufete Orndorff & Berger estaba tan profundamente interesado en el asesinato de Beryl Madison?

El número de teléfono era, al parecer, la línea directa de Mark, pues éste contestó al primer timbrazo.

—¿Cuándo estuviste por última vez en Nueva York? —me preguntó como el que no quiere la cosa.

—¿Cómo dices?

—Hay un vuelo que sale de Richmond dentro de cuatro horas exactas. Es directo. ¿Podrías tomarlo?

—¿De qué se trata? —pregunté en tono pausado mientras se me aceleraba el pulso sin que yo pudiera evitarlo.

—No me parece oportuno discutir los detalles por teléfono, Kay —me contestó.

—Pues a mí no me parece oportuno ir a Nueva York, Mark —repliqué.

—Por favor. Es muy importante. Sabes que no te lo pediría si no lo fuera.

—No es posible...

—Me he pasado toda la mañana con Sparacino —dijo Mark, interrumpiéndome mientras unas emociones largo tiempo reprimidas luchaban contra mi determinación—. Han surgido un par de cosas relacionadas con Beryl Madison y tu oficina.

—¿Mi oficina? —pregunté, perdiendo la aparente calma—. ¿Qué tiene mi oficina que ver con todo eso?

—Por favor —repitió Mark—. Te pido, por favor, que vengas.

Vacilé.

—Acudiré a recogerte a La Guardia. —La urgencia de Mark cortó todos mis intentos de retirada—. Buscaremos un lugar tranquilo para hablar. La reserva ya está hecha. Lo único que tienes que hacer es recoger el billete en el mostrador. Ya te he reservado habitación y me he encargado de todo.

Oh, Dios mío, pensé, colgando el aparato. Inmediatamente entré en el despacho de Rose.

—Tengo que ir a Nueva York esta tarde —le expliqué en un tono que no admitía preguntas—. Es algo relacionado con el caso de Beryl Madison y permaneceré ausente del despacho por lo menos durante todo el día de mañana —añadí, evitando su mirada.

Aunque mi secretaria no sabía nada de Mark, temía que mis motivos estuvieran tan claros como puede serlo un tablón de anuncios.

—¿Hay algún teléfono donde yo pueda localizarla? —preguntó Rose.

—No.

Abriendo la agenda, Rose empezó a examinar las citas que tendría que cancelar mientras me decía:

—Antes llamaron del *Times*, algo relacionado con un artículo sobre usted.

—Ni hablar —repliqué en tono irritado—. Lo que quieren es acorralarme a propósito del caso de Beryl Madison. No falla. Siempre que se produce algún brutal asesinato cuyos detalles me niego a discutir, aparece de pronto un reportero que quiere saber en qué universidad estudié, si tengo perro o si abrigo sentimientos contradictorios sobre la pena de muerte, cuáles son mi color y mi plato favoritos y la película o la modalidad de muerte que prefiero.

—Les diré que no —musitó Rose, extendiendo la mano hacia el teléfono.

Abandoné mi despacho justo con el tiempo suficiente para regresar a casa, poner unas cuantas cosas en una maleta y adelantarme al tráfico de la hora punta. Tal como Mark me había prometido, el billete me esperaba en el aeropuerto. Me había hecho una reserva en primera clase y, en cuestión de una hora, me vi instalada en una fila para mí sola. Me pasé una hora tomando Chivas con hielo y tratando de leer, mientras mis pensamientos vagaban como las nubes del encapotado cielo que veía a través de la ventanilla ovalada.

Quería ver a Mark. Me daba cuenta de que no era una necesidad profesional sino una debilidad que ya creía haber superado por completo. Me sentía alternativamente emocionada y asqueada. No me fiaba de él, pero deseaba desesperadamente poder hacerlo. «No es el Mark que conociste en otros tiempos y, aunque lo fuera, recuerda lo que te hizo.» Por muchas cosas que dijera mi mente, mis sentimientos no querían escucharla.

Leí veinte páginas de una novela escrita por Beryl Madison bajo el seudónimo de Adair Wilds sin tener ni la más remota idea de lo que había leído. Las novelas históricas no son de mi agrado y la verdad es que aquélla no hubiera podido ganar ningún premio. Beryl escribía bien y su prosa era a veces inspirada, pero el argumento era muy flojo y más pesado que el plomo. Era una de esas novelas de segunda categoría que seguían un esquema estereotipado y yo me preguntaba si Beryl habría conseguido cultivar la literatura a la que aspiraba si hubiera vivido más tiempo.

La voz del piloto anunció de repente que tomaríamos tierra en cuestión de diez minutos. Abajo, la ciudad parecía un deslumbrante circuito con minúsculas lucecitas que se movían por las autopistas y torres iluminadas que parpadeaban con rojos destellos en lo alto de los rascacielos.

Minutos más tarde saqué mi maleta del compartimento del equipaje y crucé el puente de embarque para adentrarme en la locura del aeropuerto de La Guardia. Me volví sobresaltada al percibir la presión de una mano en mi codo. Mark se encontraba a mi espalda con una sonrisa en los labios.

—Gracias a Dios —exclamé con alivio.

—¿Cómo? ¿Acaso pensabas que era un ladrón de bolsos? —replicó secamente Mark.

—De haberlo sido, no te hubieras quedado ahí de pie —dije.

—Por supuesto. —Mark me guió para cruzar la terminal—. ¿Sólo llevas esta maleta?

—Sí.

—Muy bien.

A la salida subimos a un taxi conducido por un barburdo sij con turbante marrón cuyo nombre era Munjar, según el carnet de identidad fijado al espejo retrovisor. Él y Mark se hablaron a gritos hasta que, al final, Munjar pareció comprender nuestro destino.

—No habrás comido, espero —me dijo Mark.

—Sólo unas almendras tostadas... —contesté, cayendo contra su hombro cuando el taxi empezó a chirriar pasando de un carril a otro.

—Hay un buen asador cerca del hotel —dijo Mark levantando la voz—. Pensé que podríamos comer allí, dado que no tengo ni la más remota idea de cómo hay que desplazarse en esta maldita ciudad.

Bastaría con que consiguiéramos llegar al hotel, pensé mientras Munjar iniciaba un monólogo que nadie le había pedido acerca de su llegada al país, donde tenía intención de casarse en el mes de diciembre a pesar de que, de momento, no tenía ninguna esposa en perspectiva. Después nos informó de que sólo llevaba tres semanas trabajando como taxista y de que había aprendido a conducir en el Punjab, región en la cual había hecho sus primeros pinitos como tractorista a la edad de siete años.

El tráfico era muy intenso y los amarillos taxis parecían derviches giróvagos en la oscuridad. Al llegar al centro de la ciudad, nos cruzamos con una interminable corriente de personas vestidas de etiqueta que se iban incorporando a la larga cola formada delante del Carnegie Hall. Las rutilantes luces, los abrigos de pieles y los esmóquines despertaron antiguos recuerdos. A Mark y a mí nos encantaba ir al teatro, los conciertos y la ópera.

El taxi se detuvo al llegar al Omni Park Central, una impresionante torre luminosa muy cerca de la zona de los teatros en la confluencia entre las calles Cincuenta y Cinco y Siete. Mark tomó mi maleta y yo le seguí al interior del elegante vestíbulo donde él me registró en recepción y mandó que me subieran la maleta a la habitación. Minutos después, ambos salimos al fresco aire nocturno. Me alegré de haber llevado el abrigo, pues hacía el frío suficiente como para nevar. Tras recorrer tres manzanas, llegamos al Gallargher's, pesadilla de todas las vacas y de todas las arterias coronarias y sueño dorado de todos los amantes de la carne roja. El escaparate era una colección de toda suerte de cortes de carne inimaginables expuestos detrás del cristal mientras que el interior parecía un santuario de personajes famosos cuyas fotografías dedicadas cubrían todas las paredes.

En medio del bullicio, el barman nos mezcló unas bebidas muy fuertes mientras yo encendía un cigarrillo y echaba un rápido vistazo a mi alrededor. Las mesas estaban colocadas muy juntas según la costumbre de todos los restaurantes de Nueva York. Dos hombres de negocios conversaban animadamente a nuestra izquierda, la mesa de la derecha estaba vacía y en la de más allá había un joven extremadamente apuesto dando buena cuenta de un vaso de cerveza mientras leía el *New York Times*. Miré a Mark, tratando de interpretar la expresión de su rostro. Miraba con inquietud y jugueteaba con el whisky.

—¿Por qué me has hecho venir aquí realmente, Mark? —le pregunté.

—A lo mejor, porque me apetecía invitarte a cenar —contestó.

—Hablo en serio.

—Yo también. ¿Acaso no lo estás pasando bien?

—¿Cómo quieres que lo pase bien si estoy esperando que me caiga una bomba? —repliqué.

Mark se desabrochó la chaqueta.

—Primero pediremos los platos y después hablaremos.

Siempre hacía lo mismo. Me ponía en marcha y después me hacía esperar. A lo mejor era un reflejo de su condición de abogado. En otros tiempos me atacaba los nervios. Y ahora me los seguía atacando.

—Aquí nos recomiendan el chuletón —dijo, examinando los menús—. Es lo que voy a pedir junto con una ensalada de espinacas. No es muy original, pero dicen que la carne es de lo mejorcito que hay en la ciudad.

—¿Nunca has estado aquí? —le pregunté.

—No, pero Sparacino sí —contestó.

—¿Él te ha recomendado este restaurante? Y supongo que también el hotel, ¿verdad? —dije, presa de una creciente paranoia.

—Claro. —Mark empezó a estudiar con interés la lista de vinos—. Es inmejorable. Los clientes vienen a la ciudad y se alojan en el Omni porque es cómodo para el bufete.

—¿Y vuestros clientes también comen aquí?

—Sparacino ha estado aquí otras veces, normalmente a la salida del teatro. Por eso lo conoce —dijo Mark.

—¿Y qué más conoce Sparacino? —pregunté—. ¿Le has dicho que te ibas a reunir conmigo?

—No —contestó Mark, mirándome a los ojos.

—¿Cómo es posible si tu bufete me está pagando la estancia y Sparacino te ha recomendado el hotel y el restaurante?

—El hotel me lo ha recomendado a mí, Kay. En algún sitio tengo que hospedarme y en algún sitio tengo que comer. Sparacino me había invitado a salir esta noche con otros dos abogados. He declinado la invitación diciéndole que tenía que revisar unos papeles y que probablemente me buscaría un asador por ahí. Y entonces él me recomendó este lugar. Eso es todo.

Estaba empezando a comprenderlo y no sabía si me sentía turbada o bien, desconcertada. Probablemente ambas cosas a la vez. Orndorff & Berger no me había pagado el viaje. De eso se había encargado Mark. Su bufete no sabía nada.

Regresó el camarero y Mark pidió los platos aunque yo estaba perdiendo rápidamente el apetito.

—Llegué anoche —dijo Mark—. Sparacino se puso en contacto conmigo ayer por la mañana en Chicago, dijo que tenía que verme inmediatamente. Como ya habrás adivinado, se trata de Beryl Madison —añadió, mirándome con cierta incomodidad.

—¿Y qué? —Lo aguijoneé yo, cada vez más inquieta.

Mark respiró hondo y se lanzó.

—Sparacino conoce nuestra relación, lo que hubo entre nosotros. Nuestro pasado.

Lo traspasé con la mirada.

—Kay...

—Serás hijo de puta.

Empujé mi silla hacia atrás y arrojé la servilleta sobre la mesa.

—¡Kay!

Mark me asió por el brazo y me obligó a volver a sentarme. Me libré de su presa y permanecí rígidamente sentada en mi asiento, mirándole enfurecida. Años atrás, en un restaurante de Georgetown, me había quitado la pesada pulsera de oro que él me había regalado y la había arrojado a su sopa de almejas. Fue una chiquillada, uno de los pocos momentos de mi vida en que perdí por completo la compostura e hice una escena.

—Mira —dijo Mark, bajando la voz—, no te reprocho lo que estás pensando. Pero no es lo que tú crees. No me estoy aprovechando de nuestro pasado. Te pido que me escuches un momento, por favor. Es muy complicado y tiene que ver con cosas de las que tú no sabes nada. Tengo en cuenta tus intereses, te lo juro. No debería estar hablando contigo. Si Sparacino o Berger se enteraran, lo pagaría muy caro.

No dije nada. Estaba tan disgustada que no podía pensar. Mark se inclinó hacia delante.

—Vamos a empezar por lo siguiente. Berger se quiere cargar a Sparacino y, ahora mismo, Sparacino se te quiere cargar a ti.

—¿A mí? —exclamé—. Pero si yo ni siquiera le conozco. ¿Por qué se me quiere cargar?

—Ya te he dicho que todo está relacionado con Beryl —me repitió Mark—. El caso es que él ha sido su abogado desde los comienzos de su carrera como escritora. Se incorporó al bufete cuando montamos un despacho aquí, en Nueva York. Antes trabajaba por su cuenta. Necesitábamos a un abogado especializado en el mundo del ocio y el espectáculo. Sparacino lleva treinta y tantos años en Nueva York. Tiene muchas conexiones. Nos traspasó sus clientes y muchos casos.

¿Recuerdas cuando te comenté mi encuentro con Beryl durante un almuerzo en el Algonquin?

Asentí con la cabeza mientras poco a poco se desvanecía mi espíritu de lucha.

—Todo estaba preparado, Kay. No fue una casualidad. Berger me envió.

—¿Por qué?

Mirando a su alrededor, Mark contestó:

—Porque Berger está preocupado. El bufete está dando sus primeros pasos en Nueva York y tienes que comprender lo difícil que resulta abrirse camino en esta ciudad, crearse una sólida clientela y una buena reputación. Lo que menos nos interesa es que un hijo de mala madre como Sparacino arrastre el nombre del bufete por el arroyo.

Mark se detuvo cuando apareció el camarero con las ensaladas y descorchó ceremoniosamente una botella de Cabernet Sauvignon. Tomó el primer sorbo de rigor y el camarero nos llenó las copas.

—Berger ya sabía, cuando contrató a Sparacino, que era un tipo extravagante y muy aficionado a jugar al tira y afloja —añadió Mark—. Podrás pensar que, bueno, es su manera de ser. Algunos abogados son más bien discretos y a otros les gusta llamar la atención. Lo malo es que, hasta al cabo de algún tiempo, Berger y algunos de nosotros no empezamos a comprender hasta qué extremos estaba dispuesto a llegar Sparacino. ¿Recuerdas a Christie Riggs?

Tardé un momento en recordar el nombre.

—¿La actriz que se casó con aquel defensa de fútbol americano?

Mark asintió con la cabeza diciendo:

—Sparacino lo organizó todo de cabo a rabo. Christie era una modelo que estaba intentando ganarse la vida con los anuncios para la televisión, aquí en la ciudad. Eso fue hace un par de años, cuando Leon Jones aparecía en las portadas de todas las revistas. Ambos se conocieron en una fiesta y un fotógrafo captó su imagen cuando se marchaban juntos y subían al Maserati de Jones. Inmediatamente después, Christie Riggs se presentó en Orndorff & Berger. Tenía una cita con Sparacino.

—¿Quieres decir que Sparacino estuvo detrás de todo lo que ocurrió? —pregunté sin poderlo creer.

Christie Riggs y Leon Jones se habían casado el año anterior y se habían divorciado uno seis meses antes. Las tormentosas relaciones y el sonado divorcio fueron tema de comentario noche tras noche en todos los telediarios del país.

—Sí —contestó Mark, tomando un sorbo de vino.

—Explícate.

—Sparacino se fija en Christie —dijo Mark—. Es guapa, inteligente y ambiciosa. Pero lo que verdaderamente le interesa de ella en aquel momento son sus relaciones con Jones. Sparacino le explica su plan; ella aspira a la fama. Quiere ser rica. Lo único que tiene que hacer es atraer a Jones a sus redes y más tarde ponerse a llorar ante las cámaras y contar detalles de su vida privada. Lo acusa de pegarle, dice que es un borracho y un psicópata, que tontea con la cocaína y que destroza el mobiliario. En un santiamén, le pide el divorcio a Jones y firma un contrato de un millón de dólares para contar su historia en un libro.

—Empiezo a sentir un poco más de simpatía por Jones —murmuré.

—Y lo peor es que creo que él la quería de verdad y no supo comprender lo que estaba ocurriendo. Empezó a jugar mal y acabó en la clínica de Betty Ford. Ahora ha desaparecido. Uno de los mejores defensas del fútbol americano ha acabado destruido y arruinado, y de todo eso le puedes echar indirectamente la culpa a Sparacino. Todas estas marrullerías y cochinadas no van con nosotros. Orndorff & Berger es un bufete muy antiguo y prestigioso, Kay. Cuando se enteró de lo que estaba haciendo su especialista en el mundo del espectáculo, Berger no estuvo muy contento que digamos.

—¿Y por qué vuestro bufete no se libra de él sin más? —pregunté, tomando un poco de ensalada.

—Porque, de momento, no podemos demostrar nada. Sparacino sabe actuar sin dejar huella. Es poderoso, sobre todo en Nueva York. Es como agarrar una serpiente. ¿Cómo la sueltas sin que te muerda? Y la lista sigue —contestó Mark en tono enojado—. Si echas un vistazo a la historia profesional de Sparacino y examinas algunos de los casos que llevó cuando ejercía por su cuenta, empiezas a tener tus dudas.

—¿Qué casos, por ejemplo? —pregunté casi sin querer.

—Muchos juicios. Un escritor de tres al cuarto decide escribir una biografía no autorizada de Elvis, John Lennon o Sinatra y, cuando llega el momento de publicarla, el personaje famoso o sus parientes se querellan contra el biógrafo y la noticia salta a la televisión y a la revista *People*. El libro se publica de todos modos en medio de una increíble publicidad gratuita. Todo el mundo corre a comprarlo, porque el hecho de que se haya armado tanto revuelo significa que es interesante. Sospechamos que el método de Sparacino consiste en representar al escritor y después, entre bastidores, ofrecer dinero a la «víctima» o las «víctimas» para, de este modo, organizar un escándalo. Todo está preparado y funciona de maravilla.

—No sabe una a quién creer —dije.

En realidad, yo casi nunca lo sabía.

Llegó el chuletón. Cuando se retiró el camarero, pregunté:

—¿Y cómo demonios estableció Beryl Madison contacto con él?

—A través de Cary Harper. Ahí está la ironía. Sparacino fue durante algunos años abogado de Harper. Cuando Beryl empezó a escribir, Harper la puso en contacto con él. Sparacino la ha guiado desde el principio y ha sido para ella una combinación de agente, abogado y padrino. Creo que Beryl era muy vulnerable a los hombres poderosos y su carrera había sido muy floja hasta que decidió escribir su autobiografía. Supongo que Sparacino le debió de sugerir inicialmente la idea. Sea como fuere, Harper no ha publicado nada desde que escribió su gran novela americana. Ya ha pasado a la historia y sólo es valioso para alguien como Sparacino siempre y cuando éste crea que hay alguna posibilidad de sacarle partido a la situación.

—¿Es posible que Sparacino jugara con los dos? —pregunté tras reflexionar un instante—. En otras palabras, ¿que Beryl decidiera romper su silencio y su contrato con Harper, y que Sparacino jugara ambas cartas? ¿Que actuara entre bastidores y aguijoneara a Harper para que surgieran problemas?

Mark volvió a llenar las copas y contestó:

—Sí, creo que quería organizar una disputa sin que Beryl ni Harper se dieran cuenta. Ya te he dicho que ése es el estilo de Sparacino.

Cominos en silencio unos momentos. El Gallargher's tenía bien merecida la fama de que gozaba. Se hubiera podido cortar el chuletón con un tenedor.

—Y lo peor, por lo menos para mí, Kay... —dijo Mark finalmente mirándome con dureza—, es el día en que almorzamos en el Algonquin y Beryl comentó que alguien estaba amenazando con matarla... Si quieres que te diga la verdad —añadió tras dudar un instante—, sabiendo lo que sabía de Sparacino...

—No la creíste —dije yo, terminando la frase por él.

—No —reconoció—, no la creí. Francamente, me pareció un truco publicitario. Pensé que Sparacino la habría convencido de que montara aquel número para contribuir con ello a aumentar las ventas del libro. No sólo tenía aquella disputa con Harper, sino que, además, alguien estaba amenazando con matarla. No di demasiado crédito a lo que decía —añadió, haciendo una pausa—. Y me equivoqué.

—Pero es posible que Sparacino estuviera dispuesto a llegar tan lejos —me atreví yo a sugerir—. ¿No estarás insinuando...?

—Creo más bien que aguijoneó a Harper y éste tuvo miedo o, a lo mejor, se enfureció tanto que decidió ir a verla y perdió los estribos. O quizá contrató a alguien para que lo hiciera.

—En tal caso —dije en voz baja—, debe de tener muchas cosas que ocultar a propósito de lo que ocurrió cuando Beryl vivía con él.

—Es posible —dijo Mark, centrando nuevamente su atención en la comida—. Pero, aunque no lo hiciera, conoce a Sparacino y sabe cuál es su manera de actuar. No importa que una cosa sea verdad o mentira. Si Sparacino quiere armar jaleo, lo arma y nadie recuerda el resultado, sino tan sólo las acusaciones.

—¿Y ahora se me quiere cargar a mí? —pregunté en tono dubitativo—. No lo entiendo. ¿Qué pinto yo en todo eso?

—Muy sencillo. Sparacino quiere el manuscrito de Beryl, Kay. El libro es ahora más interesante que nunca a causa de lo que le ha ocurrido a su autora —contestó Mark, mirándome fijamente—. Cree que el manuscrito fue entregado en tu despacho como prueba. Y ahora resulta que ha desaparecido.

Alargué la mano hacia la crema agria y pregunté con mucha calma:

—¿Qué te induce a pensar que ha desaparecido?

—Sparacino ha tenido acceso al informe policial —contestó Mark—. Tú lo habrás visto, supongo.

—Eran cosas puramente de rutina —contesté.

Mark me refrescó la memoria.

—En la última hoja hay una lista pormenorizada de todas las pruebas recogidas... Entre ellas figuran los papeles encontrados en el suelo de su dormitorio y un manuscrito que había en un cajón.

Oh, Dios mío, pensé. Marino había encontrado efectivamente un manuscrito. Sólo que no era el que nosotros esperábamos.

—Sparacino ha hablado con el investigador esta mañana —añadió Mark—. Un teniente llamado Marino. Éste le ha dicho que la policía no lo tiene, que todas las pruebas han sido entregadas a los laboratorios de tu departamento. Y le ha sugerido a Sparacino que llame a la forense... es decir, a ti.

—Es lo que se hace siempre —dije—. Los de la policía me envían la gente a mí y yo la vuelvo a enviar a ellos.

—Ya, pero intenta decirle eso a Sparacino. Él dice que el manuscrito te fue entregado a ti junto con el cuerpo de Beryl. Y ahora ha desaparecido. Y acusa de ello a tu departamento.

—¡Pero eso es ridículo!

—¿De veras? —Mark me miró inquisitivamente. Tuve la sensación de que me estaba sometiendo a una repregunta cuando añadió—: ¿Acaso no es cierto que algunas pruebas se entregan junto con el cuerpo de la víctima y tú las envías personalmente a los laboratorios o las guardas en tu sala de pruebas?

Por supuesto que era cierto.

—¿Formas parte de la cadena de pruebas en el caso de Beryl? —preguntó Mark.

—No por lo que se refiere a las cosas que se encontraron en el lugar de los hechos, como pueden ser los papeles y documentos personales —contesté muy tensa—. Todo eso fue enviado a los laboratorios por la policía, no por mí. De hecho, casi todos los objetos de la casa pasaron a la sala de objetos personales del Departamento de Policía.

—Intenta decírselo a Sparacino —repitió Mark.

—Jamás he visto el manuscrito —dije categóricamente—. Mi oficina no lo tiene y jamás lo tuvo. Y, que yo sepa, no ha aparecido y punto.

—¿Que no ha aparecido? ¿Quieres decir que no estaba en la casa? ¿La policía no lo encontró?

—No. El manuscrito que encontraron no es ese al que tú te refieres. Es un manuscrito posiblemente de un libro publicado hace años y, además, está incompleto, sólo tiene unas doscientas páginas como mucho. Estaba en una cómoda de su dormitorio. Marino lo tomó y pidió a la sección de huellas dactilares que lo examinara por si el asesino lo hubiera tocado.

Mark se reclinó en su asiento.

—Si no lo encontrasteis, ¿dónde está? —preguntó en un susurro.

—No tengo ni idea —contesté—. Supongo que podría estar en cualquier sitio. A lo mejor se lo envió por correo a alguien.

—¿Tenía ordenador?

—Sí.

—¿Examinasteis el disco duro?

—Su ordenador no tiene disco duro, sólo dos *floppy drives* —contesté—. Marino está examinando los *floppys*. No sé qué contienen.

—Es absurdo —añadió Mark—. Aunque hubiera enviado el manuscrito a alguien por correo, es absurdo que no hiciera primero una copia, que no hubiera una copia en la casa.

—Es absurdo que su padrino Sparacino no tuviera una copia —dije con intención—. No puedo creer que no haya visto el libro. Es más, no puedo creer que no tenga un borrador en alguna parte, tal vez incluso la última versión.

—Él dice que no y tengo buenas razones para creerle. Por lo que yo he podido saber de Beryl, ésta era muy reservada en su trabajo y no permitía que nadie, ni siquiera Sparacino, viera lo que estaba haciendo hasta que lo terminaba. Le mantenía informado de sus progresos a través de conversaciones telefónicas y de cartas. Según él, la última vez que tuvo noticias suyas fue hace aproximadamente un mes. Al parecer, Beryl le dijo que estaba ocupada en la revisión de la obra y que tendría el libro listo para su publicación hacia primeros de año.

—¿Hace un mes? —pregunté cautelosamente—. ¿Ella le escribió?

—Le llamó.

—¿Desde dónde?

—Y yo qué sé. Desde Richmond, supongo.

—¿Eso es lo que él te dijo?

Mark reflexionó un instante.

—No, no me comentó desde dónde le había llamado. —Hizo una pausa—. ¿Por qué?

—Llevaba algún tiempo fuera de la ciudad —contesté como si la cosa no tuviera importancia—. Simplemente quería saber si Sparacino sabía dónde estaba Beryl.

—¿La policía no sabe dónde estaba?

—Oh, hay un montón de cosas que la policía no sabe —contesté.

—Eso no es una respuesta.

—La mejor respuesta sería, en realidad, la de que tú y yo no deberíamos estar comentando el caso, Mark. Ya he dicho demasiado y no sé muy bien por qué te interesa tanto todo eso.

—Y no sabes muy bien si mis motivos son puros —dijo Mark—. No sabes muy bien si te he invitado a cenar y estoy tratando de ganarme tu confianza porque quiero obtener información.

—Si he de serte sincera, sí —contesté, mirándole a los ojos.

—Estoy preocupado, Kay.

Adiviné que era cierto por la tensión de su rostro... un rostro que todavía ejercía un considerable poder sobre mí. No conseguía quitarle los ojos de encima.

—Sparacino está tramando algo —dijo—. Y no quiero que te estruje —añadió, escanciando en nuestras copas el último vino que quedaba.

—¿Qué se propone hacer, Mark? —pregunté—. ¿Llamarme y exigirme un manuscrito que no obra en mi poder? Bueno, ¿y qué?

—Me da la impresión de que él sabe que tú no lo tienes —dijo Mark—. Lo malo es que eso no importa. Sí, lo quiere. Y, al final, lo conseguirá a no ser que se haya perdido. Es el albacea testamentario.

—Pues qué bien —dije.

—Sólo sé que está tramando algo —añadió Mark como si hablara para su adentros.

—¿Otro de sus trucos publicitarios? —pregunté en tono excesivamente burlón.

Mark tomó un sorbo de vino.

—No se me ocurre qué puede ser —continué—. No es posible que sea algo relacionado conmigo.

—A mí sí se me ocurre —dijo Mark, con la cara muy seria.

—Pues, entonces, dímelo, por favor.

Y me lo dijo:

—Titular: «La jefa del Departamento de Medicina Legal se niega a entregar un polémico manuscrito.»

—¡Pero eso es ridículo! —exclamé, echándome a reír.

Mark no se rio.

—Piénsalo bien. Una polémica autobiografía escrita por una autora que ha sido brutalmente asesinada. Después, el manuscrito desaparece y la forense es acusada de haberlo robado. Ten en cuenta que la maldita cosa desapareció en el depósito de cadáveres, mujer. Cuando finalmente se publique el libro, será un *best seller* sensacional y Hollywood luchará por asegurarse los derechos cinematográficos.

—No estoy preocupada —dije, aunque sin demasiado convencimiento—. Todo es tan descabellado que no acierto siquiera a imaginarlo.

—Sparacino es un mago para sacar cosas de la nada, Kay —me advirtió Mark—. Lo que yo no quiero es que tú acabes como Leon Jones. —Miró a su alrededor, buscando al camarero, y sus ojos se quedaron de pronto fijos observando la entrada. Luego, bajando rápidamente la mirada hacia su chuletón a medio cocer, musitó—: Mierda.

Tuve que hacer acopio de toda mi fuerza de voluntad para no volverme. No levanté los ojos ni di la menor muestra de haberme dado cuenta de nada hasta que el hombretón se detuvo junto a nuestra mesa.

—Hola, Mark, ¿qué tal estás? Pensé que te encontraría aquí. —Era un hombre amable de unos sesenta o sesenta y tantos años con un mofletudo rostro endurecido por la gélida mirada de unos ojillos intensamente azules. Estaba arrebolado y respiraba afanosamente como si el simple ejercicio de acarrear su impresionante mole constituyera un esfuerzo para todas las células de su cuerpo—. Obedeciendo a un súbito impulso, he decidido acercarme por aquí e invitarte a un trago, muchacho. —Desabrochándose su abrigo de lana de cachemira, se volvió hacia mí y me tendió la mano con una sonrisa—. Creo que nos conocemos. Robert Sparacino.

—Kay Scarpetta —dije con sorprendente aplomo.

5

Conseguimos en cierto modo pasarnos una hora bebiendo con Sparacino. Fue horrible. Sparacino se comportó como si yo fuera una desconocida a pesar de constarle quién era. Yo estaba segura de que el encuentro no había sido accidental. En una ciudad del tamaño de Nueva York, ¿cómo hubiera podido ser accidental?

—¿Estás seguro de que no hay ninguna posibilidad de que él supiera que yo iba a venir? —pregunté.

—No veo cómo —contestó Mark.

Percibí la urgencia de las yemas de sus dedos cuando me acompañó directamente a la calle Cincuenta y Cinco, tomándome del brazo. El Carnegie Hall estaba vacío y algunas personas caminaban por la acera. Ya era casi la una, mis pensamientos flotaban en alcohol y tenía los nervios a flor de piel.

Sparacino se había ido mostrando progresivamente más animado y cariñoso a cada copita de Grand Marnier que se tomaba hasta que, al final, empezó a hablar con una voz pastosa.

—No se le escapa ni una. Crees que está borracho como una cuba y que no se acordará de nada por la mañana, pero tiene puesta la alerta roja incluso cuando está durmiendo a pierna suelta.

—Con eso no me consuelas —dije yo.

Nos encaminamos directamente hacia el ascensor y subimos en silencio, contemplando el parpadeo de la luz de los pisos al pasar de un número a otro. Nuestros pies se hundieron en la mullida alfombra del pasillo. Confiando en que mi maleta estuviera allí, lancé un suspiro de alivio cuando la vi encima de la cama al entrar en la habitación.

—¿Tú estás cerca? —le pregunté a Mark.

—Un par de puertas más abajo —contestó, mirando rápidamente a su alrededor—. ¿No me vas a ofrecer una última copita?

—No he traído nada...

—Hay un bar muy bien surtido, puedes creerme —dijo Mark.

Maldita la falta que nos hacía otra copita.

—¿Qué va a hacer Sparacino? —pregunté.

El «bar» era un pequeño frigorífico lleno de cervezas, vino y botellines vacíos.

—Nos ha visto juntos —añadí—. ¿Qué va a pasar?

—Depende de lo que yo le diga —contestó Mark.

—Te lo voy a preguntar de otra manera —dije, ofreciéndole un vaso de plástico de whisky—. ¿Qué piensas decirle, Mark?

—Una mentira.

Me senté en el borde de la cama.

Mark acercó una silla y empezó a agitar lentamente el ambarino líquido. Nuestras rodillas casi se rozaban.

—Le diré que estaba intentando sacarte lo que pudiera para ayudarle a él —contestó Mark.

—Dile que me estabas utilizando —dije, mientras mis pensamientos se dispersaban como una mala transmisión radiofónica—. Y que lo has podido hacer gracias a nuestro pasado.

—Sí.

—¿Y eso es una mentira? —pregunté.

Cuando se rio, me di cuenta de que ya casi había olvidado lo mucho que me gustaba el sonido de su risa.

—No le veo la gracia —protesté. En la habitación hacía calor y yo estaba arrebolada a causa del whisky—. Si eso es una mentira, Mark, ¿dónde está la verdad?

—Kay —dijo Mark sin dejar de sonreír y sin quitarme los ojos de encima—, ya te he dicho la verdad.

Guardó silencio un instante y después se inclinó hacia delante para acariciarme la mejilla. Tuve miedo al darme cuenta de lo mucho que deseaba que me besara.

Mark volvió a reclinarse en su asiento.

—¿Por qué no te quedas por lo menos hasta mañana por la tarde? Quizá convendría que ambos habláramos con Sparacino por la mañana.

—No —dije—. Eso es precisamente lo que él querría que yo hiciera.

—Como quieras.

Horas más tarde, después de que Mark se retirara, permanecí despierta, contemplando la oscuridad y consciente de la vacía frialdad del otro lado de la cama. En otros tiempos, Mark nunca se quedaba conmigo toda la noche y, a la mañana siguiente, yo tenía que andar por el apartamento recogiendo prendas de vestir, vasos sucios, platos y botellas de vino, y vaciando los ceniceros. Por aquel entonces ambos fumábamos. Permanecíamos despiertos hasta la una, las dos o las tres de la madrugada, hablando, riéndonos, bebiendo y fumando. Y también discutiendo. Yo aborrecía las discusiones que muchas veces derivaban en amargas disputas en cuyo transcurso nos heríamos el uno al otro y nos devolvíamos golpe por golpe, artículo de código tal contra filosofía cual. Y yo siempre esperando que me dijera que me quería, cosa que él no hacía jamás. Por la mañana, experimentaba el mismo vacío que en mi infancia cuando terminaba la Navidad y yo ayudaba a mi madre a recoger los papeles de envoltura de los regalos diseminados alrededor del árbol.

No sabía lo que quería. Tal vez nunca lo había sabido. La distancia emocional nunca quedaba compensada por la cercanía física, pero yo no era capaz de aprender la lección. Nada había cambiado. Si él me hubiera hecho alguna insinuación, me hubiera olvidado de la cordura. El deseo no atiende a razones y la necesidad de intimidad no se había extinguido. Llevaba años sin evocar ciertas imágenes: sus labios sobre los míos, sus manos, la urgencia de nuestros anhelos. Ahora me atormentaban los recuerdos.

Había olvidado pedir que me despertaran y no me molesté en poner el despertador que había en la mesilla. Puse el despertador mental a las seis y me desperté exactamente a dicha hora. Me incorporé en la cama, sintiéndome tan mal como parecía. La ducha caliente y los minuciosos cuidados no pudieron ocultar las oscuras ojeras ni la palidez de mi tez. La iluminación del cuarto de baño fue brutalmente sincera conmigo. Llamé a la United Airlines y, a las siete, llamé con los nudillos a la puerta de Mark.

—Hola —me dijo Mark, más fresco y lozano que una rosa—. ¿Has cambiado de idea?

—Sí —contesté.

El conocido perfume de su colonia me reordenó los pensamientos cual si fueran los brillantes trozos de vidrio de un calidoscopio.

—Ya lo sabía —dijo.

—¿Cómo lo sabías?

—Jamás se ha visto que tú rehúyas una pelea —contestó, mirándome a través del espejo de la cómoda mientras se hacía el nudo de la corbata.

Mark y yo habíamos acordado reunirnos en el despacho de Orndorff & Berger a primera hora de la tarde. El vestíbulo del bufete era un vasto espacio sin alma. Sobre la negra alfombra se levantaba una impresionante consola negra bajo las brillantes guías de latón de la iluminación indirecta mientras que un sólido bloque de latón hacía las veces de mesa entre dos cercanas sillas acrílicas de color negro. No había ningún otro mueble y tampoco plantas o cuadros, sólo unas cuantas esculturas retorcidas diseminadas aquí y allá como fragmentos de metralla para romper el inmenso vacío de la estancia.

—¿En qué puedo servirla? —me preguntó la recepcionista, dedicándome una estereotipada sonrisa desde las profundidades de su puesto.

Antes de que yo pudiera contestar, se abrió en silencio una puerta invisible en la negra pared y apareció Mark, el cual tomó mi maleta y me acompañó por un largo y ancho pasillo. Pasamos por delate de un sinfín de puertas de espaciosos despachos cuyos ventanales ofrecían un gris panorama de Manhattan. No se veía ni un alma. Pensé que todo el mundo se habría ido a almorzar.

—¿Quién demonios diseñó vuestro vestíbulo? —pregunté en un susurro.

—La persona a la que veremos ahora —contestó Mark.

El despacho de Sparacino era dos veces más grande que los que yo había visto al pasar, y su escritorio era un hermoso bloque de ébano con gran cantidad de pisapapeles realizados en piedras duras, rodeado de paredes cubiertas de libros. Aquel abogado de luminarias y literatos, tan intimidatorio como la víspera, iba vestido con lo que me pareció un costoso traje John Gotti por cuyo bolsillo superior asomaba un vistoso pañuelo rojo sangre. No se movió del sillón en el que estaba indolentemente acomodado cuando nosotros entramos y nos sentamos. Durante un estremecedor momento, ni siquiera nos miró.

—Tengo entendido que se van ustedes a almorzar dentro de un ratito —dijo finalmente, levantando sus fríos ojos azules mientras sus gruesos dedos cerraban una carpeta—. Le prometo que no la voy a entretener demasiado, doctora Scarpetta. Mark y yo hemos estado revisando algunos detalles correspondientes al caso de mi cliente Beryl Madison. En mi calidad de abogado y albacea suyo, necesito unas cuantas cosas y estoy seguro de que usted me ayudará a cumplir sus deseos.

No dije nada mientras buscaba infructuosamente un cenicero.

—Robert necesita sus papeles —dijo Mark sin inflexión alguna en la voz—. Concretamente, el manuscrito del libro que estaba escribiendo, Kay. Ya le he explicado, antes de que tú vinieras, que la oficina del forense no es el lugar donde se guardan esos objetos personales, por lo menos, no en este caso.

Habíamos ensayado la reunión durante el desayuno. Mark hubiera tenido que «manejar» a Sparacino antes de que yo llegara, pero me daba la impresión de que era a mí a quien estaba manejando.

Miré directamente a Sparacino y dije:

—Los objetos recibidos en mi despacho tienen carácter de prueba y no incluyen los papeles que usted necesita.

—Me está usted diciendo que no tiene el manuscrito —dijo Sparacino.

—Exactamente.

—Y tampoco sabe dónde está.

—No tengo ni idea.

—Bueno, pues, lo que usted me dice me plantea unos cuantos problemas. —Sparacino abrió una carpeta con rostro impasible y sacó una fotocopia en la que yo reconocí el informe policial sobre Beryl—. Según la policía, se encontró un manuscrito en el lugar de los hechos —añadió—. Y ahora me dicen que no hay tal manuscrito. ¿Puede usted aclararme esta cuestión?

—Se encontraron unas páginas de un manuscrito —contesté—, pero no creo que correspondan a lo que a usted le interesa, señor Sparacino. No parecen corresponder a un trabajo en curso y, sobre todo, nunca me fueron entregadas.

—¿Cuántas páginas? —preguntó Sparacino.

—En realidad, no las he visto —contesté.

—¿Quién las ha visto?

—El teniente Marino. Es con él con quien usted debería hablar —dije.

—Ya lo he hecho, pero él me dice que le entregó este manuscrito directamente en mano a usted.

Estaba segura de que Marino no le había dicho tal cosa.

—Habrá sido un malentendido —repliqué—. Marino habrá querido decir que entregó a los laboratorios forenses un manuscrito parcial, algunas de cuyas páginas podrían corresponder a una obra anterior. La oficina de Ciencias Forenses es una sección aparte que tiene su sede en mi edificio.

Miré a Mark. Estaba en tensión y sudaba.

El cuero crujió cuando Sparacino se removió en su sillón.

—Se lo voy a decir sin rodeos, doctora Scarpetta —dijo Sparacino—. No la creo.

—Yo no ejerzo ningún control sobre lo que usted cree o deja de creer —repliqué muy tranquila.

—He estado pensando mucho en este asunto —añadió Sparacino, también muy tranquilo—. El caso es que el manuscrito, que no es más que un montón de papeles sin importancia, tiene mucho valor para ciertas personas. Conozco por lo menos a dos, sin incluir a los editores, que estarían dispuestos a pagar un elevado precio por el libro en el que ella estaba trabajando cuando murió.

—Todo eso a mí no me interesa —contesté—. Mi departamento no tiene el manuscrito a que usted se refiere. Y, lo que es más, nunca lo tuvo.

—Alguien lo tiene. —Sparacino miró hacia la ventana—. Conocía a Beryl mejor que nadie, conocía muy bien sus costumbres, doctora Scarpetta. Había permanecido algún tiempo fuera de la ciudad y sólo llevaba en casa unas cuantas horas cuando la asesinaron. No puedo creer que no tuviera el manuscrito a mano. En su despacho, en una cartera de documentos, en una maleta. —Los ojillos azules se clavaron en mí—. No tiene ninguna caja de seguridad en el banco, no existe ningún otro lugar donde pudiera haberlo guardado... aunque, de todos modos, no lo hubiera hecho. Lo tuvo consigo durante su ausencia de la ciudad, pues estaba trabajando en él. Es evidente que, al regresar a Richmond, debía de tener el manuscrito.

—Había permanecido algún tiempo fuera de la ciudad —repetí yo—. ¿Está usted seguro?

Mark, evidentemente nervioso, no se atrevía a mirarme.

Sparacino se reclinó en su sillón y entrelazó los dedos de las manos sobre su abultado vientre.

—Yo sabía que Beryl no estaba en casa. Llevaba varias semanas intentando llamarla. Después, ella me llamó hace aproximadamente un mes. No me quiso decir dónde estaba, pero me dijo que se encontraba muy bien y me comentó los progresos que estaba haciendo con su libro, añadiendo que trabajaba a muy buen ritmo. No quise fisgonear. Beryl estaba muy asustada por culpa de ese chalado que la amenazaba. No me importó no saber dónde estaba, me bastó con saber que se encontraba bien y que estaba trabajando duro para cumplir el plazo. Puede parecerle una muestra de insensibilidad, pero yo tenía que ser pragmático.

—Nosotros no sabemos dónde estuvo Beryl —terció Mark—. Al parecer, Marino no nos lo quiso decir.

El plural me llamó un poco la atención. «Nosotros», es decir, él y Sparacino.

—Si me pide que responda a esta pregunta...

—Eso es precisamente lo que le pido —dijo Sparacino, interrumpiéndome—. Al final se tendrá que saber que pasó los últimos meses en Carolina del Norte, Washington, Tejas... o el sitio que sea. Pero yo tengo que saberlo ahora. Usted me dice que su departamento no tiene el manuscrito. En la policía me dicen que ellos tampoco lo tienen. El medio más seguro de llegar al fondo de esta cuestión es averiguar dónde estuvo y empezar a seguir la pista del manuscrito a partir de ahí. A lo mejor, alguien la acompañó al aeropuerto. A lo mejor hizo amistad con alguien en el lugar donde estuvo. A lo mejor, alguien tiene alguna idea de lo que ocurrió con el libro. Por ejemplo, ¿lo llevaba consigo cuando subió al avión?

—Tendrá que pedir esta información al teniente Marino —contesté—. Yo no estoy autorizada a comentar con usted los detalles del caso.

—No esperaba que lo hiciera —dijo Sparacino—. Probablemente, porque usted sabe que Beryl llevaba consigo el manuscrito cuando subió al avión para regresar a Richmond.

Probablemente, porque el manuscrito llegó a su departamento junto con el cuerpo, y ahora ha desaparecido. —Hizo una pausa y clavó sus fríos ojos en mí—. ¿Cuánto le pagó Cary Harper o su hermana o los dos para que les entregara el manuscrito?

Mark estaba totalmente apático y contemplaba la escena con rostro inexpresivo.

—¿Cuánto? ¿Diez, veinte, cincuenta mil?

—Me parece que aquí termina nuestra conversación, señor Sparacino —dije, alargando la mano hacia mi bolso.

—No, no creo que haya terminado, doctora Scarpetta —replicó Sparacino.

Rebuscó con indiferencia en la carpeta y sacó con la misma indiferencia varias hojas de papel que empujó hacia mí sobre el escritorio.

Sentí que la sangre huía de mi rostro cuando tomé las fotocopias de los artículos publicados más de un año atrás por los periódicos de Richmond. Los titulares me eran dolorosamente conocidos.

FORENSE ACUSADO DE ROBAR UN CADÁVER

Cuando Timothy Smathers murió el pasado mes de un disparo delante de la puerta de su casa, llevaba un reloj de pulsera de oro, una sortija de oro y 83 dólares en efectivo en los bolsillos del pantalón, según ha declarado su mujer, la cual fue testigo del asesinato presuntamente cometido por un antiguo empleado despechado. La policía y los miembros del servicio de recogida que acudieron al domicilio de los Smathers tras cometerse el asesinato afirman que dichos objetos de valor acompañaban al cuerpo de Smathers cuando éste fue enviado al Departamento de Medicina Legal para la práctica de la autopsia...

Había otras cosas, pero yo no necesitaba leer más recortes para saber lo que allí se decía. El caso Smathers provocó la mayor avalancha de publicidad negativa jamás recibida por mi departamento.

Pasé las fotocopias a la mano extendida de Mark. Sparacino me tenía colgada de un gancho, pero yo estaba firmemente decidida a no moverme.

—Tal como usted observará si ha leído los reportajes —dije—, se llevó a cabo una exhaustiva investigación y mi departamento quedó exculpado de cualquier irregularidad.

—Sí, en efecto —dijo Sparacino—. Usted envió personalmente los objetos de valor a la funeraria. Los objetos desaparecieron después. Pero el problema es demostrarlo. La señora Smathers sigue opinando que el Departamento de Medicina Legal robó las joyas y el dinero de su marido. He hablado con ella.

—El departamento fue exculpado, Robert —dijo Mark en tono apagado mientras echaba un vistazo a los artículos—. Aun así, aquí dice que la señora Smathers recibió un cheque por una suma equivalente al valor de los objetos.

—En efecto —dije yo fríamente.

—Pero el valor sentimental no tiene precio —comentó Sparacino—. Aunque le hubieran entregado un cheque por una suma diez veces superior, ella no se hubiera consolado.

Aquello era una auténtica broma. La señora Smathers, que, según sospechaba la policía, había sido la instigadora del asesinato de su marido, se había casado con un acaudalado viudo antes de que la hierba empezara a crecer sobre la tumba de su marido.

—Y, tal como dicen los periódicos —añadió Sparacino—, su departamento no pudo presentar el resguardo de la entrega de los efectos personales del señor Smathers a la funeraria. Conozco los detalles. Parece ser que el resguardo lo traspapeló una administrativa que ahora trabaja en otro sitio. Tuvo que ser su palabra contra la de los representantes de la funeraria y, aunque la cuestión jamás se resolvió, por lo menos no a mi entera satisfacción, ahora ya nadie se acuerda ni a nadie le importa.

—¿Adónde quieres ir a parar? —preguntó Mark en el mismo tono apagado de antes.

Sparacino miró a Mark y después me miró de nuevo a mí.

—El caso Smathers, por desgracia, no ha sido el único. En julio pasado, su departamento recibió el cuerpo de un anciano llamado Henry Jackson, muerto por causas naturales. El cadáver llegó al departamento con cincuenta y dos dólares en el bolsillo. Parece ser que este dinero también desapareció y usted se vio obligada a extenderle un cheque al hijo del difunto. El hijo denunció los hechos en el telediario de una televisión local. Tengo una cinta de vídeo de todo lo que allí se dijo, si le interesa verla.

—Jackson entró con cincuenta y dos dólares en efectivo en el bolsillo —repliqué, a punto de perder los estribos—. Se encontraba en avanzado estado de descomposición y los billetes estaban tan putrefactos que ni el más desesperado de los ladrones se hubiera atrevido a tocarlos. No sé qué ocurrió con ellos, pero lo más probable es que los incineraran inadvertidamente junto con las ropas no menos putrefactas y llenas de gusanos que llevaba el difunto Jackson.

—Jesús —murmuró Mark por lo bajo.

—Su departamento tiene un problema, doctora Scarpetta —dijo Sparacino, sonriendo.

—Sí, y todos los departamentos tienen sus problemas —repliqué levantándome—. Si usted quiere los efectos personales de Beryl, hable con la policía.

—Lo siento —dijo Mark mientras bajábamos en el ascensor—. No tenía ni idea de que el muy hijo de puta te iba a atacar con toda esta mierda. Me lo hubieras podido decir, Kay...

—Decirte, ¿qué? —pregunté, mirándole con incredulidad—. Decirte, ¿qué?

—Lo de la desaparición de esos objetos y el revuelo que se armó. Es la clase de basura en la que Sparacino se mueve como pez en el agua. Yo no lo sabía y los dos hemos caído en una emboscada. ¡Maldita sea mi estampa!

—No te lo dije —repliqué levantando la voz— porque no tenía nada que ver con el caso de Beryl. Las situaciones que él ha mencionado fueron tormentas en un vaso de agua, la clase de inevitables trastornos que se producen cuando los cuerpos llegan en los más variados estados y los empleados de las funerarias y los agentes de la policía entran y salen todo el día para recoger los efectos personales de los difuntos...

—Por favor, no la tomes conmigo.

—¡No la tomo contigo!

—Mira, ya te comenté cómo era Sparacino. Estoy tratando de protegerte de él.

—A lo mejor es que no estoy segura de lo que estás tratando de hacer, Mark.

Seguíamos hablando acaloradamente cuando Mark miró a su alrededor buscando un taxi. La circulación estaba prácticamente detenida, los cláxones sonaban, los motores rugían y mis nervios parecían a punto de estallar. Al final apareció un taxi y Mark abrió la portezuela posterior y colocó mi maleta en el suelo. Al ver que le entregaba un par de billetes al taxista tras haberme acomodado yo en el asiento, comprendí lo que estaba pasando. Mark no me iba a acompañar. Me enviaba sola al aeropuerto y sin almorzar. Antes de que pudiera bajar el cristal de la ventanilla para decirle algo, el taxi se puso en marcha y volvió a adentrarse en el tráfico.

Me trasladé en silencio al aeropuerto de La Guardia, donde todavía me faltaban tres horas para subir al avión. Me sentía enojada, dolida y perpleja. No podía soportar la idea de marcharme de aquella manera. Busqué un asiento vacío en el bar, pedí una consumición y encendí un cigarrillo. Observé cómo el humo azulado ascendía en espiral y se disipaba en la brumosa atmósfera. Minutos más tarde introduje un cuarto de dólar en la ranura de un teléfono público.

—Orndorff & Berger —anunció una profesional voz femenina.

Evoqué la imagen de la negra consola y dije:

—Mark James, por favor.

Tras una pausa, la mujer contestó:

—Disculpe, se habrá equivocado de número.

—Trabaja en el despacho de Chicago. Está aquí de visita. Precisamente hoy me he reunido con él en ese bufete —dije.

—Espere un momento, por favor.

Me pasé unos dos minutos escuchando a través del hilo musical la versión de «Baker Street» de Jerry Rafferty.

—Lo siento —me dijo la recepcionista poniéndose de nuevo al teléfono—, aquí no hay nadie que se llame así, señora.

—Él y yo nos hemos reunido en el vestíbulo de ese bufete hace menos de dos horas —exclamé, a punto de perder la paciencia.

—Lo he comprobado, señora. Lo siento, nos habrá confundido usted con otro bufete.

Soltando una maldición por lo bajo, colgué violentamente el teléfono. Marqué Información, pedí el número del bufete de Orndorff & Berger de Chicago e introduje mi tarjeta de crédito. Dejaría un mensaje para Mark, diciéndole que me llamara en cuanto pudiera.

Se me heló la sangre en las venas cuando la recepcionista de Chicago me contestó:

—Lo siento mucho, señora. No hay ningún Mark James en este bufete.

6

Mark no figuraba en la guía telefónica de Chicago. Había cinco Mark James y tres M James. Al llegar a casa probé a llamar a cada uno de los números y me contestó o bien una mujer o un hombre desconocido. Estaba tan desconcertada que no pude conciliar el sueño. Hasta la mañana siguiente no se me ocurrió la idea de llamar a Diesner, el jefe del Departamento de Medicina Legal de Chicago con quien Mark afirmaba haberse tropezado varias veces.

Llegué a la conclusión de que lo mejor sería ir directamente al grano y le dije a Diesner, tras los habituales comentarios intrascendentes:

—Estoy tratando de localizar a Mark James, un abogado de Chicago a quien tú conoces, si no me equivoco.

—James... —repitió Diesner en tono pensativo—. Me temo que no me suena, Kay. ¿Dices que trabaja como abogado aquí en Chicago?

—Sí —contesté desalentada—. En Orndorff & Berger.

—Conozco Orndorff & Berger, un bufete muy prestigioso, pero no logro recordar a ese Mark James... —Oí el rumor de un cajón al abrirse y el crujido de unas hojas de papel—. Pues no. Tampoco figura en las páginas amarillas.

Tras colgar el teléfono, me llené otra taza de café cargado y contemplé a través de la ventana de la cocina el comedero vacío de los pájaros. La grisácea mañana amenazaba lluvia. El escritorio de mi despacho del departamento hubiera necesitado una apisonadora. Era sábado y el lunes era fiesta oficial. El departamento estaría desierto porque mis colaboradores ya estarían disfrutando de aquel largo fin de semana de tres días. Hubiera podido aprovechar aquella paz y tranquilidad. Pero no me apetecía. Sólo podía pensar en Mark. Era como si no existiera, como si fuera un ser imaginario, un sueño. Cuanto más trataba de comprenderlo, tanto más se me enredaban los pensamientos. ¿Qué demonios estaba pasando?

Al borde de la desesperación, pedí el número del domicilio particular de Robert Sparacino y lancé un secreto suspiro de alivio al averiguar que no figuraba en la guía. Llamarle hubiera sido un suicidio. Mark me había engañado. Me había dicho que trabajaba en Orndorff & Berger, me había dicho que vivía en Chicago y que conocía a Diesner. ¡Nada de todo aquello era cierto! Esperaba que sonara el teléfono y que Mark me llamara. Arreglé la casa, hice la colada y planché, empecé a preparar una salsa de tomate, hice unas albóndigas y revisé la correspondencia.

El teléfono no sonó hasta las cinco de la tarde.

—¿Doctora? Aquí, Marino —me dijo la conocida voz—. No quería molestarla en un fin de semana, pero llevo dos malditos días tratando de localizarla. Quería asegurarme de que estaba bien —añadió Marino haciendo otra vez de ángel de la guarda—. Tengo una cinta de vídeo que me interesa que vea —me explicó—. He pensado que, si no va a salir, yo podría pasar un momento por su casa. ¿Tiene vídeo?

Sabía que sí. Otras veces había «pasado por mi casa» para enseñarme cintas.

—¿Qué clase de cinta? —le pregunté.

—Sobre ese tipo con quien me he pasado toda la mañana. Interrogándole sobre Beryl Madison.

Marino hizo una pausa y yo adiviné que estaba contento.

Cuanto más conocía a Marino, tanto más se empeñaba éste en presumir ante mí. Yo atribuía en parte el fenómeno al hecho de que él me hubiera salvado la vida, un terrible acontecimiento que había servido para crear entre nosotros un curioso vínculo, dada la disparidad de nuestras personalidades.*

—¿Está de servicio?

—Pero si yo siempre estoy de servicio —contestó Marino con un gruñido.

—Hablo en serio.

—No oficialmente, ¿de acuerdo? Terminé a las cuatro, pero mi mujer se ha ido a Jersey a visitar a su madre y yo tenía más cabos sueltos que un maldito fabricante de alfombras.

Su mujer no estaba. Sus hijos ya eran mayores. Era un triste sábado y el cielo estaba encapotado. Marino no quería regresar a una casa vacía. Yo tampoco estaba muy contenta que digamos en mi solitaria casa vacía. Contemplé la cazuela donde se estaba cociendo la salsa.

—No tengo que salir —dije—. Pase cuando quiera con la cinta de vídeo y la miraremos juntos. ¿Le gustan los espaguetis?

Marino vaciló un instante.

—Bueno...

—Con albóndigas. Ahora mismo voy a hacer la pasta. ¿Comerá conmigo?

—Sí —contestó Marino—, creo que lo podré arreglar.

Cuando Beryl Madison quería que le lavaran el automóvil, tenía por costumbre acudir al Masterwash de Southside.

Marino lo había averiguado visitando todos los establecimientos de lavado de automóviles de lujo de la ciudad. En realidad, sólo había una docena de establecimientos que pasaban el automóvil sin conductor por una cadena de montaje de «aros» que giraban en una solución espumosa mientras una especie de duchas enviaban finos chorros de agua. Tras ser sometido a un secador de aire, el automóvil, conducido por un ser humano, era trasladado a una sala donde los empleados le

* Véase nota, pág. 75.

pasaban la aspiradora, lo enceraban, le sacaban brillo y le limpiaban los guardabarros y todo lo demás. Un servicio «Super Deluxe» de Masterwash, me dijo Marino, costaba quince dólares.

—Tuve mucha suerte —me explicó Marino mientras enrollaba los espaguetis en el tenedor con la ayuda de una cuchara—. ¿Cómo se localiza una cosa así? Los tíos deben de hacer como unos setenta o cien servicios al día. ¿Cómo se van a fijar en un Honda de color negro? No puede ser.

Se sentía un cazador feliz. Había cobrado una buena pieza. La semana anterior, tan pronto como le entregué el informe preliminar de las fibras, comprendí que empezaría a recorrer todos los túneles de lavado de la ciudad. Había que reconocerle un mérito a Marino: aunque sólo hubiera habido un arbusto en un desierto, él se hubiera empeñado en comprobar lo que había detrás.

—Fue por pura chiripa —añadió—. Pasé por el Masterwash. Era casi el último establecimiento de la lista, por el sitio en que está ubicado. Yo hubiera imaginado que Beryl llevaba su Honda a algún túnel de lavado del West End. Pero no, lo llevaba al Southside y la única razón que se me ocurre es que el establecimiento tiene una sección de embellecimiento de carrocerías y limpieza de interiores. Resulta que llevó su automóvil allí el pasado mes de diciembre poco después de comprarlo y pagó cien dólares para que le sellaran la pintura. Después abrió una cuenta y se hizo socia para poder ahorrarse un par de dólares en cada lavado y aprovechar la oferta de la limpieza semanal gratuita.

—¿Así fue como lo descubrió? —le pregunté—. ¿Porque se había hecho socia?

—Pues sí —contestó Marino—. No tienen ordenador. Tuve que revisar todas las malditas facturas. Pero encontré una copia de lo que pagó para hacerse socia y, basándome en el estado de su automóvil cuando lo encontramos en el garaje, pensé que lo habría lavado poco antes de huir a Key West. He estado examinando también sus papeles y buscando los comprobantes de los pagos con tarjeta de crédito. Sólo hay un cargo de Masterwash y es el trabajo de cien dólares que le he mencionado. Al parecer pagó en efectivo cuando se hizo lavar el vehículo después.

—Los empleados del túnel de lavado —dije—, ¿qué tipo de ropa llevan?

—No hay nada de color anaranjado que coincida con esa fibra tan rara que encontraron ustedes. Casi todos van con vaqueros y zapatillas deportivas... todos llevan una camisa de color azul con el nombre Masterwash bordado en blanco en el bolsillo. Lo examiné todo mientras estuve allí. No hubo nada que me llamara la atención. Sólo vi otro tipo de tejido, el de las toallas blancas que utilizan para secar los automóviles.

—No parece muy prometedor —comenté, apartando a un lado mi plato.

Menos mal que Marino tenía buen apetito. Yo aún tenía el estómago encogido por lo de Nueva York y todavía no sabía si revelarle a Marino lo que había pasado.

—Puede que no —dijo Marino—, pero hablé con un tipo que me llamó un poco la atención.

Esperé.

—Se llama Al Hunt, veintiocho años, raza blanca. Me fijé en él inmediatamente. Le vi supervisando la labor de los currantes y tuve como una corazonada. Se le veía fuera de lugar. Muy pulcro y peripuesto, le hubiera sentado mejor un traje de calle y una cartera de documentos. «¿Qué estará haciendo un tipo como él en un callejón sin salida como éste?», pensé. —Marino hizo una pausa para rebañar el plato con un trozo de pan de ajo—. Me acerco a él y empiezo a pegar la hebra. Le pregunto por Beryl y le muestro la fotografía de su permiso de conducir. Le pregunto si recuerda haberla visto por allí y, ¡zas!, empieza a ponerse nervioso.

No pude evitar pensar que yo también hubiera empezado a ponerme nerviosa si Marino se hubiera «acercado» a mí. Probablemente se habría echado encima del pobre chico como un toro desbocado.

—Y entonces, ¿qué? —pregunté.

—Pues entonces entramos, tomamos café y empezamos a hablar en serio —contestó Marino—. Este Al Hunt es un tipo muy curioso. Para empezar, estudió en una escuela superior y se graduó en Psicología, después se pasó un par de años trabajando como enfermero en el Metropolitan, imagínese. Y, al preguntarle yo por qué dejó el hospital por el Masterwash, resulta que su padre es el dueño del establecimiento. Tiene intereses en toda la ciudad. El Masterwash no es más que una de sus inversiones. También es dueño de varios parkings y de la mitad de los inmuebles de los barrios bajos del Northside. Cabría suponer que el joven Al no ha sido educado para seguir los pasos de su papá, ¿no le parece?

La cosa se ponía interesante.

—Pues bueno, resulta que Al no va a ponerse un traje de calle aunque a primera vista parezca que es lo que le corresponde. O sea, Al es un perdedor y su padre no se fía de él ni lo ve vestido con un milrayas y sentado detrás de un escritorio. El tipo se limita a estar allí diciéndoles a los currantes cómo hay que encerar los vehículos y limpiar los guardabarros. Eso me induce a pensar inmediatamente que aquí arriba le falla algo —dijo Marino, señalándose la cabeza con un pringoso dedo.

—Quizá convendría que hablara con su padre.

—Claro. Y éste me dirá que su gran esperanza blanca es un zoquete.

—¿Qué se propone hacer?

—Ya lo he hecho —contestó Marino—. Vea usted la cinta de vídeo que traigo, doctora. Me he pasado toda la mañana con Al Hunt en jefatura. El tipo habla por los codos y siente una enorme curiosidad por lo que le ocurrió a Beryl, dice que lo leyó en los periódicos...

—¿Cómo sabía quién era Beryl? —le interrumpí—. Los periódicos y las emisoras de televisión no tenían ninguna fotografía suya. ¿Acaso reconoció el nombre?

—Dice que no, que no tenía ni idea de quién era la rubia que había visto en el túnel de lavado hasta que yo le mostré la fotografía del carnet de conducir. Entonces pareció llevarse una fuerte impresión, estuvo pendiente de todas mis palabras, quiso hablar de ella y se mostró muy afectado para ser alguien que no la conocía. —Marino dejó la arrugada servilleta sobre la mesa—. Lo mejor es que lo vea usted misma.

Puse la cafetera en el fuego, recogí los platos sucios y pasamos al salón para ver la cinta. Conocía el decorado. Lo había visto muchas veces. La sala de interrogatorios del Departamento de Policía era un pequeño cuarto de paredes revestidas con paneles de madera cuyo único mobiliario era una mesa desnuda colocada en el centro del suelo alfombrado. Cerca de la puerta había un interruptor de la luz y sólo un experto o los iniciados se hubieran dado cuenta de que faltaba el tornillo superior. Al otro lado del diminuto orificio negro había una sala de vídeo equipada con una videocámara especial de gran amplitud de campo.

A primera vista, Al no ofrecía un aspecto demasiado temible. Tenía el cabello rubio claro con entradas y una tez más bien pálida. No hubiera sido feo si una barbilla casi inexistente no hubiera provocado la fusión entre su rostro y su cuello. Vestía chaqueta de cuero de color marrón y pantalones vaqueros, y sus ahusados dedos no paraban de juguetear con una lata de 7-Up mientras miraba a Marino, sentado delante de él.

—¿Qué fue exactamente lo de Beryl Madison? —preguntó Marino—. ¿Por qué te fijaste en ella? Cada día pasan muchos automóviles por el túnel de lavado. ¿Recuerdas a todos los clientes?

—Los recuerdo mucho más de lo que usted se imagina —contestó Hunt—. Sobre todo, a los habituales. Puede que no recuerde sus nombres, pero recuerdo sus caras, porque casi todos ellos se quedan por allí mientras los empleados les lavan el vehículo. Muchos clientes supervisan el trabajo, usted ya me entiende. Lo comprueban todo y se aseguran de que no olvidemos nada. Algunos toman incluso un trapo y echan una mano, sobre todo si tienen prisa... o si son de esos que no saben estarse quietos y siempre tienen que hacer algo.

—¿Beryl era así? ¿Supervisaba el trabajo?

—No, señor. Tenemos un par de bancos allí fuera. Ella tenía por costumbre sentarse en un banco. A veces leía el periódico o un libro. En realidad, no prestaba la menor atención a los empleados y no era muy simpática que digamos. A lo mejor fue por eso por lo que me fijé en ella.

—¿Qué quieres decir? —preguntó Marino.

—Quiero decir que enviaba señales. Y yo las captaba.

—¿Señales?

—La gente envía toda clase de señales —explicó Hunt—. Yo tengo experiencia y las capto. Puedo adivinar muchas cosas sobre una persona a través de las señales que emite.

—¿Yo también emito señales, Al?

—Sí, señor. Todo el mundo las emite.

—¿Qué clase de señales estoy emitiendo?

—Rojo pálido —contestó Hunt con la cara muy seria.

—¿Cómo? —preguntó Marino, desconcertado.

—Capto las señales bajo la apariencia de colores. Puede que a usted le parezca extraño, pero no soy el único. Algunas personas percibimos los colores que irradian las demás. Ésas son las señales a que me refería. Las señales que yo capto de usted son de color rojo pálido. En cierto modo cordiales, pero también levemente enfurecidas. Como una señal de advertencia. Atrae, pero, al mismo tiempo, advierte de la existencia de cierto peligro...

Marino detuvo la cinta y esbozó una sonrisa burlona.

—Un tipo muy curioso, ¿verdad?

—En realidad, creo que es bastante listo —contesté—. Usted es cordial, pero está enfurecido y es peligroso.

—Maldita sea, doctora. El tío está como un cencerro. Según él, la gente es un arco iris ambulante.

—Lo que dice tiene cierta validez psicológica —repliqué—. Las emociones se asocian con los colores. Y en eso se basa la elección de los colores de lugares públicos, habitaciones de hotel e instituciones. El azul, por ejemplo, se asocia con la depresión. No encontrará usted muchas habitaciones de hospitales psiquiátricos decoradas en tonos azules. El rojo es cólera, violencia, pasión. El negro es morboso, siniestro, etc. Si no recuerdo mal, usted me ha dicho que Hunt es graduado en psicología.

Marino me miró con escepticismo y volvió a poner en marcha la cinta.

—... supongo que eso tiene que ver con el papel que usted desempeña —estaba diciendo Hunt—. Usted es un investigador y en este momento necesita mi colaboración, pero, al mismo tiempo, no se fía de mí y, si yo tuviera algo que ocultar, podría ser peligroso para mí. Ésa es la parte de advertencia que yo percibo en el rojo pálido. La parte cordial es su personalidad sociable. Usted quiere que la gente se le acerque. A lo mejor quiere acercarse a la gente. Actúa con dureza, pero quiere que la gente lo aprecie...

—Muy bien —dijo Marino, interrumpiéndole—. ¿Qué me dices de Beryl Madison? ¿También captabas sus colores?

—Oh, sí. Eso fue lo que inmediatamente me llamó la atención en ella. Era distinta, realmente distinta.

—¿En qué sentido?

La silla de Marino crujió ruidosamente mientras éste se reclinaba contra el respaldo y cruzaba los brazos.

—Muy reservada —contestó Hunt—. Emitía colores árticos. Gélido azul, amarillo pálido como el del sol cuando apenas brilla y un blanco tan frío que ardía como el hielo seco, como si fuera a quemarte si la tocaras. Lo que la distinguía era el color blanco. Muchas mujeres emiten tonos pastel. Tonos femeninos como los colores que visten. Rosa, amarillo, azules y verdes claros. Las mujeres son pasivas, frías y frágiles. A veces veo a alguna mujer que emite colores oscuros y fuertes como el azul marino, el borgoña o el rojo. Eso significa que tiene una acusada personalidad. Normalmente agresiva. Podría ser una abogada, una médica o una mujer de negocios y a menudo viste los colores que acabo de describir. Son las que permanecen de pie junto a su automóvil con los brazos en jarras y supervisan todo lo que hacen los empleados. Y no vacilan en señalar las tiznaduras del parabrisas o algún punto en el que no se ha quitado bien el polvo.

—¿Y a ti te gusta este tipo de mujer? —preguntó Marino.

Hunt pareció dudar.

—No, señor, si he de serle sincero.

Marino se rio y se inclinó hacia delante, diciéndole:

—Pues mira, a mí tampoco. Prefiero las nenas de color pastel.

Le dirigí a Marino una de mis miradas asesinas, pero él no me hizo caso mientras en la pantalla le decía a Hunt:

—Háblame un poco más de Beryl, de lo que captaste en ella.

Hunt frunció el ceño como si reflexionara.

—Los tonos pastel que emitía no eran demasiado insólitos, lo que ocurre es que yo no los interpretaba precisamente como frágiles. Aunque tampoco pasivos. Los matices eran fríos y de tipo ártico tal como ya he dicho, no eran matices florales. Como si quisiera decirle al mundo que se mantuviera apartado de ella y le dejara mucho espacio.

—¿Como si fuera fría, tal vez?

Hunt volvió a juguetear con la lata de 7-Up.

—No, señor, no creo que sea eso. De hecho, no creo que fuera eso lo que yo captaba. Me venía a la mente la idea de la distancia. La enorme distancia que hubiera tenido que recorrer para llegar hasta ella. Pero sabía que, en cuanto llegara, siempre y cuando ella me hubiera permitido acercarme, su vehemencia me hubiera quemado. Eso significaban las incandescentes señales blancas que enviaba, lo que más me llamaba la atención de ella. Era vehemente, muy vehemente. Y daba la impresión de ser una persona muy inteligente y complicada. Incluso cuando estaba allí sola sentada en el banco sin prestarle la menor atención a nadie; su mente no descansaba. Captaba todo lo que la rodeaba. Era distante y emitía un blanco fulgor como el de una estrella.

—¿Observaste si era soltera?

—No llevaba alianza —contestó inmediatamente Hunt—.

Supuse que era soltera. No vi en su automóvil nada que me hiciera suponer lo contrario.

—No te entiendo —dijo Marino, perplejo—. ¿Cómo hubieras podido adivinarlo a través del vehículo?

—Creo que fue la segunda vez que lo llevó al túnel de lavado. Mientras uno de los empleados limpiaba el interior no vi nada de tipo masculino. El paraguas, por ejemplo... estaba en el suelo de la parte posterior y era uno de esos finos paraguas azules que suelen usar las mujeres y no uno de esos negros y con el mango de madera que llevan los hombres. Las bolsas de la lavandería en seco que había en la parte de atrás parecían contener prendas de mujer y no de hombre. Casi todas las mujeres casadas llevan la ropa de su marido a la lavandería junto con la suya. Y el maletero. No había ni herramientas ni cables. Nada de tipo masculino. Es curioso, pero, cuando te pasas todo el día viendo coches, empiezas a fijarte en esos detalles y a hacer deducciones sobre los conductores sin darte cuenta siquiera.

—Parece que hiciste muchas deducciones en el caso de Beryl —dijo Marino—. ¿Se te ocurrió alguna vez la posibilidad de hacerle alguna pregunta, Al? ¿Estás seguro de que no conocías su nombre y que no lo viste en el resguardo de la lavandería o en algún sobre que tal vez ella dejó en el interior del vehículo?

Hunt sacudió la cabeza.

—No conocía su nombre. Puede que no quisiera conocerlo.

—¿Por qué?

—No sé...

Hunt empezó a ponerse nervioso.

—Vamos, Al. A mí me lo puedes decir. Yo quizá se lo habría preguntado, ¿sabes? Era guapa e interesante. Yo lo hubiera pensado y seguramente hubiera intentado averiguar su nombre a escondidas e incluso habría tratado de llamarla por teléfono.

—Bueno, pues, yo no lo hice. —Hunt se miró las manos—. Ni intenté hacer nada de todo eso.

—¿Y por qué no?

Silencio.

—¿A lo mejor porque una vez conociste a una chica como ella y esa chica te quemó? —preguntó Marino.

Silencio.

—Mira, esas cosas nos ocurren a todos, Al.

—Cuando estudiaba —contestó Hunt en un susurro casi inaudible—. Salía con una chica. Estuvimos juntos dos años. Después, ella se fue con un chico que estudiaba Medicina. Las mujeres son así... buscan a un cierto tipo de hombres cuando empiezan a pensar en casarse.

—Buscan a los peces gordos. —La voz de Marino estaba adquiriendo un filo cortante—. Abogados, médicos, banqueros. No les interesan los tipos que trabajan en un túnel de lavado de coches.

Hunt levantó bruscamente la cabeza.

—Yo entonces no trabajaba en un túnel de lavado.

—No importa, Al. Las nenas finas como Beryl Madison no suelen perder el tiempo con alguien como tú, ¿comprendes? Apuesto a que Beryl ni siquiera sabía que estabas vivo. Apuesto a que ni siquiera te hubiera reconocido si te hubieras cruzado con su automóvil en alguna calle de por ahí...

—No diga eso...

—¿Es verdad o mentira?

Hunt contempló fijamente sus manos cerradas en un puño.

—A lo mejor te gustaba Beryl, ¿verdad? —añadió Marino en tono implacable—. A lo mejor te pasabas todo el día pensando en esa chica de color blanco incandescente, soñando con ella y preguntándote qué tal sería salir con ella y acostarte con ella. A lo mejor no te atrevías a hablar directamente con ella porque temías que te considerara un palurdo, un ser por debajo de ella...

—¡Ya basta! ¡Me está usted pinchando! ¡Ya basta! —gritó Hunt con voz estridente—. ¡Déjeme en paz!

—Estoy diciendo lo mismo que te dice tu padre, ¿no es cierto, Al? —Marino encendió un cigarrillo y lo agitó mientras hablaba—. El señor Hunt cree que su único hijo es un marica porque no es un cochino hijo de puta propietario de miserables casas de vecindad que les saca los cuartos a los pobres sin preocuparse por sus sentimientos ni por su bienestar. —Marino exhaló una bocanada de humo y añadió en tono comprensivo—: Lo sé todo del poderoso señor Hunt. También sé que les dijo a todos sus amiguetes que eres un mariquita y que se avergonzó de que su sangre corriera por tus venas cuando te fuiste a trabajar como enfermero. El caso es que empezaste a trabajar en el maldito túnel de lavado porque él te dijo que, como no lo hicieras, te iba a desheredar.

—¿Usted sabe todo eso? ¿Cómo se ha enterado? —preguntó Hunt, tartamudeando.

—Yo sé muchas cosas. E incluso sé que los del Metropolitan dijeron que eras estupendo y que tratabas de maravilla a los pacientes. Sintieron mucho que te fueras. Imagínate que la palabra que utilizaron para describirte fue «sensible», tal vez demasiado sensible, ¿no es cierto, Al? Por eso no sales con chicas y no tratas con mujeres. Tienes miedo. Beryl te daba un miedo espantoso, ¿verdad?

Hunt respiró hondo.

—¿Por eso no querías conocer su nombre? Porque entonces hubieras sentido la tentación de llamarla o de intentar hacer algo, ¿verdad?

—Simplemente me fijé en ella —contestó nerviosamente Hunt—. De veras, eso fue todo lo que hubo. No pensaba en ella en la forma que usted ha insinuado. Simplemente la miraba, pero no pasaba de ahí. Jamás había hablado con ella hasta la última vez que...

Marino pulsó el botón de detención y dijo:

—Ahora viene lo más importante... —Hizo una pausa y me miró detenidamente—. Oiga, ¿acaso no se encuentra bien?

—¿Era realmente necesario ser tan brutal? —repliqué enfurecida.

—Se ve que no me conoce demasiado, si eso le parece brutal —dijo Marino.

—Perdón, había olvidado que estoy sentada en el salón de mi casa con Atila, el rey de los hunos.

—Todo es una comedia —dijo Marino, ofendido.

—Recuérdeme que le presente candidato para un Oscar.

—Vamos, doctora.

—Lo ha desmoralizado por completo —dije.

—Eso no es más que una herramienta, ¿comprende? Un medio de sacar cosas y de hacerle decir a la gente cosas que, a lo mejor, no se le ocurrirían de otra manera. —Marino se volvió de nuevo hacia el aparato y pulsó el botón de puesta en marcha—. Toda la entrevista ha merecido la pena sólo por lo que ahora me va a decir.

—¿Y eso cuándo fue? —le preguntó Marino a Hunt—. ¿Cuándo fue la última vez que la viste?

—No estoy seguro de la fecha exacta —contestó Hunt—. Hace un par de meses, pero recuerdo que era un viernes a última hora de la mañana. Lo recuerdo porque aquel día yo tenía que almorzar con mi padre. Siempre almuerzo con él los viernes para discutir los asuntos del negocio. —Hunt alargó la mano hacia la lata de 7-Up—. Los viernes siempre me visto un poco mejor. Aquel día llevaba corbata.

—Y entonces aparece Beryl, aquel viernes a última hora de la mañana, para que le laven el automóvil —dijo Marino, aguijoneándolo—. ¿Y aquel día hablaste con ella?

—En realidad, fue ella quien primero me dirigió la palabra a mí —contestó Hunt como si eso tuviera importancia—. Le acababan de lavar el vehículo y entonces ella se me acercó y me dijo que se le había derramado algo en la alfombra del maletero y quería saber si podíamos limpiarlo. Me acompañó al automóvil, abrió el maletero y vi que la alfombra estaba empapada. Al parecer, llevaba unas bolsas de la compra y se había roto una botella de dos litros de zumo de naranja. Creo que fue por eso por lo que quiso que le lavaran inmediatamente el vehículo.

—¿Las bolsas de la compra estaban todavía en el maletero cuando ella llevó el coche al túnel de lavado?

—No —contestó Hunt.

—¿Recuerdas lo que vestía aquel día?

Hunt vaciló.

—Prendas de tenis, gafas ahumadas. Parecía que viniera de jugar un partido. Lo recuerdo porque nunca la había visto vestida de aquella manera. Siempre venía con ropa de calle. Recuerdo que en el maletero había una raqueta de tenis y unas cuantas cosas más porque ella las sacó para que limpiáramos la alfombra. Recuerdo que las recogió y las colocó en el asiento de atrás del automóvil.

Marino se sacó una agenda del bolsillo de la chaqueta, la abrió, pasó unas páginas y preguntó:

—¿Pudo ser la segunda semana de julio? ¿El viernes día 12?

—Es posible.

—¿Recuerdas algo más? ¿Dijo ella alguna otra cosa?

—Estuvo casi amable —contestó Hunt—. Me acuerdo muy bien. Supongo que todo se debió a que la ayudé y nos encargamos de limpiarle el maletero, cosa que no teníamos ninguna obligación de hacer. Hubiera podido decirle que llevara el vehículo a la sección de servicios especiales y pagara treinta dólares por el servicio. Pero yo quería ayudarla. Mientras los chicos trabajaban, observé una cosa muy rara en la portezuela del lado del pasajero. Parecía que alguien hubiera tomado una llave y hubiera grabado un corazón y unas letras en la portezuela, justo por debajo del tirador. Cuando le pregunté qué había pasado, rodeó el automóvil para examinar los desperfectos y le juro que se quedó petrificada y más blanca que una sábana. Por lo visto, no se había dado cuenta hasta que yo se lo dije. Traté de tranquilizarla y le dije que no me extrañaba que se hubiera disgustado tanto. Era un Honda recién estrenado, un automóvil de veinte mil dólares sin el menor arañazo. Y va un chalado y le hace una cosa así. Seguramente un chiquillo que no tenía nada mejor que hacer.

—¿Qué otra cosa dijo, Al? —preguntó Marino—. ¿Dio alguna explicación sobre lo ocurrido?

—No, señor. Casi no dijo nada. Me pareció que estaba

como asustada. Miró a su alrededor y me preguntó dónde había un teléfono público. Le contesté que dentro teníamos uno. Cuando volvió a salir, ya habíamos terminado de limpiarle el vehículo y se fue inmediatamente...

Marino pulsó el botón de detención y sacó la cinta de la videocámara. Recordando el café, me fui a la cocina y preparé dos tazas.

—Parece que eso responde a una de nuestras preguntas —dije al regresar.

—Sí. —Marino alargó la mano hacia la crema de leche y el azúcar—. Tal como yo lo imagino, Beryl utilizó el teléfono público para llamar al banco o tal vez para reservar un billete de avión. Aquel corazoncito de San Valentín grabado en la portezuela de su automóvil fue la gota que colmó el vaso. Le entró miedo. Desde el túnel de lavado se fue directamente al banco. He comprobado dónde tenía la cuenta. El 12 de julio a las doce y cincuenta minutos del mediodía retiró casi diez mil dólares en efectivo y dejó la cuenta sin fondos. Era una de las mejores cuentas y nadie puso reparos.

—¿Compró cheques de viaje?

—No, aunque parezca increíble —contestó Marino—. Eso significa que el hecho de que alguien averiguara su paradero la aterrorizaba mucho más que la posibilidad de que le robaran. En los cayos lo pagaba todo en efectivo. Si no utilizaba tarjetas de crédito ni cheques de viaje, nadie tenía por qué enterarse de cómo se llamaba.

—Debía de estar muerta de miedo —dije en un susurro—. No imagino que pudiera llevar tanto dinero encima. Para hacer una cosa así, yo tendría que estar loca o al borde de la desesperación.

Marino encendió un cigarrillo y yo hice lo propio.

Sacudiendo la cerilla para apagarla, pregunté:

—¿Cree posible que le grabaran el corazón en la portezuela mientras le lavaban el automóvil?

—Le hice a Hunt esta misma pregunta para ver cómo reaccionaba —contestó Marino—. Juró que nadie lo hubiera podido hacer en el túnel de lavado porque alguien hubiera visto a la persona que lo hacía. Pero yo no estoy tan seguro. En esos sitios dejas cincuenta centavos en la caja de cambios y han desaparecido cuando te devuelven el vehículo. La gente roba que es un gusto. Monedas, paraguas, lo que sea, y nadie ha visto nada cuando preguntas. Lo hubiera podido hacer incluso el propio Hunt.

—Es un tipo un poco raro —reconocí—. Me llama la atención que se hubiera fijado tanto en Beryl. Ella no era más que uno de los muchos clientes que pasaban por aquel lugar cada día. ¿Con cuánta frecuencia acudía al túnel de lavado? ¿Una vez al mes, quizá menos?

Marino asintió con la cabeza.

—Pero para él resplandecía como un letrero de neón. Puede que sea absolutamente inocente. Y puede que no.

Recordé el comentario de Mark sobre el «sensacional» aspecto de Beryl.

Marino y yo tomamos nuestros cafés en silencio mientras la oscuridad volvía a apoderarse de mis pensamientos. Mark. Tenía que haber un error, alguna explicación lógica de por qué no figuraba en la lista de colaboradores de Orndorff & Berger. A lo mejor, su nombre se había excluido del directorio o la empresa se había informatizado recientemente y él estaba erróneamente codificado, por lo que su nombre no apareció cuando la recepcionista lo introdujo en el ordenador. A lo mejor, ambas recepcionistas eran nuevas y no conocían a todos los abogados. Pero ¿por qué no figuraba en la guía telefónica de Chicago?

—La veo preocupada por algo —dijo finalmente Marino—. Me he dado cuenta nada más entrar.

—Estoy simplemente cansada —dije.

—A otro perro con ese hueso —replicó Marino tomando un sorbo de café.

Y estuve a punto de atragantarme con el mío cuando añadió:

—Rose me dijo que se había ausentado de la ciudad. ¿Acaso ha mantenido una pequeña e instructiva charla con Sparacino en Nueva York?

—¿Cuándo le ha dicho Rose todo esto?

—No importa. Y no se enfade con su secretaria —añadió Marino—. Ella se limitó a decirme que se había ausentado de la ciudad. No me dijo ni adónde ni con quién ni para qué. Lo demás lo averigüé yo por mi cuenta.

—¿Cómo?

—Me lo acaba usted de decir —contestó Marino—. No lo ha negado, ¿verdad que no? Bueno, pues, ¿de qué estuvieron hablando usted y Sparacino?

—Él me dijo que había hablado con usted. Quizá convendría que me hablara usted primero de esa conversación —contesté.

—No tuvo la menor importancia. —Marino tomó el cigarrillo que había dejado en el cenicero—. La otra noche va y me llama a casa. No me pregunte cómo demonios averiguó mi nombre y mi teléfono. Quiere los papeles de Beryl y yo no estoy dispuesto a entregárselos. Tal vez me hubiera mostrado más inclinado a colaborar con él si no hubiera sido tan hijo de puta. Empezó a darme órdenes y a comportarse como si fuera el gran jefe. Dijo que era el albacea testamentario y empezó a amenazarme.

—Y entonces usted tuvo la delicadeza de enviarme este tiburón a mi despacho —dije yo.

Marino me miró fríamente.

—No. Ni siquiera la mencioné.

—¿Está seguro?

—Pues claro que estoy seguro. La conversación duró unos tres minutos. Eso fue todo. Su nombre no se mencionó para nada.

—¿Y qué me dice del manuscrito que usted incluyó en el informe policial? ¿Le hizo Sparacino alguna pregunta sobre él?

—Sí —contestó Marino—. No le facilité ningún detalle, le dije que todos los papeles se presentarían como pruebas y añadí lo de siempre, que no estaba autorizado a hacer comentarios sobre el caso.

—¿Usted no le dijo que el manuscrito que encontró fue inicialmente entregado en mi departamento?

—Rotundamente no —contestó Marino, mirándome con extrañeza—. ¿Por qué iba a decirle tal cosa? No es cierto. Le pedí a Vander que lo examinara para ver si contenía alguna huella y esperé mientras él trabajaba. Después me volví a llevar el manuscrito. Ahora mismo se encuentra en la sala de efectos personales con todas sus restantes cosas. —Marino hizo una pausa—. ¿Por qué? ¿Qué le dijo Sparacino?

Me levanté para volver a llenar las tazas. Al regresar, se lo conté todo. Cuando terminé, Marino me miró con incredulidad y vi en sus ojos algo que me dejó totalmente hundida. Creo que fue la primera vez que le vi asustado.

—¿Qué va a hacer si llama? —me preguntó.

—¿Si llama Mark, quiere decir?

—No. Si llaman los Siete Enanitos —contestó Marino en tono burlón.

—Pedirle explicaciones. Preguntarle cómo es posible que trabaje para Orndorff & Berger y cómo es posible que viva en Chicago y no haya constancia de ello en ninguna parte. —Mi desánimo crecía por momentos—. No sé, intentaré averiguar qué demonios está pasando.

Marino apartó la mirada de mí y tensó los músculos de la barbilla.

—Usted se pregunta si Mark está implicado en este asunto... si está en connivencia con Sparacino y participa en actividades ilegales y delictivas —dije sin apenas poder expresar con palabras mi estremecedora sospecha.

—¿Y qué otra cosa podría pensar? —me replicó Marino, encendiendo enfurecido otro cigarrillo—. Llevaba usted más de quince años sin ver a su ex Romeo, sin hablar con él ni saber nada sobre su paradero. Como si se lo hubiera tragado la tierra. Y, de pronto, aparece en la puerta de su casa. ¿Qué sabe usted de lo que realmente ha hecho durante todo ese tiempo? No sabe nada. Sólo sabe lo que él le ha dicho...

Ambos nos sobresaltamos al oír el timbre del teléfono.

Consulté instintivamente mi reloj mientras me dirigía a la cocina. Aún no eran las diez y tenía el corazón en un puño cuando tomé el teléfono.

—¿Kay?

—¡Mark! —exclamé, tragando saliva—. ¿Dónde estás?

—En casa. Acabo de regresar a Chicago...

—Traté de ponerme en contacto contigo en Nueva York y Chicago, llamé al despacho... —dije, tartamudeando—. Llamé desde el aeropuerto.

Se produjo una pausa cargada de malos presagios.

—Mira, no dispongo de mucho tiempo. Te llamo simplemente para decirte que siento lo ocurrido y para asegurarme de que estás bien. Me pondré en contacto contigo.

—¿Dónde estás? —volví a preguntar—. ¿Mark? ¡Mark! Me contestó el tono de fin de la comunicación.

7

Al día siguiente, domingo, me quedé durmiendo cuando sonó el despertador. Me salté la misa, me salté el almuerzo y me sentía inquieta y atontada cuando finalmente me levanté de la cama. No recordaba mis sueños, pero sabía que habían sido desagradables.

Sonó el teléfono pasadas las siete de la tarde, cuando estaba picando cebollas y pimientos para una tortilla que el destino no me permitiría comer. Minutos después ya estaba atravesando a gran velocidad un oscuro tramo de la 64 Este con un trozo de papel en el tablero de instrumentos en el que figuraban anotadas las instrucciones para llegar a Cutler Grove. Mi mente era como un programa informático atrapado en un bucle en el que mis pensamientos giraban sin parar, procesando incesantemente la misma información. Cary Harper había sido asesinado. Una hora antes, al regresar a casa en su automóvil desde una taberna de Williamsburg, había sido atacado en el momento de descender del vehículo. Todo ocurrió con mucha rapidez. El crimen fue brutal. Como a Beryl Madison, le habían cortado la garganta.

Estaba oscuro y los bancos de niebla me devolvían el reflejo de los faros delanteros de mi automóvil. La visibilidad se había reducido casi a cero y la autovía que tantas veces había recorrido en el pasado se me antojaba repentinamente extraña. No sabía muy bien dónde estaba. Mientras encendía nerviosamente un cigarrillo, me di cuenta de que unos faros delanteros se me estaban acercando por detrás. Un automóvil oscuro que no pude distinguir pasó peligrosamente cerca y después se fue quedando poco a poco rezagado. Mantuvo la misma distancia kilómetro tras kilómetro tanto si yo aceleraba como si aminoraba la marcha. Cuando finalmente encontré la salida que buscaba me desvié hacia ella y lo mismo hizo el automóvil que circulaba a mi espalda.

La carretera sin asfaltar que enfilé a continuación no estaba señalizada. Los faros delanteros seguían fijos en mi guardabarros. Me había dejado el revólver del 38 en casa. No llevaba más que un pequeño aerosol irritante en el maletín médico. Experimenté un alivio tan hondo que exclamé en voz alta: «¡Gracias a Dios!», cuando la enorme mansión apareció ante mis ojos al salir de una curva. La calzada semicircular estaba llena de vehículos y de luces de emergencia. Aparqué y el automóvil que me seguía se detuvo bruscamente a mi espalda. Me quedé de una pieza cuando vi bajar a Marino, subiéndose el cuello de la chaqueta.

—Santo cielo —exclamé con un punto de irritación—. No puedo creerlo.

—Lo mismo digo —rezongó Marino, acercándose a mí a grandes zancadas—. Yo tampoco puedo creerlo. —Contempló el brillante círculo de luz que rodeaba un viejo Rolls-Royce de color blanco aparcado cerca de la entrada posterior de la mansión—. Mierda. Es lo único que puedo decir. ¡Mierda!

Había agentes de la policía por todas partes. Sus rostros estaban espectralmente pálidos bajo el resplandor de la luz artificial. Los motores rugían ruidosamente y en la húmeda y gélida atmósfera resonaban las frases fragmentadas y las interferencias de las radios. Una cinta atada a la barandilla de los peldaños posteriores cerraba el escenario del delito formando un siniestro rectángulo amarillo.

Un policía de paisano vestido con una vieja chaqueta de cuero se acercó a nosotros.

—¿Es la doctora Scarpetta? —dijo—. Soy el investigador Poteat.

Yo estaba abriendo mi maletín para sacar un paquete de guantes quirúrgicos y una linterna.

—Nadie ha tocado el cuerpo —me informó Poteat—. He seguido exactamente las instrucciones del doctor Watts.

El doctor Watts era un médico que ejercía la medicina general, uno de los quinientos forenses repartidos por el estado que me auxiliaban en mi labor y uno de los que más quebraderos de cabeza me causaban. En cuanto la policía le llamó aquella tarde, él me llamó a mí. Los forenses auxiliares estaban obligados a informar al jefe del Departamento de Medicina Legal siempre que se producía la muerte sospechosa o inesperada de algún personaje conocido. Pero Watts también se sentía obligado a evitar todos los casos que pudiera o a pasárselos a otro, pues le fastidiaba tener que acudir al lugar de los hechos o rellenar los papeles. Era un especialista en no acudir a los escenarios de los delitos y, como era de esperar, tampoco le vi el pelo en aquella ocasión.

—Llegué aquí al mismo tiempo que el equipo de recogida —me estaba explicando Poteat—. Me aseguré de que los chicos no hicieran más de lo necesario. No le dieron la vuelta ni le quitaron la ropa ni nada. Ha muerto en el acto.

—Gracias —contesté con aire distraído.

—Al parecer, le golpearon en la cabeza y lo hirieron con un objeto cortante. Puede que le dispararan. Hay perdigones por todas partes. Ahora mismo lo verá. No hemos encontrado el arma. Por lo visto llegó sobre las siete menos cuarto y aparcó en el lugar donde ahora se encuentra su automóvil. Suponemos que le atacaron al bajar.

El policía contempló el Rolls-Royce de color blanco. Toda la zona estaba envuelta en las sombras arrojadas por unos arbustos de boj más altos y más viejos que él.

—¿Estaba abierta la portezuela del conductor cuando usted llegó? —pregunté.

—No, señora —contestó Poteat—. Las llaves del vehículo están en el suelo, como si él las tuviera en la mano en el momento de bajar. Tal como ya le he dicho, no hemos tocado nada, estábamos esperando que usted viniera o que el tiempo nos obligara a tomar una determinación. Va a llover —añadió, contemplando la capa de densas nubes—. E incluso podría nevar. No hay ninguna señal de perturbación en el interior del vehículo, ninguna señal de lucha. Suponemos que el atacante le esperaba oculto entre los arbustos. Lo único que puedo decirle es que ocurrió con mucha rapidez, doctora. Su hermana dice que desde el interior de la casa no oyó ningún disparo ni nada.

Le dejé conversando con Marino, me agaché para pasar por debajo de la cinta y me acerqué al Rolls-Royce mirando instintivamente por dónde pisaba. El automóvil estaba aparcado en paralelo, a menos de tres metros de los peldaños de la entrada posterior, con la puerta del lado del conductor mirando hacia la casa. Rodeé el capó, con su característico emblema, me detuve y saqué la cámara.

Cary Harper se encontraba tendido boca arriba con la cabeza a pocos centímetros del neumático delantero del automóvil. El guardabarros blanco estaba sucio y manchado de sangre, y su jersey beige de punto aparecía casi totalmente teñido de rojo. No lejos de su cadera había un llavero. Bajo el resplandor de los focos, todo lo que se veía estaba pegajoso y manchado de un rojo brillante. El cabello blanco de la víctima estaba ensangrentado, y tanto en el rostro como en el cuero cabelludo se observaban numerosas heridas causadas por los fuertes golpes de un objeto contundente que le había rasgado la piel. La garganta aparecía cortada de oreja a oreja y dondequiera que se posara el haz de la linterna se veían perdigones tan brillantes como cuentas de peltre. Había centenares de ellos sobre su cuerpo y a su alrededor, e incluso había unos cuantos diseminados por el capó del automóvil. Los perdigones no se habían disparado con arma de fuego.

Me desplacé para tomar fotografías y después me agaché y saqué el largo termómetro clínico, que introduje con cuidado bajo el jersey de la víctima y alojé en su axila izquierda. La temperatura corporal era de treinta y dos grados y la del ambiente, de uno sobre cero. El cuerpo se estaba enfriando a la rápida velocidad de tres grados por hora porque el frío era muy intenso y Harper no estaba grueso ni iba fuertemente abrigado. El rígor mortis ya se había instalado en los músculos más pequeños. Calculé que debía de llevar menos de dos horas muerto.

A continuación empecé a buscar algún posible vestigio que quizá no pudiera superar el traslado al depósito de cadáveres. Las fibras, los cabellos o cualquier otro resto adherido a la sangre podían esperar. Me preocupaban más bien las cosas sueltas. Estaba examinando lentamente el cuerpo y la zona que lo rodeaba cuando el estrecho haz luminoso se detuvo en algo situado muy cerca del cuello de la víctima. Me incliné sin tocar nada y me llamó la atención un pequeño bulto verdoso que parecía plastilina en el que se hallaban incrustados varios perdigones. Lo estaba guardando todo con cuidado en un sobre de plástico cuando se abrió la puerta posterior de la casa y me vi contemplando directamente los aterrorizados ojos de una mujer, de pie en el vestíbulo, al lado de un oficial de la policía que sostenía en su mano una tablilla metálica con un sujetapapeles. La puerta se cerró suavemente.

Las pisadas que se acercaban pertenecían a Marino y a Poteat. Ambos se agacharon para pasar por debajo de la cinta y en seguida se les unió el oficial de la tablilla. La puerta se cerró muy despacio.

—¿Se quedará alguien con ella? —pregunté.

—Por supuesto —contestó el oficial de la tablilla mientras el aliento se escapaba de su boca como una nube de humo—. La señorita Harper tiene una amiga que viene ahora mismo; dice que no nos preocupemos. Dejaremos un par de unidades en las cercanías para asegurarnos de que el tipo no regresa y repite el número.

—¿Qué estamos buscando? —me preguntó Poteat.

Se introdujo las manos en los bolsillos de la chaqueta y encorvó los hombros para protegerse del frío. Unos copos de nieve tan grandes como monedas de cuarto de dólar estaban empezando a caer en espiral.

—Más de un arma —contesté—. Las lesiones de la cabeza y el rostro han sido provocadas por un objeto contundente. —Las señalé con un ensangrentado dedo enguantado—. Está claro que la herida del cuello se ha infligido con un objeto cortante. En cuanto a los perdigones, he visto que no están deformados y no parece que ninguno de ellos penetrara en el cuerpo.

Marino contempló perplejo los perdigones diseminados por todas partes.

—Ésa fue mi impresión —dijo Poteat asintiendo con la cabeza—. No parecía que se hubiera efectuado un disparo, pero no estaba seguro. Por consiguiente, no deberíamos buscar una escopeta. ¿Un cuchillo y tal vez algo así como una herramienta para cambiar neumáticos?

—Tal vez, pero no necesariamente —contesté—. Lo único que puedo decirle ahora mismo con certeza es que el cuello fue cortado con algo afilado y que la víctima fue golpeada con un objeto romo y alargado.

—Eso podrían ser muchas cosas, doctora —dijo Poteat, frunciendo el ceño.

—Sí, podrían ser muchas cosas —convine.

Aunque tenía mis sospechas a propósito de los perdigones, me abstuve de hacer conjeturas, porque la experiencia me había dado muchas lecciones. Los comentarios se interpretaban a menudo al pie de la letra y una vez, en el escenario de un delito, los policías pasaron de largo por delante de una aguja de tapicería ensangrentada que había en el salón del domicilio de la víctima porque yo había dicho que el arma «podía ser» un punzón de picar hielo.

—El equipo puede retirar el cuerpo —anuncié, quitándome los guantes.

Envolvieron a Harper en una limpia sábana blanca y lo introdujeron en una bolsa corporal de cierre por cremallera. Me acerqué a Marino y observé cómo la ambulancia bajaba lentamente por la oscura y desierta calzada. No llevaba luces ni hacía sonar la sirena... No hace falta darse prisa cuando se traslada a los muertos. La nieve caía con más fuerza y cuajaba en el suelo.

—¿Se va usted? —preguntó Marino.

—¿Qué va a hacer, volver a seguirme? —repliqué sin sonreír.

Marino contempló el viejo Rolls-Royce en medio del círculo de lechosa luz al borde de la calzada. Los copos de nieve se derretían cuando caían en la zona de grava mojada por la sangre de Harper.

—No la seguía —dijo con la cara muy seria—. Recibí el mensaje de la radio cuando ya casi estaba de vuelta en Richmond...

—¿Casi de vuelta en Richmond? —pregunté, interrumpiéndole—. ¿Casi de vuelta de dónde?

—De aquí —contestó Marino, rebuscando las llaves en su bolsillo—. Descubrí que Harper visitaba habitualmente la Culpeper's Tavern y decidí ir a charlar un rato con él. Estuve con él una media hora, antes de que prácticamente me mandara al carajo y se largara. Me fui y, cuando me encontraba a unos veinticinco kilómetros de Richmond, Poteat me envía un mensaje y me comunica lo ocurrido. Doy media vuelta, reconozco su automóvil y me sitúo detrás para asegurarme de que no se perdiera.

—¿Me está usted diciendo que estuvo, efectivamente, hablando con Harper esta noche en la taberna? —pregunté con asombro.

—Pues sí —contestó Marino—. Después me deja plantado y unos cinco minutos más tarde lo hacen picadillo. Tendré que reunirme con Poteat —añadió inquieto y nervioso mientras se dirigía a su automóvil—, a ver qué consigo averiguar. Y vendré mañana por la mañana para echar un vistazo al lugar, si usted no tiene inconveniente.

Se alejó, sacudiéndose la nieve del cabello. Ya había desaparecido cuando giré la llave de encendido del Plymouth. Los limpiaparabrisas eliminaron una fina capa de nieve y se detuvieron en el centro del parabrisas. El motor de mi automóvil oficial hizo un último y débil intento antes de convertirse en el segundo cadáver de la noche.

La biblioteca de los Harper era acogedora y vibrante, decorada con alfombras persas y muebles antiguos labrados en maderas preciosas. Estaba casi segura de que el sofá era de estilo Chippendale; yo jamás había acariciado, y tanto menos me había sentado, en una auténtica pieza Chippendale. El alto techo estaba adornado con complicadas molduras rococó y las paredes estaban enteramente cubiertas de libros, casi todos ellos encuadernados en cuero. Directamente delante de mí había una chimenea muy bien provista de troncos partidos.

Inclinándome hacia delante, extendí las manos hacia el fuego y seguí estudiando el retrato al óleo que colgaba encima de la repisa. La retratada era una encantadora jovencita de largo cabello muy rubio vestida de blanco y sentada en un pequeño banco, que sujetaba entre las manos, sobre su regazo, un cepillo de plata para el cabello. Irradiaba un tenue brillo en medio del creciente calor y mantenía los pesados párpados entornados y los húmedos labios entreabiertos, en tanto que el profundo escote de su vestido dejaba entrever un delicado busto apenas desarrollado y tan blanco como la porcelana. Me estaba preguntando por qué razón se exhibía aquel retrato en lugar tan destacado cuando la hermana de Cary Harper entró y cerró la puerta tan sigilosamente como la había abierto.

—He pensado que esto la ayudará a entrar en calor —me dijo, ofreciéndome una copa de vino.

Dejó la bandeja en una mesita auxiliar y se sentó en el rojo almohadón de terciopelo de un sillón barroco, colocando los pies a un lado tal como se les enseña a hacer a las señoritas bien educadas en presencia de un caballero.

—Gracias —dije, volviendo a disculparme.

La batería de mi automóvil oficial ya no pertenecía a este mundo y los cables de empalme no la iban a resucitar. La policía había solicitado por cable el envío de una grúa y me habían prometido llevarme a Richmond en cuanto terminara su trabajo en el lugar de los hechos. No tenía más alternativa que permanecer de pie bajo la nieve o quedarme una hora sentada en el interior de un coche patrulla. Por consiguiente, llamé a la puerta de atrás de la señorita Harper.

La señorita Harper tomó un sorbo de vino y contempló el fuego con aire ausente. Como los costosos objetos que la rodeaban; su apariencia era muy bella; yo pensé que era una de las mujeres más elegantes que hubiera visto en mi vida. El cabello le enmarcaba suavemente el aristocrático rostro y su esbelta y bien formada figura vestía un jersey beige de cuello cisne y una falda de pana. Contemplando a Sterling Harper, la palabra «solterona» ni siquiera se me pasó por la imaginación.

Permaneció en silencio mientras la nieve besaba las frías ventanas y el viento gemía alrededor de los aleros. Yo no acertaba a comprender que alguien pudiera vivir solo en aquella casa.

—¿Tiene algún pariente? —pregunté.

—Todos han muerto —contestó.

—Lo siento, señorita Harper...

—Mire, le ruego que no vuelva a decir eso, doctora Scarpetta.

La enorme esmeralda de su sortija brilló bajo la luz de las llamas mientras levantaba la copa. Sus ojos se clavaron en mí. Recordé el horror de aquellos ojos cuando ella abrió la puerta mientras yo examinaba el cuerpo de su hermano. Ahora se había serenado considerablemente.

—Cary lo sabía —comentó súbitamente—. Supongo que lo que más me sorprende es la forma en que ha ocurrido. No pensaba que alguien tuviera el atrevimiento de esperarle cerca de la casa.

—¿Y usted no oyó nada? —pregunté.

—Oí el rumor del automóvil de mi hermano. Y después ya no oí nada más. Al ver que no entraba en la casa, abrí la puerta por si le hubiera ocurrido algo. Inmediatamente llamé al 911.

—¿Sabe si visitaba algún otro local aparte del Culpeper's? —pregunté.

—No, ninguno. Pero iba al Culpeper's todas las noches —contestó la señorita Harper, apartando la mirada—. Yo siempre le decía que no fuera, le advertía de los peligros de hoy en día. Porque él siempre llevaba dinero encima y ofendía con facilidad a la gente. Nunca permanecía mucho rato en la taberna. Una o dos horas todo lo más. Me decía que era para inspirarse, para mezclarse con el hombre corriente. Cary ya no tenía nada más que decir después de *La esquina mellada*.

Yo había leído el libro en la Universidad de Cornell y recordaba tan sólo las impresiones: un despiadado Sur rebosante de violencia, incestos y racismo, visto a través de los ojos de un joven escritor criado en una granja de Virginia. Recordaba que me había deprimido.

—Mi hermano era uno de esos desdichados talentos que sólo pueden crear un libro —añadió la señorita Harper.

—Ha habido otros excelentes escritores como él —dije.

—Sólo vivió lo que se vio obligado a vivir cuando era más joven —prosiguió diciendo en el mismo tono—. Después se convirtió en un hombre vacío que llevaba una existencia apaciblemente desesperada. Intentaba escribir y hacía salidas en falso que posteriormente arrojaba al fuego, contemplando enfurecido cómo ardían las páginas. Después vagaba por la casa como un toro enfurecido hasta que volvía a intentarlo de nuevo. Eso es lo que ha ocurrido durante tantos años, que ya ni me acuerdo.

—Me parece usted tremendamente dura con su hermano —comenté en voz baja.

—Soy tremendamente dura conmigo misma, doctora Scarpetta —replicó ella, mirándome a los ojos—. Cary y yo estamos cortados por el mismo patrón. La diferencia es que yo no me siento obligada a analizar lo que no se puede cambiar. Él se pasaba el rato ahondando en su naturaleza, su pasado y las fuerzas que lo habían configurado. Eso le permitió ganar un Pulitzer. En cuanto a mí, he optado por no luchar contra lo que siempre ha estado muy claro.

—¿Y qué es?

—La familia Harper, estéril tras haberse reproducido en exceso, ha llegado al final de su linaje. Ya no habrá nadie más después de nosotros —dijo.

El vino era un barato borgoña de fabricación casera, seco

y con un ligero regusto metálico. ¿Cuánto tardaría la policía en terminar? Me parecía haber oído el rumor de un camión hacía un rato. La grúa que venía a retirar mi vehículo.

—Acepté el destino que me había tocado en suerte de cuidar de mi hermano y de ayudar a la familia en su camino hacia la extinción —dijo la señorita Harper—. Echaré de menos a Cary sólo porque era mi hermano. No mentiré diciendo que era maravilloso. —Volvió a tomar un sorbo de vino—. Estoy segura de que le debo de parecer muy fría.

«Fría» no era la palabra más adecuada.

—Le agradezco que sea sincera —dije.

—Cary tenía una imaginación y unos sentimientos muy volubles. Yo carezco casi por entero de lo uno y de lo otro. De no haber sido así, no hubiera podido resistirlo. Y ciertamente no hubiera vivido aquí.

—Viviendo en esta casa se debe de sentir uno muy aislado —dije, suponiendo que a eso se refería la señorita Harper.

—No me refería al aislamiento.

—¿A qué se refería entonces, señorita Harper? —inquirí, alargando la mano hacia mi cajetilla de cigarrillos.

—¿Le apetece un poco más de vino? —preguntó mientras uno de los lados de su rostro quedaba oscurecido por la sombra del fuego.

—No, gracias.

—Ojalá no nos hubiéramos mudado a vivir aquí. Nada bueno ocurre en esta casa —añadió.

—¿Qué va usted a hacer? —El vacío de sus ojos me daba miedo—. ¿Se quedará aquí?

—No tengo ningún otro sitio adonde ir, doctora Scarpetta.

—No creo que le fuera muy difícil vender Cutler Grove —dije mientras mis ojos se posaban de nuevo en el retrato que colgaba sobre la repisa de la chimenea.

La joven vestida de blanco sonreía misteriosamente como si conociera unos secretos que jamás iba a revelar.

—Cuesta mucho abandonar un pulmón de acero, doctora Scarpetta.

—¿Cómo dice?

—Soy demasiado mayor para cambiar —me explicó—. Soy demasiado mayor para buscar la salud y hacer nuevas amistades. El pasado respira por mí. Es mi vida. Usted es muy joven, doctora Scarpetta. Algún día sabrá lo que es mirar hacia atrás. Verá que no se puede evitar. Y descubrirá que su historia personal la atrae hacia las conocidas estancias en las que, curiosamente, tuvieron lugar los hechos que provocaron su alejamiento de la vida. Con el tiempo verá que los duros muebles del sufrimiento son más cómodos y que las personas que le fallaron son más amables. Correrá de nuevo a echarse en brazos del dolor del que antaño escapó. Es más fácil. No puedo decirle otra cosa. Es más fácil.

—¿Tiene usted alguna idea de quién le ha hecho eso a su hermano? —pregunté directamente en un afán de cambiar de tema.

La señorita Harper contempló el fuego de la chimenea en silencio.

—¿Qué me dice de Beryl? —insistí.

—Sé que la estuvieron acosando varios meses antes de que ocurriera.

—¿Varios meses antes de su muerte? —pregunté.

—Beryl y yo éramos muy amigas.

—¿Usted sabía que la estaban acosando?

—Sí. Yo conocía las amenazas que le estaban haciendo —contestó.

—¿Ella le dijo a usted que la estaban amenazando, señorita Harper?

—Por supuesto —contestó.

Marino había examinado las facturas del teléfono de Beryl y no había encontrado ninguna conferencia a Williamsburg. Tampoco había descubierto ninguna carta escrita por la señorita Harper o su hermano.

—Entonces, ¿mantuvo usted estrecho contacto con ella a lo largo de los años? —pregunté.

—Sí, un contacto muy estrecho —contestó la señorita Harper—. En la medida de lo posible, por lo menos. Debido a ese libro que estaba escribiendo y a la clara ruptura del acuerdo que había suscrito con mi hermano. Bueno, la situación se puso muy fea. Cary estaba furioso.

—¿Cómo sabía él lo que estaba haciendo Beryl? ¿Acaso le dijo ella lo que estaba escribiendo?

—Se lo dijo el abogado de Beryl.

—¿Sparacino?

—No conozco los detalles de lo que le dijo a Cary —contestó la señorita Harper endureciendo las facciones—. Pero el caso es que mi hermano tenía conocimiento de ese libro de Beryl. El suficiente como para estar absolutamente desquiciado. El abogado fue el que lo enredó todo bajo mano. Iba de Beryl a Cary, actuando como si fuera aliado del uno o del otro, según con cuál de ellos estuviera hablando.

—¿Conoce usted la actual situación del libro? —pregunté cautelosamente—. ¿Lo tiene Sparacino? ¿Va a publicarse próximamente?

—Hace unos días el abogado llamó a Cary. Oí unos retazos de la conversación y deduje que el manuscrito había desaparecido. Oí que Cary comentaba algo sobre el forense. Supongo que se refería a usted. En determinado momento se enfadó y llegué a la conclusión de que el señor Sparacino pretendía averiguar si el manuscrito se encontraba en poder de mi hermano.

—¿Podría ser? —pregunté.

—Beryl jamás se lo hubiera entregado a Cary —contestó la señorita Harper, emocionada—. Hubiera sido absurdo que le entregara su obra. Cary era abiertamente contrario a lo que ella estaba haciendo.

Guardamos silencio unos instantes.

Después pregunté:

—Dígame, señorita Harper, ¿de qué tenía tanto miedo su hermano?

—De la vida.

Esperé, estudiándola detenidamente.

—Y cuanto más la temía, tanto más se apartaba de ella —afirmó con un extraño tono de voz, contemplando de nuevo el fuego—. El aislamiento provoca unos efectos muy raros en la mente. La vuelve del revés, hace girar los pensamientos y las ideas hasta que empiezan a brincar y a pegar extraños saltos. Creo que Beryl fue la única persona a quien mi hermano amó. Se aferraba a ella. Experimentaba la irreprimible necesidad de dominarla y de mantenerla unida a sí. Cuando pensó que ella le estaba traicionando, que ya no ejercía poder sobre ella, su locura se intensificó. Estoy segura de que empezó a imaginar que ella divulgaría toda suerte de barbaridades sobre él. Y sobre nuestra situación aquí.

Cuando volvió a alargar la mano hacia la copa de vino, observé que le temblaba. Hablaba de su hermano como si éste llevara muerto muchos años. No se advertía la menor emoción en su voz cuando se refería a él. El pozo del amor hacia su hermano tenía las paredes internas recubiertas con los duros ladrillos de la cólera y el dolor.

—A Cary y a mí no nos quedaba nadie cuando apareció Beryl —añadió—. Nuestros padres habían muerto. Sólo nos teníamos el uno al otro. Cary tenía un carácter difícil. Era un demonio que escribía como un ángel. Necesitaba que alguien le cuidara. Yo estaba dispuesta a ayudarle a cumplir su deseo de dejar una huella en el mundo.

—Tales sacrificios suelen ir acompañados por el resentimiento —señalé.

Silencio. La luz del fuego parpadeó en las facciones de un rostro exquisitamente cincelado.

—¿Cómo encontraron a Beryl? —pregunté.

—Ella nos encontró a nosotros. Por aquel entonces vivía en Fresno con su padre y su madrastra. Escribía, estaba obsesionada con la idea de convertirse en escritora —prosiguió diciendo la señorita Harper sin apartar los ojos del fuego—. Un día, Cary recibió una carta suya a través de su editor. Llevaba adjunta una narración corta escrita a mano. La recuerdo muy bien. La autora parecía prometedora, era una imaginación en germen que simplemente necesitaba a alguien que la guiara. Así se inició la correspondencia. Meses más tarde, Cary la invitó a visitarnos y le envió un billete. Poco después compró esta casa y empezó a restaurarla. Lo hizo todo por ella. Una muchacha encantadora que había traído la magia a su mundo.

—¿Y usted?

No contestó al principio.

La leña se movió en la chimenea y saltaron unas chispas.

—La vida fue un poco complicada cuando ella se mudó a vivir con nosotros, doctora Scarpetta —dijo—. Yo observaba lo que había entre ellos.

—Entre Beryl y su hermano.

—Yo no quería tenerla prisionera tal como hacía él —añadió—. En su implacable afán de retener a Beryl y de conservarla sólo para él, Cary la perdió.

—Usted quería mucho a Beryl —dije.

—Es imposible explicarlo. —Se le quebró un poco la voz—. Y muy difícil entenderlo.

Traté de sonsacarle algo más.

—Su hermano no quería que usted mantuviera contacto con ella.

—Sobre todo en los últimos meses, a causa del libro. Cary la demandó y la repudió. Su nombre no se podía mencionar en esta casa. Me prohibió mantener cualquier tipo de relación con ella.

—Pero usted la mantuvo —dije.

—De una forma muy limitada —contestó con cierta dificultad.

—Debió de ser muy doloroso para usted. Mantenerse alejada de una persona a la que tanto quería.

Apartó la mirada y volvió a fijarla en las llamas de la chimenea.

—Señorita Harper, ¿cuándo se enteró usted de la muerte de Beryl?

No contestó.

—¿Alguien la llamó?

—Me enteré por la radio a la mañana siguiente —musitó—. Dios mío, pensé. Qué horror.

No dijo nada más. Sus heridas estaban fuera de mi alcance y, por mucho que quisiera consolarla, no podía decirle nada. Permanecimos sentadas en silencio largo rato. Cuando, finalmente, consulté disimuladamente mi reloj, vi que ya era casi la medianoche.

La casa estaba muy tranquila... demasiado tranquila, pensé súbitamente sobresaltada.

En comparación con la calidez de la biblioteca, el vestíbulo estaba tan frío como una catedral. Abrí la puerta posterior y me quedé asombrada. Bajo los lechosos remolinos de la nieve, la calzada se había convertido en una blanca sábana en la que apenas se percibían las huellas de los neumáticos dejadas por los malditos policías que se habían largado sin mí. Se habían llevado mi automóvil oficial, olvidándose de que yo estaba todavía en la casa. ¡Maldita fuera su estampa!

Cuando regresé a la biblioteca, la señorita Harper estaba poniendo otro tronco en la chimenea.

—Parece que se han ido sin mí —dije sin ocultar mi disgusto—. Tendré que usar su teléfono.

—Me temo que no va a ser posible —me contestó en tono apagado—. Los teléfonos se averiaron poco después de que se fuera la policía. Ocurre bastante a menudo cuando hace mal tiempo.

La vi atizar los troncos ardientes. Observé las cintas de humo que se escapaban de ellos mientras unas chispas subían como un enjambre hacia el cañón.

Lo había olvidado.

No se me había ocurrido hasta aquel momento.

—Su amiga... —dije.

La señorita Harper volvió a atizar el fuego.

—La policía dijo que una amiga suya estaba en camino y se quedaría esta noche con usted...

La señorita Harper se incorporó pausadamente y se volvió a mirarme con el rostro arrebolado por el calor de las llamas.

—Sí, doctora Scarpetta —me contestó—. Ha sido usted muy amable al venir.

8

La señorita Harper regresó con más vino mientras el alto reloj de péndulo que había en el rellano junto a la puerta de la biblioteca daba las doce.

—El reloj —se sintió obligada a explicarme—. Atrasa diez minutos. Siempre le ha ocurrido.

Los teléfonos de la mansión estaban realmente averiados. Lo había comprobado. Para ir a la ciudad se tenían que recorrer varios kilómetros a través de una capa de nieve que ahora debía de tener un grosor de por lo menos quince centímetros. No podía hacer nada.

El hermano había muerto. Beryl había muerto. La señorita Harper era la única que quedaba. Confié en que fuera una coincidencia. Encendí un cigarrillo y tomé un sorbo de vino.

La señorita Harper no tenía la fuerza física necesaria para haber matado a su hermano y a Beryl. ¿Y si el asesino también quisiera eliminarla a ella? ¿Y si volviera?

Mi revólver del 38 estaba en casa.

La policía estaría delimitando la zona.

¿Con qué? ¡Con vehículos especiales para la nieve!

Me di cuenta de que la señorita Harper me estaba diciendo otra cosa.

—Perdón —dije, esbozando una sonrisa forzada.

—Tiene cara de frío —repitió.

Se sentó plácidamente en el sillón barroco y clavó la mirada en el fuego. Las altas llamas emitían un rumor semejante al de una bandera agitada por el viento y las ráfagas empujaban de vez en cuando la ceniza fuera de la chimenea. Pero mi presencia parecía tranquilizar a la señorita Harper. Yo, en su lugar, tampoco hubiera querido quedarme sola.

—Estoy bien —mentí.

Pero tenía frío.

—Con mucho gusto le iré a buscar un jersey.

—Por favor, no se moleste. Estoy muy a gusto... de veras.

—Es completamente imposible calentar esta casa —añadió la señorita Harper—. Con estos techos tan altos... Y, además, carece de aislamiento térmico. Pero una se acostumbra.

Pensé en mi moderna casa de Richmond con calefacción a gas. Pensé en mi enorme cama con su sólido colchón y su manta eléctrica. Pensé en el cartón de cigarrillos que tenía en una alacena junto al frigorífico y en el excelente whisky escocés de mi bar. Y luego pensé en el polvoriento y oscuro piso superior de la mansión de Cutler Grove azotado por las corrientes de aire.

—Estoy bien aquí abajo. En el sofá —dije.

—Tonterías. El fuego se apagará en seguida.

La señorita Harper estaba jugueteando con un botón de su jersey sin apartar los ojos del fuego.

—Señorita Harper —dije, haciendo un último intento—, ¿tiene usted alguna idea de quién puede haber hecho eso? A Beryl y a su hermano. ¿O por qué?

—Usted cree que es el mismo hombre.

Lo dijo como una afirmación, no como una pregunta.

—Tengo que considerar esta posibilidad.

—Ojalá pudiera decirle algo útil —contestó—. Pero tal vez no importe. Quienquiera que sea, lo hecho hecho está.

—¿No quiere que lo castiguen?

—Ya ha habido suficientes castigos. Eso no deshará lo que se ha hecho —dijo.

—¿No cree que Beryl querría que lo atraparan?

La señorita Harper se volvió a mirarme con los ojos muy abiertos.

—Ojalá la hubiera conocido.

—Creo que ya la conozco en cierto modo —dije con dulzura.

—No puedo explicarle...

—No es necesario, señorita Harper.

—Hubiera sido tan bonito...

Por un instante vi el dolor reflejado en su rostro, pero en seguida se dominó. No era necesario que terminara la frase. Hubiera sido tan bonito ahora, que ya no había nadie que pudiera separar a Beryl de la señorita Harper. Compañeras. Amigas. La vida es tan vacía cuando uno está solo, cuando no tiene a nadie a quien amar...

—Lo siento —dije con la profunda emoción—. Lo siento muchísimo, señorita Harper.

—Estamos a mediados de noviembre —replicó apartando de nuevo la mirada—. Demasiado pronto para que nieve. En seguida se producirá el deshielo, doctora Scarpetta. A última hora de la mañana podrá salir de aquí. Los que se han olvidado de usted ya se habrán acordado para entonces. Ha sido usted muy amable al venir.

Era como si ya supiera que yo la visitaría. Tuve la extraña impresión de que lo había organizado todo. Pero eso era imposible, naturalmente.

—Una cosa quisiera pedirle —dijo.

—¿De qué se trata, señorita Harper?

—Vuelva en primavera. Vuelva en abril —añadió, contemplando las llamas.

—Me encantará.

—Los nomeolvides ya habrán florecido. Hay tantos que el césped parece de color azul pálido. Es una preciosidad, mi estación del año preferida. Beryl y yo solíamos recogerlos. ¿Los ha examinado alguna vez de cerca? ¿O acaso es como la mayoría de la gente que no le da ninguna importancia ni se fija en ellos por ser tan pequeños? Son una maravilla si los mira de cerca. Son bellísimos, como hechos de porcelana y pintados por la mano perfecta de Dios. Nos los poníamos en el cabello y en cuencos de agua por toda la casa, Beryl y yo.

Tiene que prometerme que volverá en abril. Me lo promete, ¿verdad?

Se volvió a mirarme y me conmovió el sentimiento que reflejaban sus ojos.

—Sí, sí, por supuesto que sí —contesté con toda sinceridad.

—¿Tiene alguna preferencia especial para el desayuno? —me preguntó al levantarse.

—Cualquier cosa que prepare me irá bien.

—Hay de todo en el frigorífico —añadió—. Tome su copa de vino y le enseñaré su habitación.

Su mano se deslizó por el barandal mientras me acompañaba por la soberbia escalera de madera labrada que conducía al piso de arriba. No había luces en el techo, sino simplemente lámparas de pie. La mohosa atmósfera era tan fría como la de una bodega.

—Yo estoy al otro lado del pasillo, tres puertas más abajo, si necesita algo —me dijo, acompañándome a un pequeño dormitorio.

Los muebles eran de caoba con incrustaciones de satín; de las paredes empapeladas de azul pálido colgaban varios lienzos al óleo de arreglos florales y una vista del río. La cama de dosel ya estaba preparada y tenía varias mantas. Una puerta abierta daba acceso a un cuarto de baño de mosaico. Se aspiraba olor a polvo y a moho, como si jamás se abrieran las ventanas y no hubiera más que recuerdos. Estaba segura de que nadie había dormido en aquella habitación desde hacía muchos años.

—En el primer cajón de la cómoda hay un camisón de franela, y en el baño encontrará toallas limpias y otros artículos de aseo —dijo la señorita Harper—. Ya lo tiene todo, ¿verdad?

—Sí, y muchas gracias —le contesté sonriendo—. Buenas noches.

Cerré la puerta y corrí el endeble pestillo. El camisón era la única prenda que había en la cómoda, junto con un saquito que ya había perdido el aroma. Todos los demás cajones estaban vacíos. En el cuarto de baño había un cepillo de dientes envuelto todavía en celofán, un tubito de dentífrico, una pastilla no usada de jabón con perfume a espliego y muchas toallas, tal como me había prometido la señorita Harper. La pila estaba tan seca como la tiza y, cuando abrí los grifos dorados, el agua salió de color herrumbre. Tardó una eternidad en salir limpia y lo bastante caliente como para que yo me atreviera a lavarme.

Me pareció que el camisón, viejo, pero limpio, era del mismo color azul pálido que el de los nomeolvides. Me acosté y me subí las mantas que olían a moho hasta la barbilla antes de apagar la lámpara. La almohada estaba muy llena y noté las plumas de su interior mientras la ahuecaba para darle una forma más cómoda. Totalmente despierta y con la nariz helada, me incorporé en la oscuridad de una habitación que sin duda habría sido ocupada por Beryl en otros tiempos y me terminé el vino. La casa estaba tan silenciosa que me pareció oír la profunda quietud de la nieve cayendo al otro lado de la ventana.

No me di cuenta de que me quedaba dormida, pero, cuando abrí los párpados, el corazón me latía violentamente y temía moverme. No podía recordar la pesadilla. Al principio, no sabía dónde estaba ni si el ruido que oía era de verdad. El grifo del cuarto de baño goteaba lentamente. El entarimado del otro lado de la puerta cerrada de mi dormitorio volvió a crujir.

Mi mente corrió a través de una carrera de obstáculos de posibilidades: el descenso de la temperatura estaba provocando el crujido de la madera, ratones, alguien avanzaba muy despacio por el pasillo. Agucé el oído, conteniendo la respiración mientras unos pies calzados con zapatillas pasaban por delante de mi puerta cerrada. La señorita Harper, pensé. Me pareció que bajaba a la planta baja. Me debí de pasar una hora dando vueltas en la cama. Al final encendí la lámpara y me levanté. Eran las tres y media de la madrugada y no había ninguna esperanza de que pudiera volver a dormirme. Temblando de frío bajo mi camisón prestado, me eché sobre los hombros el abrigo, descorrí el pestillo de la puerta y avancé por el pasillo tan negro como la pez hasta que distinguí la oscura forma del curvado barandal en lo alto de la escalera.

El gélido vestíbulo de la entrada estaba iluminado por la luz de la luna que penetraba a través de dos ventanitas situadas una a cada lado de la puerta principal. Había cesado de nevar y habían salido las estrellas; tres ramas y un arbusto sin forma aparecían totalmente blancos de escarcha. Entré sigilosamente en la biblioteca, atraída por la promesa del calor del fuego de la chimenea.

La señorita Harper estaba sentada en el sofá con una manta a su alrededor. Contemplaba las llamas y tenía las mejillas mojadas de lágrimas que no se había molestado en enjugarse. Carraspeé y la llamé suavemente para no sobresaltarla.

No se movió.

—¿Señorita Harper? —repetí, levantando un poco más la voz—. La he oído bajar...

Estaba reclinada contra el curvado respaldo del sofá, contemplando las llamas sin parpadear. La cabeza le cayó hacia un lado cuando me senté en el sofá y le comprimí el cuello con los dedos. Estaba muy caliente, pero no tenía pulso. Tendiéndola sobre la alfombra, empecé a practicarle el boca a boca y a aplicarle masajes en el esternón, tratando de infundir nueva vida a sus pulmones y de lograr que su corazón volviera a latir. No sé cuánto tiempo transcurrió. Cuando al final me di por vencida, tenía los labios entumecidos, me temblaban los músculos de la espalda y los brazos y todo mi cuerpo se estremecía de pies a cabeza.

Los teléfonos aún estaban averiados. No podía llamar a nadie. No podía hacer nada. Me acerqué a la ventana de la biblioteca, separé las cortinas y contemplé a través de las lágrimas la increíble blancura iluminada por la luna. Más allá, el río era de color negro y no se veía nada al otro lado. Conseguí colocar el cuerpo nuevamente en el sofá y lo cubrí cuidadosamente con la manta mientras el fuego de la chimenea se iba apagando y la niña del cuadro se perdía en las sombras. La muerte de Sterling Harper me había pillado por sorpresa, dejándome totalmente aturdida. Me senté en la alfombra delante del sofá y contemplé cómo se moría el fuego.

Tampoco podía devolverle la vida. En realidad, ni siquiera lo intenté.

Yo no lloré cuando mi padre murió. Llevaba enfermo tantos años que me había convertido en una experta en la cauterización de las emociones. Lo vi en la cama durante casi toda mi infancia. Cuando al final murió en casa una tarde, el terrible dolor de mi madre me condujo a un grado todavía más alto de distanciamiento y, desde aquella posición de ventaja aparentemente más segura, logré perfeccionar el arte de contemplar el hundimiento de mi familia.

Con aquellas reservas aparentemente inagotables, fui testigo de la anarquía que se produjo entre mi madre y mi hermana menor, Dorothy, la cual había sido una consumada narcisista y una irresponsable desde el día en que nació.

Me aparté en silencio de los gritos, las discusiones y las peleas mientras trataba de sobrevivir en mi fuero interno: lejos de las guerras domésticas, me pasaba el rato bajo la protección de las monjas franciscanas después de las clases o bien en la biblioteca, donde empecé a percatarme de la precocidad de mi mente y de las recompensas que ello me podía reportar. Destacaba en ciencias y me intrigaba la biología humana. A los quince años estudiaba por mi cuenta la Anatomía de Grey, la cual se convirtió en un elemento imprescindible de mi autodidactismo y en el receptáculo de mi epifanía. Abandonaría Miami para ir a la universidad. En una época en que las mujeres eran maestras, secretarias y amas de casa, yo iba a ser médica.

En el instituto sacaba sobresalientes, jugaba al tenis y leía durante las vacaciones y los veranos, mientras mi familia seguía luchando cual unos veteranos de la Confederación sureña en un mundo ya ganado definitivamente por el Norte. No me interesaba salir con chicos y tenía muy pocos amigos. Fui la primera de la promoción y me matriculé en la Universidad de Cornell con una beca, después pasé a la facultad de Medicina de la Johns Hopkins y a la de Derecho en Georgetown, desde donde regresé a la Hopkins para hacer mi internado en la especialidad de Patología. No acababa de darme cuenta de lo que hacía. La carrera en la que me había embarcado me devolvería constantemente al escenario del terrible delito de la muerte de mi padre. Desarmaría la muerte y la volvería a armar miles de veces. Dominaría sus claves y las llevaría a los tribunales. Desentrañaría todos sus entresijos. Pero nada de todo ello devolvería la vida a mi padre, y la niña que llevaba dentro jamás debería llorar su muerte.

Los rescoldos se movieron en la chimenea y yo me adormilé a ratos.

Horas más tarde los detalles de mi prisión empezaron a perfilarse en la fría y azulada atmósfera del amanecer. Sentí una punzada de dolor en la espalda y las piernas cuando me levanté rígidamente y me acerqué a la ventana. El sol era un pálido huevo sobre el río gris pizarra y los negros troncos de los árboles se recortaban contra la blancura de la nieve. El fuego se había apagado y dos preguntas pulsaban en lo más hondo de mi febril cerebro. ¿Hubiera muerto la señorita Harper de no haber estado yo allí? Qué cómodo morir estando yo en la casa. ¿Por qué bajó a la biblioteca? Me la imaginé bajando la escalera, poniendo un tronco en la chimenea y acomodándose en el sofá. Mientras contemplaba las llamas, se le había parado el corazón. ¿O fue tal vez el retrato lo que contempló por última vez?

Encendí todas las lámparas. Acercando una silla a la chimenea, me subí a ella y descolgué el cuadro, sacándolo de los ganchos que lo sostenían. De cerca no resultaba tan inquietante y el efecto total se disgregaba en sutiles matices de color y suaves pinceladas de espesa pintura al óleo. El polvo se desprendió del lienzo mientras yo lo bajaba y lo depositaba en el suelo.

No había firma ni fecha y no era tan antiguo como yo había supuesto. Los colores se habían oscurecido deliberadamente para que pareciera antiguo y no se veía la menor grieta.

Le di la vuelta y examiné el papel marrón de la parte posterior. En su centro había un sello dorado con el nombre de una tienda de marcos y molduras de Williamsburg. Tomé nota de él y volví a colgar el cuadro. Después me agaché delante de la chimenea y removí los rescoldos con un lápiz que había sacado de mi bolso. Los carbonizados trozos de leña estaban cubiertos por una fina capa de blanca ceniza que se desintegró como una telaraña. Debajo vi una especie de bulto que parecía plástico fundido.

—No se ofenda, doctora —dijo Marino, haciendo marcha atrás para salir del parking—, pero tiene usted una pinta espantosa.

—Muchas gracias —musité.

—Ya le he dicho que no se ofenda. Supongo que no habrá dormido mucho esta noche.

Al ver que no aparecía por la mañana para la práctica de la autopsia de Cary Harper, Marino llamó inmediatamente a la policía de Williamsburg. A media mañana dos tímidos oficiales se presentaron en la mansión, hundiendo las cadenas de su vehículo en la suave y espesa nieve. Tras una deprimente serie de preguntas sobre las circunstancias de la muerte de Sterling Harper, el cuerpo fue colocado en una ambulancia para su traslado a Richmond y los oficiales me acompañaron a la jefatura de Williamsburg, donde me atiborraron de café y donuts hasta que Marino acudió a recogerme.

—Yo no hubiera podido quedarme toda la noche en aquella casa —añadió Marino—. No me hubiera importado soportar una temperatura de cinco bajo cero. Hubiera preferido que se me congelara el trasero antes que pasar la noche con un fiambre...

—¿Sabe dónde está Princess Street? —pregunté, interrumpiéndole.

—¿Qué tiene de particular?

Sus gafas reflectantes se volvieron a mirarme.

La nieve era como fuego blanco bajo el sol y las calles se estaban convirtiendo rápidamente en un lodazal.

—Me interesa un establecimiento del cinco cero siete —contesté, dándole a entender que esperaba que me acompañara hasta allí.

El edificio se encontraba casi en el centro histórico entre otros edificios comerciales de Merchants Square. En un parking recién inaugurado había apenas unos doce automóviles con las capotas cubiertas de nieve. Lancé un suspiro de alivio al ver que la Galería y Taller de Marcos The Village estaba abierta.

Marino no hizo preguntas cuando bajé. Probablemente intuyó que no estaba de humor para contestar en aquel momento. Sólo había un cliente en la galería, un joven vestido con un abrigo negro que estaba examinando con aire distraído unas litografías mientras una mujer de largo cabello rubio trabajaba con una calculadora detrás de un mostrador.

—¿La puedo ayudar en algo? —preguntó la rubia mirándome con indiferencia.

La fría expresión dubitativa con la cual me miró me hizo comprender que mi pinta debía de ser efectivamente espantosa. Me había quedado dormida con el abrigo puesto. Tenía el cabello totalmente desgreñado. Levantando la mano con gesto cohibido para alisarme un mechón, me di cuenta de que había perdido un pendiente. Me identifiqué ante la mujer, mostrándole la carterita negra que contenía mi placa de forense.

—Eso depende del tiempo que lleve trabajando aquí —contesté.

—Llevo dos años —me dijo.

—Me interesa un cuadro que este taller enmarcó probablemente antes de que usted empezara a trabajar aquí —le dije—. Un retrato que debió de traer Cary Harper.

—Oh, Dios mío. Me he enterado por la radio esta mañana. Sé lo que le ha pasado. Oh, Dios mío, qué horrible —añadió gimoteando—. Tendrá que hablar con el señor Hilgeman.

Se retiró para ir en su busca y en seguida apareció el señor

Hilgeman, un distinguido caballero vestido con un traje de *tweed*, el cual me dijo en términos inequívocos:

—Cary Harper lleva años sin visitar esta casa y aquí nadie le conocía muy bien, por lo menos que yo sepa.

—Señor Hilgeman —dije—, sobre la repisa de la chimenea de la biblioteca de Cary Harper hay un retrato de una jovencita rubia. Lo enmarcaron en su tienda, probablemente hace muchos años. ¿Lo recuerda usted?

No observé el menor brillo de reconocimiento en los grises ojos que me miraron por encima de las gafas de lectura.

—Parece muy antiguo —añadí—. Una buena imitación, pero un tratamiento un tanto insólito del tema. La niña tiene unos nueve, diez o todo lo más doce años, pero viste más bien como una joven, toda de blanco, sentada en un banco y sosteniendo un cepillo de plata para el cabello.

Me hubiera dado de bofetadas por no haber tomado una fotografía Polaroid del lienzo. Guardaba la cámara en mi maletín médico, pero estaba tan alterada que la idea ni siquiera me había pasado por la cabeza.

—Mire —dijo el señor Hilgeman mientras se encendía en sus ojos un leve fulgor—, creo recordar eso de que usted me habla. El retrato de una niña muy bonita, pero un poco insólito, como usted dice. Sí. Recuerdo que era muy sugerente.

Decidí no espolearle.

—Debe de hacer por lo menos quince años... Déjeme pensar. —Se acercó el índice a los labios—. No —añadió, sacudiendo la cabeza—. No fui yo.

—¿No fue usted? ¿Qué quiere decir? —le pregunté.

—Yo no enmarqué el lienzo. Debió de hacerlo Clara. Una ayudante que entonces trabajaba aquí. Creo... mejor dicho, estoy seguro de que lo enmarcó Clara. Un trabajo bastante caro y que, en realidad, no merecía la pena, si he de serle sincero. El cuadro no era demasiado bueno. En realidad fue uno de sus trabajos menos logrados...

—¿Se refiere usted a Clara? —pregunté, interrumpiéndole.

—Me refiero a Sterling Harper. —El señor Hilgeman me

miró inquisitivamente—. Ella es la artista. Debió de ser hace quince años, cuando se dedicaba mucho a pintar. Tengo entendido que había un estudio en la casa. Yo nunca estuve allí, claro. Pero ella solía traernos algunos de sus trabajos, en general naturalezas muertas o paisajes. El cuadro que a usted le interesa es el único retrato que yo recuerde.

—¿Cuánto tiempo hace que lo pintó?

—Por lo menos quince años, tal como ya le he dicho.

—¿Alguien posó para ella? —pregunté.

—Pudo hacerlo a través de una fotografía... —El señor Hilgeman frunció el ceño—. Pero, en realidad, no puedo contestar a su pregunta. Si alguien posó, no sé quién pudo ser.

Disimulé mi sorpresa. Beryl debía de tener entonces dieciséis o diecisiete años y vivía en Cutler Grove. ¿Acaso el señor Hilgeman y la gente de la ciudad no lo sabían?

—Es una pena —añadió en tono pensativo—. Unas personas tan dotadas e inteligentes. No tenían hijos ni parientes.

—¿Amigos tampoco? —pregunté.

—La verdad es que no conozco personalmente a ninguno de los dos —contestó.

Ni los conocerá, pensé morbosamente.

Marino estaba limpiando el parabrisas con un paño de gamuza cuando regresé al parking. La nieve fundida y la sal arrojada por los equipos de limpieza habían ensuciado su precioso automóvil negro y no estaba muy contento que se diga. En el suelo junto a la portezuela del conductor había toda una colección de colillas de cigarrillo procedentes del cenicero que Marino había vaciado allí sin contemplaciones.

—Dos cosas —dije mientras ambos nos abrochábamos los cinturones de seguridad—. En la biblioteca de la mansión hay un cuadro de una niña rubia que, al parecer, la señorita Harper hizo enmarcar en esta tienda hace unos quince años.

—¿Beryl Madison? —dijo Marino, sacando el encendedor.

—Podría ser un retrato suyo —contesté—. Pero, en tal caso, la representa con una edad inferior a la que ella tenía cuando los Harper la conocieron. El tratamiento del tema es un poco curioso. Parece algo así como una Lolita...

—¿Cómo?

—Sexualmente atractiva —dije sin andarme por las ramas—. Una niña pintada con rasgos sensuales.

—Ya. Ahora me va usted a decir que Cary Harper era un pederasta en secreto.

—En primer lugar, el cuadro lo pintó su hermana —dije.

—Mierda —exclamó Marino.

—En segundo lugar —añadí—, me da la sensación de que el dueño de la tienda no tiene ni idea de que Beryl vivió con los Harper. Eso me induce a preguntarme si otras personas lo sabían. En caso contrario, no sé cómo pudo ser. La chica vivió varios años en la mansión, Marino. Eso está a tres kilómetros de la ciudad. Y la ciudad es muy pequeña.

Marino miró hacia delante y siguió conduciendo sin decir nada.

—Bueno —añadí—, puede que eso no sean más que vanas conjeturas. Vivían muy aislados. A lo mejor, Cary Harper hizo todo lo posible por ocultar a Beryl de los ojos del mundo. Sea como fuere, la situación no me parece muy normal que digamos. Pero, a lo mejor, no tiene nada que ver con sus muertes.

—Qué carajo —exclamó bruscamente Marino—, «normal» no es la palabra más apropiada. Tanto si vivían aislados como si no, es absurdo que nadie supiera que la chica vivía allí. A no ser que la mantuvieran encerrada o encadenada a la pata de una cama. Condenados pervertidos. Odio a los pervertidos. Aborrezco a la gente que se encapricha de los niños, ¿sabe? —Marino se volvió a mirarme—. La aborrezco con toda mi alma. Sigo con la misma impresión que al principio.

—¿Qué impresión?

—La de que el señor premio Pulitzer se cargó a Beryl —contestó Marino—. Sabe que ella se irá de la lengua en su libro, se asusta y va a verla armado con un cuchillo.

—En tal caso, ¿quién lo mató a él?

—Puede que la chiflada de su hermana.

Quienquiera que hubiera asesinado a Cary Harper tenía que haber sido alguien lo bastante fuerte como para dejarle casi inmediatamente sin sentido con los golpes y, por otra parte, el hecho de cortarle a alguien la garganta no encajaba con la figura de un agresor de sexo femenino. De hecho, yo jamás había visto ningún caso en el que una mujer hubiera hecho algo semejante.

Tras un prolongado silencio, Marino preguntó:

—¿Tuvo usted la impresión de que la hermana de Harper chocheaba?

—Me pareció un tanto excéntrica, pero no chocheaba —contesté.

—¿Una loca?

—No.

—Basándome en la descripción que usted me ha hecho, no me parece que su reacción ante el asesinato de su hermano fuera precisamente la más adecuada —dijo Marino.

—Estaba bajo los efectos de un *shock*, Marino. Las personas que sufren un *shock* no reaccionan de manera adecuada a nada.

—¿Cree usted que se suicidó?

—Es posible, por supuesto —contesté.

—¿Encontró alguna sustancia en el lugar de los hechos?

—Sólo medicamentos que se venden sin receta, ninguno de ellos mortal —contesté.

—¿Ninguna lesión?

—No he visto ninguna.

—Entonces, ¿sabe usted qué demonios la ha matado? —me preguntó Marino, mirándome con dureza.

—No —contesté—. En este momento, no tengo absolutamente la menor idea.

»Supongo que ahora regresará a Cutler Grove —le dije a Marino mientras éste aparcaba en la parte de atrás del edificio de mi departamento.

—La perspectiva me entusiasma —masculló—. Vaya a casa y procure dormir.

—No olvide la máquina de escribir de Harper.

Marino se sacó el encendedor del bolsillo.

—La marca y el modelo y todas las cintas usadas —le recordé.

Encendió un cigarrillo.

—Y cualquier papel de cartas o de máquina de escribir que haya en la casa. Le sugiero que recoja usted mismo la ceniza de la chimenea. Va a ser extremadamente difícil conservarla...

—No se ofenda, doctora, pero me está usted empezando a parecer mi madre o algo por el estilo.

—Marino —repliqué—, hablo en serio.

—Sí, muy en serio... y yo le digo muy en serio que tiene que irse a dormir.

Marino estaba tan desanimado como yo y probablemente también andaba falto de sueño.

La entrada posterior estaba cerrada y el suelo de cemento aparecía totalmente lleno de manchas de gasolina. En el depósito de cadáveres percibí el molesto zumbido de la electricidad y los generadores que apenas notaba durante la jornada laboral. La vaharada de aire viciado me pareció insólitamente intensa cuando entré en la cámara frigorífica.

Los cuerpos habían sido colocados juntos contra la pared de la izquierda. Tal vez fue porque estaba muy cansada, pero, cuando aparté la sábana que cubría a Sterling Harper, noté una sensación de debilidad en las rodillas y se me cayó el maletín médico al suelo. Recordé la delicada belleza de su rostro y el terror de sus ojos cuando se abrió la puerta posterior de la mansión y ella me vio atendiendo a su hermano muerto con las manos enguantadas totalmente manchadas de sangre. El hermano y la hermana estaban presentes y podíamos dar razón de su paradero. Era lo único que necesitaba saber. La volví a tapar suavemente, cubriendo un rostro ahora tan vacío como una máscara de goma. A mi alrededor asomaban varios pies desnudos con sus correspondientes tarjetas de identificación.

Había observado vagamente la caja amarilla de película fotográfica debajo de la camilla de Sterling Harper al entrar en el frigorífico. Pero sólo cuando me agaché para recoger el maletín y la vi más de cerca, caí en la cuenta de su significado. Kodak de 35 milímetros, exposición veinticuatro. La película que utilizábamos en mi departamento por contrato del estado era Fuji y siempre pedíamos exposición 36. Los miembros del personal sanitario que habían trasladado el cuerpo de la señorita Harper ya se habrían marchado muchas horas antes y, además, no habrían tomado ninguna fotografía.

Salí nuevamente al pasillo. Me llamó la atención la luz del ascensor, detenido en el segundo piso. ¡Alguien más se encontraba en el edificio! Probablemente, el guarda de seguridad que estaría haciendo la ronda. De pronto tuve un presentimiento y volví a pensar en la caja de película. Asiendo con fuerza la correa del maletín, decidí utilizar la escalera. Al llegar al rellano del segundo piso, abrí sigilosamente la puerta y presté atención antes de entrar. Los despachos del ala este estaban vacíos, y las luces, apagadas. Giré a la derecha hacia el pasillo principal y pasé por delante de un aula vacía, la biblioteca y el despacho de Fielding. No oí ni vi a nadie. Para mi tranquilidad decidí llamar al servicio de seguridad al entrar en mi despacho.

Se me cortó la respiración cuando le vi. Por un terrible instante, se me quedó la mente en blanco. Estaba examinando hábilmente un archivador abierto. Llevaba el cuello de la chaqueta de la Marina subido hasta las orejas, mantenía los ojos ocultos tras unas gafas oscuras de piloto de aviación y se protegía las manos con unos guantes quirúrgicos. De uno de sus poderosos hombros colgaba la correa de cuero de una cámara fotográfica. Parecía tan sólido y duro como el mármol y yo no pude retirarme con la suficiente rapidez. De repente, las manos enguantadas se detuvieron.

Cuando se abalanzó sobre mí, le arrojé en un reflejo instintivo el maletín médico cual si fuera un martillo olímpico. El impulso que le imprimí lo propulsó con tal fuerza entre sus piernas que el impacto le arrancó las gafas que le ocultaban el rostro. Se dobló hacia delante retorciéndose de dolor y perdiendo en parte el equilibrio, cosa que yo aproveché para propinarle un puntapié en los tobillos y dejarle tendido en el suelo. No debió de sentirse muy a gusto cuando el duro objetivo metálico de su cámara fue el único cojín entre sus costillas y el suelo.

El material médico se esparció por el suelo cuando yo busqué rápidamente en el maletín el aerosol irritante que siempre llevaba conmigo. Lanzó un rugido en el momento en que el fuerte chorro le alcanzó de lleno la cara. Se frotó los ojos y empezó a rodar por el suelo gritando de dolor mientras yo tomaba el teléfono para pedir socorro. Lo volví a rociar por si acaso justo en el momento en que entraba el guarda. Inmediatamente aparecieron unos oficiales de policía. Mi histérico rehén suplicó que lo llevaran al hospital mientras un oficial le sujetaba las manos a la espalda sin contemplaciones, le colocaba unas esposas y se lo llevaba.

Según su permiso de conducir, el intruso se llamaba Jeb Price, tenía treinta y cuatro años y vivía en la ciudad de Washington. En la parte posterior de sus pantalones de pana llevaba una automática Smith & Wesson de 9 milímetros con catorce cartuchos en el cargador y uno en la cámara.

No recordaba haber entrado en el despacho del depósito de cadáveres y haber tomado las llaves del otro vehículo oficial asignado a mi departamento. Pero debí de hacerlo porque al anochecer aparqué la «rubia» de color azul oscuro en la calzada particular de mi casa. El vehículo, utilizado para el transporte de cadáveres, era muy grande, llevaba la ventanilla posterior discretamente protegida por una cortina y en la parte de atrás tenía un suelo de madera contrachapada que se limpiaba con una manguera varias veces a la semana. El vehículo era una mezcla de automóvil familiar y coche mortuorio, casi tan difícil de aparcar, a mi juicio, como un camión de gran tonelaje. Como una muerta viviente, subí directamente al piso de arriba sin molestarme en examinar los mensajes telefónicos ni en desconectar el contestador automático. Me dolían el codo y el hombro derechos. Me dolían los huesecillos de la mano. Dejando la ropa en una silla, me tomé un baño caliente y caí rendida en la cama. Profundo, profundo, profundo. Un sueño tan profundo como la muerte. La oscuridad era absoluta y yo trataba de nadar a través de ella como si mi cuerpo fuera de plomo mientras el sonido del teléfono de mi mesilla de noche quedaba bruscamente interrumpido por el contestador automático.

—... no sé cuándo podré volver a llamarte, por consiguiente, presta mucha atención. Escúchame bien, Kay. Me he enterado de lo de Cary Harper...

El corazón me latía violentamente cuando abrí los ojos y la apremiante voz de Mark me arrancó de mi sopor.

—... Por favor, no te metas en eso. No te mezcles en este asunto. Te lo pido por favor. Volveré a hablar contigo en cuanto pueda...

Cuando conseguí descolgar el teléfono, sólo escuché el tono de fin de la comunicación. Mientras pasaba el mensaje, me recliné contra las almohadas y rompí en sollozos.

9

A la mañana siguiente, Marino llegó al depósito de cadáveres mientras yo practicaba una incisión en forma de Y en el cuerpo de Cary Harper.

Levanté las costillas y saqué el bloque de órganos de la cavidad torácica mientras Marino lo observaba todo en silencio. El agua de los grifos caía en las pilas, los instrumentos quirúrgicos resonaban y tintineaban y, al fondo de la sala, la larga hoja de un cuchillo chirriaba contra una piedra de afilar que estaba utilizando uno de los auxiliares del depósito de cadáveres. Teníamos cuatro casos aquella mañana y todas las mesas de autopsia de acero inoxidable estaban ocupadas.

Como Marino no parecía muy inclinado a decir nada por su cuenta, yo misma planteé el tema.

—¿Qué ha averiguado sobre Jeb Price? —le pregunté.

—En su historial no se encontró nada —contestó, desviando la mirada con expresión inquieta—. Ni antecedentes ni órdenes judiciales ni nada. Además, no quiere cantar. Si lo hiciera, probablemente parecería una soprano después del numerito que usted le ha hecho. He pasado por el Departamento de Identificación antes de venir. Están desarrollando la película de su cámara. Le traeré las copias cuando estén listas.

—¿Ha echado un vistazo?

—A los negativos —contestó.

—¿Y qué?

—Fotografías que tomó en el interior de la cámara frigorífica. De los cuerpos de los Harper.

—No creo que sea un reportero de algún periódico sensacionalista —dije en tono de chanza.

—Ya. Siga adivinando.

Levanté la vista de lo que estaba haciendo. Marino no parecía de muy buen humor. Más desgreñado que de costumbre, se había cortado dos veces la mandíbula al afeitarse y tenía los ojos inyectados en sangre.

—Casi ninguno de los reporteros que yo conozco utiliza 9 milímetros cargadas con Glasers —dijo—. Y suelen protestar cuando los vapulean y piden una moneda de un cuarto de dólar para llamar al abogado del periódico. Este tío no rechista, es un auténtico profesional. Habrá usado una ganzúa para entrar. Elige un lunes por la tarde, cuando es fiesta oficial y sabe que no es probable que haya nadie por allí. Encontramos su automóvil aparcado a unas tres manzanas de distancia, en el parking del establecimiento Farm Fresh, un vehículo de alquiler con teléfono. En el maletero guardaba cartuchos de municiones y cargadores suficientes como para detener un pequeño ejército, más una pistola ametralladora Mac Ten y un chaleco antibalas Kevlar. Ése no es un reportero.

—Pues no estoy yo tan segura de que sea un profesional —comenté, colocando una nueva hoja en mi bisturí—. Cometió un tremendo fallo al dejar una caja vacía de película en el frigorífico. Y, si hubiera querido actuar con seguridad, habría entrado a las dos o las tres de la madrugada y no en pleno día.

—Tiene razón. Lo de la caja de película fue un fallo —convino Marino—. Pero comprendo que entrara a esa hora. Una funeraria o un equipo de recogida podría entrar en el frigorífico en el momento en que Price estuviera dentro. En pleno día podría hacerse pasar por alguien que trabaja allí y tiene un motivo justificado para estar allí dentro. En cambio, si le sorprendieran a las dos de la madrugada, no tendría ninguna excusa para explicar su presencia a aquella hora.

Sea como fuere, pensé, el tal Jeb Price no se andaba con chiquitas. Las municiones de seguridad Glaser son una cosa tremenda, unos cartuchos llenos de perdigones que se dispersan al producirse el impacto y desgarran la carne y los órganos como si fueran una granizada de plomo. Las Mac Ten eran una de las herramientas preferidas de los terroristas y los señores de la droga, unas pistolas ametralladoras que se compraban por cuatro perras la docena en Centroamérica, Oriente Próximo y mi ciudad natal de Miami.

—Convendría que pusiera usted una cerradura en la cámara frigorífica —añadió Marino.

—Ya he avisado al servicio de mantenimiento —dije.

Era una medida de precaución que llevaba varios años aplazando. Las funerarias y los equipos de recogida tenían que entrar a veces en el frigorífico fuera del horario laboral. Se tendría que entregar llaves a los guardas de seguridad y a los forenses locales que estuvieran de guardia. Habría protestas. Surgirían problemas. ¡Y yo ya estaba hasta la coronilla de los problemas, maldita sea!

Marino estaba contemplando el cuerpo de Harper. No era necesaria una autopsia ni hacía falta ser un genio para establecer la causa de la muerte.

—Tiene fracturas múltiples en el cráneo y laceraciones en el cerebro —le expliqué.

—¿La garganta se la cortaron al final, como a Beryl?

—Las venas yugulares y las arterias carótidas están seccionadas y, sin embargo, los órganos no están excesivamente pálidos —contesté—. Hubiera muerto desangrado en cuestión de minutos si hubiera tenido presión sanguínea alta. En otras palabras, la hemorragia no hubiera sido suficiente para explicar su muerte. Estaba muerto o moribundo a causa de las lesiones en la cabeza cuando le cortaron la garganta.

—¿Hay alguna lesión de defensa? —preguntó Marino.

—Ninguna. —Dejé el bisturí para mostrárselo, estirando uno a uno los agarrotados dedos de Harper—. No hay uñas rotas, cortes ni contusiones. No intentó defenderse de los golpes del arma.

—No se enteró del origen de los golpes —comentó Marino—. Regresa cuando ya está oscuro. El tío le espera probablemente oculto entre los arbustos. Harper aparca, baja de su Rolls. Está cerrando la portezuela cuando el tío aparece por detrás y le golpea la parte posterior de la cabeza...

—Tiene un veinte por ciento de estenosis de la arteria pulmonar —dije para mis adentros, buscando mi lápiz.

—Harper se desploma como un saco de patatas y el tío le sigue golpeando —añadió Marino.

—El treinta por ciento de la arteria coronaria —dije, garabateando las notas en un paquete vacío de guantes—. No hay cicatrices de antiguos infartos. El corazón está sano aunque ligeramente engrosado, tiene calcificación de la aorta y una moderada arteriosclerosis.

—Después le corta la garganta. Probablemente para asegurarse de que esté bien muerto.

Levanté la vista.

—Quienquiera que lo haya hecho quiso asegurarse de que Harper estuviera muerto —repitió Marino.

—No sé si yo le atribuiría todos estos razonamientos tan lógicos al atacante —contesté—. Fíjese en él, Marino. —Había retirado el cuero cabelludo del cráneo, el cual estaba tan agrietado como la cáscara de un huevo duro. Señalando las líneas de fractura, expliqué—: Le golpearon por lo menos siete veces, con tal fuerza que no hubiera podido sobrevivir a ninguna de las lesiones. Y después le cortaron la garganta. Un acto superfluo. Como lo fue en el caso de Beryl.

—De acuerdo. Un acto superfluo, y no se lo discuto —replicó Marino—. Digo simplemente que el asesino quiso asegurarse de que Beryl y Harper estuvieran bien muertos. Si le cortas prácticamente la cabeza a alguien, puedes largarte con la absoluta certeza de que tu víctima no podrá ser reanimada y contar la historia.

Marino hizo una mueca mientras yo vaciaba el contenido del estómago en un recipiente de cartón.

—No se moleste. Yo mismo le diré lo que comió, estuve sentado con él. Unos cacahuetes. Y un par de martinis —dijo.

Los cacahuetes ya estaban empezando a abandonar el estómago de Harper cuando éste murió. Sólo quedaba un líquido pardusco y se aspiraba el olor del alcohol.

—¿Qué averiguó a través de él? —le pregunté a Marino.

—Absolutamente nada.

Le miré mientras aplicaba una etiqueta al recipiente.

—Estoy en la taberna bebiendo una lima con tónica —dijo—. Debían de ser menos cuarto. Harper entra a las cinco en punto.

—¿Cómo supo que era él?

Los riñones eran finamente granulosos. Los coloqué en la balanza y anoté el peso.

—No podía equivocarme con esta melena de cabello blanco —contestó Marino—. Encajaba con la descripción que me había hecho Poteat. Lo reconocí en cuanto entró. Se sienta solo a una mesa sin decirle nada a nadie, pide «lo de siempre» y empieza a comer cacahuetes mientras espera. Le observo un rato y después me acerco, cojo una silla y me presento. Dice que no puede darme ninguna indicación útil y que no quiere hablar de ello. Insisto, le digo que Beryl llevaba varios meses recibiendo amenazas y le pregunto si él lo sabía. Me mira con cara de asco y me contesta que no.

—¿Cree que le dijo la verdad?

Me estaba preguntando también cuál sería la verdad sobre los hábitos alcohólicos de Harper. Tenía un hígado muy grueso.

—Cualquiera sabe —contestó Marino sacudiendo la ceniza de su cigarrillo en el suelo—. Le pregunto dónde estaba la noche en que asesinaron a Beryl y me dice que en la taberna a la hora de costumbre y después, en casa. Le pregunto si su hermana puede confirmarlo y dice que ella no estaba en casa.

Le miré con el bisturí en suspenso en el aire.

—¿Dónde estaba?

—Fuera de la ciudad —contestó Marino.

—¿Y no le dijo dónde?

—No. Dijo (le cito sus palabras textuales): «Eso es asunto suyo. A mí no me pregunte.»

Los ojos de Marino contemplaron desdeñosamente las secciones de hígado que yo estaba cortando.

—Antes, mi plato preferido era el hígado con cebolla. ¿Se imagina? No conozco a ningún policía que haya presenciado una autopsia y siga comiendo hígado...

La sierra Stryker ahogó su voz mientras yo empezaba a serrar el cráneo. Marino no pudo más y se apartó en cuanto el polvo del hueso se esparció por el aire. Aunque los cuerpos estén sanos, despiden un olor desagradable cuando se abren. El espectáculo visual tampoco es exactamente una película de Mary Poppins. Tenía que reconocerle el mérito a Marino. Por horrible que fuera un caso, él siempre acudía al depósito de cadáveres.

El cerebro de Harper estaba blando y presentaba numerosas laceraciones irregulares. La hemorragia era muy escasa, lo cual demostraba que no había vivido mucho tras sufrir las lesiones. Por lo menos su muerte había sido misericordiosamente rápida. A diferencia de Beryl, Harper no había tenido tiempo de experimentar terror o dolor ni de suplicar que le perdonaran la vida. Su asesinato difería también del de Beryl por otras cosas. Él no había recibido amenazas... por lo menos, que nosotros supiéramos. La agresión no había tenido connotaciones sexuales. Le habían golpeado en lugar de apuñalarlo como a Beryl y no le habían quitado ninguna prenda de vestir.

—He contado ciento sesenta y ocho dólares en su billetero —le dije a Marino—. Y tanto el reloj de pulsera como el anillo de sello están presentes y convenientemente guardados.

—¿Y qué me dice del collar? —me preguntó Marino.

No tenía ni idea de lo que me estaba diciendo.

—Llevaba una gruesa cadena de oro con una medalla, un escudo, una especie de cota de malla —me explicó—. Me fijé en la taberna.

—Pues eso no lo trajeron con él y no recuerdo haberlo visto en el escenario del delito...

Iba a decir «anoche». Pero no había sido la víspera. Harper había muerto el domingo a primera hora de la noche. Y estábamos a martes. Había perdido la noción del tiempo. Los últimos dos días me parecían irreales y, si no hubiera vuelto a pasar el mensaje de Mark por la mañana, también me hubiera preguntado si la llamada había sido real.

—O sea que, a lo mejor, el tío se la llevó. Otro recuerdo —dijo Marino.

—Eso es absurdo —repliqué—. Comprendo que se llevaran un recuerdo en el caso de Beryl si su asesinato fue obra de un perturbado que estaba obsesionado con ella. Pero ¿por qué llevarse un objeto de Harper?

—Trofeos, tal vez —apuntó Marino—. Pellejos de caza. Podría ser un asesino a sueldo que quiere conservar pequeños recuerdos de sus trabajos.

—Supongo que un asesino a sueldo sería demasiado cauteloso como para hacer algo semejante —repliqué.

—Sí, yo también. De la misma manera que cabría suponer que Jeb Price hubiera sido demasiado cauteloso como para dejar una caja de película en la cámara frigorífica —dijo Marino con ironía.

Quitándome los guantes, terminé de pegar las etiquetas a los tubos de ensayo y otras muestras que había recogido.

Tomé los papeles y subí a mi despacho con Marino.

Rose me había dejado el periódico de la tarde sobre el papel secante. El asesinato de Harper y la repentina muerte de su hermana eran el tema del titular de la primera plana. Lo que me amargó el día fue la columna lateral que lo acompañaba:

FORENSE ACUSADA DE «PERDER»
UN POLÉMICO MANUSCRITO

La noticia de la Associated Press estaba fechada en Nueva York e iba seguida de un comentario sobre la «detención» de un hombre llamado Jeb Price a quien yo había sorprendido «saqueando» mi despacho la víspera. Las alusiones al manuscrito tenían que proceder de Sparacino, pensé enfurecida. Y lo de Jeb Price lo habría sacado del informe policial. Mientras estudiaba las notas de las llamadas, observé que casi todas ellas eran de reporteros.

—¿Examinó usted sus disquetes? —pregunté, arrojándole el periódico a Marino.

—Desde luego —contestó Marino—. Los he examinado todos.

—¿Y ha encontrado ese libro por el cual todo el mundo está armando tanto revuelo?

—No —musitó Marino, echando un vistazo a la primera plana.

—¿No está en ellos? —pregunté desanimada—. ¿No está en los disquetes? Y eso, ¿cómo es posible, si lo estaba escribiendo en su ordenador?

—A mí no me pregunte —contestó Marino—. Yo lo que le digo es que he examinado unos disquetes. No hay nada reciente en ellos. Parecen cosas antiguas, ya sabe, sus novelas. No hay nada que se refiera a ella misma o a Harper. Encontré algunas cartas antiguas, entre ellas dos cartas comerciales a Sparacino. No me entusiasmaron demasiado.

—A lo mejor, guardó los disquetes en algún lugar seguro antes de marcharse a Key West —dije.

—Puede que lo hiciera. Pero no los hemos encontrado.

Justo en aquel momento entró Fielding con sus brazos de orangután asomando por las cortas mangas del mono quirúrgico de color verde y las musculosas manos todavía ligeramente cubiertas por la capa de talco de los guantes de látex que llevaba en la sala de autopsias. Fielding era su propia obra de arte. Sólo Dios sabía las horas que debía de pasarse cada semana esculpiéndose el cuerpo en cualquiera sabía qué gimnasio de la cadena Nautilus. Mi teoría era que su obsesión por el culturismo era inversamente proporcional a su obsesión por el trabajo. Era un adjunto muy competente, llevaba algo más de un año en el puesto y ya empezaba a dar señales de estar quemado. Cuanto más se desilusionaba, tanto más se le desarrollaba el cuerpo. Yo le calculaba un par de años más antes de que pasara al más pulcro y lucrativo ambiente de la patología hospitalaria o se convirtiera en el heredero forzoso del Increíble Hulk.

—Voy a tener que dejar en suspenso el caso de Sterling Harper —dijo, permaneciendo nerviosamente de pie junto al borde de mi escritorio—. Su índice de alcoholemia es sólo de cero coma cero tres y su contenido gástrico no me dice apenas nada. No hay hemorragia ni olores insólitos. El corazón está sano, no hay evidencia de antiguos infartos y las coronarias se encuentran en buen estado. El cerebro es normal. Pero algo le pasaba. El hígado está engrosado, sobre los dos kilos y medio, y el bazo pesa un kilo aproximadamente y tiene la cápsula muy espesa. También hay una cierta afectación de los nódulos linfáticos.

—¿Alguna metástasis? —pregunté.

—Ninguna a primera vista.

—Dígales a los del laboratorio de análisis microscópicos que se den prisa —le dije.

Fielding asintió con la cabeza y se retiró de inmediato.

Marino me miró inquisitivamente.

—Podrían ser muchas cosas —dije—. Leucemia, linfoma o cualquier enfermedad colagénica... algunas de ellas son benignas y otras no. El bazo y los nódulos linfáticos reaccionan como un componente del sistema inmunológico... en otras palabras, el bazo resulta casi siempre afectado en cualquier enfermedad de la sangre. En cuanto al engrosamiento del hígado, eso no nos sirve de mucho para el diagnóstico. No sabré nada hasta que examine los cambios histológicos bajo el microscopio.

—¿Sería tan amable de hablar en cristiano para variar? —dijo Marino, encendiendo un cigarrillo—. Explíqueme en palabras sencillas qué es lo que ha descubierto el doctor Schwarzenegger.

—Que el sistema inmunológico está reaccionando a algo —contesté—. La víctima estaba enferma.

—¿Lo bastante enferma como para palmarla en el sofá?

—¿Así, de repente? —dije—. Lo dudo.

—¿Y qué me dice de algún medicamento? —apuntó Marino—. Podría haberse tomado unas pastillas y haber arrojado después el frasco al fuego, lo cual explicaría tal vez la presencia del plástico fundido que usted descubrió en la chimenea y el hecho de que no encontráramos frascos de pastillas ni ninguna otra cosa. Medicamentos de esos que se expenden sin receta.

Una sobredosis de medicamento ocupaba uno de los primeros lugares en mi lista de posibilidades, pero era absurdo que me preocupara en aquel momento por ello. A pesar de mi insistencia y a pesar de las promesas de que el caso sería tratado con la máxima urgencia, los resultados de toxicología tardarían varios días y tal vez varias semanas en estar disponibles.

En cuanto al hermano, yo tenía mi teoría.

—Creo que a Cary Harper lo golpearon con una porra de fabricación casera hecha con un trozo de tubo metálico lleno de perdigones y con los extremos tapados con plastilina para que no se escaparan los perdigones. Al cabo de varios golpes, la tapa de plastilina se pudo desprender y entonces los perdigones se esparcieron por todas partes.

Marino sacudió la ceniza del cigarrillo con aire pensativo.

—Eso no encaja demasiado con toda la mierda de soldado mercenario que hemos encontrado en el automóvil de Price. Ni con nada que se le hubiera podido ocurrir a la señorita Harper.

—Supongo que no habrá usted encontrado en la casa ni plastilina ni perdigones ni nada de todo eso.

Marino sacudió la cabeza diciendo:

—No, qué va.

Mi teléfono no dejó de sonar en todo el resto del día. Las noticias sobre mi supuesto papel en la desaparición de un «misterioso y valioso manuscrito» y las exageradas descripciones de cómo yo había conseguido «reducir a un atacante» que había penetrado en mi despacho ya habían llegado a las agencias. Otros reporteros estaban deseando dar la primicia y merodeaban por el parking del departamento o se presentaban en el vestíbulo con sus micrófonos y cámaras en ristre. Un pinchadiscos local especialmente irreverente estaba comentando a través de las ondas que yo era la única jefa del país que usaba «guantes de oro en lugar de guantes de goma». La situación se me estaba escapando rápidamente de las manos y yo ya empezaba a tomarme un poco más en serio las advertencias de Mark. Sparacino era perfectamente capaz de amargarme la vida.

Siempre que a Thomas Ethridge IV se le ocurría alguna idea, me llamaba a través de la línea directa en lugar de pasar por Rose. No me sorprendió que me llamara. Creo incluso que lancé un suspiro de alivio. Era la última hora de la tarde y ambos nos encontrábamos sentados en su despacho. Tenía la edad suficiente como para ser mi padre y era uno de esos hombres cuya personalidad anodina en la juventud se transforma con el paso de los años en todo un monumento de carácter. Ethridge tenía una cara de Winston Churchill, muy propia de un Parlamento o de un salón lleno de humo de cigarros. Siempre nos habíamos llevado extremadamente bien.

—¿Un número publicitario? ¿Y te parece probable que alguien se lo crea, Kay? —me preguntó el fiscal general, acariciando con aire ausente la cadena de reloj de oro prendida en su chaleco.

—Tengo la impresión de que no me crees —dije.

Su respuesta fue tomar una gruesa estilográfica Mont Blanc de color negro y desenroscarle lentamente el capuchón.

—Supongo que nadie tendrá la oportunidad de creerme o de dejar de creerme —añadí en tono dubitativo—. Mis sospechas no tienen ningún fundamento concreto, Tom. Si hago una acusación de esta naturaleza para contraatacar a Sparacino, lo que conseguiré es que éste se divierta de lo lindo.

—Te sientes muy aislada, ¿verdad, Kay?

—Sí, porque lo estoy, Tom.

—Las situaciones como ésta suelen adquirir vida propia —dijo Tom en tono pensativo—. Hay que cortar por lo sano sin llamar la atención.

Frotándose los cansados ojos por detrás de sus gafas de montura de concha, pasó a una página en blanco de un cuaderno de apuntes y empezó a hacer una de sus acostumbradas listas nixonianas, trazando una línea en el centro de la página amarilla para separar las ventajas a un lado de los inconvenientes al otro... sin que yo tuviera ni idea de lo que se proponía. Tras llenar media página en la que una de las columnas era sensiblemente más larga que la otra, se reclinó en su sillón y levantó la vista, frunciendo el ceño.

—Kay —me dijo—, ¿nunca te has parado a pensar en la posibilidad de que te estés dejando llevar por los casos en mayor medida que tus antecesores en el cargo?

—No he conocido a ninguno de ellos —contesté.

Ethridge esbozó una leve sonrisa.

—Ésa no es una respuesta a mi pregunta, señora letrada.

—Sinceramente, jamás lo había pensado.

—Ni yo esperaba que lo hicieras —dijo él, sorprendiéndome con su comentario—. No lo esperaba en absoluto porque eres una persona que se entrega hasta el fondo. Lo cual es precisamente uno de los varios motivos por los que apoyé sin reservas tu nombramiento. El lado bueno es que no se te escapa ni una, que eres una patóloga forense de primera, aparte de tus excelentes dotes como administradora. El lado malo es que a veces tiendes a colocarte en situaciones peligrosas. Aquellos casos de estrangulamiento de hace aproximadamente un año,* por ejemplo. Puede que jamás se hubieran resuelto y que muchas otras mujeres hubieran muerto de no haber sido por ti. Pero por poco te cuestan la vida.

»Volviendo al incidente de ayer —Ethridge hizo una pausa, sacudió la cabeza y soltó una carcajada—, tengo que reconocer que estoy impresionado. Creo haber oído por la radio esta mañana que lo dejaste K.O. ¿Es cierto eso?

—No exactamente —contesté un tanto cohibida.

—¿Sabes quién es y qué buscaba?

* Véase nota, pág. 75.

—No estamos seguros —dije—, pero entró en la cámara frigorífica del depósito de cadáveres y tomó unas fotografías. De los cuerpos de Cary y Sterling Harper. Las fichas que estaba examinando cuando yo entré no me revelaron nada.

—¿Estaban por orden alfabético?

—Estaban en el fichero de la M a la N —dije.

—¿M de Madison?

—Podría ser —contesté—. Pero este caso se encuentra en el despacho principal. No hay nada en los archivadores.

Tras un prolongado silencio, el fiscal general tamborileó con el índice sobre el cuaderno de notas y dijo:

—He anotado todo lo que sé sobre estas muertes recientes. Beryl Madison, Cary Harper, Sterling Harper. Tienen todos los ingredientes propios de una novela de misterio, ¿verdad? Y ahora sale toda esta historia del manuscrito perdido en la cual está presuntamente implicado el despacho de la jefa del Departamento de Medicina Legal. Te voy a decir un par de cosas, Kay. Primero, si te llama alguien más a propósito del manuscrito, creo que te será más cómodo enviar a los interesados a mi despacho. Estoy preparado para afrontar una querella fraudulenta. Pondré a trabajar a mi equipo, a ver si podemos adelantarnos y cortarles el paso. En segundo lugar, y eso lo he estado meditando con mucho cuidado, quiero que te conviertas en un iceberg.

—¿Y eso qué significa exactamente? —pregunté con una cierta inquietud.

—Lo que aflora a la superficie no es más que una mínima parte de lo que hay realmente debajo —me contestó—. No lo confundas con la discreción, aunque a todos los efectos prácticos tengas que mostrarte discreta. Declaraciones a la prensa reducidas a su mínima expresión y procurar pasar lo más inadvertida posible. —Empezó a acariciar de nuevo la cadena del reloj—. Inversamente proporcional a tu invisibilidad será tu nivel de actividad o de participación, si prefieres.

—¿De participación? —dije en tono de protesta—. ¿Ésa es tu manera de decirme que me dedique exclusivamente a mi trabajo procurando al mismo tiempo que mi despacho no llame la atención?

—Sí y no. Sí en cuanto al trabajo. Por lo que respecta a tu despacho, me temo que eso no estará en tu mano controlarlo. —Ethridge hizo una pausa, cruzando las manos sobre su escritorio—. Conozco bastante bien a Robert Sparacino.

—¿Has tenido tratos con él? —pregunté.

—Tuve la desgracia de conocerle en la facultad de Derecho —contestó.

Le miré con incredulidad.

—Universidad de Columbia, promoción del cincuenta y uno —añadió Ethridge—. Un joven obeso y arrogante con un defecto de carácter muy grave. Por si fuera poco, era muy inteligente y hubiera podido ser el primero de la promoción y entrar a trabajar como colaborador en el despacho del presidente del Tribunal Supremo si yo no hubiera forzado la máquina. —Tras una breve pausa, Ethridge terminó diciendo—: Yo fui a Washington y disfruté del privilegio de trabajar para Hugo Black. Y Robert se quedó en Nueva York.

—¿Y crees que te ha perdonado? —pregunté mientras en mi mente empezaba a formarse una nube de sospecha—. Supongo que debió de haber mucha rivalidad entre vosotros. ¿Te ha perdonado alguna vez que le vencieras en la carrera y fueras el primero de la promoción?

—Nunca deja de enviarme una postal de felicitación por Navidad —contestó secamente Ethridge—. A partir de una lista de ordenador, con su firma impresa y mi nombre erróneamente escrito. Lo bastante impersonal como para resultar ofensivo.

Estaba empezando a comprender por qué razón Ethridge quería que todas las batallas con Sparacino pasaran por el despacho del fiscal general.

—No estarás pensando que la ha tomado conmigo para fastidiarte a ti, ¿verdad? —le pregunté en tono dubitativo.

—¿Cómo? ¿Que la pérdida del manuscrito sea un engaño y él lo sepa? ¿Que esté armando todo este alboroto en la Mancomunidad para dejarme indirectamente un ojo a la funerala y causarme quebraderos de cabeza? —Ethridge esbozó una triste sonrisa—. No creo que éste sea su único motivo.

—Pero podría ser un aliciente adicional —dije—. Él sabe que cualquier jaleo legal, cualquier litigio relacionado con mi departamento tendría que pasar por el fiscal general. Lo que tú me estás diciendo es que se trata de un hombre vengativo.

Ethridge juntó las yemas de los dedos de ambas manos y empezó a tamborilear lentamente con ellas mientras me decía con la mirada perdida en la distancia:

—Te voy a contar una cosa que me revelaron sobre Robert Sparacino cuando ambos estudiábamos en la Universidad de Columbia. Procede de un hogar roto y vivía con su madre mientras su padre se dedicaba a ganar un montón de dinero en Wall Street. Al parecer, el chico visitaba a su padre en Nueva York varias veces al año y era un ávido y precoz lector que se sentía profundamente atraído por el mundo literario. Durante una de sus visitas convenció a su padre de que lo llevara a almorzar al Algonquin un día en que Dorothy Parker* y los miembros de su Mesa Redonda tenían que reunirse allí. Robert, que no tendría más de nueve o diez años, lo tenía todo planeado según más tarde les contó a sus amiguetes de Columbia. Se acercaría a Dorothy Parker, le tendería la mano y se presentaría diciendo: «Señorita Parker, mucho gusto en conocerla», y todas esas cosas que suelen decirse. Pero, cuando se acercó a la mesa, lo que le dijo fue: «Señorita Parker, mucho gusto en complacerla.» A lo cual, Dorothy contestó riéndose como sólo ella sabía hacerlo: «Muchos hombres me han dicho lo mismo, aunque ninguno tan joven como tú.» Las risas que se produjeron mortificaron y humillaron a Sparacino, el cual jamás las olvidó.

»La imagen del pequeño gordinflón tendiendo una sudorosa mano y diciendo aquella patochada resultaba tan patéti-

* Humorista y poetisa estadounidense (1893-1967), famosa por su mordacidad. (N. del E.)

ca que ni siquiera me reí. Si un héroe de mi infancia me hubiera humillado, yo tampoco lo hubiera olvidado jamás. Te lo cuento —dijo Ethridge— para demostrarte una cosa que a estas alturas ya ha sido confirmada con creces, Kay. Cuando Sparacino contó esta anécdota en Columbia, estaba un poco bebido y amargado y prometió que se vengaría y le enseñaría a Dorothy Parker y al resto de su refinado y elitista ambiente que de él no se reía nadie. ¿Y qué ha ocurrido? —Ethridge me miró plácidamente—. Pues que es uno de los abogados más poderosos del sector editorial y se codea con los editores, los agentes y los escritores, los cuales puede que le odien en privado, pero no consideran prudente incurrir en su enojo. A lo mejor almuerza habitualmente en el Algonquin e insiste en concertar todos los contratos cinematográficos y editoriales que allí se forjan mientras en su fuero interno contempla con una sonrisa relamida el fantasma de Dorothy Parker. ¿Te parece muy descabellado? —preguntó tras una pausa.

—No. No hace falta ser un psicólogo para comprenderlo —contesté.

—He aquí lo que quiero sugerirte —dijo Ethridge, clavando los ojos en los míos—. Deja que yo me encargue de Sparacino. Quiero que evites cualquier contacto con él en la medida de lo posible. No debes subestimarle, Kay. Aunque creas que apenas le has dicho nada, él lee entre líneas y es un maestro en hacer deducciones que pueden dar asombrosamente en el blanco. No sé muy bien cuáles eran sus relaciones con Beryl Madison y los Harper ni qué se propone en realidad. A lo mejor, toda una serie de cosas desagradables. Pero no quiero que averigüe más detalles sobre estas muertes que los que ya conoce.

—Ya conoce muchas cosas —dije—. El informe policial sobre Beryl Madison, por ejemplo. No me preguntes cómo...

—Es un personaje muy ingenioso —me interrumpió Ethridge—. Te aconsejo que mantengas todos los informes fuera de la circulación y sólo los envíes a donde tengas que hacerlo. Refuerza las medidas de seguridad, mantén todos los archivos bajo llave. Asegúrate de que tus colaboradores no faciliten información a nadie sobre estos casos a no ser que estés absolutamente segura de que la persona que llama para solicitarla es realmente quien dice ser. Sparacino utilizará todas las migajas en su propio beneficio. Para él es un juego. Muchas personas podrían sufrir las consecuencias... tú incluida. Por no hablar de lo que podría ocurrir con los casos cuando llegara el momento del juicio. Tras uno de sus típicos revuelos publicitarios, tendríamos que irnos a la maldita Antártida.

—Puede que él ya se haya adelantado a lo que piensas hacer —dije en voz baja.

—¿Al hecho de que yo me convierta en pararrayos y suba al *ring* en lugar de dejar que lo haga alguno de mis colaboradores?

Asentí con la cabeza.

—Bueno, es posible.

Yo estaba segura de no ser la presa que Sparacino perseguía. Él quería cargarse a su antigua pesadilla. Sparacino no podía atacar directamente al fiscal general. No hubiera podido superar la barrera de los perros guardianes, los ayudantes y las secretarias. Por eso me había elegido a mí y, por suerte para él, estaba obteniendo el resultado apetecido. La idea de que me utilizaran de semejante guisa sólo sirvió para intensificar mi enojo. De pronto me vino a la mente Mark. ¿Cuál sería su papel en todo aquello?

—Estás disgustada y no te lo reprocho —dijo Ethridge—. Y vas a tener que tragarte tu orgullo y tus emociones, Kay. Necesito tu ayuda.

Le escuché sin decir nada, pendiente de sus palabras.

—Tengo la fundada sospecha de que la entrada que nos facilitará el acceso al parque de atracciones de Sparacino es ese manuscrito por el que todo el mundo muestra tanto interés. ¿Hay alguna posibilidad de que lo puedas localizar?

Sentí que me ardía la cara.

—Eso no ha pasado en ningún momento por mi despacho, Tom...

—Kay —dijo Ethridge con firmeza—, no es eso lo que yo te he preguntado. Hay muchas cosas que nunca pasan por tu despacho y que, sin embargo, el forense consigue averiguar. Existencia de medicamentos, un comentario sobre un dolor torácico que alguien oyó en determinado momento poco antes de que el sujeto cayera repentinamente muerto, detalles sobre unas intenciones de suicidio que logras averiguar a través de un familiar. Tú no tienes poder para obligar a nadie, pero puedes investigar. Y a veces descubres cosas que nadie le diría a la policía.

—Yo no quiero ser un simple testigo, Tom.

—Tú eres un testigo experto. Por supuesto que no serás un simple testigo. Sería una lástima —dijo Ethridge.

—La policía suele hacer los interrogatorios mejor que yo —añadí—. No espera que la gente diga la verdad.

—¿Lo esperas tú? —me preguntó el fiscal general.

—El amable médico de cabecera suele esperarlo, espera que la gente le diga la verdad tal y como la percibe. Hace todo lo que puede. Casi ningún médico espera que el paciente lo engañe.

—Kay, estás generalizando.

—No quiero colocarme en la situación...

—Kay, el código dice que el forense investigará la causa y modalidad de las muertes y pondrá por escrito sus resultados. Todo eso es muy vago y te confiere plenos poderes para investigar. Lo único que en realidad no puedes hacer es detener a una persona, lo sabes muy bien. La policía jamás encontrará ese manuscrito. Tú eres la única persona que puede encontrarlo. —Ethridge me miró directamente a la cara—. Es más importante para ti y para tu reputación que para ellos.

No podía hacer nada. Ethridge le había declarado la guerra a Sparacino y yo había sido reclutada.

—Busca ese manuscrito, Kay. —El fiscal general consultó su reloj—. Te conozco. Si te lo propones, lo encontrarás o, por lo menos, descubrirás qué ha sido de él. Tres personas han muerto. Una de ellas es un premio Pulitzer cuyo libro es casualmente uno de mis preferidos. Además, me tendrás informado de cualquier cosa que surja relacionada con Sparacino. Lo intentarás, ¿verdad?

—Sí, señor —contesté—. Por supuesto que lo intentaré.

Empecé dando la lata a los científicos.

El examen de los documentos es uno de los pocos procedimientos científicos que pueden ofrecer respuestas visibles. Es tan concreto como el papel y tan tangible como la tinta. El miércoles a última hora de la tarde el jefe de la sección llamado Will, Marino y yo ya llevábamos varias horas en ello. Lo que estábamos descubriendo era un claro recordatorio de que nadie puede decir que un día no caerá en el hábito de la bebida.

No sabía muy bien lo que esperaba. La mejor solución hubiera sido establecer de buenas a primeras que lo que había quemado la señorita Harper en la chimenea era el manuscrito perdido de Beryl. Entonces hubiéramos llegado a la conclusión de que Beryl lo había encomendado a la custodia de su amiga. Y hubiéramos supuesto que la obra contenía unas indiscreciones que la señorita Harper había optado por no compartir con el mundo. Y, sobre todo, hubiéramos podido llegar a la conclusión de que el manuscrito no había desaparecido del escenario del delito.

Sin embargo, la cantidad y el tipo de papel que estábamos examinando no encajaban con aquellas posibilidades. Quedaban muy pocos fragmentos sin quemar y ninguno de ellos superaba el tamaño de una pequeña moneda, por lo que no merecía la pena colocarlo bajo la lente con filtro de rayos infrarrojos del videocomparador. Ningún medio técnico o ninguna prueba química nos permitiría examinar aquellos tenues y blancos bucles de ceniza. Eran tan frágiles que no nos atrevíamos a sacarlos de la caja de cartón en la que Marino los había recogido. Habíamos cerrado la puerta y las ventanas del laboratorio de documentos para que en la estancia no corriera el menor soplo de aire. Estábamos entregados a la desesperante y minuciosa tarea de sujetar con unas pinzas unas etéreas cenizas en busca de alguna palabra. De momento, sabíamos que la señorita Harper había quemado unas hojas de un papel tela muy caro en el que figuraban impresos unos caracteres mecanografiados con cinta de carbón. Estábamos seguros de ello por varias razones. El papel fabricado con pulpa de madera se vuelve de color negro cuando se quema, mientras que el fabricado a partir de algodón es increíblemente limpio y sus cenizas son tan finas y blancas como las que habíamos encontrado en la chimenea de la señorita Harper. Los pocos fragmentos no quemados que estábamos contemplando coincidían con esa variedad. Finalmente, el carbón no se quema. El calor había encogido los caracteres mecanografiados dejándolos reducidos a algo comparable a la letra menuda de imprenta de unos veinte espacios aproximadamente. Algunas palabras estaban enteras y destacaban en la fina película blanca de la ceniza. Lo demás estaba irremediablemente fragmentado y tan sucio como los pringosos restos de los papelitos que contenían las galletitas chinas de la fortuna.

—ARRIB —deletreó Will.

Tenía los ojos enrojecidos detrás de sus anticuadas gafas de montura negra, su juvenil rostro estaba visiblemente cansado y le costaba un enorme esfuerzo tener paciencia.

Añadí la palabra parcial a la lista de la página de mi cuaderno de apuntes.

—Arriba, arribar —añadió con un suspiro—. No se me ocurre qué otra cosa podría ser.

—Arribista —dije yo pensando en voz alta.

—¿Arribista? —preguntó asombrado Marino, con cara de asco—. Y eso, ¿qué demonios es?

—Un trepador social —contesté.

—Demasiado esotérico para mí —dijo Will sin ánimo de hacerse el gracioso.

—Probablemente demasiado esotérico para la mayoría de la gente —reconocí, pensando que ojalá tuviera a mano el frasco de Advir que guardaba en mi bolso para poder aliviar el persistente dolor de cabeza que yo atribuía al forzamiento de la vista.

—Jesús —exclamó Marino—. Palabras, palabras, palabras. Jamás había visto tantas palabras en mi puñetera vida. La mitad de ellas no las había oído jamás, cosa, por otra parte, que no lamento en absoluto.

Se encontraba acomodado en una silla giratoria, con los pies apoyados en un escritorio, y estaba leyendo la transcripción de los escritos que Will había descifrado en la cinta sacada de la máquina de escribir de Cary Harper. La cinta no era de carbón, lo cual significaba que las páginas que había quemado la señorita Harper no podían proceder de la máquina de escribir de su hermano. Al parecer, el novelista estaba trabajando a rachas en otro esbozo de libro. Buena parte de lo que Marino estaba examinando no tenía demasiado sentido. Cuando antes yo le había echado un vistazo, me había preguntado si la inspiración de Harper no habría sido un frasco de esencias que raras veces se destapaba.

—No sé si esta mierda se podría vender —comentó Marino.

Will había pescado otro fragmento de frase en medio del revoltijo de hollín y ahora lo estaba examinando detenidamente.

—Es que, cuando muere un famoso escritor, siempre sacan cosas —añadió Marino—. En general, son tonterías que el pobre hombre jamás tuvo la menor intención de publicar.

—Sí. Las podrían llamar «Migajas de un banquete literario» —musité.

—¿Cómo dice?

—No importa. Aquí no hay ni diez páginas, Marino —dije—. Sería difícil hacer un libro con todo eso.

—Bueno, pues, en lugar de hacer un libro, se publica en el *Esquire* o el *Playboy*. Probablemente valdría sus buenos dólares —dijo Marino.

—Esta palabra indica con toda claridad el nombre de un lugar o una empresa —dijo Will sin prestar atención a lo que íbamos diciendo—. «Co» está con inicial mayúscula.

—Interesante —dije—. Muy interesante.

Marino se levantó para echar un vistazo.

—Cuidado, no respiren encima —nos advirtió Will sosteniendo las pinzas en la mano cual si fueran un bisturí mientras sujetaba con delicadeza el retazo de blanca ceniza en el que unas letras negras decían «bor Co».

—Colegio, condado, compañía —sugerí yo.

Me estaba volviendo a circular la sangre y me había despertado de mi modorra.

—Ya, pero ¿qué significaría «bor» —preguntó Marino.

—¿Ann Arbor? —apuntó Will.

—¿Y si fuera un condado de Virginia? —dijo Marino.

No pudimos encontrar ningún condado de Virginia que terminara en «bor».

—Harbor —dije yo.

—De acuerdo. Pero, entonces, ¿qué significaría el «Co»? —replicó Will en tono dubitativo.

—Podría ser algo así como «Harbor Company» —dijo Marino.

Busqué en la guía telefónica. Había cinco empresas cuyos nombres empezaban con Harbor: Harbor East, Harbor South, Harbor Village, Harbor Imports y Harbor Square.

—Me parece que no vamos por buen camino —dijo Marino.

No tuvimos demasiada suerte cuando llamé a Información preguntando por los nombres de las empresas del área de Williamsburg llamadas Harbor tal o Harbor cual. Aparte de un complejo de apartamentos, no había nada. Después llamé al investigador Poteat de la policía de Williamsburg, el cual sólo me pudo facilitar el nombre del complejo de apartamentos que ya conocíamos.

—Quizá no merece la pena que perdamos el tiempo con eso —dijo Marino, irritado.

Will se había enfrascado de nuevo en el examen de la caja de cenizas.

Marino contempló por encima de mi hombro la lista de palabras que habíamos encontrado hasta entonces.

Tu, tus, mi, nosotros y *bien* eran muy frecuentes. Otras palabras completas pertenecían a la argamasa de la construcción gramatical de las frases más corrientes... *y, es, era, eso, este, lo, un, que* y *una*. Otras palabras eran algo más concretas, como, por ejemplo, *ciudad, casa, saber, por favor, miedo, trabajo, creo* y *echo de menos*. En cuanto a las palabras incompletas, sólo podíamos hacer conjeturas acerca de lo que habrían sido en su anterior existencia. Una derivación de *tremendo* se utilizaba al parecer muy a menudo, pues no se nos ocurría ninguna palabra que pudiera empezar con *tremen* o *tremend*. Como es natural, los matices ni siquiera nos pasaban por la imaginación. ¿Habría utilizado la persona el término «tremendo» como en la frase «Eso es tremendo»? ¿La habría usado para decir: «Estoy tremendamente disgustado» o «Te echo tremendamente de menos»? ¿O acaso habría escrito algo tan inocente como: «Ha sido tremendamente amable de su parte»?

Curiosamente, encontramos varios restos del nombre Sterling y otros tantos del nombre Cary.

—Estoy casi segura de que lo que quemó fueron cartas personales —dije—. El tipo de papel y las palabras utilizadas me inducen a pensarlo.

Will se mostró completamente de acuerdo con mi opinión.

—¿Recuerda si encontró algún papel de cartas en la casa de Beryl Madison? —le pregunté a Marino.

—Papel de impresora de ordenador y papel de escribir a máquina. Eso es todo. Nada de este papel tan caro de que usted habla —contestó.

—Su impresora utiliza cintas de tinta —nos recordó Will mientras inmovilizaba un fragmento de ceniza con las pinzas y añadía—: Creo que tenemos otra.

Eché un vistazo.

Esta vez sólo quedaba «or C.».

—Beryl tenía un ordenador y una impresora de la marca Lanier —le dije a Marino—. Creo que no sería mala idea averiguar si eso fue lo único que siempre tuvo.

—Repasé todas sus facturas —dijo Marino.

—¿De cuántos años? —le pregunté.

—Todos los que había. Cinco, seis —contestó.

—¿Siempre tuvo el mismo ordenador?

—No —contestó—, pero sí la misma impresora, doctora. Una cosa llamada mil seiscientos, con margarita. Y siempre utilizaba el mismo tipo de cinta. No tengo ni idea de lo que utilizaba antes para escribir.

—Comprendo.

—Pues la felicito —dijo Marino en tono quejumbroso, aplicándose un masaje en la nuca—. Yo no comprendo ni torta.

10

La Academia Nacional del FBI en Quantico, Virginia, es un oasis de ladrillo y cristal en medio de una guerra artificial. Jamás olvidaría mi primer día de estancia allí años atrás. Me acostaba y me levantaba en medio del rumor de los disparos de las semiautomáticas, y una tarde en que me equivoqué de camino durante la prueba de aptitud por el bosque, poco faltó para que me atropellara un tanque.

Era un viernes por la mañana. Benton Wesley había organizado una reunión y Marino se animó visiblemente cuando aparecieron ante nuestros ojos la fuente y las banderas de la Academia. Tuve que dar dos pasos por cada uno de los que él daba para no quedarme rezagada mientras entrábamos en el espacioso y soleado vestíbulo de un edificio de reciente construcción que más parecía un hotel de lujo, hasta el punto de que todo el mundo lo llamaba el Quantico Hilton. Entregando su revólver en el mostrador de la entrada, Marino firmó por los dos y nos prendimos los pases de visitante mientras un recepcionista avisaba a Wesley para confirmar nuestro privilegiado derecho de admisión.

Un laberinto de pasillos de cristal unen los despachos, las aulas y los laboratorios, y uno puede trasladarse de un edificio a otro sin necesidad de salir afuera. Por muy a menudo que visitara aquel lugar, yo siempre me perdía. Marino parecía saber por dónde iba, así que yo le seguí confiadamente mientras contemplaba el desfile de los alumnos codificados según distintos colores. Los camisas rojas y pantalones caqui eran oficiales de policía. Los camisas grises y pantalones negros de faena remetidos en relucientes botas eran los nuevos agentes de la DEA, la Drug Enforcement Agency, encargada de la lucha contra la droga, cuyos veteranos vestían siniestramente de negro. Los nuevos agentes del FBI vestían de azul y caqui, mientras que los miembros del grupo especial de los Equipos de Rehenes vestían de un blanco inmaculado. Tanto hombres como mujeres iban impecablemente aseados y parecían disfrutar de una extraordinaria buena forma. Mostraban un comedimiento típicamente militar, tan tangible como el olor del disolvente para limpiar armas de fuego que dejaban a su paso.

Tomamos un ascensor y Marino pulsó un botón marcado con las letras HH (Hondo Hondo, según el chiste de la casa). El refugio antiatómico secreto mandado construir por Hoover, el antiguo director del FBI, se encuentra a veinte metros bajo tierra y a mí siempre me ha parecido muy acertado que la Academia decidiera localizar su Unidad de Ciencias Conductistas más cerca del infierno que del cielo. Las denominaciones cambian. Según mis últimas noticias, el FBI llamaba ahora a los expertos en diseños de perfiles Criminal Investigative Agents (Agentes de Investigación Criminal) o CIA (una sigla destinada a sembrar la confusión). Pero el trabajo no cambia. Siempre habrá psicópatas, sociópatas, asesinos por placer... o como quiera uno llamar a los seres malvados que disfrutan causando un dolor inimaginable a sus semejantes.

Salimos del ascensor y avanzamos por un desangelado pasillo hasta llegar a un desangelado despacho exterior. Inmediatamente apareció Wesley, el cual nos acompañó a una pequeña sala de juntas donde Roy Hanowell se hallaba sentado junto a una reluciente mesa alargada. El experto en fibras nunca parecía reconocerme a primera vista de una reunión a otra. Por eso yo siempre me presentaba cuando me tendía la mano.

—Por supuesto, por supuesto, doctora Scarpetta. ¿Qué tal está usted? —me preguntó, tal como solía hacer siempre.

Wesley cerró la puerta y Marino miró a su alrededor, frunciendo el ceño, enfurecido al no ver ningún cenicero. Tendría que utilizar una lata vacía de Coke dietética. Reprimí el impulso de sacar mi cajetilla. La Academia estaba tan exenta de humo de tabaco como una unidad de cuidados intensivos.

La espalda de la blanca camisa de Wesley estaba arrugada y sus ojos mostraban una expresión muy cansada y preocupada cuando empezó a examinar los papeles de una carpeta. Fue inmediatamente al grano.

—¿Alguna novedad sobre Sterling Harper? —preguntó.

Yo había estudiado los resultados de los exámenes histológicos sin sorprenderme en exceso y sin que ello me permitiera establecer la causa de su repentina muerte.

—Padecía leucemia mielocítica crónica —contesté.

Wesley levantó la vista.

—¿Fue la causa de su muerte?

—No. En realidad, ni siquiera estoy segura de que ella lo supiera —dije.

—Interesante —comentó Hanowell—. ¿Puede uno estar enfermo de leucemia sin saberlo?

—El inicio de la leucemia crónica es insidioso —expliqué—. Puede que los síntomas fueran simplemente sudores nocturnos, cansancio o pérdida de peso. Por otra parte, es posible que le fuera diagnosticado hace algún tiempo y se encontrara en fase de remisión. No estaba sufriendo una crisis. No se registraban infiltraciones leucémicas progresivas y no padecía ninguna infección significativa.

Hanowell me miró perplejo.

—Pues entonces, ¿por qué se murió?

—No lo sé —reconocí.

—¿Algún medicamento? —preguntó Wesley, tomando apuntes.

—En toxicología han iniciado la segunda fase de análisis —contesté—. El informe preliminar indica una alcoholemia de cero coma cero tres. Además se han encontrado rastros de dextrometorfano, un antitusígeno que figura en la fórmula de numerosos jarabes que se venden sin receta. En el lugar de los hechos encontramos un frasco de Robitussin en el lavabo de su cuarto de baño del piso de arriba. Estaba lleno hasta más de la mitad de su contenido.

—O sea, que eso no pudo ser la causa —musitó Wesley para sus adentros.

—Aunque se hubiera tomado todo el frasco, no hubiera ocurrido nada —le dije—. Reconozco que es un poco desconcertante —añadí.

—¿Me tendrá al corriente? Comuníqueme las novedades que se produzcan —dijo Wesley, pasando unas páginas y llegando al segundo tema de su agenda—. Roy examinó las fibras del caso de Beryl Madison. Queremos hablar de ello. Y después, Pete, Kay... —levantó la vista para mirarnos—, hay otro asunto que quisiera discutir con ustedes dos.

Wesley no parecía muy contento y yo tenía la impresión de que la razón de que nos hubiera convocado allí tampoco iba a ser un motivo de alegría para mí. Hanowell, en cambio, se mostraba tan imperturbable como siempre. Su cabello, sus cejas y sus ojos eran de color gris. Siempre que yo le veía, me parecía un ser medio adormilado y gris, tan incoloro y apagado que a veces estaba tentada de preguntarme si tenía presión sanguínea.

—Con una sola excepción —empezó diciendo lacónicamente Hanowell—, las fibras que me pidieron que examinara, doctora Scarpetta, revelan muy pocas sorpresas... en las secciones transversales no se observan tintes ni formas insólitas. He llegado a la conclusión de que las seis fibras de nailon proceden muy probablemente de seis orígenes distintos, tal como ya suponíamos el experto de Richmond y yo. Cuatro de ellas coinciden con las de los tejidos utilizados en la fabricación de las alfombras de automóviles.

—Y eso, ¿cómo lo ha averiguado? —preguntó Marino.

—La tapicería y las alfombras de nailon se degradan muy rápidamente por efecto de la luz solar y el calor, tal como usted puede imaginar —dijo Hanowell—. Si las fibras no se someten a un proceso de tinte premetalizado, que les añade estabilizadores de temperatura y de rayos ultravioleta, las alfombras de los automóviles se decoloran o se pudren en un santiamén. Utilizando fluorescencia de rayos X he podido detectar residuos metálicos en cuatro de las fibras de nailon. Aunque no puedo asegurar con certeza que el origen de esas fibras sean unas alfombras de automóvil, digo que coinciden con éstas.

—¿Hay alguna posibilidad de que se pueda establecer la marca y el modelo? —preguntó Marino.

—Me temo que no —contestó Hanowell—. A no ser que se trate de una fibra muy insólita con una modificación patentada, descubrir al fabricante no serviría de mucho, sobre todo si los vehículos en cuestión se hubieran fabricado en Japón. Le voy a dar un ejemplo. El precursor de la alfombra de un Toyota son unos aglomerados de plástico que se envían desde nuestro país a Japón. Allí se transforman en fibras y el hilo se envía de nuevo aquí para la fabricación de las alfombras. La alfombra se envía a Japón y allí se coloca en los automóviles que salen de la cadena de montaje.

Sus monótonas explicaciones me estaban hundiendo cada vez más en la desesperanza.

—También tenemos quebraderos de cabeza con los automóviles fabricados en Estados Unidos. La Chrysler Corporation, por ejemplo, puede obtener un cierto color de sus alfombras a través de tres proveedores distintos. En pleno proceso de fabricación de un modelo del año, la Chrysler puede decidir cambiar de proveedores. Supongamos, teniente, por ejemplo, que usted y yo tenemos sendos Le Barons negros del ochenta y siete con tapicería interior de color borgoña. Bueno, pues, los proveedores de la alfombra de color borgoña del mío pueden ser distintos de los proveedores de la suya. Lo cual quiere decir que lo único significativo en las fibras de nailon que he examinado es su variedad. Dos podrían proceder de una alfombra doméstica. Cuatro podrían pertenecer a alfombras de automóvil. Los colores y las secciones transversales varían. A todo ello añádale el hallazgo de la olefina, el Dynel y las fibras acrílicas y el resultado será un batiburrillo de lo más curioso.

—Está claro —terció Wesley— que el asesino ejerce una profesión o tiene una actividad que le pone en contacto con muchos tipos de alfombras. Y, cuando asesinó a Beryl Madison, llevaba una prenda a la que se adherían con facilidad numerosas fibras.

Pudo ser una prenda de lana, pana o franela, pensé, a pesar de que no se había encontrado ninguna fibra de lana o de algodón teñido que pudiera proceder del asesino.

—¿Y qué puede decirnos del Dynel? —pregunté.

—Suele utilizarse en prendas de mujer. Pelucas, abrigos de piel sintética y cosas así —contestó Hanowell.

—Sí, pero no exclusivamente —dije yo—. Una camisa o unos pantalones fabricados con Dynel crean electricidad estática como el poliéster, dando lugar a que se les adhieran toda clase de cosas. Eso podría explicar por qué llevaba encima tantos vestigios.

—Es posible —dijo Hanowell.

—O sea, que a lo mejor el tío llevaba una peluca —apuntó Marino—. Sabemos que Beryl le franqueó la entrada, es decir, que no se sintió amenazada por su presencia. Las mujeres no suelen sentirse amenazadas cuando aparece en su puerta otra mujer.

—¿Un travesti? —dijo Wesley.

—Podría ser —contestó Marino—. Algunos de ellos son unas chicas preciosas. Es tremendo. Son capaces de engañarme incluso a mí a menos que les examine detenidamente la cara.

—Si el atacante hubiera ido disfrazado —dije yo—, ¿cómo se explicaría la presencia de las fibras que llevaba adheridas? Si el origen de las fibras fuera su lugar de trabajo, está claro que allí no se hubiera presentado disfrazado.

—A no ser que trabaje disfrazado en la calle —dijo Marino—. Y se pase la noche entrando y saliendo de los automóviles de los clientes o tal vez entrando y saliendo de habitaciones de motel con suelos alfombrados.

—En tal caso, la elección de la víctima no tendría ningún sentido —comenté yo.

—No, pero la ausencia de líquido seminal sí la podría tener —replicó Marino—. Los travestis masculinos, los putones, no suelen andar por ahí violando a las mujeres.

—Tampoco suelen andar por ahí asesinándolas —dije yo.

—He mencionado una excepción —añadió Hanowell, consultando su reloj—. Se trata de la fibra acrílica de color anaranjado por la que usted sentía tanta curiosidad —dijo clavando sus grises e imperturbables ojos en mí.

—La fibra en forma de trébol de tres hojas —recordé.

—Sí —dijo Hanowell asintiendo—. La forma es muy insólita y el propósito, como en todas las trilobuladas, es disimular la suciedad y dispersar la luz. El único lugar que yo conozco donde se podrían encontrar fibras de esta forma son los Plymouth fabricados a finales de la década de los setenta... Son fibras pertenecientes a la alfombra de nailon y su sección transversal tiene la misma forma de trébol de tres hojas que la sección transversal de la fibra anaranjada descubierta en el caso de Beryl Madison.

—Pero la fibra anaranjada es acrílica —le recordé yo—. No es de nailon.

—Muy cierto, doctora Scarpetta —dijo Hanowell—. Le estoy facilitando todos estos datos para subrayarle las singulares propiedades de la fibra en cuestión. El hecho de que sea acrílica y no de nailon y el hecho de que los colores tan vivos como el anaranjado casi nunca se usen en las alfombras de los automóviles nos ayuda a descartar numerosos orígenes... incluyendo los Plymouth fabricados a finales de la década de los setenta. O cualquier otro automóvil que se le pueda ocurrir.

—O sea, ¿que usted nunca ha visto nada semejante a esta fibra anaranjada? —preguntó Marino.

—A eso iba —contestó Hanowell en tono vacilante.

—El año pasado —terció Wesley— recibimos una fibra idéntica a esta anaranjada cuando a Roy le pidieron que examinara los rastros recuperados en un Boeing 747 secuestrado en Atenas. Estoy seguro de que recordarán el incidente.

Silencio.

Hasta Marino se había quedado momentáneamente sin habla.

Wesley siguió adelante, mirándonos con expresión sombría.

—Los secuestradores asesinaron a dos soldados norteamericanos que se encontraban a bordo y arrojaron sus cuerpos a la pista. Chet Ramsey era un infante de Marina de veinticuatro años, el primero en ser arrojado desde el aparato. La fibra anaranjada estaba adherida a la sangre de su oreja izquierda.

—¿Y si la fibra hubiera procedido del interior del avión? —pregunté yo.

—Parece ser que no —contestó Hanowell—. La comparé con muestras de la alfombra, de la tapicería de los asientos, y de las sábanas guardadas en los compartimentos superiores y no encontré nada igual o que tan siquiera se le pareciera. O Ramsey recogió la fibra en otro lugar, cosa no muy probable puesto que la fibra estaba adherida a sangre reciente, o fue el resultado de una transferencia pasiva desde uno de los terroristas a él. La única alternativa que se me ocurre es que la fibra procediera de otro pasajero, pero, en tal caso, esa persona habría tenido que tocarle después de que le causaran la lesión. Según el relato de un testigo presencial de los hechos, ninguno de los demás pasajeros se le acercó. Ramsey fue conducido a la parte anterior del aparato, lejos de los restantes pasajeros, y golpeado; después le pegaron un tiro, envolvieron su cuerpo en una de las mantas del avión y lo arrojaron a la pista. Por cierto, la manta era de color tostado.

Marino fue el primero que lo dijo y sin el menor tinte humorístico, por cierto:

—¿Le importa explicar qué coño tiene que ver un secuestro en Grecia con el asesinato de dos escritores en Virginia?

—La fibra establece una relación entre por lo menos dos de los incidentes —contestó Hanowell—. El secuestro y la muerte de Beryl Madison. Eso no significa que ambos delitos estén relacionados, teniente, pero esta fibra anaranjada es tan insólita que conviene tener en cuenta la posibilidad de que exista algún común denominador entre lo que ocurrió en Atenas y lo que ahora está ocurriendo aquí.

Era una certeza más que una posibilidad. Había un común denominador. Persona, lugar u objeto, pensé. Tenía que ser una de las tres cosas. Los detalles estaban surgiendo muy despacio en mi mente.

—No pudieron interrogar a los terroristas —dije—. Dos de ellos acabaron muertos. Otros dos consiguieron escapar y no han sido atrapados.

Wesley asintió con la cabeza.

—¿Estamos seguros de que eran terroristas, Benton? —pregunté.

—Jamás conseguimos relacionarlos con ningún grupo terrorista —contestó Wesley tras una pausa—. Pero se supone que pretendían montar un número antinorteamericano. El aparato era norteamericano, al igual que un tercio del pasaje.

—¿Qué prendas vestían los secuestradores? —pregunté.

—Ropa de paisano. Pantalón, camisa con el cuello desabrochado, nada fuera de lo corriente —contestó Wesley.

—¿Y no se encontró ninguna fibra anaranjada en los cuerpos de los dos secuestradores muertos? —inquirí.

—No lo sabemos —contestó Hanowell—. Los abatieron a tiros en la pista y nosotros no actuamos con la suficiente rapidez como para reclamar los cuerpos y trasladarlos aquí para su examen junto con los de los dos soldados norteamericanos asesinados. Por desgracia, el informe sobre la fibra anaranjada lo recibí de las autoridades griegas. Yo no examiné ni la ropa ni los vestigios de los secuestradores. Es evidente que pudieron pasarse por alto muchos detalles. Pero, aunque se hubieran recuperado una o dos fibras en el cuerpo de uno de los secuestradores, eso no nos habría indicado necesariamente el origen.

—Pero bueno, ¿qué me está usted diciendo? —preguntó Marino—. ¿Debo suponer que estamos buscando a un secuestrador fugado que ahora se dedica a matar a gente en Virginia?

—No podemos excluir por completo esta posibilidad, Pete —dijo Wesley—. Por estrambótica que pueda parecer.

—Los cuatro hombres que secuestraron aquel avión jamás se han asociado con ningún grupo —recordé yo—. Y no sabemos realmente cuál era su verdadero propósito ni quiénes eran, sólo sabemos que dos de ellos eran libaneses, si la memoria no me falla, y que los otros dos que huyeron posiblemente fueran griegos. Creo que se hicieron en aquel momento algunas conjeturas sobre la posibilidad de que el verdadero objetivo fuera un embajador norteamericano que estaba de vacaciones y que hubiera tenido que tomar aquel vuelo junto con su familia.

—Cierto —dijo Wesley un tanto inquieto—. La embajada norteamericana en París había sufrido un atentado con bomba varios días antes, lo cual dio lugar a que los planes de viaje del embajador se modificaran en secreto, aunque no así las reservas. —Su mirada pareció perderse en la distancia mientras se daba unos golpecitos con una pluma en el nudillo de su pulgar izquierdo—. No hemos excluido la posibilidad de que los secuestradores fueran un escuadrón de ataque, unos pistoleros profesionales contratados por alguien.

—Muy bien, muy bien —dijo Marino con impaciencia—. Y nadie ha excluido tampoco la posibilidad de que Beryl Madison y Cary Harper fueran asesinados por un pistolero profesional. De hecho, los delitos se escenificaron de tal forma que parecieran la obra de un chiflado.

—Creo que un punto de partida podría ser intentar averiguar algo más sobre esta fibra anaranjada y su posible origen.

Fue entonces cuando yo me atreví a decirlo:

—Y tal vez alguien debería examinar con un poco más de detenimiento a Sparacino y asegurarse de que no tuvo ninguna relación con el embajador que quizás era el verdadero objetivo del secuestro.

Wesley no contestó.

Marino experimentó el impulso de cortarse la uña de un pulgar con un cortaplumas.

Hanowell miró a su alrededor y, cuando le pareció que ya no teníamos más preguntas para él, se excusó y se retiró.

Marino encendió otro cigarrillo.

—Si quieren que les dé mi opinión —dijo, exhalando una nube de humo—, esto se está convirtiendo en un maldito galimatías. Quiero decir que no tiene ni pies ni cabeza. ¿Por qué contratar a un asesino a sueldo internacional para liquidar a una escritora de novelas románticas y a un escritor en decadencia que lleva años sin publicar nada?

—No lo sé —contestó Wesley—. Todo depende de la clase de conexiones que hubiera. Depende de un montón de cosas, Pete. Como todo. Lo único que podemos hacer es seguir las pruebas lo mejor que podamos. Y eso me lleva al segundo tema de la agenda. Jeb Price.

—Ya está en la calle —dijo automáticamente Marino.

Le miré sin poderlo creer.

—¿Desde cuándo? —preguntó Wesley.

—Desde ayer —contestó Marino—. Depositó la fianza. Cincuenta de los grandes para ser más exactos.

—Entonces, ¿le importa explicarme cómo lo consiguió? —pregunté, indignada ante el hecho de que Marino no me lo hubiera dicho antes.

—No me importa en absoluto, doctora.

Yo sabía que había tres maneras de depositar una fianza. La primera, por medio de un aval personal; la segunda, por medio de una entrega en efectivo o en bienes; y la tercera, a través de un fiador que facilitaba la suma con un diez por ciento de recargo y exigía la firma de un tercero como garantía de que no se quedaría sin nada si el acusado decidiera largarse. Jeb Price, dijo Marino, había optado por la tercera posibilidad.

—Quiero saber cómo lo consiguió —dije, sacando mi cajetilla de cigarrillos y acercándome a la lata de Coke para poder compartirla con Marino.

—Sólo conozco una manera. Llamó a su abogado, el cual abrió una cuenta bancaria a su nombre y envió una libreta de depósito a Lucky —contestó Marino.

—¿Lucky? —pregunté.

—Sí. La Compañía de Finanzas Lucky de la calle Diecisiete, oportunamente ubicada a una manzana de la cárcel de la ciudad —contestó Marino—. La tienda de empeños que ha montado Charlie Luck para los presos. Conocida también como «El precio de la libertad». Charlie y yo nos conocemos desde hace mucho tiempo, pegamos la hebra a menudo, nos contamos chistes y cosas así. A veces, larga un poco y otras, se cierra en banda. Por desgracia, esta vez ha ocurrido esto último y no he podido sacarle el nombre del abogado de Price, aunque sospecho que no debe de ser de aquí.

—Está claro que Price tiene muy buenas conexiones —dije.

—Está claro —convino Wesley, con expresión ceñuda.

—¿Y no ha hablado? —pregunté.

—Tiene derecho a guardar silencio y vaya si lo ha ejercido —contestó Marino.

—¿Qué se ha averiguado sobre su arsenal? —preguntó Wesley, tomando apuntes—. ¿Se han hecho comprobaciones en el registro?

—Todo está registrado a su nombre —contestó Marino— y tiene licencia para llevar un arma oculta concedida hace seis años por un juez medio lelo del norte de Virginia que ya está jubilado y se ha trasladado a vivir al sur. Según los datos incluidos en el registro del juzgado a los que he tenido acceso, Price era soltero y, en el momento en que le fue concedida la licencia, trabajaba en una empresa de compraventa de oro y plata llamada Finklestein's, en el distrito de Columbia. ¿Y a que no saben una cosa? Finklestein's ya no existe.

—¿Y qué dice su historial como conductor? —inquirió Wesley sin dejar de escribir.

—No tiene multas. Tiene un BMW del ochenta y nueve a su nombre, vive en un apartamento del distrito de Columbia cerca de Dupont Circle, adonde se mudó el invierno pasado. En el contrato de alquiler que me han mostrado en la oficina del administrador consta que trabaja por cuenta propia. Tengo que ir a Hacienda para que me muestren los datos de sus declaraciones de renta correspondientes a los últimos cinco años.

—¿Y si fuera un investigador privado? —dije yo.

—En el distrito de Columbia, no —contestó Marino.

Wesley levantó la vista y me dijo:

—Alguien le contrató. Aún no sabemos con qué propósito. Es evidente que fracasó en su misión. Quienquiera que esté detrás de todo ello podría volver a intentarlo. No quisiera que se tropezara usted con el próximo, Kay.

—¿Sería una perogrullada decir que yo tampoco?

—Lo que quiero decirle —añadió Wesley en tono de progenitor que no se anda con pamplinas— es que debe usted evitar colocarse en situaciones en las que pueda ser vulnerable. Por ejemplo, no me parece muy buena idea que esté usted en su despacho cuando no hay nadie más en el edificio. Y no me refiero exclusivamente a los fines de semana. Si usted trabaja hasta las seis o las siete de la tarde cuando todo el mundo ya se ha ido a casa, no conviene que se dirija a un parking a oscuras para recoger su automóvil. ¿No podría marcharse a las cinco, cuando hay muchos ojos y oídos a su alrededor?

—Lo tendré en cuenta —dije.

—En caso de que tenga que marcharse más tarde, Kay, avise al guarda de seguridad y dígale que la acompañe hasta su automóvil —añadió Wesley.

—Qué demonios, llámeme a mí si quiere —se ofreció amablemente Marino—. Tiene usted el número de mi buscapersonas. Si yo no estoy disponible, dígale al operador de comunicaciones que le envíe un vehículo.

«Muy bien —pensé—. Y, a lo mejor, con un poco de suerte, volveré a casa a las doce de la noche.»

—Tenga muchísimo cuidado —dijo Wesley, mirándome con dureza—. Dejando aparte las teorías, dos personas han sido asesinadas. El asesino todavía anda suelto. La naturaleza de las víctimas y los móviles son lo suficientemente extraños como para que cualquier cosa se considere posible.

Sus palabras afloraron varias veces en mi mente mientras regresaba a casa. Cuando cualquier cosa es posible, nada es imposible. Uno más uno no es igual a tres. ¿O sí? La muerte de Sterling Harper no parecía pertenecer a la misma ecuación que las muertes de su hermano y de Beryl, pero ¿y si también perteneciera a ella?

—Me dijo usted que la señorita Harper no estaba en la ciudad la noche en que asesinaron a Beryl —le dije a Marino—. ¿Ha averiguado algo más a este respecto?

—No.

—Dondequiera que fuera, ¿cree que utilizó un automóvil?

—No. Los Harper sólo tenían el Rolls blanco y la noche en que asesinaron a Beryl lo usó el hermano.

—¿Lo sabe usted con certeza?

—He hecho indagaciones en la Culpeper's Tavern —contestó Marino—. Harper se presentó aquella tarde a la hora de costumbre. Llegó en su automóvil, como hacía siempre, y se fue sobre las seis y media.

A la luz de los recientes acontecimientos, dudo de que alguien se extrañara lo más mínimo cuando, en el transcurso de la reunión con mi equipo de colaboradores el lunes por la mañana, anuncié que había decidido tomarme mis vacaciones anuales.

Todo el mundo imaginó que mi encuentro con Jeb Price me había provocado tal tensión que necesitaba alejarme y hundir la cabeza en la arena durante algún tiempo para recuperar la calma. No le dije a nadie adónde iba porque no lo sabía. Me limité a marcharme, dejando a mi espalda un escritorio atestado de papeles y a una secretaria que lanzó en secreto un suspiro de alivio.

Regresé a casa y me pasé toda la mañana al teléfono, llamando a todas las líneas aéreas que prestaban servicio en el aeropuerto Byrd de Richmond, el más cómodo para Sterling Harper.

—Sí, ya sé que hay una penalización de un veinte por ciento —le dije al agente de reservas de la USAir—. Usted no me ha entendido. No pretendo cambiar el billete. Eso ocurrió hace varias semanas. Lo que yo quiero saber es si ella usó este vuelo.

—¿El billete no era para usted?

—No —contesté por tercera vez—. Estaba a su nombre.

—En tal caso, es ella la que tiene que ponerse en contacto con nosotros.

—Sterling Harper ha muerto —dije—. No puede ponerse en contacto con ustedes.

Una pausa de sorpresa.

—Murió repentinamente en torno a la fecha en que hubiera tenido que efectuar un viaje —expliqué—. Si fuera usted tan amable de comprobarlo en el ordenador...

La cosa se repitió hasta el extremo de que yo hubiera podido pronunciar las mismas frases sin pensar. En USAir no tenían nada y los ordenadores de Delta, United, American e Eastern tampoco encontraron nada. De los datos que obraban en poder de los agentes, se deducía que la señorita Harper no había tomado ningún vuelo desde Richmond durante la última semana de octubre en que Beryl Madison había sido asesinada. La señorita Harper tampoco había utilizado un automóvil. Yo dudaba de que hubiera tomado un autobús. Quedaba el tren.

Un agente del Amtrak llamado John me dijo que tenía el ordenador estropeado y me preguntó si me podía llamar él. Colgué el teléfono al oír que llamaban a la puerta.

Aún no era mediodía. La mañana era tan dulce y suave como una manzana otoñal. La luz del sol pintaba unos blancos rectángulos en mi salón y parpadeaba en el parabrisas de un desconocido sedán Mazda de color plateado estacionado en mi calzada particular. El pálido y rubio joven que yo observé a través de la mirilla permanecía de pie con la cabeza inclinada y el cuello de una chaqueta de cuero subido hasta las orejas. El Ruger me pesaba en la mano, por lo que me lo guardé en el bolsillo de la chaqueta mientras descorría el pestillo de seguridad. No le reconocí hasta que le vi cara a cara.

—¿Doctora Scarpetta? —preguntó nerviosamente.

No hice ademán de franquearle el paso. Mantuve la mano derecha en el bolsillo, sujetando fuertemente la culata del revólver.

—Le ruego que me perdone por presentarme de esta manera en su casa —dijo—. Llamé a su despacho y me dijeron que se había ido de vacaciones. Encontré su número en la guía, pero el teléfono comunicaba constantemente. Deduje que estaba en casa y, la verdad, tenía que hablar con usted. ¿Me permite pasar?

Parecía más inofensivo en persona que en la cinta de vídeo que Marino me había mostrado.

—¿De qué se trata? —pregunté con firmeza.

—De Beryl Madison, quiero hablarle de ella —contestó—. Ah, bueno, me llamo Al Hunt. No la entretendré mucho rato, se lo prometo.

Me aparté a un lado para que entrara. Su rostro palideció como el alabastro cuando se sentó en el sofá de mi salón y clavó fugazmente los ojos en la culata del revólver que asomó por mi bolsillo en el momento de sentarme en un sillón orejero a una distancia prudencial.

—¿Va usted armada? —preguntó.

—Sí —contesté.

—No me gustan las armas.

—No son muy agradables —convine.

—No, señora —dijo—. Mi padre me llevó a la caza del venado una vez. Cuando era pequeño. Alcanzó una cierva. Lloraba. La cierva lloraba tumbada de lado, lloraba. Yo jamás podría pegarle un tiro a nada.

—¿Conocía usted a Beryl Madison? —le pregunté.

—La policía... la policía me ha hablado de ella —contestó tartamudeando—. Un teniente. Marino, el teniente Marino. Se presentó en el túnel de lavado de coches donde yo trabajo, habló conmigo y después me pidió que lo acompañara a jefatura. Estuvimos hablando mucho rato. Ella solía llevar su automóvil a nuestro establecimiento. Así la conocí.

Mientras el chico hablaba, no pude evitar preguntarme qué colores debía de «irradiar» yo. ¿Azul acero? ¿Algo de rojo porque estaba alarmada y procuraba disimularlo? Estuve tentada de ordenarle que se largara. Consideré la posibilidad de llamar a la policía. No podía creer que estuviera sentado en mi casa y puede que su audacia por una parte y mi perplejidad por la otra me impidieran tomar una determinación.

—Señor Hunt... —le interrumpí.

—Por favor, llámeme Al.

—Muy bien, pues, Al —dije—. ¿Por qué quería usted verme? Si tiene alguna información, ¿por qué no habla con el teniente Marino?

El rubor le subió a las mejillas mientras se miraba tímidamente las manos.

—Lo que tengo que decir no se incluye en la categoría de información policial —contestó—. Pensé que usted lo comprendería.

—¿Y por qué lo pensó? Usted no me conoce —dije.

—Usted se encargó del caso de Beryl. Por regla general, las mujeres son más intuitivas y compasivas que los hombres —contestó.

Puede que la cosa fuera así de sencilla. Puede que Hunt hubiera acudido a mí porque creía que yo no le humillaría. Me miró con una expresión dolida y desconsolada lindando casi con el pánico.

—¿Alguna vez ha sabido usted una cosa con toda certeza aunque no existiera ninguna prueba que pudiera confirmar su creencia, doctora Scarpetta?

—Yo no soy adivina, si es lo que me pregunta —repliqué.

—Habla como una científica.

—Es que soy una científica.

—Pero ha tenido esa sensación —insistió, mirándome con desesperación—. Usted sabe muy bien a qué me refiero, ¿verdad?

—Sí —contesté—. Sé a qué se refiere, Al.

Me pareció que lanzaba un suspiro de alivio. Después respiró hondo y añadió:

—Yo sé cosas, doctora Scarpetta. Sé quién asesinó a Beryl.

No reaccioné en absoluto.

—Le conozco, sé lo que piensa y siente y por qué lo hizo

—dijo sin la menor emoción en la voz—. Si se lo digo, tiene que prometerme que tratará lo que yo le diga con sumo cuidado, lo analizará muy en serio y no... bueno, no quiero que corra a comunicárselo a la policía. Ellos no lo comprenderían. Usted lo entiende, ¿verdad?

—Analizaré con mucho cuidado lo que usted me diga —contesté.

Se inclinó hacia delante y se encendió un fulgor en los ojos de aquel pálido rostro de figura de El Greco. Acerqué instintivamente la mano derecha al bolsillo. Noté la pieza de goma de la culata del revólver contra la palma de mi mano.

—La policía no lo comprende —dijo el joven—. No es capaz de comprenderme. El motivo de que dejara la psicología, por ejemplo. Eso la policía no lo entiende. Tengo el título, ¿sabe? ¿Y qué? Trabajé como enfermero y ahora trabajo en un túnel de lavado de automóviles. Usted no cree que la policía lo pueda comprender, ¿verdad?

No dije nada.

—Cuando era pequeño soñaba con ser psicólogo o asistente social, tal vez incluso psiquiatra —añadió—. Me parecía lo más natural. Era lo que hubiera tenido que ser, mis inclinaciones me llevaban por ese camino.

—Pero no lo es —dije—. ¿Por qué?

—Porque me hubiera destruido —contestó, apartando los ojos—. No puedo controlar lo que me ocurre. Me identifico tanto con los problemas e idiosincrasias de los demás que la persona que hay en mí se pierde y se ahoga. No me di cuenta de lo dramático que es eso hasta que trabajé algún tiempo en una unidad penitenciaria. De delincuentes con deficiencias mentales. Formaba parte de mi investigación con vistas a la tesis. —El joven se estaba alterando por momentos—. Jamás lo olvidaré. Frankie. Frankie era un esquizofrénico paranoico. Golpeó a su madre con un tronco hasta matarla. Hice amistad con Frankie. Conseguí con mucho tiento que me relatara su vida hasta llegar a aquella tarde de invierno.

»—Frankie, Frankie —le dije—, ¿qué fue lo que ocurrió?

¿Qué fue lo que pulsó ese botón? ¿Recuerdas lo que pasó por tu mente y por tus nervios?

»Dijo que estaba sentado como siempre en su sillón delante de la chimenea contemplando las llamas cuando "ellos" empezaron a hablarle en susurros. Unos tremendos comentarios burlones. Entró su madre y le miró como siempre, pero esa vez él lo vio en sus ojos. Las voces gritaban tanto que ni siquiera le permitían pensar. De pronto se vio todo mojado y pegajoso y observó que su madre ya ni siquiera tenía cara. Se detuvo cuando las voces se callaron. Me pasé muchas noches sin poder dormir. Cada vez que cerraba los ojos, veía a Frankie llorando y cubierto con la sangre de su madre. Yo le comprendía. Comprendía lo que había hecho. Siempre que hablaba con alguien, siempre que me contaban algo, me ocurría lo mismo.

Permanecí sentada sin moverme, aparté a un lado mis poderes de imaginación y me revestí con los ropajes de la científica y de la médica.

—¿Ha experimentado usted alguna vez el impulso de matar a alguien, Al? —le pregunté.

—Todo el mundo lo ha experimentado en determinado momento —contestó, mirándome a los ojos.

—¿Todo el mundo? ¿De veras lo cree usted así?

—Sí. Todas las personas tienen esa capacidad. Absolutamente todas.

—¿A quién ha sentido usted deseos de matar? —pregunté.

—No tengo ninguna arma de fuego ni ninguna otra cosa... digamos peligrosa —contestó—. Porque no quiero ceder jamás a un impulso. En cuanto te imaginas a ti mismo haciendo una cosa, en cuanto estableces una relación con el mecanismo que se oculta detrás de una acción, se entreabre la puerta y puede ocurrir. Prácticamente todos los acontecimientos horripilantes que ocurren en este mundo se concibieron primero en la mente. No somos ni buenos ni malos —añadió con trémula voz—. Incluso las personas catalogadas como locas tienen sus razones para hacer lo que hacen.

—¿Cuál fue la razón que se ocultaba detrás de lo que le ocurrió a Beryl? —pregunté.

Mis pensamientos eran precisos y habían sido claramente expresados y, sin embargo, experimenté un mareo por dentro mientras trataba de bloquear las imágenes: las negras manchas de las paredes, las cuchilladas que se concentraban en la zona del pecho, los libros cuidadosamente ordenados en los estantes de la biblioteca a la espera de que alguien los leyera.

—La persona que lo hizo la quería mucho —dijo.

—Fue una manera un tanto brutal de demostrárselo, ¿no le parece?

—El amor puede ser brutal.

—¿Usted la amaba?

—Nos parecíamos mucho.

—¿En qué sentido?

—No estábamos sincronizados con el mundo que nos rodeaba —contestó Al, estudiándose de nuevo las manos—. Solos, sensibles e incomprendidos. Y eso hacía que Beryl pareciera una persona distante, muy recelosa e inaccesible. No sé nada de ella... quiero decir que nadie me ha contado jamás nada sobre ella. Pero yo intuía el ser que se ocultaba en su interior. Intuía que sabía quién era y lo que valía. Pero estaba furiosa por el precio que tenía que pagar a cambio del hecho de ser distinta. Estaba herida. No sé por qué. Algo le había hecho daño. Eso me inducía a desear cuidar de ella. Quería ayudarla porque sabía que la comprendería.

—¿Y por qué no la ayudó? —pregunté.

—Las circunstancias no eran idóneas. Tal vez si la hubiera conocido en otro lugar... —contestó.

—Hábleme de la persona que le hizo eso, Al —dije—. ¿Cree usted que él la hubiera podido ayudar si las circunstancias hubieran sido idóneas?

—No.

—¿No?

—Las circunstancias jamás hubieran sido idóneas porque él es un inepto y lo sabe —contestó Hunt.

Su repentina transformación me desconcertó. Ahora era un psicólogo. Su voz sonaba más tranquila. Estaba tratando de concentrarse y mantenía las manos fuertemente entrelazadas sobre las rodillas.

—Él tiene muy mala opinión de sí mismo —estaba diciendo— y no puede expresar sus sentimientos de una manera constructiva. La atracción se convierte en obsesión y el amor se convierte en algo patológico. Cuando ama, tiene que poseer porque se siente inseguro e indigno y se siente fácilmente amenazado. Cuando su amor secreto no es correspondido, se obsesiona cada vez más. Y eso limita su capacidad de reacción y de actuación. Es como Frankie cuando oía las voces. Algo le empuja sin que él pueda evitarlo. Pierde el control.

—¿Es inteligente? —pregunté.

—Bastante.

—¿Qué nivel de instrucción tiene?

—Sus problemas son tan graves que no puede actuar en la medida en que su preparación intelectual le permitiría hacerlo.

—¿Por qué ella? —pregunté—. ¿Por qué eligió a Beryl Madison?

—Tiene la libertad y la fama de que él carece —contestó Hunt con los ojos empañados—. Cree que se siente atraído por ella, pero hay algo más. Quiere poseer las cualidades de las que él carece. Quiere poseerla en el sentido de que quiere ser ella.

—Entonces, ¿me está usted diciendo que conocía a Beryl como escritora? —pregunté.

—Pocas cosas se le escapan. De la manera que fuese, descubrió que ella era escritora. Sabía tantas cosas sobre ella que, en cuanto hubiera comenzado a hablar con él, Beryl se habría sentido terriblemente mancillada y profundamente asustada.

—Hábleme de aquella noche —dije—. ¿Qué ocurrió la noche en que ella murió, Al?

—Yo sólo sé lo que he leído en los periódicos.

—¿Y qué ha deducido a través de lo que han publicado los periódicos? —pregunté.

—Ella estaba en casa —contestó con la mirada perdida en el espacio—. Y ya era bastante tarde cuando él se presentó en su puerta. Lo más probable es que ella le franqueara la entrada. En determinado momento poco antes de la medianoche, él abandonó la casa y la alarma se disparó. La mataron a puñaladas. Se insinuó que había sido una agresión de tipo sexual. Eso es todo lo que leí.

—¿Tiene usted alguna teoría sobre lo que pudo ocurrir? —pregunté en un susurro—. ¿Alguna conjetura que vaya más allá de lo que ha leído?

Al se inclinó hacia delante en su asiento y su actitud volvió a experimentar un cambio espectacular. Se le llenaron los ojos de emoción y le empezaron a temblar los labios.

—Veo escenas en mi mente —dijo.

—¿Como cuáles?

—Cosas que no quisiera decirle a la policía.

—Yo no soy la policía —dije.

—Ellos no lo comprenderían —añadió—. Son cosas que veo y siento sin tener ningún motivo para saberlas. Es como lo de Frankie. —Parpadeó para reprimir las lágrimas—. Como lo de los otros. Yo veía y comprendía lo que había ocurrido aunque no siempre me facilitaran todos los detalles. Sin embargo, los detalles no siempre son necesarios. En la mayoría de los casos no se conocen. Y usted sabe por qué, ¿verdad?

—No estoy segura...

—¡Porque los Frankie de este mundo tampoco conocen los detalles! Es como un grave accidente que uno no puede recordar. La consciencia se recupera como si uno despertara de una pesadilla y contemplara los destrozos. La madre que se ha quedado sin cara. O una Beryl muerta y ensangrentada. Los Frankie se despiertan cuando echan a correr o cuando un agente de policía a quien no recuerdan haber llamado se presenta en la casa.

—¿Me está usted diciendo que el asesino de Beryl no recuerda exactamente lo que hizo? —pregunté cautelosamente.

El joven asintió con la cabeza.

—¿Está usted seguro?

—El más experto psiquiatra se podría pasar un millón de años interrogándole y jamás conseguiría obtener un relato preciso de lo que ocurrió —contestó Hunt—. La verdad jamás se sabrá. Tiene que recrearse y, en cierta medida, deducirse.

—Que es lo que usted ha hecho. Recrear y deducir —dije.

Respiraba afanosamente y le temblaba el húmedo labio inferior...

—¿Quiere que le diga lo que veo?

—Sí —contesté.

—Había transcurrido mucho tiempo desde su primer contacto con ella. Pero ella no había reparado en él como persona aunque quizá le hubiera visto alguna vez en alguna parte... le había visto sin tener ni idea. La frustración y la obsesión lo llevaron hasta su puerta. Algo se disparó en su interior y le hizo experimentar la apremiante necesidad de enfrentarse a ella.

—¿Qué fue? —pregunté—. ¿Qué es lo que se disparó?

—No lo sé.

—¿Qué sintió cuando decidió ir a verla?

—Rabia —contestó Hunt, cerrando los ojos—. Rabia porque no conseguía que las cosas le salieran como él quería.

—¿Rabia porque no podía mantener una relación con Beryl? —pregunté.

Con los ojos todavía cerrados, Hunt sacudió lentamente la cabeza de uno a otro lado y contestó:

—No. Puede que pareciera eso a primera vista. Pero la raíz era mucho más profunda. Rabia porque nada salió como él quería al principio.

—¿Cuando era pequeño? —pregunté.

—Sí.

—¿Sufrió malos tratos?

—Emocionalmente, sí —contestó Hunt.

—¿Por parte de quién?

Sin abrir los ojos, Hunt contestó:

—De su madre. Al matar a Beryl, mató a su madre.

—¿Estudia usted libros de psiquiatría forense, Al? ¿Lee cosas de este tipo? —pregunté.

Abrió los ojos como si no hubiera oído mi pregunta.

—Tiene usted que comprender la cantidad de veces que había imaginado aquel momento —añadió con vehemencia—. No fue una cosa impulsiva en el sentido de que corrió a la casa de Beryl sin premeditación. La elección del momento puede que obedeciera a un impulso, pero el método había sido planeado meticulosamente hasta el mínimo detalle. De ninguna manera podía permitirse correr el riesgo de que ella se alarmara y le negara la entrada en su casa. En tal caso, ella hubiera llamado a la policía y hubiera facilitado una descripción. Aunque no lo hubieran atrapado, le habrían arrancado la máscara y ya jamás hubiera podido acercarse a ella. Había urdido un plan que no podía fallar y que no despertaría ningún recelo en Beryl. Cuando se presentó aquella noche en su puerta, inspiraba confianza. Y ella le franqueó la entrada.

Yo veía mentalmente al hombre en el vestíbulo de Beryl, pero no podía ver su rostro ni el color de su cabello, sólo una borrosa figura y el brillo de la larga hoja de acero mientras entraba con el arma que posteriormente utilizaría para matarla.

—Aquí es cuando la cosa empezó a torcerse —prosiguió diciendo Hunt—. No recuerda lo que ocurrió a continuación. El pánico y el terror de Beryl no son agradables para él. No había pensado demasiado en aquella parte del ritual. Cuando ella corrió y trató de huir, y él vio el pánico reflejado en sus ojos, comprendió plenamente que ella le rechazaba. Se dio cuenta de que estaba haciendo una cosa horrible, y el desprecio que sentía por sí mismo lo tradujo en desprecio hacia ella. Cólera. Rápidamente perdió el control que ejercía sobre ella mientras él quedaba reducido a lo más bajo que se puede llegar. Un asesino. Un destructor. Un insensato salvaje que desgarraba, cortaba e infligía dolor. Los gritos y la sangre de Beryl fueron horribles para él. Cuanto más hería y desfiguraba aquel templo que él había adorado durante tanto tiempo, tanto menos podía soportar la contemplación de lo que estaba haciendo. —Me miró, pero yo no vi nada en sus ojos. En su rostro no se reflejaba la menor emoción cuando me preguntó—: ¿Entiende todo esto que le estoy contando, doctora Scarpetta?

—Le escucho —me limité a responder.

—Él está en todos nosotros —dijo.

—¿Siente remordimiento, Al?

—Está por encima de eso —contestó—. No creo que se sienta a gusto con lo que hizo o que tan siquiera se dé cuenta de lo que hizo. Le quedaron unos sentimientos confusos. En su mente, no quería dejarla morir. Se hace preguntas sobre ello, rememora sus contactos con ella y en sus fantasías cree que su relación con ella fue la más profunda que puede haber, puesto que ella pensó en él cuando exhaló el último suspiro y ésta es la máxima intimidad que puede darse con otro ser humano. Sueña que ella sigue pensando en él más allá de la muerte. Pero la parte racional de su personalidad se siente insatisfecha y frustrada. Nadie puede pertenecer por completo a otra persona y eso es lo que ahora está empezando a descubrir.

—¿Qué quiere usted decir? —pregunté.

—Su acto no podía producir de ninguna manera el efecto deseado —contestó Hunt—. No está seguro de la intimidad... de la misma manera que nunca estuvo seguro de la intimidad con su madre. Otra vez la desconfianza. Y, además, ahora hay otras personas que tienen una razón más justificada que él para mantener una relación con Beryl.

—¿Como quiénes?

—La policía. —Sus ojos se clavaron en mí—. Y usted.

—¿Porque estamos investigando su asesinato? —pregunté mientras un estremecimiento me recorría la columna vertebral.

—Sí.

—¿Porque ella se ha convertido en objeto de preocupación para nosotros y nuestra relación con ella es más pública que la del asesino?

—Sí.

—Y eso, ¿adónde nos lleva? —pregunté.

—Cary Harper ha muerto.

—¿Él ha matado a Harper?

—Sí.

—¿Por qué? —inquirí, encendiendo nerviosamente un cigarrillo.

—Lo que le hizo a Beryl fue un acto de amor —contestó Hunt—. Lo que le hizo a Harper fue un acto de odio. Ahora está hundido en el odio. Cualquiera que esté relacionado con Beryl corre peligro. Eso es lo que yo quería decirle al teniente Marino, el policía. Pero comprendí que no serviría de nada. Él... ellos pensarían que me faltaba un tornillo.

—¿Quién es? —pregunté—. ¿Quién mató a Beryl?

Al Hunt se desplazó hacia el borde del sofá y se frotó el rostro con las manos. Cuando levantó la vista, tenía las mejillas enrojecidas.

—Jim Jim —contestó en un susurro.

—¿Jim Jim? —pregunté, perpleja.

—No lo sé —contestó él, con la voz quebrada por la emoción—. Oigo constantemente este nombre en mi cabeza, lo oigo una y otra vez...

Permanecí sentada sin moverme.

—Hace mucho tiempo, cuando estaba en el hospital Valhalla —dijo.

—¿En la unidad forense? —pregunté, interrumpiéndole—. ¿Acaso este Jim Jim era un paciente cuando usted estuvo allí?

—No estoy seguro. —Las emociones se estaban condensando en sus ojos como una tormenta—. Oigo su nombre y veo aquel lugar. Mis pensamientos regresan a los recuerdos más oscuros. Y tengo la sensación de que me deslizo por un desagüe. Hace mucho tiempo. Muchas cosas se han borrado. Jim. Jim. Jim. Jim. Como el traqueteo de un tren. El sonido no cesa. Me duele la cabeza de tanto oírlo.

—¿Cuándo fue? —pregunté.

—Hace diez años —gritó.

Comprendí que Hunt no hubiera podido estar preparando una tesis de licenciatura por aquel entonces. Aún no habría cumplido los veinte años.

—Al —dije—, usted no estaba haciendo investigación en la unidad forense. Entonces, era un paciente, ¿verdad?

Hunt se cubrió el rostro con las manos y rompió a llorar. Cuando finalmente logró sobreponerse, se negó a seguir hablando. Estaba visiblemente trastornado, musitó que se le hacía tarde para una cita y prácticamente salió corriendo. El corazón me galopaba en el pecho y no quería detenerse. Me preparé una taza de café y empecé a pasear por la cocina sin saber qué hacer. Me sobresalté al oír sonar el teléfono.

—Kay Scarpetta, por favor.

—Al habla.

—Soy John, de Amtrack. Al final he obtenido la información que me había pedido, señora. Vamos a ver... Sterling Harper tenía un billete de ida y vuelta en *El Virginiano* para el 27 de octubre con regreso el 31. Según mis datos, subió a aquel tren o, por lo menos, subió alguien que tenía su billete. ¿Quiere que le diga las horas?

—Sí, por favor —contesté, dispuesta a anotarlas—. ¿Qué estaciones?

—Origen Fredencksburg, destino Baltimore —contestó el empleado.

Intenté llamar a Marino. Estaba en la calle. Ya era de noche cuando devolvió mi llamada y me comunicó al mismo tiempo una noticia.

—¿Quiere que vaya? —pregunté anonadada.

—No veo la necesidad —contestó Marino—. Lo que hizo está muy claro. Dejó una nota escrita y se la prendió en los calzoncillos. Decía que lo sentía mucho, pero que ya no podía resistirlo por más tiempo. Eso es todo, más o menos. No hay nada sospechoso en el escenario de los hechos. Ya nos vamos. El doctor Coleman está aquí —añadió, refiriéndose a uno de mis forenses locales.

Poco después de abandonar mi casa, Al Hunt se había dirigido en su automóvil a la suya, un edificio de ladrillo de estilo colonial en Ginter Park, donde vivía en compañía de sus padres. En el estudio de su padre tomó un bloc de notas y una pluma. Bajó al sótano y se quitó el estrecho cinturón de cuero negro que llevaba. Dejó los zapatos y los pantalones en el suelo. Cuando su madre bajó más tarde para colocar una carga de ropa en la lavadora, encontró a su único hijo colgando de una tubería en el lavadero.

11

Una gélida lluvia empezó a caer pasada la medianoche. A la mañana siguiente, el mundo parecía de cristal. El sábado me quedé en casa y mi conversación con Al Hunt irrumpió repentinamente en el ámbito de mis pensamientos privados como el hielo que crujía sobre la tierra más allá de mi ventana. Me sentía culpable. Como todos los mortales que alguna vez han estado en contacto con un suicidio, sustentaba la engañosa creencia de que hubiera podido hacer algo para impedirlo.

Añadí tristemente su nombre a la lista. Cuatro personas habían muerto. Dos de las muertes eran unos homicidios evidentes, dos no lo eran y, sin embargo, los cuatro casos estaban en cierto modo relacionados. Relacionados tal vez por un brillante hilo de color anaranjado. El sábado y el domingo trabajé en el despacho de mi casa porque mi despacho oficial me hubiera hecho recordar que ya no me sentía al frente del departamento... y, de hecho, ya no me sentía necesaria. Las tareas seguían adelante sin mí. La gente se ponía en contacto conmigo para decirme algo y después se moría. Respetados colegas como el fiscal general me pedían respuestas y yo no tenía nada que ofrecerles.

Traté de luchar de la única y débil manera que sabía. Me senté delante de mi ordenador doméstico, tecleando notas sobre los casos y consultando textos de referencia. Y efectué numerosas llamadas telefónicas.

No volví a ver a Marino hasta que ambos nos reunimos en la estación de ferrocarril de Staples Mill Road el lunes por la

mañana. Pasamos entre dos trenes a punto de salir cuyas loco-
motoras en marcha calentaban la gélida atmósfera invernal y
despedían un fuerte olor a combustible. Encontramos asiento
en la parte de atrás de nuestro tren y reanudamos la conversación iniciada en la estación.

—El doctor Masterson no estuvo muy locuaz que digamos
—dije, refiriéndome al psiquiatra de Hunt, mientras depositaba cuidadosamente en el suelo la bolsa de compra que llevaba—. Pero tengo la sospecha de que recuerda a Hunt con
mucha más claridad de lo que quiere dar a entender.

¿Por qué sería que siempre me tocaba un asiento cuyo re-
posapiés no funcionaba?

Marino bostezó sin disimulo mientras bajaba el suyo, que,
como era de esperar, funcionaba de maravilla. No se ofreció a
cambiar de asiento conmigo. De haberlo hecho, yo hubiera
aceptado.

—O sea, que Hunt debía de tener unos dieciocho o diecinueve años cuando estuvo en el manicomio —comentó.

—Sí, estuvo en tratamiento por una severa depresión
—contesté.

—Ya me lo imagino.

—¿Qué quiere usted decir? —pregunté.

—Pues que esta clase de personas siempre están depri-
midas.

—¿Y qué clase sería según usted, Marino?

—Digamos que la palabra «marica» me pasó por la mente
más de una vez mientras hablaba con él —contestó.

La palabra «marica» pasaba por la mente de Marino más
de una vez siempre que hablaba con alguien que fuera distinto.

El tren se deslizó en silencio hacia delante como un barco
que se alejara del muelle.

—Ojalá hubiera usted grabado la conversación —añadió
Marino volviendo a bostezar.

—¿Con el doctor Masterson?

—No, con Hunt. Cuando estuvo en su casa.

—No serviría de nada y ya no tiene importancia —repliqué con cierta desazón.

—No sé. Me da la impresión de que el tío sabía muchísimo más. Ojalá se hubiera quedado entre nosotros un poco más de tiempo, como suele decirse.

Lo que Hunt había dicho en el salón de mi casa habría sido significativo si el joven hubiera estado vivo y no hubiera tenido tantas coartadas. La policía había registrado minuciosamente la casa de sus padres. No se había encontrado nada que pudiera relacionar a Hunt con los asesinatos de Beryl Madison y Cary Harper. Y, más concretamente, Hunt estuvo cenando con sus padres en su club de campo la noche de la muerte de Beryl y estaba en la ópera con sus padres cuando asesinaron a Harper. Se habían llevado a cabo las necesarias comprobaciones. Los padres de Hunt habían dicho la verdad.

El tren traqueteó, osciló y rugió mientras su silbido sonaba tristemente rumbo al norte.

—Lo de Beryl lo llevó al borde del precipicio —estaba diciendo Marino—. Si quiere que le diga mi opinión, se identificó tanto con el asesino que, al final, le entró miedo y prefirió despedirse y desaparecer antes que venirse abajo.

—Yo creo más bien que Beryl le volvió a abrir una antigua herida —repliqué—. Le recordó su incapacidad para establecer relaciones.

—Al parecer, él y el asesino estaban cortados por el mismo patrón. Ambos eran incapaces de establecer una relación con las mujeres. Ambos eran perdedores.

—Hunt no era violento.

—A lo mejor tenía esa tendencia y no podía soportarlo —dijo Marino.

—No sabemos quién mató a Beryl y a Harper —le recordé—. No sabemos si fue alguien como Hunt. No lo sabemos en absoluto y aún no tenemos ni idea de cuál fue el móvil del delito. El asesino hubiera podido ser fácilmente alguien como Jeb Price. O alguien llamado Jim Jim.

—Jim Jim, un cuerno —dijo Marino en tono sarcástico.

—Creo que no debiéramos descartar nada de momento, Marino.

—Por supuesto que no. Si tropieza usted con un Jim Jim que se graduó en el hospital Valhalla y ahora es un terrorista a ratos perdidos que anda por el mundo con fibras acrílicas de color anaranjado sobre su cuerpo, ya me avisará. —Repantigándose en su asiento y cerrando los ojos, Marino añadió—: Necesito unas vacaciones.

—Yo también —dije—. Necesito unas vacaciones para alejarme de usted.

La víspera, Benton Wesley me había llamado para hablar de Hunt y yo le había dicho adónde pensaba ir y por qué. Se mostró totalmente en contra de que fuera sola por considerarlo una imprudencia, imaginándose toda suerte de terroristas, Uzis y Glasers. Quiso que me acompañara Marino y puede que no me hubiera importado demasiado si la experiencia no hubiera constituido para mí un suplicio inaguantable. En el tren de las seis treinta y cinco de la mañana no había más asientos disponibles, por cuyo motivo Marino reservó plaza para los dos en uno que salía a las cuatro cuarenta y ocho de la madrugada. A las tres de la madrugada bajé a mi despacho del departamento para recoger la caja de poliestireno que ahora guardaba en la bolsa de compra. Me sentía físicamente castigada y la falta de sueño estaba alcanzando proporciones gigantescas. No sería necesario que los Jeb Price que pudieran andar sueltos por el mundo me liquidaran. Mi ángel guardián, Marino, les ahorraría la molestia. Otros pasajeros estaban durmiendo tras haber apagado las lámparas del techo. Cuando, poco después, atravesamos lentamente el centro de Ashland, me pregunté qué tal vivirían las personas que ocupaban las pulcras casitas blancas de madera de cara a las vías. Las ventanas estaban oscuras y unos desnudos mástiles de bandera nos saludaban desde los porches. Pasamos por delante de las soñolientas vidrieras de una barbería, una papelería y un banco y después el tren aceleró al rodear la curva del campus del Randolph-Macon College con sus edificios de estilo georgiano y sus heladas pistas de atletismo ocupadas a aquella temprana hora de la mañana por una hilera de multicolores trineos. Más allá de la ciudad se extendían los bosques y los yacimientos de arcilla roja. Me recliné en el respaldo del asiento, adormecida por el ritmo del tren. Cuanto más nos alejábamos de Richmond, tanto más me relajaba a pesar de no tener la menor intención de quedarme dormida.

No soñé, pero estuve inconsciente durante una hora. Cuando abrí los ojos, el alba ya había roto con sus tonos azulados y estábamos cruzando el arroyo Quantico. El agua era como de peltre bruñido y la luz se reflejaba en sus escarceos mientras algunas embarcaciones surcaban el agua. Pensé en Mark, en nuestra noche en Nueva York y en los tiempos pasados. No había tenido la menor noticia suya desde aquel último y críptico mensaje que me había dejado en el contestador. Me pregunté qué estaría haciendo y, sin embargo, temía saberlo.

Marino se incorporó y me miró con los ojos entornados y con cara de sueño. Ya era la hora del desayuno y de los cigarrillos, no necesariamente en aquel mismo orden.

El vagón restaurante estaba casi lleno de una clientela semicomatosa como la que solía haber en cualquier terminal de autobuses de Norteamérica, la cual parecía encontrarse allí perfectamente a sus anchas. Un joven dormitaba al compás de lo que le soltaban los auriculares que llevaba puestos. Una mujer de aire cansado sostenía en sus brazos a un niño de pecho. Una pareja de ancianos jugaba a las cartas. Encontramos una mesa en un rincón y yo encendí un cigarrillo mientras Marino iba a por el desayuno. Lo único positivo que podía decirse del bocadillo pre-envasado de huevo con jamón es que estaba calentito. El café tampoco estaba del todo mal.

Marino arrancó el celofán con los dientes y contempló la bolsa de compra que yo había colocado a mi lado en el asiento. Dentro estaba la caja de poliestireno con muestras del hígado de Sterling Harper y tubos que contenían la sangre y el contenido gástrico envueltos en hielo seco.

—¿Cuánto tardará en fundirse? —preguntó Marino.

—Llegaremos con tiempo suficiente, siempre y cuando no nos entretengamos —contesté.

—Hablando de tiempo, eso es precisamente lo que ahora nos sobra. ¿Le importa repetirme de nuevo toda esa mierda del jarabe contra la tos? Anoche, cuando me le contó, yo estaba medio dormido.

—Sí, tan medio dormido como esta mañana.

—¿Es que usted nunca se cansa?

—Estoy tan cansada, Marino, que ni siquiera estoy segura de si voy a vivir.

—Bueno, pues será mejor que viva. Porque, lo que es yo, no pienso entregar personalmente estas piezas y fragmentos —dijo Marino, alargando la mano hacia su taza de café.

Se lo expliqué con la deliberada lentitud de una conferencia grabada en una cinta.

—La sustancia activa del antitusígeno que encontramos en el cuarto de baño de la señorita Harper es el dextrometorfano, un análogo de la codeína. El dextrometorfano es inofensivo a no ser que se ingiera una dosis masiva. Es el d-isómero de un compuesto cuyo nombre no significaría nada para usted...

—Ah, ¿no? ¿Y cómo sabe usted que no significará nada para mí?

—Tres-metoxi-N-metilmorfinano.

—Tenía usted razón. No significa nada para mí.

—Hay otra sustancia que es el l-isómero del mismo compuesto del cual el dextrometorfano es el d-isómero —proseguí diciendo—. El l-isómero es el l-metorfano, un potente narcótico cinco veces más fuerte que la morfina. La única diferencia entre ambas sustancias desde el punto de vista de su detección es que, examinadas a través de un aparato óptico giratorio llamado polarímetro, el dextrometorfano hace virar la luz a la derecha, mientras que el levometorfano la hace virar a la izquierda.

—En otras palabras, sin ese aparato no se puede establecer la diferencia entre ambas sustancias —dijo Marino.

—En los análisis toxicológicos de rutina, no —contesté—. El levometorfano se presenta como dextrometorfano porque los componentes son los mismos. La única diferencia discernible es la de que hacen virar la luz en direcciones contrarias, de la misma manera que la d-sacarosa y la l-sacarosa hacen virar la luz en direcciones contrarias, a pesar de que ambas sean estructuralmente el mismo disacárido. La d-sacarosa es el azúcar de mesa. La l-sacarosa no tiene ningún valor nutritivo para los seres humanos.

—Me parece que no acabo de entenderlo —dijo Marino, frotándose los ojos—. ¿Cómo pueden ser unas sustancias iguales, pero distintas?

—Imagine que el dextrometorfano y el levometorfano son hermanos gemelos —dije—. No son una misma persona, por así decirlo, pero parecen iguales, sólo que uno usa la mano derecha y el otro es zurdo. Uno es inofensivo y el otro es lo bastante fuerte como para matar. ¿Le vale esta explicación?

—Sí, creo que sí. Bueno, pues, ¿qué cantidad de ese levometorfano hubiera necesitado la señorita Harper para suicidarse?

—Probablemente treinta miligramos hubieran sido suficientes. En otras palabras, quince comprimidos de dos miligramos —contesté.

—¿Y entonces qué, suponiendo que los hubiera tomado?

—Se hubiera sumido rápidamente en una narcosis profunda y hubiera muerto.

—¿Y usted cree que ella podía saber eso de los isómeros?

—Podría ser —contesté—. Sabemos que padecía cáncer y sospechamos también que quiso ocultar su suicidio, lo cual explica tal vez la presencia de un plástico fundido en la chimenea y las cenizas de lo que quemó poco antes de morir. Es posible que dejara deliberadamente a la vista el frasco de jarabe para la tos para despistarnos. Tras haber visto el frasco, no me extrañó la presencia de dextrometorfano en su análisis toxicológico.

La señorita Harper no tenía parientes vivos, sus amistades eran muy escasas, si es que tenía alguna, y no daba la impresión de ser una persona que viajara con frecuencia. Tras descubrir que había viajado recientemente a Baltimore, lo primero que se me ocurrió fue la Universidad Johns Hopkins, en la cual está encuadrada una de las mejores clínicas oncológicas del mundo. Dos rápidas llamadas me confirmaron que la señorita Harper había visitado periódicamente la Hopkins para que le efectuaran análisis de sangre y médula, cosas ambas relacionadas con una enfermedad que, evidentemente, ella había mantenido en secreto. Cuando me comunicaron la medicación que tomaba, las piezas del rompecabezas empezaron a encajar de inmediato en mi mente. Los laboratorios de mi departamento no disponían de ningún polarímetro ni de ningún otro medio para detectar la presencia del levometorfano. El doctor Ismail de la Hopkins había prometido ayudarme, siempre y cuando yo le facilitara las necesarias muestras.

Todavía no eran las siete de la mañana y ya nos estábamos acercando a los límites exteriores del Distrito Federal. Los bosques y los pantanos se sucedieron en el paisaje hasta que, de pronto, apareció la ciudad y vimos el blanco monumento a Jefferson a través de una brecha entre los árboles. Los altos edificios comerciales estaban tan cerca que pude ver incluso plantas de interior y pantallas de lámparas a través de sus ventanas impecablemente limpias antes de que el tren se escondiera bajo tierra como un topo y prosiguiera ciegamente su avance por debajo del Mall.

Encontramos al doctor Ismail en el laboratorio de farmacología de la clínica oncológica. Abriendo la bolsa de compra, deposité la pequeña caja de poliestireno encima de su escritorio.

—¿Son las muestras de que hablamos? —me preguntó con una sonrisa.

—Sí —contesté—. Supongo que estarán todavía congeladas. Hemos venido directamente aquí desde la estación.

—Si las concentraciones son buenas, podré tener una respuesta para usted dentro de uno o dos días —me dijo.

—¿Qué va usted a hacer exactamente? —preguntó Marino, contemplando el laboratorio, cuyo aspecto era como el de todos los laboratorios que yo había visto.

—En realidad, es muy sencillo —contestó pacientemente el doctor Ismail—. Primero haré un extracto de la muestra gástrica. Ésa será la parte más larga y laboriosa del análisis. Una vez hecho esto, colocaré el extracto en el polarímetro que, por cierto, se parece mucho a un telescopio. Lo que ocurre es que tiene unas lentes giratorias. Miraré a través del ocular y haré girar la lente a la izquierda y a la derecha. Si la sustancia en cuestión es el dextrometorfano, hará virar la luz hacia la derecha, lo cual quiere decir que la luz de mi campo adquirirá una mayor intensidad cuando yo haga girar la lente hacia la derecha. En caso de que sea levometorfano, ocurrirá lo contrario.

El doctor Ismail añadió que el levometorfano era un analgésico muy eficaz que prácticamente sólo se recetaba en los casos de enfermos terminales de cáncer. Puesto que la sustancia había sido desarrollada allí, el médico tenía una lista de todos los pacientes de la Hopkins que la estaban tomando. Su propósito era establecer su eficacia terapéutica. Por suerte para nosotros, tenía un registro de los tratamientos seguidos por la señorita Harper.

—Venía cada dos meses para los análisis de sangre y médula y, en cada visita, se le facilitaban unos doscientos cincuenta comprimidos de dos miligramos —dijo el doctor Ismail, alisando las páginas de un voluminoso registro—. Vamos a ver... Su última visita fue el 28 de octubre. Le hubieran tenido que quedar por lo menos de setenta y cinco a cien comprimidos.

—No los encontramos —dijo Marino.

—Lástima. —Los negros ojos del doctor Ismail nos miraron con expresión entristecida—. El tratamiento iba muy bien. Una mujer encantadora. Siempre era un placer para mí verlas a ella y a su hija.

Tras un instante de sorprendido silencio, pregunté:

—¿Su hija?

—Supongo que era su hija. Una joven rubia...

Marino interrumpió sus palabras.

—¿Acompañaba a la señorita Harper la última vez, el último fin de semana de octubre?

El doctor Ismail frunció el ceño diciendo:

—No, no recuerdo haberla visto entonces. La señorita Harper vino sola.

—¿Cuántos años llevaba la señorita Harper viniendo a esta clínica? —pregunté.

—Tendré que sacar su historia. Pero sé que eran varios. Por lo menos dos.

—Ya. Y su hija, la joven rubia, ¿la acompañaba siempre? —pregunté.

—No tan a menudo como al principio —contestó el doctor Ismail—. Pero a lo largo de este año acompañó a la señorita Harper en todas sus visitas menos el último fin de semana de octubre y quizá la visita anterior. Me causaba una impresión muy favorable. Cuando uno está gravemente enfermo, no sé, es bonito contar con el apoyo de la familia.

—¿Dónde se alojaba la señorita Harper durante sus estancias aquí? —preguntó Marino, volviendo a contraer los músculos de la mandíbula.

—Casi todos los pacientes se hospedan en hoteles de la zona. Pero a la señorita Harper le gustaba el puerto —contestó el doctor Ismail.

La tensión y la falta de sueño me impedían reaccionar con rapidez.

—¿No sabe en qué hotel? —insistió Marino.

—No, no tengo ni idea...

De pronto empecé a ver las imágenes de los fragmentos de palabras mecanografiadas en la fina película de blanca ceniza.

—¿Me permite consultar su guía telefónica, por favor? —dije, interrumpiendo al doctor Ismail y a Marino.

Quince minutos más tarde, Marino y yo estábamos en la calle, buscando un taxi. Lucía el sol, pero hacía frío.

—Maldita sea —repitió Marino—, espero que tenga usted razón.

—En seguida lo averiguaremos —dije en tono muy tenso.

En las páginas comerciales de la guía telefónica figuraba un hotel llamado Harbor Court. *bor Co, bor Co.* Las pequeñas letras negras de los restos de papel quemado bailaban incesantemente en mi mente. El hotel era uno de los más lujosos de la ciudad y se encontraba directamente enfrente de Harbor Place.

—Le voy a decir lo que no entiendo —añadió Marino mientras otro taxi pasaba por delante de nosotros sin detenerse—. ¿Por qué tomarse tantas molestias? La señorita Harper se suicidó, ¿no? ¿Por qué se tomó la molestia de hacerlo de una manera tan misteriosa? ¿No le parece que eso no tiene sentido?

—Era una mujer orgullosa. Probablemente para ella el suicidio era un acto vergonzoso. Quizá no quería que nadie lo supiera y, a lo mejor, decidió quitarse la vida mientras yo estaba en su casa.

—¿Por qué?

—Quizá porque no quería que encontraran su cuerpo una semana más tarde.

El tráfico era tremendo y yo estaba empezando a preguntarme si tendríamos que ir andando hasta el puerto.

—¿Y de veras cree usted que ella sabía todo este lío de los isómeros?

—Creo que sí —contesté.

—¿Cómo es posible?

—Porque ella quería morir con dignidad, Marino. Puede que llevara algún tiempo planeando el suicidio en caso de que la leucemia se agudizara y ella no quería sufrir ni hacer sufrir a los demás. El levometorfano era una elección perfecta. En circunstancias normales jamás se hubiera detectado... siempre que en la casa hubiera un frasco con dextrometorfano.

—¿Será verdad lo que están viendo mis ojos? —dijo Marino al ver que un taxi se apartaba del tráfico y se dirigía hacia nosotros—. Desde luego es algo que impresiona. Lo digo en serio.

—Más bien trágico.

—Pues no sé qué decirle. —Marino desenvolvió un chicle y empezó a mascarlo con entusiasmo—. Yo no querría estar en una cama de hospital con tubos por todas partes. A lo mejor yo hubiera pensado lo mismo que ella.

—No se suicidó por el cáncer.

—Lo sé —dijo Marino mientras bajábamos del bordillo—. Pero guarda relación. Tiene que ser eso. Ella no iba a permanecer mucho tiempo en este mundo de todos modos. Primero matan a Beryl y después despachan a su hermano. —Marino se encogió de hombros—. ¿Para qué seguir viviendo?

Subimos al taxi y le facilitamos la dirección al conductor. Durante unos diez minutos permanecimos en silencio. Después, el taxi aminoró la marcha y pasó por debajo de una estrecha arcada que daba acceso a un patio de ladrillo rebosante de parterres de coles ornamentales y arbustos. Un portero vestido de frac y chistera se situó inmediatamente junto a mi codo y me escoltó hasta un espléndido vestíbulo brillantemente iluminado y decorado en tonos rosa y crema. Todo estaba inmaculadamente limpio y reluciente, con flores naturales por todas partes, lujoso mobiliario y un personal impecablemente uniformado que prestaba ayuda si ésta le era solicitada, pero no dejaba sentir su presencia.

Nos acompañaron a un lujoso despacho donde un director elegantemente vestido estaba hablando por teléfono. T. M. Bland, según el nombre que figuraba en la placa de su escritorio, nos miró y dio rápidamente por concluida su conversación telefónica. Marino fue directamente al grano.

—La lista de nuestros clientes es confidencial —contestó el señor Bland, esbozando una amable sonrisa.

Marino se acomodó en un sillón de cuero y encendió un cigarrillo a pesar del letrero GRACIAS POR NO FUMAR claramente visible en la pared, y después se sacó el billetero del bolsillo y mostró su placa.

—Me llamo Pete Marino —dijo lacónicamente—. Departamento de Policía de Richmond, Brigada de Homicidios. Le presento a la doctora Scarpetta, jefa del Departamento de Medicina Legal de Virginia. Comprendemos su insistencia en el carácter confidencial de los datos y respetamos la discreción del hotel, señor Bland. Pero, verá usted, ocurre que Sterling Harper ha muerto. Su hermano, Cary Harper, también ha muerto y Beryl Madison también. Cary Harper y Beryl han sido asesinados. Y todavía no estamos seguros de lo que le ocurrió a la señorita Harper. Por eso hemos venido aquí.

—Leo los periódicos, investigador Marino —dijo el señor Bland empezando a perder un poco la compostura—. Tenga la certeza de que el hotel colaborará con las autoridades en la medida de lo posible.

—Entonces me está usted diciendo que estas personas se habían hospedado en este hotel —dijo Marino.

—Cary Harper nunca fue huésped de este hotel.

—Pero su hermana y Beryl Madison, sí.

—En efecto —dijo el señor Bland.

—¿Con cuánta frecuencia y cuándo fue la última vez?

—Tendré que buscar la cuenta de la señorita Harper —contestó el señor Bland—. ¿Me disculpan un momento?

Estuvo ausente de su despacho no más de quince minutos y, al regresar, nos entregó una hoja impresa de ordenador.

—Como pueden ver —dijo, volviendo a sentarse—, la señorita Harper y Beryl Madison se alojaron en nuestro hotel seis veces en el transcurso del último año y medio.

—Aproximadamente cada dos meses —dije yo, pensando en voz alta mientras echaba un vistazo a las fechas de la hoja—, excepto la última semana de agosto y los últimos días de octubre. Entonces parece que la señorita Harper vino sola.

El director asintió con la cabeza.

—¿Cuál era el propósito de sus visitas? —preguntó Marino.

—Probablemente negocios. Compras. Simple deseo de descansar. La verdad es que no lo sé. El hotel no tiene por costumbre controlar a sus clientes.

—Y yo tampoco tengo por costumbre interesarme por lo que hacen sus clientes a menos que aparezcan muertos —dijo Marino—. Dígame qué observaba usted cuando las dos damas se alojaban aquí.

La sonrisa del señor Bland se esfumó de su rostro mientras sus manos sacaban nerviosamente un bolígrafo de oro de la arandela que lo mantenía sujeto a un bloc de notas. Después, como si no supiera muy bien el propósito de aquella acción, se guardó el bolígrafo en el bolsillo de su camisa rosa almidonada y carraspeó.

—Sólo puedo decirle lo que me llamó la atención —dijo.

—Se lo ruego —dijo Marino.

—Las dos señoras viajaban por separado. Por regla general, la señorita Harper se registraba en el hotel un día antes que la señorita Madison y con frecuencia no se iban al mismo tiempo.

—¿Qué quiere usted decir con eso de que no se iban al mismo tiempo?

—Quiero decir que, a lo mejor, se marchaban el mismo día, pero no necesariamente a la misma hora y no elegían necesariamente el mismo medio de transporte. No utilizaban el mismo taxi, por ejemplo.

—Pero ¿las dos se dirigían a la estación ferroviaria? —inquirí yo.

—Me parece que la señorita Madison se dirigía muchas veces al aeropuerto en limusina —contestó el señor Bland—. Pero creo que la señorita Harper solía viajar en tren.

—¿Cómo se alojaban? —pregunté yo, estudiando la hoja impresa.

—Sí —terció Marino—. Aquí no dice nada de la habitación —añadió, dando unos golpecitos a la hoja con el índice—. ¿La habitación era doble o individual? Usted ya me entiende, ¿una cama o dos camas?

Ruborizándose levemente ante la insinuación, el señor Bland contestó:

—Siempre se alojaban en una habitación con dos camas de

cara al mar. Eran invitadas del hotel, investigador Marino, si de veras necesita usted conocer este detalle que, por supuesto, es confidencial.

—Pero, bueno, ¿acaso tengo yo pinta de reportero?

—¿Quiere decir que se alojaban gratis en este hotel? —pregunté, confusa.

—Sí, señora.

—¿Le importa explicárnoslo? —dijo Marino.

—Por deseo de Joseph McTigue —contestó el señor Bland.

—¿Cómo dice? —Me incliné hacia delante y le miré fijamente—. ¿El contratista de obras de Richmond? ¿Se refiere usted al famoso Joseph McTigue?

—El difunto señor McTigue fue uno de los promotores de buena parte de las obras del puerto. Entre sus propiedades se incluye un considerable paquete de acciones de este hotel —explicó el señor Bland—. Quiso que siempre ofreciéramos el mejor alojamiento posible a la señorita Harper y nosotros seguimos cumpliendo su deseo después de su muerte.

Minutos más tarde deslicé un billete de dólar hacia la mano del portero y Marino y yo subimos a un taxi.

—¿Le importa decirme quién demonios es Joseph McTigue? —preguntó Marino mientras nos adentrábamos en el tráfico—. Tengo la impresión de que lo sabe.

—Visité a su mujer en Richmond. En Jardines Chamberlayne. Ya se lo dije.

—Qué extraño.

—Sí, a mí también me ha dejado bastante perpleja —convine yo.

—¿Quiere explicarme qué demonios deduce usted de todo eso?

No lo sabía, pero estaba empezando a sospechar algo.

—Me parece todo muy raro —añadió Marino—. Para empezar, ese numerito de que la señorita Harper tomara el tren y Beryl viajara en avión a pesar de que ambas se dirigían al mismo sitio.

—No es tan raro —dije yo—. No podían viajar juntas de ninguna de las maneras, Marino. Ni la señora Harper ni Beryl podían correr ese riesgo. Oficialmente no mantenían ningún trato, ¿recuerda? Si Cary Harper tenía por costumbre ir a recoger a su hermana a la estación y ambas hubieran viajado juntas, Beryl no hubiera podido desaparecer de repente. —Hice una pausa porque, de pronto, se me había ocurrido otra posibilidad—. Quizá la señorita Harper estaba ayudando a Beryl en la redacción de su libro y le proporcionaba datos sobre los antecedentes de la familia Harper.

Marino miró a través de su ventanilla.

—Si quiere que le diga mi opinión —dijo—, para mí que esas dos eran lesbianas.

Vi la mirada de curiosidad del taxista a través del espejo retrovisor.

—Creo que se querían —me limité a decir.

—Y quizá mantenían un pequeño idilio y se reunían cada dos meses aquí, en Baltimore, donde nadie las conocía ni les prestaba la menor atención. Mire —añadió Marino—, tal vez por eso Beryl decidió huir a Key West. Era una lesbiana y allí se debía de sentir como en casa.

—Su homofobia es furibunda, Marino, por no decir aburrida. Tenga cuidado. La gente podría empezar a sospechar de usted.

—Sí, es verdad —dijo él.

Mi comentario no le había hecho demasiada gracia. Guardé silencio.

—El caso es que, a lo mejor, Beryl se buscó alguna amiguita allí abajo —prosiguió diciendo Marino.

—Quizá convendría que lo investigara.

—Ni hablar. A mí no me pica ningún mosquito en la capital del sida de Norteamérica. Conversar con un puñado de maricones no es la idea que yo tengo de la diversión.

—¿Ha pedido a la policía de Florida que investigue los contactos de Beryl allí abajo? —pregunté, sin querer dármelas de graciosa.

—Un par de investigadores me dijeron que habían echado un vistazo. Comentaron que era una misión desagradable. Tenían miedo de la comida y de la bebida. Uno de los maricas del restaurante del que ella habla en sus cartas se está muriendo de sida ahora mismo. Los investigadores tuvieron que llevar guantes.

—¿Durante las entrevistas?

—Por supuesto. E incluso mascarillas quirúrgicas... por lo menos, cuando hablaron con el moribundo. No averiguaron nada que nos pueda ayudar, la información que obtuvieron no sirve para nada.

—Es natural —comenté—. Si tratas a las personas como si fueran leprosas, no es probable que te ganes su confianza y que te cuenten detalles.

—Si alguien me pidiera mi opinión, yo creo que tendrían que cortar esa parte de Florida y dejarla a la deriva en alta mar.

—Bueno, por suerte nadie se la ha pedido —dije yo.

Cuando regresé a casa al anochecer, encontré varios mensajes en mi contestador automático.

Esperaba que uno de ellos fuera de Mark. Me senté en el borde de la cama bebiendo un vaso de vino mientras escuchaba con desgana las voces que iban surgiendo del aparato.

Bertha, mi asistenta, decía que había pillado la gripe y anunciaba que no podría venir al día siguiente. El fiscal general quería que desayunara con él a la mañana siguiente y me informaba de que el albacea de Beryl Madison había interpuesto una querella por la desaparición del manuscrito. Tres periodistas me pedían comentarios y mi madre quería saber si prefería pavo o jamón por Navidad... una sutil manera de averiguar si podría contar conmigo por lo menos en esa fiesta.

No reconocí la ronca voz que escuché a continuación.

—... Tienes un cabello rubio precioso. ¿Es natural o te lo decoloras, Kay?

Rebobiné rápidamente la cinta y abrí el cajón de mi mesilla de noche.

—... ¿Es natural o te lo decoloras, Kay? Te he dejado un regalito en el porche trasero.

Trastornada y sin soltar el Ruger, volví a pasar la cinta una vez más. La voz era casi un susurro, muy tranquila y pausada. Una voz masculina. No tenía ningún acento especial y el tono no dejaba traslucir la menor emoción. El sonido de mis pisadas en la escalera me atacaba los nervios. Encendí las luces de todas las habitaciones por las que pasé. El porche trasero estaba junto a la cocina. El corazón me latía violentamente cuando me situé a un lado de la ventana panorámica que daba al comedero de los pájaros y separé ligeramente los visillos, sosteniendo el revólver en alto apuntando hacia el techo.

La lámpara del porche disipaba la oscuridad del césped y perfilaba las siluetas de los árboles de la negra zona boscosa lindante con mi parcela. En el porche de ladrillo no había nada. Tampoco se veía nada en los peldaños. Me dirigí a la puerta, curvé los dedos alrededor del tirador y permanecí inmóvil con el corazón martilleando en mi pecho mientras descorría el pestillo de seguridad.

Al abrir, advertí un rumor apenas perceptible contra la madera exterior de la puerta. En cuanto vi lo que colgaba del tirador exterior, cerré la puerta con tal fuerza que las ventanas se estremecieron.

Marino hablaba como si le hubiera sacado de la cama.

—¡Venga aquí inmediatamente! —dije, hablando una octava más alto de lo habitual.

—Tranquilícese —me dijo él con firmeza—. No le abra la puerta a nadie hasta que yo llegue, ¿entendido? Voy para allá.

Cuatro coches patrulla se hallaban estacionados en la calle delante de mi casa y los oficiales recorrían en la oscuridad las zonas de bosque y los arbustos con unos largos dedos de luz.

—La unidad k-nueve ya está en camino —dijo Marino, dejando su radiotransmisor portátil sobre la mesa de mi cocina—. Dudo mucho de que este zángano esté todavía por aquí, pero lo comprobaremos exhaustivamente antes de irnos.

Era la primera vez que veía a Marino en pantalones vaqueros y pensé que le hubieran sentado bastante bien de no haber sido por los calcetines blancos de gimnasia, los mocasines baratos y la camiseta gris una talla demasiado pequeña. El aroma del café recién hecho se esparció por la cocina mientras yo lo colaba a un recipiente lo bastante grande como para que pudiera beber medio barrio. Mis ojos miraban de uno a otro lado como si buscaran algo.

—Vuélvamelo a contar muy despacio —dijo Marino, encendiendo un cigarrillo.

—Estaba pasando los mensajes de mi contestador —repetí—: Cuando llegué al último oí esta voz de varón blanco joven. Será mejor que lo escuche usted mismo. Dijo algo sobre mi cabello y me preguntó si me lo decoloraba. —Los ojos de Marino me estudiaron las raíces del cabello—. Después dijo que me había dejado un regalo en el porche trasero. Bajé aquí, miré por la ventana y no vi nada. No sé lo que imaginaba. Sinceramente no lo sé. Algo horrible en el interior de una caja envuelta con papel de regalo. Al abrir la puerta oí que algo rascaba la madera. Lo habían colgado del tirador.

En el interior de un sobre de plástico de pruebas colocado en el centro de la mesa había un insólito medallón de oro prendido a una gruesa cadena de oro.

—¿Está seguro de que eso es lo que Harper llevaba en la taberna? —volví a preguntar.

—Por supuesto que sí —contestó Marino con el rostro muy tenso—. No me cabe la menor duda. Tampoco me cabe ninguna sobre el lugar donde el objeto habrá estado durante todo este tiempo. El tipo se lo quitó a Harper tras haberlo liquidado y ahora se lo ofrece a usted como regalo anticipado de Navidad. Parece que nuestro amigo se ha encaprichado de usted.

—Por favor —dije con impaciencia.

—Estoy hablando en serio. —Marino acercó el sobre y

examinó el collar a través del plástico—. Observe que el cierre está doblado, lo mismo que la anillita del extremo. A lo mejor se rompió cuando lo arrancó del cuello de Harper. Y quizá después lo arregló con unas tenacillas. Probablemente se lo ha puesto. Mierda. —Marino sacudió la ceniza del cigarrillo—. ¿Encontró en el cuello de Harper alguna lesión provocada por la cadena?

—En su cuello no quedaba casi nada entero —contesté en tono apagado.

—¿Había visto usted alguna vez un medallón como éste?

—No.

Parecía un escudo de armas en oro de dieciocho quilates, pero no tenía nada grabado, excepto la fecha de 1909 en el reverso.

—Basándome en las cuatro marcas de joyero grabadas en el reverso, creo que su origen es inglés —dije—. Las marcas son de un código universal e indican cuándo se fabricó el medallón, dónde y por quién. Un joyero las podría interpretar. Sé que no es italiano...

—Doctora...

—Hubiera tenido grabado un siete cincuenta en el reverso para indicar el oro de dieciocho quilates porque el quinientos equivale a catorce quilates...

—Doctora...

—Conozco a un experto de la joyería Schwarzschild's...

—Oiga —dijo Marino, levantando la voz—, eso no tiene importancia, ¿vale?

Estaba parloteando como una vieja histérica.

—El maldito árbol genealógico de todas las personas que han sido propietarias de este collar no nos va a revelar lo más importante... el nombre del tipo que lo ha colgado en su puerta. —Los ojos de Marino se suavizaron un poco mientras me preguntaba en voz baja—: ¿Qué se bebe en esta casa? Brandy. ¿Tiene un poco de brandy?

—Está usted de servicio.

—No es para mí —dijo Marino riéndose—. Es para usted.

Póngase un poquito así. —Tocándose con el pulgar el nudillo central del índice derecho, me indicó unos cinco centímetros—. Luego hablaremos.

Me dirigí al bar y regresé con una copita. El brandy me quemó la garganta y el calor se difundió rápidamente a través de mi sangre. Dejé de estremecerme por dentro y de temblar por fuera. Marino me estudió con curiosidad. Su interés me hizo darme cuenta de muchas cosas. Iba vestida con lo mismo que llevaba durante el viaje de vuelta desde Baltimore. Los pantis me apretaban en la cintura y me hacían bolsas alrededor de las rodillas. Experimentaba la apremiante necesidad de lavarme la cara y cepillarme los dientes. Me picaba el cuero cabelludo. Estaba segura de que debía de tener una pinta espantosa.

—Está claro que este tipo no hace amenazas gratuitas —dijo Marino en voz baja mientras yo tomaba otro sorbo de brandy.

—Probablemente se mete conmigo porque intervengo en el caso. Quiere burlarse de mí. No es nada insólito que los psicópatas se burlen de los investigadores e incluso les envíen recuerdos —dije sin creérmelo demasiado.

Marino, por supuesto, no lo creía.

—Voy a dejar una o dos unidades por aquí. Vigilaremos su casa —dijo—. Tengo que imponerle un par de normas. Sígalas al pie de la letra. Hablo en serio —añadió, mirándome a los ojos—. En primer lugar, cualesquiera que sean sus costumbres, quiero que las altere todo lo que pueda. Si usted va a la tienda de comestibles el viernes por la tarde, la próxima vez vaya el miércoles y acuda a otra tienda. No salga de su casa ni de su automóvil sin mirar a su alrededor. Si ve algo que le llama la atención, como, por ejemplo, un vehículo sospechoso aparcado en la calle o pruebas visibles de que alguien ha estado en su casa, se larga inmediatamente de aquí o se queda encerrada en la casa y llama a la policía. Si al entrar en la casa nota algo raro, aunque sólo experimente una sensación de inquietud, aléjese, busque un teléfono y llame a la policía y pida que la acompañe un oficial para cerciorarse de que todo va bien.

—Tengo instalada una alarma antirrobo —dije.

—También la tenía Beryl.

—Pero ella le abrió la puerta al hijo de puta.

—No deje entrar a nadie de quien no esté absolutamente segura.

—¿Qué puede hacer, saltarse mi alarma antirrobo? —pregunté.

—Cualquier cosa es posible.

Recordé que Wesley había dicho lo mismo.

—No salga de su despacho de noche o cuando no haya nadie en el edificio. Lo mismo vale para la entrada. Si suele ir cuando todavía está bastante oscuro y el parking se encuentra vacío, empiece a hacerlo un poco más tarde. Tenga puesto el contestador automático. Grábelo todo. Si recibe otra llamada, póngase inmediatamente en contacto conmigo. Si la llama dos veces más, interceptaremos la línea...

—¿Como hicieron con Beryl? —repliqué, empezando a enfadarme.

No contestó.

—Dígame, Marino, ¿se defenderán mis derechos cuando ya se haya quebrantado la ley? ¿Cuando ya sea demasiado tarde para que me sirva de algo?

—¿Quiere que duerma en un sofá esta noche? —me preguntó sin perder la calma.

El solo hecho de imaginármelo se me hacía muy duro. Veía a Marino en calzoncillos y con una ajustada camiseta sobre el voluminoso vientre dirigiéndose descalzo hacia el cuarto de baño. Probablemente, todavía dejaba la tapa levantada.

—No se preocupe —dije.

—Tiene licencia de armas, ¿verdad?

—¿Para llevar un arma oculta? —pregunté—. Pues no.

Marino empujó la silla hacia atrás diciendo:

—Mañana mantendré una pequeña conversación con el juez Reinhard. Le facilitaremos una.

Eso fue todo. Ya era casi la medianoche.

Momentos después me quedé sola y sin poder dormir. Me tomé otro trago de brandy y más tarde un tercero, y permanecí tendida en la cama mirando hacia el oscuro techo. Cuando le ocurren muchas desgracias en la vida, la gente empieza a preguntarse en su fuero interno si no será un imán que atrae el infortunio, el peligro o los trastornos. Yo también me lo estaba empezando a preguntar. A lo mejor, Ethridge tenía razón, me dejaba arrastrar demasiado por los casos y me colocaba en situaciones peligrosas. Otras veces había recibido llamadas que me hubieran podido enviar volando a la eternidad.

Cuando finalmente conseguí dormirme, tuve unos sueños completamente absurdos. Ethridge se quemaba el chaleco con la ceniza del cigarro. Fielding trabajaba en un cuerpo que estaba empezando a parecer un acerico porque no conseguía encontrar ninguna arteria en la que hubiera sangre. Marino subía por la empinada ladera de una colina con unos zancos y yo sabía que se iba a caer.

12

A primera hora de la mañana en el salón a oscuras de mi casa, contemplé a través de la ventana las sombras y siluetas del jardín. El garaje del estado aún no me había devuelto el Plymouth. Mientras mis ojos se posaban en la enorme «rubia» que me habían facilitado, me pregunté si sería muy difícil que un hombre adulto permaneciera oculto debajo de ella y me agarrara el pie en el momento en que yo me acercara para abrir la portezuela del lado del conductor. Ni siquiera tendría que matarme. Yo me moriría primero de un ataque al corazón. La calle estaba desierta y las farolas apenas alumbraban. Miré a través de los visillos apenas descorridos, pero no vi nada. No oí nada. No se veía nada extraño. Probablemente, tampoco se veía nada extraño cuando Cary Harper regresó a su casa desde la taberna.

Estaba citada para desayunar con el fiscal general para antes de una hora. Como no me armara de valor y cubriera los nueve metros que me separaban del vehículo, llegaría tarde. Estudié los arbustos y los pequeños cornejos que bordeaban el césped de mi jardín. Sus serenas siluetas se recortaban contra un cielo que se iba aclarando poco a poco. La luna era un globo iridiscente semejante a una flor de dondiego de noche y la hierba aparecía cubierta de plateada escarcha.

¿Cómo habría llegado el asesino hasta las casas de las víctimas, hasta mi casa? Debía de disponer de algún medio de transporte. Apenas se habían hecho conjeturas sobre la capacidad de desplazamiento del asesino. El tipo de vehículo es tan importante en el perfil de un criminal como su edad y su raza y, sin embargo, nadie había hecho el menor comentario, ni siquiera Wesley. Me pregunté por qué mientras contemplaba la desierta calle. La severa actitud de Wesley en Quantico me seguía preocupando.

Manifesté mis inquietudes mientras desayunaba con Ethridge.

—A lo mejor, todo se debe a que Wesley no ha querido revelarle ciertas cosas —apuntó Ethridge.

—Siempre ha sido muy sincero conmigo.

—El FBI tiende a mantener la boca cerrada, Kay.

—Wesley es un experto en diseño de perfiles —repliqué—. Siempre ha compartido generosamente conmigo sus teorías y opiniones. Pero, en este caso, apenas dice nada. Prácticamente no ha hecho ningún perfil del posible autor de los hechos. Ha cambiado de personalidad. Ya no bromea y apenas me mira a los ojos. Es muy raro e increíblemente desconcertante —añadí, respirando hondo.

—Todavía te sientes aislada, ¿verdad, Kay? —me preguntó Ethridge.

—Sí, Tom.

—Y estás un poquito paranoica.

—También —contesté.

—¿Confías en mí, Kay? ¿Crees que estoy de tu parte y tengo en cuenta tus intereses? —preguntó el fiscal general.

Asentí con la cabeza y volví a respirar hondo.

Estábamos conversando en voz baja en el comedor del hotel Capitol, un local muy frecuentado por los políticos y los plutócratas. Tres mesas más allá, el senador Partin, con la cara mucho más arrugada de lo que yo recordaba, estaba hablando muy serio con un joven cuyo rostro yo había visto en alguna parte.

—En los períodos de tensión, casi todos nos sentimos aislados y paranoicos. Nos sentimos solos en el desierto —dijo Ethridge mirándome con expresión turbada.

—Yo estoy sola en el desierto —repliqué—. Y tengo esta sensación porque es verdad.

—Se comprende que Wesley esté preocupado.

—Por supuesto.

—Lo que me preocupa en tu caso, Kay, es que basas tus teorías en la intuición y te guías por el instinto. Lo cual a veces puede ser muy peligroso.

—A veces lo puede ser, en efecto. Pero también puede ser peligroso que la gente empiece a complicar demasiado las cosas. El asesinato suele ser una cosa deprimentemente sencilla.

—Pero no siempre.

—Casi siempre, Tom.

—No pensarás que las maquinaciones de Sparacino guardan relación con estas muertes, ¿verdad? —preguntó el fiscal general.

—Creo que sería demasiado fácil centrarse en sus maquinaciones. Lo que hace él y lo que está haciendo el asesino podrían ser trenes que circulan por vías paralelas. Ambos son mortalmente peligrosos. Pero no son lo mismo. No están relacionados. No obedecen a los mismos impulsos.

—¿Tampoco crees que la desaparición del manuscrito tenga algo que ver con ello?

—No lo sé.

—¿No estás un poco más cerca de la verdad?

El interrogatorio me hacía sentir como una niña que no hubiera hecho sus deberes. Pensé que ojalá no me lo hubiera preguntado.

—No, Tom —reconocí—. No tengo ni idea de dónde está.

—¿Y si Sterling Harper lo hubiera quemado en la chimenea poco antes de morir?

—No creo. El experto en documentos examinó los restos carbonizados de papel y los identificó como pertenecientes a hojas de papel tela de alta calidad. Como el que suelen utilizar los abogados en los documentos legales. No es probable que alguien escribiera el borrador de un libro en papel de ese tipo. Lo más probable es que la señorita Harper quemara cartas y papeles personales.

—¿Cartas de Beryl Madison?

—No podemos excluirlo —contesté a pesar de que yo prácticamente lo había excluido.

—¿O tal vez cartas de Cary Harper?

—En la casa se encontró una considerable cantidad de papeles personales de Cary Harper —contesté—. No hay pruebas de que alguien los hubiera tocado o revisado recientemente.

—Si las cartas hubieran sido de Beryl Madison, ¿qué razón hubiera tenido la señorita Harper para quemarlas?

—No lo sé —contesté, intuyendo que Ethridge seguía pensando en su pesadilla: el abogado Sparacino.

Sparacino había actuado con mucha rapidez. Yo había visto las treinta y tres páginas de la querella. Sparacino había interpuesto una querella contra mí y contra la policía y el gobernador del estado. La última vez que me había puesto en contacto con Rose, ésta me había dicho que habían llamado de la revista *People* y que el otro día uno de sus fotógrafos estaba fotografiando el edificio tras serle denegada la entrada más allá del vestíbulo. Me estaba empezando a hacer famosa. Y también estaba empezando a convertirme en una experta en no hacer comentarios y en no dar la cara.

—Crees que estamos en presencia de un psicópata, ¿verdad? —me preguntó Ethridge a bocajarro.

Tanto si la fibra acrílica anaranjada guardaba relación con unos secuestradores como si no, eso era lo que yo pensaba y así se lo dije al fiscal general.

Éste contempló la comida casi intacta de su plato y, cuando levantó los ojos, me quedé desconcertada por lo que vi en ellos. Tristeza y decepción. Y una terrible desgana.

—Kay —dijo—, no me resulta fácil decírtelo.

Tomé una galleta.

—Pero tienes que saberlo. Independientemente de lo que esté sucediendo y de por qué sucede, cualesquiera que sean tus creencias y opiniones personales, es necesario que lo sepas.

Llegué a la conclusión de que me apetecía fumar en lugar de comer, por lo cual saqué mi cajetilla.

—Tengo un contacto. Sólo puedo decirte que está al corriente de todas las actividades del Departamento de Justicia...

—Se trata de Sparacino —dije interrumpiéndole.

—Se trata de Mark James.

Si el fiscal general me hubiera soltado una palabrota, mi asombro no hubiera sido mayor.

—¿Qué ocurre con Mark? —pregunté.

—Quizás esta pregunta te la tendría que hacer yo a ti, Kay.

—¿Qué quieres decir exactamente?

—Los dos fuisteis vistos juntos en Nueva York hace varias semanas. En el Gallagher's. —El fiscal general hizo una pausa, carraspeó y añadió sin que viniera a cuento—: Los años que hace que no voy por allí.

Contemplé el humo que se escapaba de mi cigarrillo.

—Si no recuerdo mal, los bistecs de allí son excelentes...

—Ya basta, Tom —dije, exasperada.

—Suele haber muchos irlandeses de buen corazón muy aficionados a la bebida y a las bromas...

—Ya basta, maldita sea —dije, levantando excesivamente la voz.

El senador Partin miró directamente hacia nuestra mesa y sus ojos se posaron con leve curiosidad primero en Ethridge y después en mí. El camarero se acercó solícito para volvernos a llenar las tazas de café y preguntar si necesitábamos algo. Me sentía desagradablemente acalorada.

—No me vengas con todas estas tonterías, Tom —dije—. ¿Quién me vio?

El fiscal general hizo un gesto con la mano.

—Lo que importa aquí es saber de qué lo conoces.

—Le conozco desde hace mucho tiempo.

—Eso no es una respuesta.

—Desde la facultad de Derecho.

—¿Erais íntimos amigos?

—Sí.

—¿Amantes?

—Por Dios, Tom.

—Lo siento, Kay. Es muy importante. —Acercándose la servilleta a los labios, Ethridge tomó su taza de café y miró de forma nerviosa a su alrededor. Al parecer, la situación le resultaba extremadamente embarazosa—. Digamos que los dos permanecisteis buena parte de la noche en Nueva York. En el Omni.

Noté que me ardían las mejillas.

—A mí me importa un bledo tu vida personal, Kay. Y dudo de que a alguien le importe. Excepto en este caso. Te aseguro que lo siento en el alma. —Ethridge carraspeó y finalmente volvió a mirarme—. Maldita sea. El compinche de Mark está siendo investigado por el Departamento de Justicia...

—¿Su compinche?

—Eso es muy serio, Kay —añadió Ethridge—. Yo no sé cómo era Mark James cuando tú le conociste en la facultad de Derecho, pero sé lo que ha hecho desde entonces. Conozco su historial. Tras haber sido informado de que le habían visto contigo, llevé a cabo algunas investigaciones. Tuvo graves problemas en Tallahassee hace siete años. Extorsión. Estafa. Delitos por los cuales fue juzgado y cumplió condena en la cárcel. Más tarde acabó asociándose con Sparacino, el cual es sospechoso de estar relacionado con el mundo del hampa.

Tuve la sensación de que una tuerca me estaba estrujando la sangre del corazón y debí de palidecer considerablemente porque Ethridge se apresuró a ofrecerme mi vaso de agua y esperó pacientemente a que me sobrepusiera. Sin embargo, cuando volvió a mirarme a los ojos, reanudó sus devastadoras revelaciones desde el mismo punto en que las había interrumpido.

—Mark jamás trabajó en Orndorff & Berger, Kay. En ese bufete jamás han oído hablar de él. Lo cual no me sorprende en absoluto. Mark James no podía ejercer la abogacía porque el colegio le había retirado la licencia. Al parecer, es simplemente el ayudante personal de Sparacino.

—Pero ¿trabaja Sparacino para Orndorff & Berger? —conseguí preguntar.

—Es su abogado especializado en el mundo del espectáculo. Eso sí es cierto —contestó el fiscal general.

No dije nada porque estaba a punto de echarme a llorar.

—Mantente alejada de él, Kay —dijo Ethridge con una voz que fue como una ruda caricia en un intento de mostrarse afectuoso—. Rompe con él por lo que más quieras. Rompe cualquier relación que mantengas con él.

—No mantengo ninguna relación con él —dije con trémula voz.

—¿Cuándo tuviste contacto con él por última vez?

—Hace varias semanas. Llamó. Y hablamos no más de treinta segundos.

Ethridge asintió con la cabeza como si no esperara otra cosa.

—La vida paranoica. Uno de los frutos más venenosos de la actividad delictiva. Dudo de que Mark James sea aficionado a las largas conversaciones telefónicas y dudo de que se ponga en contacto contigo a menos que quiera algo. Dime ahora por qué estuviste con él en Nueva York.

—Quería verme. Quería advertirme contra Sparacino. O eso me dijo —añadí con un hilillo de voz.

—¿Y te advirtió en su contra?

—Sí.

—¿Qué te dijo?

—Todas las cosas que tú acabas de mencionar sobre Sparacino.

—¿Y por qué te dijo Mark todo eso?

—Dijo que quería protegerme.

—¿Y tú lo crees?

—Ya no sé qué demonios creer —contesté.

—¿Estás enamorada de este hombre?

Le miré en silencio con ojos de piedra.

—Tengo que saber hasta qué extremo eres vulnerable —dijo Ethridge en voz baja—. No pienses ni por un instante que disfruto con eso, Kay, te lo ruego.

—Y yo te ruego a ti que no pienses tampoco que yo disfruto, Tom —dije con voz cortante.

Ethridge tomó la servilleta que le cubría las rodillas y la dobló despacio y con mucho cuidado antes de colocarla bajo el borde de su plato.

—Tengo razones para temer que Mark James pueda hacerte un daño terrible, Kay —dijo en voz tan baja que tuve que inclinarme hacia delante para poder oírle—. Tenemos motivos para sospechar que se encuentra detrás del allanamiento de tu despacho...

—¿Qué motivos? —le corté, levantando la voz—. ¿De qué estás hablando? ¿Qué prueba...?

Las palabras se me quedaron atascadas en la garganta cuando el senador Partin y su joven acompañante se situaron súbitamente junto a nuestra mesa. No me había dado cuenta de que se habían levantado para acercarse a nosotros. Adiviné por la expresión de sus rostros que eran conscientes de haber interrumpido una tensa conversación.

—John, cuánto me alegro de verte —exclamó Ethridge, empujando su silla hacia atrás para levantarse—. Ya conoces a la jefa del Departamento de Medicina Legal, la doctora Scarpetta, ¿verdad?

—Por supuesto, por supuesto. Sí, ¿qué tal está usted, doctora Scarpetta? —El senador me estrechó la mano sonriendo, pero sus ojos estaban muy lejos—. Le presento a mi hijo Scott.

Observé que Scott no había heredado los toscos y ásperos rasgos de su padre ni tampoco su rechoncha figura. El joven era alto, delgado e increíblemente apuesto, con un bello rostro enmarcado por una corona de espléndido cabello negro. Tenía unos veintitantos años y ardía en sus ojos una insolencia que me molestó. La cordial conversación no disipó mi inquietud y tampoco me sentí mejor cuando padre e hijo finalmente se retiraron.

—Le he visto en alguna parte —le comenté a Ethridge cuando el camarero volvió a llenarnos las tazas.

—¿A quién? ¿A John?

—No, no... por supuesto que he visto antes al senador. Me refiero al hijo, Scott. Su rostro me es conocido.

—Probablemente le habrás visto en la televisión —dijo Ethridge, consultando furtivamente su reloj—. Es actor o, por lo menos, intenta serlo. Creo que ha interpretado un par de papeles secundarios en unos seriales.

—Oh, Dios mío —musité.

—Puede que haya tenido también algún papelito en alguna película. Estuvo en California, pero ahora vive en Nueva York.

—No —dije yo, anonadada.

Ethridge posó su taza de café y clavó sus serenos ojos en mí.

—¿Cómo sabía él que íbamos a desayunar aquí esta mañana, Tom? —pregunté, procurando que no me temblara la voz mientras evocaba las imágenes.

El Gallagher's. El joven solitario que bebía cerveza unas mesas más allá del lugar donde Mark y yo estábamos sentados.

—No sé cómo lo ha sabido —contestó Ethridge mientras se encendía en sus ojos el brillo de una secreta satisfacción—. Me limitaré a decirte que no me sorprende, Kay. El joven Partin lleva varios días siguiéndome.

—No será tu contacto en el Departamento de Justicia...

—No, por Dios —contestó escuetamente Ethridge.

—¿De Sparacino?

—Más bien sí. Sería lo más lógico, ¿no te parece, Kay?

—¿Por qué?

Ethridge estudió la cuenta y después contestó:

—Para asegurarse de que sabe lo que ocurre. Para espiar. Para intimidar. Elige lo que prefieras —añadió, levantando la vista.

Scott Partin me había llamado la atención por ser uno de aquellos jóvenes circunspectos que a menudo constituyen una memorable muestra de melancólico esplendor. Recordé que estaba leyendo el *New York Times* mientras bebía una cerveza con expresión enfurruñada. Me fijé en él porque las personas extremadamente hermosas, como los artísticos arreglos florales, difícilmente pasan inadvertidas.

Más tarde experimenté el impulso de contárselo todo a Marino mientras ambos bajábamos en ascensor a la primera planta de mi departamento aquella mañana.

—Estoy segura —repetí—. Estaba sentado dos mesas más allá en el Gallagher's.

—¿Y no le acompañaba nadie?

—Exacto. Estaba leyendo el periódico y bebiendo cerveza. No creo que comiera nada, pero la verdad es que no me acuerdo —contesté mientras ambos cruzábamos un gran almacén que olía a polvo y cartón.

Mi mente y mi corazón corrían en un nuevo intento de adelantarme a otra de las mentiras de Mark. Me había dicho que Sparacino ignoraba mi presencia en Nueva York y que su aparición en el restaurante había sido una pura casualidad. Lo cual no podía ser cierto. El joven Partin había sido enviado para espiarme aquella noche y ello sólo hubiera sido posible en el caso de que Sparacino supiera que yo estaba allí con Mark.

—Bueno, hay otra posibilidad —dijo Marino mientras recorríamos las polvorientas entrañas de mi departamento—. Supongamos que el chico se gana la vida en la Gran Manzana, espiando a ratos perdidos por cuenta de Sparacino. A lo mejor, Partin fue enviado para espiar a Mark y no a usted. Recuerde que Sparacino le recomendó el restaurante a Mark... o, por lo menos, eso es lo que Mark le dijo a usted. Por consiguiente, Sparacino tenía razones para saber que Mark cenaría allí aquella noche. Sparacino le dice a Partin que acuda al restaurante y observe lo que hace Mark. Partin lo hace y está tomando una cerveza cuando ustedes dos entran en el local. Puede que, en determinado momento, se levantara para llamar a Sparacino y facilitarle la noticia. Inmediatamente aparece Sparacino.

Hubiera querido creerlo.

—No es más que una teoría —añadió Marino.

Sabía que no podía creerlo. La verdad, recordé con dureza,

era que Mark me había traicionado y, tal como Ethridge me lo había descrito, era un delincuente.

—Pero usted debe tener en cuenta todas estas posibilidades —terminó diciendo Marino.

—Claro —musité.

Bajamos por otro angosto pasillo y nos detuvimos ante una pesada puerta metálica. Busqué la llave y entramos en la sala de tiro, donde los probadores de armas de fuego ensayaban prácticamente todas las armas conocidas por el hombre. Era una siniestra sala de hormigón contaminada por plomo, una de cuyas paredes estaba enteramente cubierta por un tablero perforado en el cual se alineaban los revólveres y las pistolas ametralladoras que los tribunales confiscaban y posteriormente entregaban al laboratorio. En unos armeros se veían toda clase de escopetas y rifles. La pared del fondo era de acero reforzado en el centro y estaba marcada por miles de disparos efectuados a lo largo de muchos años. Marino se dirigió a un rincón donde unos desnudos troncos, caderas, cabezas y piernas de maniquí se mezclaban en un revoltijo que hacía evocar las horribles fosas comunes de Auschwitz.

—Usted prefiere la carne tierna, ¿verdad? —preguntó Marino, eligiendo un pálido tronco masculino de color carne.

No hice caso de su comentario mientras abría la funda y sacaba mi Ruger de acero inoxidable. El plástico resonó mientras Marino rebuscaba hasta elegir finalmente una cabeza de hombre blanco con cabello y ojos oscuros. Encajó la cabeza en el tronco y colocó ambas cosas sobre una caja de cartón contra la pared de acero a unos treinta pasos de distancia.

—Hay que vaciar el cargador para mandarle al infierno —dijo Marino.

Mientras limpiaba mi revólver con una varilla, levanté la vista y observé que Marino sacaba una pistola de 9 milímetros del bolsillo posterior de sus pantalones. Extrajo el cargador y lo volvió a colocar en su sitio.

—Felices Navidades —me dijo, ofreciéndome el arma con el seguro puesto y la culata de cara a mí.

—No, gracias —contesté con la mayor cortesía posible.

—Cinco disparos con su trasto y está perdida.

—Eso, si fallo.

—Mierda, doctora. Todo el mundo falla unos cuantos disparos. Lo malo es que, con este Ruger que usted tiene, dispone de muy pocos.

—Prefiero efectuar pocos disparos, pero certeros, con el mío. Eso, lo único que hace es esparcir el plomo por todas partes.

—Su potencia de fuego es mucho mayor —dijo Marino.

—Lo sé. Unos cuarenta y cinco kilos por centímetro cuadrado más que la mía a quince metros, si uso municiones Silvertips Plus.

—Y el triple de disparos, que no es poco —añadió Marino.

Yo había utilizado pistolas de 9 milímetros otras veces y no me gustaban. No eran tan precisas como mi revólver especial del 38. Tampoco tan seguras y, además, se podían encasquillar. Yo nunca había sido partidaria de sustituir la calidad por la cantidad y nada podía sustituir los conocimientos y la práctica.

—Basta un disparo —dije, colocándome unos protectores auditivos sobre las orejas.

—Sí, siempre y cuando le alcance entre los malditos ojos.

Sosteniendo el revólver con la mano izquierda, apreté repetidamente el gatillo y alcancé al maniquí una vez en la cabeza y tres veces en el pecho mientras que la quinta bala le rozó el hombro izquierdo... todo lo cual ocurrió en cuestión de segundos mientras la cabeza y el tronco se levantaban de la caja y golpeaban con un sordo rumor contra la pared de acero.

Sin una palabra, Marino depositó la pistola de 9 milímetros encima de una mesa y se sacó su 357 de la funda del hombro. Comprendí que había herido sus sentimientos. Estaba segura de que se había tomado muchas molestias para buscarme aquella pistola automática en la certeza de que yo se lo agradecería.

—Gracias, Marino —dije.

Colocando el tambor en su sitio, Marino levantó lentamente el revólver.

Iba a añadir que le agradecía la molestia, pero comprendí que no podría o no querría escucharme.

Retrocedí mientras Marino efectuaba seis descargas y la cabeza del maniquí caía brincando al suelo. Después se concentró en el tronco. Cuando terminó, se aspiraba en el aire el acre olor de la pólvora y comprendí que por nada del mundo hubiera querido incurrir en su cólera asesina.

—No hay nada como disparar contra un hombre que ya está en el suelo —dije.

—Tiene usted razón. —Marino se quitó los tapones de los oídos—. No hay nada que se le pueda comparar.

Colocamos un listón de madera a lo largo de un riel superior y le prendimos un blanco de papel Score Keeper. Cuando se me terminaron las municiones y hube comprobado que aún no había perdido la puntería, disparé un par de Silvertips para limpiar el alma del cañón antes de utilizar un trozo de tela Hoppe's n.º 9. El olor del disolvente siempre me hacía recordar Quantico.

—¿Quiere conocer mi opinión? —dijo Marino mientras limpiaba su arma—. Lo que usted necesita en su casa es un fusil.

Me guardé el Ruger en la funda sin decir nada.

—Mire, algo así como un Remington semiautomático, mágnum, de tres pulgadas y doble potencia. Sería como disparar quince balas del calibre treinta y dos... el triple de lo que dispararía con tres descargas. Estamos hablando nada menos que de cuarenta y cinco malditos pedazos de plomo. Con eso basta y sobra.

—Marino —dije en tono pausado—. No se preocupe, ¿de acuerdo? No necesito para nada un arsenal.

Marino me miró con dureza.

—¿Tiene usted alguna idea de lo que significa disparar contra un tipo y que éste se siga acercando?

—No, no la tengo —contesté.

—Bueno, pues yo sí. Allá en Nueva York disparé contra

una bestia que tenía atemorizado a medio barrio. Le alcancé cuatro veces en el tronco y el tío como si nada. Parecía una escena sacada de una novela de Stephen King; el tipo seguía avanzando hacia mí como un maldito muerto viviente.

Encontré en el bolsillo de mi bata de laboratorio unos pañuelos de celulosa y empecé a secarme las manos con ellos para eliminar el aceite y el disolvente.

—El tipo que persiguió a Beryl por la casa, doctora, era así, como ese lunático de quien le hablo. Cualquier cosa que se proponga, no se va a detener en cuanto se haya puesto en marcha.

—El hombre de Nueva York... —pregunté—, ¿murió?

—Por supuesto. En la sala de urgencias del hospital. Los dos nos desplazamos allí en la misma ambulancia. Menudo viajecito.

—¿Resultó usted gravemente herido?

—No —contestó Marino, con rostro impenetrable—. Setenta y ocho puntos. Heridas por objeto punzante. Usted no me ha visto jamás sin camisa. El tipo llevaba una navaja.

—Qué horror —murmuré.

—No me gustan las navajas, doctora.

—Ni a mí tampoco —convine yo.

Salimos. El aceite del arma y los residuos de los disparos me hacían sentir pringosa. El uso de armas de fuego es mucho más sucio de lo que la mayoría de la gente puede imaginar.

Mientras avanzábamos por el pasillo, Marino se introdujo la mano en el bolsillo posterior de los pantalones y extrajo el billetero. Después, me entregó una tarjetita blanca.

—No rellené ninguna instancia —dije, contemplando un tanto aturdida la licencia que me autorizaba a llevar un arma oculta.

—Bueno, es que el juez Reinhard me debía un favor.

—Gracias, Marino —dije.

Me miró con una sonrisa mientras sostenía la puerta para que yo pasara.

A pesar de las recomendaciones de Wesley y de Marino, y de mi propio sentido común, me quedé en el edificio hasta que ya había anochecido y el parking estaba vacío. Tenía muy abandonado el despacho y una mirada a mi agenda me dejó asombrada.

Rose había estado reorganizando sistemáticamente mi vida. Las citas se habían aplazado varias semanas o bien cancelado, las conferencias y las demostraciones de autopsias se habían desviado hacia Fielding. Mi superior inmediato, el comisionado de sanidad, había intentado tres veces ponerse en contacto conmigo y, al final, había preguntado si estaba enferma.

Fielding estaba cumpliendo muy bien el papel de sustituto. Rose pasaba a máquina sus informes de autopsia y sus dictados. Hacía el trabajo de Fielding en lugar del mío. El sol seguía saliendo y poniéndose y el despacho funcionaba como la seda porque yo había elegido y adiestrado muy bien a los miembros de mi equipo. Me preguntaba qué debió de sentir Dios después de haber creado un mundo que no creía necesitarle.

No me fui directamente a casa, sino que decidí pasar primero por Jardines Chamberlayne. En las paredes del ascensor figuraban todavía los mismos anuncios ya caducados. Subí con una demacrada mujercita que no apartó ni un instante sus solitarios ojos de mí mientras se aferraba a su andador cual un pájaro posado en una rama.

No había llamado a la señora McTigue para avisarla. Cuando la puerta del 378 se abrió finalmente tras repetidas y fuertes llamadas con los nudillos, ella me miró inquisitivamente desde su madriguera atestada de muebles y de ruidos procedentes del televisor.

—¿Señora McTigue?

Volví a presentarme temiendo que no me recordara.

La puerta se abrió un poco más y su rostro se iluminó.

—Sí. ¡Pues claro que sí! ¡Cuánto me alegro de que venga a verme! Pase, por favor.

Llevaba una bata rosa acolchada y unas zapatillas a juego. Cuando entramos en el salón apagó el televisor y apartó una manta de viaje del sofá donde debía de estar sentada viendo el telediario de la noche mientras tomaba unas rebanadas de pan de nueces con zumo de fruta.

—Por favor, le ruego que me perdone —dije—. He interrumpido su cena.

—Oh, no. Estaba simplemente picando unas cositas. ¿Qué le apetece tomar? —se apresuró a preguntarme.

Decliné amablemente el ofrecimiento y me senté mientras ella se movía de un lado para otro ordenando el salón. Me conmoví al recordar a mi abuela, que no perdió jamás el sentido del humor, ni siquiera cuando la carne se le caía prácticamente a pedazos. Jamás podría olvidar su visita a Miami el verano anterior a su muerte, cuando la llevé de compras y, de pronto, se soltó un imperdible de sus improvisados «pañales» hechos con unos calzoncillos de hombre y unos salvaslips Kotex, los cuales acabaron alrededor de sus rodillas en pleno centro de los almacenes Woolworth's. Conservó el aplomo mientras corríamos a buscar un lavabo de señoras riéndonos con tal fuerza que hasta yo estuve a punto también de perder el control de la vejiga.

—Dicen que esta noche podría nevar —comentó la señora McTigue, sentándose.

—Fuera hay mucha humedad —contesté con aire distraído—. Y, desde luego, hace el frío suficiente como para que nieve.

—De todos modos, no creo que haya grandes nevadas.

—No me gusta conducir con nieve —dije, pensando en cosas mucho más serias y desagradables.

—Puede que este año tengamos unas Navidades blancas. ¿A que sería bonito?

—Muy bonito, sin duda.

Estaba buscando en vano alguna prueba de la existencia de una máquina de escribir en el apartamento.

—No recuerdo cuándo fue la última vez que tuvimos unas Navidades blancas.

Su nerviosa conversación tenía por objeto disimular la inquietud que la embargaba. Intuía que yo había acudido a visitarla por alguna razón no precisamente placentera.

—¿Seguro que no le apetece tomar algo? ¿Una copita de oporto?

—No, gracias —contesté.

Silencio.

—Señora McTigue —dije en tono vacilante. Sus ojos eran como los de una chiquilla vulnerable e insegura—, ¿tendría usted la bondad de volver a enseñarme aquella fotografía? La que me mostró la última vez que estuve aquí.

Parpadeó varias veces, esbozando una leve y pálida sonrisa semejante a una cicatriz.

—La de Beryl Madison —añadí.

—Faltaría más, por supuesto —dijo levantándose lentamente y dirigiéndose con aire resignado al secreter donde la guardaba. Su rostro parecía asustado o tal vez simplemente perplejo cuando me la entregó y pedí ver también el sobre y la hoja doblada de papel crema.

Comprendí inmediatamente por el tacto que era papel tela de alta calidad. Lo coloqué contra la lámpara y vi la marca Crane al trasluz. Estudié brevemente la fotografía mientras la señora McTigue me miraba totalmente desconcertada.

—Perdón —dije—. Debe de estar preguntándose qué demonios estoy haciendo.

No supo qué decir.

—Me llama un poco la atención. La fotografía parece mucho más antigua que este papel de cartas.

—Y lo es —replicó ella sin apartar de mí sus atemorizados ojos—. Encontré la fotografía entre los papeles de Joe y la guardé en el sobre para que no se estropeara.

—¿Es el papel de cartas que usted usa? —pregunté con toda la delicadeza que pude.

—Oh, no. —La señora McTigue alargó la mano hacia el vaso de zumo y tomó cuidadosamente un sorbo—. Era el de mi marido, pero se lo compraba yo. Un papel de cartas muy bonito con el membrete grabado para su correspondencia de negocios. Cuando él murió, conservé las segundas hojas en blanco y los sobres. Tengo tantos que jamás los terminaré.

No podía hacerle la pregunta de otra forma que no fuera yendo directamente al grano.

—Señora McTigue, ¿tenía su marido alguna máquina de escribir?

—Pues claro. Se la di a mi hija que vive en Falls Church. Yo siempre escribo las cartas a mano. Ahora escribo menos por culpa de la artritis.

—¿Qué tipo de máquina de escribir?

—Ay, Dios mío. Sólo recuerdo que es eléctrica y bastante nueva —balbuceó—. Joe cambiaba la máquina cada pocos años. Mire, incluso cuando salieron los ordenadores, él insistió en llevar la correspondencia tal como siempre la había llevado; Burt, el gerente de su oficina, se pasó mucho tiempo tratando de convencer a Joe de que usara un ordenador, pero Joe siempre quería tener una máquina de escribir.

—¿En casa o en el despacho? —pregunté.

—En los dos sitios. A menudo permanecía levantado hasta muy tarde, trabajando en el despacho de nuestra casa.

—¿Mantenía correspondencia con los Harper, señora McTigue?

La señora McTigue se había sacado un pañuelo de celulosa del bolsillo y lo estaba estrujando con las manos.

—Siento hacerle tantas preguntas —dije, tratando de disculparme.

Se miró la fina piel de las nudosas manos sin decir nada.

—Por favor —insistí en voz baja—. Es muy importante, de otro modo no se lo preguntaría.

—Es por ella, ¿verdad?

El pañuelo se estaba rompiendo y la señora McTigue seguía sin levantar los ojos.

—Sterling Harper.

—Sí.

—Dígamelo, señora McTigue, se lo ruego.

—Era encantadora. Y muy simpática. Una dama deliciosa —dijo la señora McTigue.

—¿Mantenía su marido correspondencia con la señorita Harper? —pregunté.

—Estoy segura de que sí.

—¿Qué le induce a pensarlo?

—Una o dos veces le sorprendí escribiendo una carta. Siempre decía que eran asuntos de negocios.

No hice ningún comentario.

—Sí. Mi Joe. —La señora McTigue esbozó una sonrisa, pero sus ojos me miraron inexpresivamente—. Tan galante. Mire, siempre le besaba la mano a una mujer y la hacía sentirse una reina.

—¿La señorita Harper también le escribía a él? —pregunté con cierta vacilación; no me gustaba hurgar en las viejas heridas.

—Que yo sepa, no.

—¿Él le escribía y ella jamás le contestaba?

—Joe era muy aficionado a escribir cartas. Siempre decía que algún día escribiría un libro y siempre estaba leyendo algo, ¿sabe?

—Ahora comprendo por qué apreciaba tanto la amistad de Cary Harper —comenté.

—Muchas veces, cuando estaba disgustado por algo, el señor Harper llamaba. Una amistad literaria podríamos decir. Llamaba a Joe y ambos se pasaban un buen rato conversando sobre literatura y qué sé yo cuántas cosas. —El pañuelo se había convertido en unos minúsculos fragmentos sobre su regazo—. El escritor preferido de Joe era Faulkner, figúrese usted. También le gustaban mucho Hemingway y Dostoievski. Cuando éramos novios, yo vivía en Arlington, y él, aquí. Me escribía las cartas más bonitas que pueda usted imaginarse.

Cartas como las que empezó a escribir años más tarde, pensé. Cartas como las que le empezó a escribir a la hermosa y soltera Sterling Harper. Cartas que ella tuvo la gentileza de quemar antes de suicidarse porque no quiso destrozar el corazón y los recuerdos de su viuda.

—Entonces, las ha encontrado —se limitó a decir la señora McTigue.

—¿Cartas dirigidas a ella?

—Sí. Las cartas de mi marido.

—No —fue posiblemente la media verdad más misericordiosa que yo jamás hubiera dicho—. No, no encontramos exactamente nada de todo eso, señora McTigue. La policía no encontró ninguna carta de su marido entre los efectos personales de los hermanos Harper y tampoco ningún papel de cartas con el membrete de la empresa de su marido, ni nada de carácter íntimo dirigido a Sterling Harper.

Su rostro se relajó al oír mis palabras.

—¿Trató usted alguna vez a los Harper? ¿En acontecimientos sociales, por ejemplo? —pregunté.

—Pues sí. Un par de veces que yo recuerde. Una vez, el señor Harper vino a una cena. Y, en otra ocasión, los Harper y Beryl Madison pasaron la noche en nuestra casa.

El comentario despertó mi interés.

—¿Cuándo pasaron la noche en su casa?

—Muy pocos meses antes de que muriera Joe. Calculo que debía de ser a principios de año, uno o dos meses después de que Beryl pronunciara una conferencia para nuestra asociación. Es más, estoy segura de que fue entonces porque aún teníamos el árbol de Navidad. Lo recuerdo muy bien. Me encantó tenerla en casa.

—¿Se refiere usted a Beryl?

—¡Claro! Estuve muy contenta. Al parecer, ellos tres habían estado en Nueva York por un asunto de negocios. Creo que habían ido a ver al agente de Beryl. Volaron a Richmond al volver a casa y tuvieron la generosidad de pasar la noche con nosotros. O, mejor dicho, los que la pasaron fueron los hermanos Harper porque Beryl vivía aquí. Más tarde, Joe la llevó a casa en su automóvil. A la mañana siguiente, acompañó a los Harper a Williamsburg.

—¿Qué recuerda usted de aquella noche? —pregunté.

—Vamos a ver... recuerdo que preparé una pierna de cordero y que tardaron bastante en llegar del aeropuerto porque las líneas aéreas habían perdido el equipaje del señor Harper.

Un año atrás, pensé. Debió de ser antes de que Beryl empezara a recibir las amenazas... deduje, basándome en la información que habíamos obtenido.

—Estaban bastante cansados del viaje —añadió la señora McTigue—. Pero Joe estuvo muy amable con ellos. Fue el anfitrión más encantador que pueda usted imaginarse.

¿Pudo adivinarlo la señora McTigue? ¿Comprendió, por su forma de mirar a la señorita Harper, que su marido estaba enamorado de ella?

Recordé la distante mirada de los ojos de Mark durante los últimos días que estuvimos juntos años atrás. Cuando yo lo adiviné instintivamente. Comprendí que ya no pensaba en mí y, sin embargo, no creía que se hubiera enamorado de otra hasta que él finalmente me lo dijo.

—Kay, lo siento —me dijo mientras nos tomábamos por última vez un café irlandés en nuestro bar preferido de Georgetown, contemplando cómo unos minúsculos copos de nieve caían en espiral desde el encapotado cielo gris y las parejas caminaban por la calle envueltas en gruesos abrigos invernales y bufandas de punto de vivos colores—. Tú sabes que te quiero, Kay.

—Pero no de la misma manera que yo te quiero a ti —dije, experimentando el dolor más profundo que jamás hubiera sentido mi corazón.

—No quería hacerte daño —añadió, clavando los ojos en la mesa.

—Por supuesto que no.

—Lo siento, lo siento muchísimo.

Comprendí que era verdad. Lo sentía de veras. Pero la situación no cambiaba por eso.

Nunca supe cómo se llamaba la otra porque no quise saberlo, pero no era la mujer con quien él dijo más tarde haberse casado. Janet, la que había muerto. Aunque igual también era mentira.

—... tenía muy mal genio.

—¿Quién? —pregunté, centrando nuevamente mi atención en la señora McTigue.

—El señor Harper —contestó la señora McTigue dando visibles muestras de cansancio—. Estaba furioso por lo del equipaje. Por suerte, las maletas llegaron en el siguiente vuelo. Dios mío —añadió tras una pausa—. Parece que haya transcurrido mucho tiempo, pero, en realidad, fue como quien dice ayer.

—¿Qué me puede decir de Beryl? —pregunté—. ¿Qué recuerda de ella de aquella noche?

—Todos han desaparecido ahora.

Con las manos inmóviles sobre el regazo, su mente parecía contemplar un oscuro espejo vacío. Todos habían muerto menos ella; los huéspedes de aquella recordada y terrible cena eran unos fantasmas.

—Estamos hablando de ellos, señora McTigue. Están todavía con nosotros.

—Así lo espero... —dijo con los ojos húmedos de lágrimas.

—Necesitamos su ayuda y ellos necesitan la nuestra.

La señora McTigue asintió en silencio.

—Hábleme de aquella noche —repetí—. Sobre Beryl.

—Estuvo muy callada. La recuerdo contemplando el fuego de la chimenea.

—¿Qué más?

—Ocurrió algo.

—¿Qué? ¿Qué ocurrió, señora McTigue?

—Ella y el señor Harper parecían disgustados —contestó.

—¿Por qué? ¿Acaso discutieron?

—Fue después de que el chico entregara el equipaje. El señor Harper abrió una maleta y sacó un sobre que contenía unos papeles. La verdad es que no sé qué pasó, pero él bebió demasiado.

—¿Qué ocurrió a continuación?

—Tuvo un intercambio de palabras bastante fuerte con Beryl y su hermana. Después sacó los papeles y los arrojó al fuego.

»"Eso es lo que pienso de esto. ¡Basura, simple basura!", dijo. O algo por el estilo.

—¿Sabe usted qué quemó? ¿Un contrato tal vez?

—No creo —contestó la señora McTigue apartando la mirada—. Más bien tuve la impresión de que era algo que Beryl había escrito. Parecían páginas mecanografiadas y su irritación parecía dirigirse contra Beryl.

La autobiografía que ella estaba escribiendo, pensé yo. O tal vez un esquema de libro que la señorita Harper, Beryl y Sparacino habían discutido en Nueva York, con un Cary Harper cada vez más enojado y fuera de sí.

—Entonces intervino Joe —dijo la señora McTigue, entrelazando los deformados dedos como si quisiera contener su dolor.

—¿Qué hizo?

—La acompañó a casa. Acompañó a Beryl Madison a casa. —De pronto, la señora McTigue se detuvo y me miró con profundo temor—. Por eso ocurrió. Lo sé.

—¿Por eso ocurrió qué? —pregunté.

—Por eso están todos muertos —contestó—. Lo sé. Entonces tuve el presentimiento. Fue una cosa tremenda.

—Le ruego que me la describa. ¿Me la puede usted describir?

—Por eso están todos muertos —repitió—. Hubo mucho odio aquella noche en aquella habitación.

13

El hospital Valhalla se levantaba en lo alto de una colina, en medio del dulce paisaje del condado de Albemarle, que los vínculos de mi facultad con la Universidad de Virginia me obligaban a visitar periódicamente a lo largo del año. Aunque había contemplando a menudo el impresionante edificio de ladrillo en lo alto de la distante colina visible desde la carretera interestatal, jamás había visitado el hospital ni por motivos personales ni por razones profesionales.

Era un antiguo hotel de lujo frecuentado por famosos y acaudalados personajes que, durante la Depresión, se declaró en quiebra, siendo posteriormente adquirido por tres hermanos psiquiatras que decidieron convertir el Valhalla en una institución freudiana de máxima categoría en la que las familias adineradas pudieran almacenar sus estorbos y vergüenzas genéticas, sus ancianos aquejados de demencia senil y sus vástagos mal programados.

No me sorprendió demasiado que Al Hunt hubiera sido recluido allí en su adolescencia. Lo que me sorprendió fue que su psiquiatra se mostrara tan reticente a hablar de él. Bajo la profesional cordialidad del doctor Warner Masterson se ocultaba un lecho rocoso de reserva lo suficientemente duro como para romper en pedazos el taladro de los más tenaces inquisidores. Me constaba que no deseaba hablar conmigo. Pero él sabía que no tenía más remedio que hacerlo.

Tras aparcar en la zona reservada a las visitas, entré en el vestíbulo decorado con muebles victorianos, alfombras orientales y pesados cortinajes, cuyas barrocas sobrepuertas aparecían un tanto deterioradas. Estaba a punto de anunciarme a la recepcionista cuando oí que alguien pronunciaba mi nombre a mi espalda.

—¿Doctora Scarpetta?

Al volverme vi a un negro alto y delgado vestido con un traje azul marino de corte europeo. Tenía el cabello entrecano, unos pronunciados pómulos y una frente aristocráticamente despejada.

—Soy Warner Masterson —me dijo, esbozando una ancha sonrisa mientras me tendía la mano.

Estaba preguntándome si le habría conocido en alguna otra parte cuando él me explicó que me había identificado a través de las fotografías de la prensa y las imágenes de la televisión, cosas ambas de las cuales gustosamente yo hubiera prescindido.

—Vamos a mi despacho —dijo amablemente—. Espero que no esté muy cansada del viaje. ¿Puedo ofrecerle algo de beber? ¿Café? ¿Un refresco?

Todo ello me lo dijo sin dejar de caminar mientras yo procuraba seguir el ritmo de sus grandes zancadas. Una significativa porción de la raza humana no tiene ni idea de lo que es estar pegado a unas piernas cortas, cosa que a mí me obliga a caminar constantemente como una pobre carretilla en un mundo dominado por los trenes expresos. El doctor Masterson ya se encontraba en el otro extremo de un largo pasillo alfombrado cuando, al final, se le ocurrió mirar a su alrededor. Deteniéndose junto a una puerta, esperó hasta que yo le diera alcance y entonces me hizo pasar. Me acomodé en un sillón mientras él se sentaba detrás de su escritorio y empezaba a llenar de tabaco una costosa pipa de raíz de brezo.

—Huelga decir, doctora Scarpetta —dijo el doctor Masterson con su pausada y culta forma de hablar mientras abría una gruesa carpeta—, que estoy desolado por la muerte de Al Hunt.

—¿Le sorprende? —le pregunté.

—No del todo.

—Me gustaría revisar el caso mientras hablamos —dije.

Vaciló lo suficiente como para que yo estuviera a punto de recordarle mis derechos legales a examinar los archivos.

—Por supuesto —dijo, esbozando una sonrisa al tiempo que me entregaba la carpeta.

Abrí un sobre de cartulina y empecé a examinar su contenido mientras el azulado humo de la pipa llegaba hasta mí en aromáticas vaharadas. El informe del ingreso y el examen físico de Al Hunt eran de pura rutina. El joven gozaba de excelente salud cuando ingresó en el centro un 10 de abril por la mañana once años atrás. Los detalles del examen mental ya eran otra cosa.

—¿Se encontraba en estado catatónico cuando ingresó? —pregunté.

—Profundamente deprimido y apático —contestó el doctor Masterson—. No nos pudo decir por qué estaba aquí. No nos pudo decir nada. Le faltaba la energía emocional necesaria para responder a las preguntas. Observará usted en el historial que no pudimos someterle ni al Standford-Binet ni al IMPM y que tuvimos que repetir los tests en una fecha posterior.

Los resultados constaban en la ficha. La puntuación de Al Hunt en el test de inteligencia Standford-Binet había sido de 130 más o menos, lo cual demostraba que su problema no era de carácter intelectivo. En cuanto al Inventario Multifásico de Personalidad de Minnesota, el joven no cumplía los requisitos para encuadrarle en la esquizofrenia ni en una perturbación mental de carácter orgánico. Según el dictamen del doctor Masterson, Al Hunt padecía «un trastorno de tipo esquizoide con rasgos de personalidad semianormal que se manifestó a través de una breve psicosis reactiva cuando se cortó las muñecas con un cuchillo de mesa tras encerrarse en el cuarto de baño». Fue un gesto suicida y las superficiales heridas constituyeron una llamada de socorro contra un serio intento de quitarse la vida. Su madre lo llevó a toda prisa a la sala de urgencias de un cercano hospital donde le cosieron las heridas y le dieron de alta.

A la mañana siguiente ingresó en el Valhalla. Una entrevista con la señora Hunt reveló que el incidente había sido provocado por la actitud de su marido, el cual «había perdido los estribos» con Al durante la cena.

—Al principio —prosiguió diciendo el doctor Masterson—, Al se negaba a participar en las sesiones de terapia ocupacional de grupo y en las funciones sociales a las que los pacientes deben asistir. Su respuesta a la medicación antidepresiva fue muy escasa y, durante nuestras sesiones, apenas conseguía sacarle una palabra.

Al ver que no se registraba ninguna mejora al cabo de la primera semana, explicó el doctor Masterson, se consideró la posibilidad de someterle a un tratamiento electroconvulsivo, algo equivalente a reprogramar un ordenador en lugar de establecer la causa de los errores. Aunque el resultado final puede ser una saludable reconexión de los senderos cerebrales, una especie de reordenación, por así decirlo, los «microbios» de formateo que han causado el problema se olvidarán inevitablemente y, en muchos casos, se perderán para siempre. Por regla general, el TEC no es el tratamiento idóneo en los jóvenes.

—¿Lo sometieron al TEC? —pregunté tras comprobar que en la ficha no se mencionaba nada al respecto.

—No. Cuando ya estaba llegando a la conclusión de que no habría más remedio que hacerlo, una mañana ocurrió un pequeño milagro durante una sesión de psicodrama.

El psiquiatra hizo una pausa para volver a encender la pipa.

—Explíqueme el psicodrama tal y como se desarrolló en aquel caso —dije.

—Algunos procedimientos se hacen de memoria y son como ejercicios de precalentamiento, por así decirlo. Durante aquella sesión colocamos a los pacientes en fila y les pedimos que imitaran a las flores. Tulipanes, narcisos, margaritas, cualquier cosa que se les ocurriera, que cada uno se doblara a su gusto para evocar la flor que hubiera elegido. Está claro que la elección del paciente revela muchas cosas. Fue la primera vez que Al Hunt participaba en una sesión. Entrelazó los brazos e inclinó la cabeza. —El doctor Masteron repitió los gestos y yo pensé que, más que una flor, parecía un elefante—. Cuando el terapeuta le preguntó qué flor era aquélla, contestó: «Un pensamiento.»

No dije nada mientras experimentaba una oleada de creciente compasión por aquel joven desaparecido al que estábamos evocando en aquellos momentos.

—Como es lógico, nuestra primera reacción fue suponer que se trataba de una referencia a la opinión que su padre tenía de él —explicó el doctor Masterson, limpiándose las gafas con un pañuelo—. Burlonas alusiones a los rasgos afeminados del joven y a su fragilidad. Pero era algo más que eso. —Volviéndose a poner las gafas, Masterson me miró fijamente—. ¿Tiene usted alguna idea de las asociaciones cromáticas de Al?

—Muy vaga.

—El pensamiento es también un color.

—Sí. Un morado o violeta muy intenso —convine yo.

—Es lo que se obtiene si se mezcla el azul de la depresión con el rojo de la ira. El color de las magulladuras y del dolor. El color de Al. Es el color que, según él, irradiaba su alma.

—Un color apasionado —dije yo—. Muy profundo.

—Al Hunt era un joven muy profundo, doctora Scarpetta. ¿Sabe usted que se consideraba vidente?

—No muy bien —contesté con inquietud.

—En su pensamiento mágico se incluían la clarividencia, la telepatía y la superstición. Huelga decir que todas estas características se intensificaban en los momentos de extrema tensión, durante los cuales él creía poder leer los pensamientos de las personas.

—¿Y podía hacerlo realmente?

—Era un joven muy intuitivo. —El doctor Masterson volvió a sacar el encendedor—. Tengo que decir que sus intuiciones eran a menudo acertadas, y ése era uno de sus problemas. Intuía lo que los demás pensaban o sentían, y a veces parecía poseer un inexplicable conocimiento *a priori* de lo que éstos harían o ya habían hecho. La dificultad estribaba en el hecho de que, tal como yo le mencioné brevemente durante nuestra conversación telefónica, Al proyectaba sus percepciones y las llevaba demasiado lejos. Se perdía en los demás, se alteraba y se volvía paranoico porque su personalidad era muy frágil. Como el agua, tendía a adquirir la forma de aquello que lo contenía. Para utilizar un lugar común, se identificaba con el universo.

—Una cosa muy peligrosa —observé yo.

—Por no decir algo mucho peor. Al ha muerto.

—¿Está usted diciendo que sentía empatía?

—Sin duda.

—Eso no concuerda demasiado con el diagnóstico —dije—. Los individuos con trastornos de la personalidad de tipo semianormal no suelen sentir nada por los demás.

—Claro, pero eso formaba parte de su pensamiento mágico, doctora Scarpetta. Al atribuía sus trastornos sociales y ocupacionales a lo que él consideraba una irreprimible empatía con los demás. Creía sinceramente sentir e incluso experimentar el dolor de los demás y conocer sus mentes, tal como ya le he dicho. De hecho, Al Hunt estaba socialmente aislado.

—El personal del hospital Metropolitan ha señalado que solía mostrarse muy amable con los pacientes durante el período en que estuvo allí como enfermero —dije.

—Y no me extraña —replicó el doctor Masterson—. Trabajaba como enfermero en la sala de urgencias. Jamás hubiera soportado una unidad de cuidados intensivos. Al era capaz de ser muy amable siempre y cuando no tuviera que intimar con nadie y no se viera obligado a estrechar lazos con nadie.

—Lo cual explica por qué consiguió un diploma, pero después no pudo desenvolverse en un ambiente de terapia psicoterapéutica —apunté.

—Exactamente.

—¿Qué me puede decir de las relaciones con su padre?

—Fueron unas relaciones desequilibradas y despóticas —contestó el psiquiatra—. El señor Hunt era un hombre duro e inflexible. La idea que él tenía de la educación de un hijo consistía en golpearle y maltratarle para convertirlo en un hombre. Y Al carecía de la resistencia emocional necesaria para soportar las intimidaciones, los malos tratos y el adiestramiento mental que, según su padre, le servirían de preparación para poder enfrentarse con la vida. Todo ello obligó al chico a pasarse al bando de su madre, donde la imagen de sí mismo se fue confundiendo progresivamente. Seguramente no se sorprenderá, doctora Scarpetta, si le digo que muchos varones homosexuales son hijos de unos bestias que andan por ahí con armeros en las furgonetas y pegatinas con banderas del ejército confederado.

Me vino a la mente Marino. Sabía que tenía un hijo ya crecido. Hasta aquel momento, jamás se me había ocurrido pensar que Marino nunca hablara de su único hijo, el cual vivía en no sé qué sitio del oeste.

—¿Está usted insinuando que Al era homosexual?

—Estoy insinuando que era una persona demasiado insegura y que su complejo de inferioridad era demasiado hondo como para que pudiera reaccionar ante una persona o establecer cualquier tipo de relación íntima con alguien. Que yo sepa, jamás tuvo un encuentro homosexual.

El doctor Masterson miró con expresión impenetrable por encima de mi cabeza mientras daba una chupada a la pipa.

—¿Qué ocurrió en el psicodrama de aquel día, doctor Masterson? ¿Cuál fue el pequeño milagro que usted ha mencionado? ¿La imitación de un pensamiento? ¿Fue eso?

—Empezó a destaparse —me contestó—. Pero el milagro, si usted quiere, fue un explosivo y acalorado diálogo con su padre, al cual imaginó sentado en una silla en el centro de la estancia. A medida que el diálogo se intensificaba, el terapeuta se dio cuenta de lo que estaba pasando, se acomodó en la silla y empezó a interpretar el papel del padre de Al. En determinado momento, el joven se dejó arrastrar hasta tal punto por la situación que alcanzó casi un estado hipnótico, no pudo separar lo real de lo imaginario y, al final, toda su cólera estalló de repente.

—¿Cómo se manifestó? ¿Adoptó una actitud violenta?

—Se echó a llorar —contestó el doctor Masterson.

—¿Qué le estaba diciendo su «padre»?

—Le estaba atacando con sus habituales insultos, le criticaba y le decía que no valía nada como hombre ni como ser humano. Al era hipersensible a las críticas, doctora Scarpetta. Ésa era en parte la raíz de su confusión. Creía ser sensible a los demás cuando, en realidad, sólo era sensible a su propia persona.

—¿Le asignaron un asistente social? —pregunté mientras seguía pasando las páginas sin encontrar ninguna anotación hecha por algún terapeuta.

—Por supuesto.

—¿Quién era?

Me pareció que en la historia faltaban algunas páginas.

—El terapeuta que le acabo de mencionar —contestó el doctor Masterson.

—¿El terapeuta que actuó en el psicodrama?

El psiquiatra asintió con la cabeza.

—¿Trabaja todavía en este hospital?

—No —contestó el doctor Masterson—. Jim ya no está con nosotros...

—¿Jim? —pregunté, interrumpiéndole.

El doctor Masterson empezó a vaciar el tabaco quemado de la pipa.

—¿Cuál es su apellido y dónde está ahora? —pregunté.

—Lamento decirle que Jim Barres murió en un accidente de tráfico hace varios años.

—¿Cuántos años?

El doctor Masterson volvió a limpiarse las gafas con el pañuelo.

—Supongo que unos ocho o nueve años.

—¿Cómo ocurrió y dónde?

—No recuerdo los detalles.

—Qué pena —dije como si hubiera perdido cualquier interés por el asunto.

—¿Debo suponer que considera usted a Al Hunt sospechoso en este caso? —preguntó el doctor Masterson.

—Hay dos casos. Dos homicidios —contesté.

—Muy bien, pues. Dos casos.

—Respondiendo a su pregunta, doctor Masterson, no me corresponde a mí considerar a nadie sospechoso de nada. Eso compete a la policía. A mí me interesa obtener información sobre Al Hunt para poder establecer que éste tenía un historial de tendencias suicidas.

—¿Acaso cabe alguna duda a este respecto, doctora Scarpetta? Se ahorcó, ¿no es cierto? ¿Qué otra cosa podría ser sino un suicidio?

—Iba vestido de una manera muy rara. Una camisa y unos calzoncillos —contesté—. Tales cosas suelen dar lugar a conjeturas.

—¿Está usted insinuando la posibilidad de una asfixia onanista? —preguntó el psiquiatra, arqueando las cejas con expresión de asombro—. ¿Una muerte accidental que ocurrió mientras se estaba masturbando?

—Estoy haciendo todo lo posible por contrarrestar esta pregunta, en caso de que se planteara.

—Comprendo. Por la cuestión de la póliza del seguro. Por si la familia se opone a lo que usted diga en el certificado de defunción.

—Por distintas razones —contesté.

—¿De veras alberga usted alguna duda acerca de lo que ocurrió? —preguntó el doctor Masterson frunciendo el ceño.

—No —contesté—. Creo que Al se quitó la vida, doctor Masterson. Creo que ésa fue su intención cuando bajó al sótano y que, a lo mejor, se quitó los pantalones al quitarse el cinturón. El cinturón que utilizó para ahorcarse.

—Muy bien. Quizá yo pueda aclararle otra cuestión, doctora Scarpetta. Al nunca puso de manifiesto tendencias violentas. La única persona a quien causó algún daño, que yo sepa, fue a él mismo.

Le creía y también creía que había muchas cosas que no

me había dicho y que sus fallos de memoria y sus vaguedades eran evidentemente deliberados. Jim Barnes, pensé. Jim Jim.

—¿Cuánto tiempo permaneció Al Hunt ingresado aquí? —pregunté, cambiando de tema.

—Cuatro meses, creo.

—¿Estuvo alguna vez en la unidad forense?

—El Valhalla no dispone de ninguna unidad forense propiamente dicha. Tenemos una sala llamada el «cuarto trasero» para los pacientes psicópatas, los que padecen delírium trémens y los que constituyen un peligro para su propia integridad física. No almacenamos enfermos mentales que hayan cometido delitos.

—¿Estuvo Al alguna vez en esa sala? —pregunté.

—Nunca fue necesario.

—Muchas gracias por haberme dedicado su tiempo —dije, levantándome—. Envíeme por correo una fotocopia de esta historia, si es tan amable.

—Lo haré con mucho gusto. —El doctor Masterson esbozó de nuevo una cordial sonrisa, pero sin mirarme a la cara—. No dude en llamar si puedo hacer alguna otra cosa.

Experimenté una extraña y molesta sensación mientras recorría el largo y desierto pasillo que conducía al vestíbulo, pero mi instinto me aconsejaba no preguntar por Frankie o tan siquiera mencionar su nombre. El «cuarto trasero». Pacientes psicóticos o que padecen delírium trémens. Al Hunt me había comentado sus entrevistas con pacientes confinados en una unidad forense. ¿Fueron acaso figuraciones suyas o una confusión por su parte? No había ninguna unidad forense en el Valhalla. Y, sin embargo, pudo haber alguien que se llamara Frankie encerrado en el «cuarto trasero». ¿Y si Frankie hubiera mejorado y más tarde lo hubieran trasladado a otra sala durante la permanencia de Al en el Valhalla? ¿Y si Frankie hubiera imaginado que había asesinado a su madre o hubiera deseado poder hacerlo?

«Frankie golpeó a su madre con un tronco hasta matarla.» El asesino había golpeado a Cary Harper con un trozo de tubería metálica, hasta matarlo.

Cuando llegué a mi despacho ya había anochecido y los guardas ya no estaban.

Sentándome detrás de mi escritorio, giré el sillón de cara al terminal de ordenadores. Tras pulsar varios comandos, apareció ante mis ojos la pantalla ámbar y, momentos después, recuperé el caso de Jim Barnes. Un 20 de abril de nueve años atrás, sufrió un accidente de tráfico en el condado de Albemarle; la causa de la muerte habían sido unas «lesiones cerebrales cerradas». Su índice de alcoholemia era de 1,8, casi el doble de lo legalmente permitido, y se le habían encontrado restos de nortriptilina y amitriptilina. Estaba claro que Jim Barnes tenía un problema.

En el despacho del analista de informática situado unas puertas más abajo, la arcaica y cuadrada máquina de microfilmes se hallaba sólidamente asentada sobre una mesa del fondo cual si fuera un Buda. Mis habilidades audiovisuales nunca habían sido extraordinarias. Tras una impaciente búsqueda en la filmoteca, encontré el rollo que me interesaba y conseguí colocarlo debidamente en la máquina. Con las luces apagadas, vi pasar una interminable corriente de borrosas imágenes en blanco y negro. Ya me estaban empezando a doler los ojos cuando encontré el caso. La película crujió levemente cuando pulsé un botón y centré en la pantalla el informe policial escrito a mano. Aproximadamente a las diez cuarenta y cinco de un viernes por la noche, el BMW 1973 de Barnes estaba circulando a alta velocidad en dirección este por la I-64. Cuando la rueda derecha se separó del asfalto, Jim efectuó una maniobra de corrección excesiva, se golpeó contra la divisoria y saltó por los aires. Hice avanzar la película y encontré el informe inicial de investigación del forense. En la sección de comentarios, un tal doctor Brown había escrito que el fallecido había sido despedido aquella misma tarde del hospital Valhalla, donde trabajaba como asistente social. Cuando abandonó el Valhalla, a las cinco de la tarde de aquel día, lo vieron extremadamente alterado y enfurecido. Barnes era soltero y sólo tenía treinta y un años.

En el informe del forense se mencionaban dos testigos a quienes el doctor Brown debía de haber entrevistado. Uno era el doctor Masterson y el otro una empleada del hospital llamada señorita Jeannie Sample.

A veces, trabajar en un caso de homicidio es como extraviarse. Sigues cualquier calle que te parece prometedora confiando en que, con un poco de suerte, una callejuela te conducirá finalmente a la calle principal. ¿Cómo era posible que un terapeuta fallecido nueve años atrás tuviera algo que ver con los recientes asesinatos de Beryl Madison y Cary Harper? Y, sin embargo, yo presentía que había un eslabón.

No me apetecía demasiado interrogar a los colaboradores del doctor Masterson y apostaba a que éste ya habría aleccionado a los de mayor rango para que, si yo los llamara, se mostraran corteses... y mudos. A la mañana siguiente, sábado, dejé que mi subconsciente trabajara en aquel problema y llamé al Johns Hopkins con la esperanza de que el doctor Ismail estuviera allí. Estaba y confirmó mi teoría. Las muestras del contenido gástrico y de la sangre de Sterling Harper indicaban que ésta había ingerido levometorfano poco antes de morir, ocho miligramos por litro de sangre, demasiado para que pudiera sobrevivir o para que hubiera sido accidental. Se había quitado la vida y lo había hecho de una forma que, en circunstancias normales, no se hubiera detectado.

—¿Sabía ella que el dextrometorfano y el levometorfano se presentan como dextrometorfano en los análisis toxicológicos de rutina? —le pregunté al doctor Ismail.

—No recuerdo haber comentado con ella nada de todo eso —me contestó—. Pero siempre mostraba un gran interés por los detalles de sus tratamientos y medicaciones, doctora Scarpetta. Cabe la posibilidad de que investigara el tema en nuestra biblioteca médica. Recuerdo que me hizo muchas preguntas cuando le receté por primera vez el levometorfano. Eso fue hace varios años. Como era un tratamiento de tipo experi-

mental, sentía curiosidad y puede que estuviera un poco preocupada...

Apenas le escuché mientras me seguía dando explicaciones.
Jamás podría demostrar que la señorita Harper había dejado
deliberadamente el frasco de jarabe para la tos bien a la vista
para que yo lo encontrara. Pero yo estaba razonablemente
segura de que eso era lo que había hecho. Quiso morir con
dignidad y sin reproches, pero no lo quiso hacer en soledad.

Tras colgar el teléfono me preparé un buen té caliente y
empecé a pasear por la cocina, deteniéndome de vez en cuando para contemplar el claro día de diciembre. *Sammy*, una
de las pocas ardillas albinas de Richmond, estaba saqueando de
nuevo mi comedero para pájaros. Por un instante nos miramos a los ojos mientras sus peludas mejillas se movían a ritmo
frenético, las semillas se escapaban volando de sus patitas y la
pequeña cola blanca se movía cual un trémulo punto interro-
gativo recortándose contra el azul del cielo. Nos habíamos
hecho amigas el invierno anterior cuando contemplé desde mi
ventana sus repetidos intentos de saltar desde una rama para
alcanzar la cónica parte superior del comedero de pájaros. Tras
un considerable número de revolcones por el suelo, *Sammy*
consiguió finalmente cogerle el tranquillo a la cosa. De vez en
cuando, yo salía y le arrojaba un puñado de cacahuetes. La situación había llegado hasta el extremo de que, cuando tarda-
ba un poco en verla, experimentaba una punzada de inquietud
seguida de un gozoso suspiro de alivio cuando la ardilla aparecía de nuevo para aprovecharse de mi bondad.

Sentada junto a la mesa de la cocina con un cuaderno
de apuntes y un bolígrafo en la mano, marqué el número del
Valhalla.

—Jeannie Sample, por favor —dije sin identificarme.

—¿Es una paciente, señora? —me preguntó la recepcionista.

—No. Es una empleada... —Me hice un poco la tonta—.
Por lo menos, eso creo. Llevo años sin ver a Jeannie.

—Un momento, por favor.

La recepcionista volvió a ponerse al teléfono.

—Aquí no hay nadie que se llame así.

Maldita sea. ¿Cómo era posible? El número de teléfono que figuraba junto a su nombre en el informe del forense era el del Valhalla. ¿Se habría equivocado el doctor Brown? Nueve años atrás, pensé. En nueve años podían haber ocurrido muchas cosas. La señorita Sample podía haberse ido a otro sitio. Se podía haber casado.

—Perdón —dije—. Sample es su apellido de soltera.

—¿Conoce usted su apellido de casada?

—Qué estúpida soy, tendría que saberlo...

—¿No será Jean Wilson?

Hice una pausa como si no estuviera segura.

—Aquí tenemos a una Jean Wilson —añadió la voz—. Una de nuestras terapeutas ocupacionales. No se retire, por favor. —La recepcionista volvió en seguida—. Sí, su primer apellido es Sample, señora. Pero no trabaja los fines de semana. Estará aquí el lunes a las ocho de la mañana. ¿Quiere dejarle algún recado?

—¿Hay algún medio de que pueda ponerme en contacto con ella?

—No estamos autorizados a facilitar los números de los teléfonos particulares —contestó la recepcionista, poniéndose un poco en guardia—. Si me deja usted su nombre y su teléfono, intentaré localizarla y le diré que la llame.

—Qué lástima, no voy a estar aquí mucho tiempo. —Reflexioné un instante y añadí en tono de fingida resignación—: Lo intentaré de nuevo... la próxima vez que vuelva por esta zona. Supongo que también puedo escribirle al Valhalla.

—Sí, señora, por supuesto.

—La dirección, ¿cuál es?

Me la facilitó.

—¿Y el nombre del marido? —Una pausa.

—Skip, creo.

A veces era un diminutivo de Leslie, pensé.

—Señora de Skip o de Leslie Wilson —murmuré como si lo estuviera anotando—. Bueno, pues, muchas gracias.

El servicio de información de la telefónica me dijo que en Charlottesville había un Leslie Wilson, un L. P. Wilson y un L. T. Wilson. Empecé a marcar. El hombre que se puso al teléfono cuando marqué el número de L. T. Wilson me dijo que «Jeannie» había salido a hacer unos recados y regresaría a casa antes de una hora.

Comprendí que una voz desconocida que hiciera preguntas por teléfono no llegaría a ninguna parte. Jeannie Wilson insistiría en hablar primero con el doctor Masterson y entonces todo estaría perdido. Sin embargo, sería un poco más difícil rechazar a alguien que se presentara inesperadamente en la puerta de la casa, sobre todo si ese alguien se identificara como la jefa del Departamento de Medicina Legal y llevara una placa que así lo confirmara.

Jeannie Sample Wilson no aparentaba más de treinta años y vestía vaqueros y un jersey de color rojo. Era una vivaracha morena de ojos risueños, nariz pecosa y largo cabello recogido hacia atrás en una cola de caballo. En el salón que se veía desde la puerta, dos chiquillos estaban sentados sobre la alfombra del suelo, contemplando los dibujos animados de la televisión.

—¿Cuánto tiempo lleva trabajando en el Valhalla? —le pregunté.

—Unos doce años —contestó tras dudar un poco.

Me alegré tanto que casi estuve a punto de lanzar un suspiro de alivio. Jeannie Wilson debía de estar allí no sólo cuando despidieron a Jim Barnes, sino también cuando Al Hunt ingresó en el centro como paciente dos años antes.

Estaba sólidamente plantada en la puerta. En la calzada particular había un automóvil, aparte del mío. Su marido debía de haber salido. Estupendo.

—Estoy investigando los homicidios de Beryl Madison y Cary Harper —dije.

Jeannie me miró con los ojos muy abiertos.

—¿Qué quiere usted de mí? Yo no les conocía...

—¿Me permite pasar?

—Por supuesto. Perdón. Por favor.

Nos sentamos en la pequeña cocina de linóleo, formica blanca y armarios de madera de pino. Todo estaba impecablemente limpio, con las cajas de cereales pulcramente alineadas sobre el frigorífico y grandes tarros de vidrio con galletas, arroz y pasta en los mostradores. El lavavajillas estaba en marcha y se aspiraba el aroma de un pastel cociéndose en el horno.

Decidí vencer cualquier resistencia por medio de la dureza.

—Señora Wilson, Al Hunt estuvo ingresado como paciente en el Valhalla hace once años, y durante algún tiempo fue sospechoso en los casos que nos ocupan. Él conoció a Beryl Madison.

—¿Al Hunt?

Jeannie me miró, desconcertada.

—¿Le recuerda?

Sacudió la cabeza.

—¿Y dice usted que lleva doce años trabajando en el Valhalla?

—Once y medio para ser más exacta.

—Al Hunt estuvo ingresado allí como paciente hace once años tal como ya le he dicho...

—El nombre no me suena...

—Se suicidó la semana pasada —dije.

Su perplejidad se intensificó.

—Hablé con él poco antes de su muerte, señora Wilson. Su asistente social murió hace nueve años en un accidente de tráfico. Jim Barnes. Necesito hacerle algunas preguntas sobre él.

Un rubor le empezó a subir por el cuello.

—¿Cree usted que su suicidio está relacionado o tuvo algo que ver con Jim?

Era imposible responder a la pregunta.

—Al parecer, Jim Barnes había sido despedido del Valhalla unas cuantas horas antes de su muerte —añadí—. Su apellido o, por lo menos, su apellido de soltera, figuraba en el informe del forense, señora Wilson.

—Hubo... Bueno, ciertas dudas —balbució—. Sobre si había sido un suicidio o un accidente. Me interrogaron. Un médico o un forense, no recuerdo. Pero me llamó un hombre.

—¿El doctor Brown?

—No recuerdo su nombre —contestó.

—¿Por qué quería hablar con usted, señora Wilson?

—Supongo que porque fui una de las últimas personas que vieron con vida a Jim. El médico debió de llamar a recepción y Betty me debió de pasar la llamada a mí.

—¿Betty?

—Era la recepcionista que teníamos entonces.

—Necesito que me diga todo lo que pueda recordar sobre las circunstancias del despido de Jim Barnes —dije mientras ella se levantaba para echar un vistazo al pastel del horno.

Cuando regresó parecía un poco más sosegada. Ya no estaba acobardada, sino enfurecida.

—Puede que no sea muy correcto hablar mal de los muertos, doctora Scarpetta —dijo—, pero Jim no era una buena persona. Había provocado un problema muy grave en el Valhalla y hubieran tenido que despedirle mucho antes.

—¿Qué clase de problema exactamente?

—Los pacientes dicen muchas cosas y a menudo no se les puede dar mucho crédito. Es difícil establecer lo que es verdad y lo que no lo es. El doctor Masterson y los terapeutas recibían quejas de vez en cuando, pero no se pudo demostrar nada hasta que una mañana, la mañana de aquel día, alguien fue testigo de unos hechos. Aquel día, Jim fue despedido y sufrió el accidente.

—¿Fue usted el testigo de los hechos? —pregunté.

—Sí —contestó con la mirada perdida en la lejanía y los labios firmemente apretados.

—¿Qué ocurrió?

—Yo estaba cruzando el vestíbulo para ir a ver al doctor Masterson por algo que ahora no recuerdo, cuando Betty me llamó. Trabajaba en la centralita del mostrador de recepción tal como ya le he dicho... ¡Tommy, Clay, a ver si os estáis quietos!

Los gritos de la otra estancia se intensificaron mientras los niños iban cambiando vertiginosamente los canales.

La señora Wilson se levantó con aire cansado para restablecer el orden entre sus hijos. Oí los rumores amortiguados de unas palmas sobre unas posaderas, tras lo cual el canal se quedó quieto. Al parecer, los personajes de los dibujos animados se estaban atacando con ametralladoras.

—¿Dónde estaba? —preguntó la señora Wilson al volver a la cocina.

—Me estaba hablando de Betty —le recordé.

—Ah, sí. Me hizo señas de que me acercara y dijo que la madre de Jim llamaba por conferencia y parecía que se trataba de algo importante. Nunca supe el propósito de la llamada. Pero Betty me pidió que fuera a avisar a Jim. Estaba en el psicodrama que se suele hacer en el salón de baile. El Valhalla tiene un salón de baile que utilizamos para muchas cosas, ¿sabe usted? El sábado por la noche, para bailes y fiestas. Hay también un escenario con un estrado para la orquesta. Procede de la época en que el Valhalla era un hotel. Entré por la parte de atrás y, cuando vi lo que estaba ocurriendo, me quedé de una pieza. —Los ojos de Jeannie se encendieron de furia y sus dedos empezaron a juguetear con el borde de un mantelito individual—. Permanecí inmóvil, observando la escena. Jim se encontraba de espaldas a mí con cinco o seis pacientes en el escenario. Las sillas estaban colocadas de tal forma que los demás no podían ver lo que él hacía con una paciente, una niña llamada Rita. Rita debía de tener unos trece años y había sido violada por su padrastro. No hablaba jamás y se había quedado funcionalmente muda. Jim la estaba obligando a escenificar de nuevo lo ocurrido.

—¿La violación? —pregunté sin perder la calma.

—El muy hijo de puta. Perdone, pero es que todavía me altero.

—Se comprende.

—Más tarde dijo que no había cometido ninguna incorrección. Era un embustero y lo negó todo. Pero yo lo había visto. Comprendí exactamente lo que estaba haciendo. Interpretaba el papel del padrastro y Rita estaba tan asustada que no podía ni moverse. Estaba petrificada en la silla y él, inclinado sobre su rostro, le hablaba en voz baja. El salón de baile tiene muy buena acústica y lo oí todo muy bien. Rita estaba muy desarrollada para ser una niña de trece años.

»"¿Es eso lo que te hizo?", le preguntaba Jim mientras la tocaba.

»Supongo que la manoseó tal como había hecho su padrastro. Me retiré sin que él se diera cuenta de mi presencia y, minutos más tarde, el doctor Masterson y yo nos enfrentamos con él.

Empecé a comprender por qué el doctor Masterson se había negado a hablar conmigo de Jim Barnes y adiviné por qué faltaban algunas páginas en el historial de Al Hunt. Si se hubieran divulgado tales hechos, a pesar de haber ocurrido varios años atrás, la reputación del hospital hubiera sufrido un duro golpe.

—¿Y usted sospecha que Jim Barnes había hecho lo mismo otras veces? —pregunté.

—Algunas quejas que habíamos recibido así parecían indicarlo —contestó Jeannie Wilson con los ojos encendidos de cólera.

—¿Siempre mujeres?

—No siempre.

—¿Recibieron quejas de algún paciente varón?

—De un chico, sí. Pero nadie le hizo caso. Tenía problemas sexuales porque, al parecer, lo habían sometido a abusos deshonestos o algo por el estilo. El tipo de paciente del que alguien como Jim se podía aprovechar porque nadie se hubiera creído lo que decía el pobrecillo.

—¿Recuerda el nombre de aquel paciente?

—A ver. —Jeannie frunció el ceño—. Hace tanto tiempo —añadió—. Frank... Frankie. Eso es. Recuerdo que algunos pacientes lo llamaban Frankie. Pero no recuerdo su apellido.

—¿Cuántos años tenía? —pregunté, consciente de los violentos latidos de mi corazón.

—Pues no sé. Unos diecisiete o dieciocho.

—¿Qué recuerda usted de Frankie? —pregunté—. Es importante. Muy importante.

Sonó un cronómetro y Jeannie empujó su silla hacia atrás y se levantó para sacar el pastel del horno. Después fue a ver qué estaban haciendo sus hijos. Regresó frunciendo el ceño.

—Recuerdo vagamente que estuvo algún tiempo en el «cuarto trasero», inmediatamente después de su ingreso. Después lo trasladaron a la sala de hombres del segundo piso. Yo lo trataba en terapia ocupacional —añadió Jeannie acercándose el índice a la barbilla con gesto pensativo—. Recuerdo que era muy ingenioso. Hacía muchos cinturones de cuero y grabados en latón y le gustaba hacer calceta, lo cual era un poco insólito. Los varones se niegan a hacer calceta. Prefieren los trabajos en cuero, los ceniceros y todas esas cosas. Él era muy creativo y extremadamente habilidoso. Y recuerdo también otra cosa. Su pulcritud. Era un maniático de la limpieza y siempre limpiaba y ordenaba su espacio, recogiendo cualquier cosa que hubiera caído al suelo. Como si no pudiera soportar el desorden.

Jeannie hizo una pausa para mirarme.

—¿Cuándo formuló su queja contra Jim Barnes? —pregunté.

—Poco después de que yo empezara a trabajar en el Valhalla. —Jeannie trató de recordar—. Creo que Frankie sólo llevaba cosa de un mes en el Valhalla cuando dijo algo sobre Jim. Me parece que se lo comentó a otro paciente. Es más... —la joven hizo una pausa y juntó sus bien perfiladas cejas, frunciendo el entrecejo—, fue el otro paciente el que se quejó ante el doctor Masterson.

—¿Recuerda quién era el paciente? ¿El paciente a quien Frankie le hizo el comentario?

—No.

—¿Pudo ser alguien llamado Al Hunt? Me ha dicho que llevaba poco tiempo trabajando en el Valhalla. Hunt estuvo ingresado allí como paciente hace once años, durante la primavera y el verano.

—No recuerdo a Al Hunt...

—Eran más o menos de la misma edad —añadí.

—Qué curioso. —Los ojos de Jeannie se clavaron en los míos con expresión de inocente asombro—. Frankie tenía un amigo, otro adolescente como él. Rubio. El chico era muy rubio y parecía muy tímido. No recuerdo su nombre.

—Alt Hunt era rubio —dije.

Silencio.

—Oh, Dios mío.

Seguí aguijoneándola.

—Callado, tímido...

—Oh, Dios mío —repitió Jeannie—. ¡Entonces apuesto a que fue él! ¿Y dice usted que se suicidó la semana pasada?

—Sí.

—¿Y no le había hablado de Jim?

—Me mencionó a alguien llamado Jim Jim.

—Jim Jim —repitió la joven—. Pues no sé...

—¿Qué le ocurrió a Frankie?

—No estuvo allí mucho tiempo, unos dos o tres meses.

—¿Regresó a su casa? —pregunté.

—Supongo que sí —contestó Jeannie—. No sé qué pasó con su madre. Creo que vivía con el padre. La madre de Frankie le abandonó cuando era pequeño... o algo por el estilo. Lo único que recuerdo es que su situación familiar era muy lamentable. Aunque eso se podría decir de casi todos los pacientes del Valhalla. —Jeannie lanzó un suspiro—. Madre mía, la de tiempo que llevaba yo sin pensar en esas cosas. Frankie. —Sacudió la cabeza—. No sé qué habrá sido de él.

—¿No tiene ni idea?

—Absolutamente ninguna. —Me miró largo rato y vi el temor reflejado en sus ojos—. Dos personas asesinadas. ¿No pensará usted que Frankie...?

No dije nada.

—Nunca fue violento cuando yo trabajaba con él. Era más bien cariñoso. —Jeannie esperó. Al ver que yo no hacía ningún comentario, añadió—: Quiero decir que era muy amable y educado conmigo, me observaba detenidamente y hacía todo lo que yo le decía.

—Eso quiere decir que la apreciaba —dije.

—Incluso me hizo una bufanda. Ahora me acuerdo. Roja, blanca y azul. Lo había olvidado por completo. No sé qué fue de ella. —Su voz se perdió—. Debí de dársela a los del Ejército de Salvación o algo así. No sé. Frankie, bueno, creo que se había enamorado un poco de mí —dijo, soltando una risita nerviosa.

—Señora Wilson, ¿qué aspecto tenía Frankie?

—Alto, delgado y moreno. —Jeannie cerró brevemente los ojos—. Hace tanto tiempo... —añadió volviendo a mirarme—. No destacaba por nada y no recuerdo que fuera especialmente guapo. Porque, si hubiera sido muy guapo o muy feo, tal vez le recordaría mejor. Por consiguiente, creo que debía de ser del montón.

—¿Es posible que haya alguna fotografía suya en los archivos del hospital?

—No.

Nuevamente el silencio. De pronto, Jeannie me miró con asombro.

—Tartamudeaba —dijo, primero como dudando y después con más convicción.

—¿Cómo dice?

—Digo que a veces tartamudeaba. Ahora me acuerdo. Cuando se excitaba o estaba muy nervioso, Frankie tartamudeaba.

Jim Jim.

Al Hunt había querido decir exactamente lo que dijo. Cuando Frankie le contó a Hunt lo que Barnes había intentado hacer, Frankie debía de estar trastornado y agitado. Y seguramente tartamudeaba. Debía de tartamudear siempre que le hablaba a Hunt de Jim Barnes. ¡Jim Jim!

Tras salir de la casa de Jeannie Wilson, entré en la primera cabina telefónica que encontré. El muy tonto de Marino se había ido a jugar a los bolos.

14

El lunes amaneció con una oleada de nubes jaspeadas y siniestramente grises que envolvían las estribaciones del Blue Ridge y ocultaban de la vista el Valhalla. El viento azotaba el automóvil de Marino y, cuando éste aparcó en el hospital, unos diminutos copos de nieve ya se estaban pegando al parabrisas.

—Mierda —exclamó Marino al bajar—. Lo único que nos faltaba.

—Dicen que no será nada —le tranquilicé, haciendo una mueca cuando los helados copos me rozaron las mejillas.

Inclinamos la cabeza para protegernos del viento y corrimos en medio del gélido silencio hacia la entrada principal.

El doctor Masterson nos esperaba en el vestíbulo con un rostro mas duro que la piedra a pesar de su forzada sonrisa. Ambos hombres se estrecharon la mano, mirándose como gatos enemigos, y yo no hice nada por suavizar la tensión porque ya estaba hasta la coronilla de los juegos que se llevaba entre manos el psiquiatra. Él tenía una información que nosotros necesitábamos y nos la tendría que facilitar en su totalidad ya fuera voluntariamente o bien a través de un mandamiento judicial. A su elección. Le seguimos sin demora a su despacho y esta vez cerró la puerta.

—Bien, ¿en qué puedo servirles? —preguntó nada más sentarse.

—Más información —contesté yo.

—Por supuesto. Pero debo confesarle, doctora Scarpetta

—añadió Masterson como si Marino no estuviera presente en la estancia—, que no veo qué otra cosa podría decirle sobre Al Hunt para ayudarle en sus casos. Ya examinó usted su historial y le he dicho todo lo que recuerdo...

—Sí, bueno —le interrumpió Marino—, nosotros hemos venido para refrescarle un poco más la memoria. —Sacó la cajetilla de cigarrillos—. Y no es Al Hunt quien nos interesa.

—No lo entiendo.

—Nos interesa más bien su compañero —explicó Marino.

—¿Qué compañero? —preguntó Masterson, mirándole fríamente.

—¿El nombre de Frankie le suena de algo?

El doctor Masterson empezó a limpiarse las gafas y yo pensé que ésa debía de ser una de sus estratagemas preferidas para ganar tiempo.

—Cuando Al estuvo ingresado aquí había un paciente, un muchacho llamado Frankie —añadió Marino.

—Me temo que no lo recuerdo.

—Pues haga memoria, doctor, y díganos quién es Frankie.

—En el Valhalla tenemos en todo momento trescientos pacientes ingresados, teniente —contestó el psiquiatra—. No me es posible recordar a todos los que pasan por aquí y tanto menos a aquellos cuya estancia es de corta duración.

—O sea, ¿que ese tal Frankie no estuvo aquí mucho tiempo? —preguntó Marino.

El doctor Masterson alargó la mano hacia la pipa. Había cometido un fallo y la cólera se reflejaba en sus ojos.

—Yo no he dicho nada de todo eso, teniente. —Empezó a llenar la pipa muy despacio con picadura de tabaco—. Pero, si fuera usted tan amable de facilitarme algunos datos sobre ese paciente, el joven a quien usted llama Frankie, tal vez se me ocurriría algo. ¿Puede usted decirme algo más sobre él, aparte del hecho de que era un «muchacho»?

—Al parecer —intervine yo—, Al Hunt tenía un amigo cuando estaba aquí, alguien a quien él llamaba Frankie. Al me lo comentó cuando habló conmigo. Creemos que ese joven pudo estar inicialmente confinado en el «cuarto trasero» y que después quizá fue trasladado a otro piso donde probablemente hizo amistad con Al. Frank nos ha sido descrito como un joven alto, delgado y moreno. Además, era aficionado a hacer calceta, lo cual es bastante atípico entre los varones según me han dicho.

—¿Eso es lo que le dijo Al Hunt? —preguntó el doctor Masterson.

—Frank era también un maniático de la limpieza —añadí, esquivando la pregunta.

—Lamento decirle que el personal no me suele comentar el hecho de que a un paciente le guste hacer calceta —dijo el doctor Masterson, volviendo a encender la pipa.

—Cabe la posibilidad de que tuviera una cierta tendencia a tartamudear cuando se ponía nervioso —añadí, reprimiendo mi impaciencia.

—Hummm. Tal vez fuera alguien con disfonía espástica en su diagnóstico diferencial. Podríamos empezar por aquí...

—Podríamos empezar por dejarnos de mierdas —dijo bruscamente Marino.

—La verdad, teniente —el doctor Masterson le dirigió una mirada de superioridad—, su hostilidad está totalmente injustificada.

—Ya, ya, ahora mismo no hay ningún mandamiento judicial, pero yo podría cambiar de idea en un santiamén, enviarle un mandamiento y encerrarle en chirona por complicidad en un asesinato. ¿Qué le parece? —dijo Marino, mirándole enfurecido.

—Me parece que ya estoy harto de sus impertinencias —contestó Masterson con exasperante calma—. No respondo muy bien a las amenazas, teniente.

—Y yo no respondo muy bien a alguien que me está tomando el pelo —replicó Marino.

—¿Quién es Frankie? —volví a preguntar yo.

—Le aseguro que no lo sé así de repente —contestó el doctor Masterson—. Pero, si son ustedes tan amables de esperar unos minutos, iré a ver qué datos podemos sacar de nuestro ordenador.

—Gracias —dije—. Esperaremos.

En cuanto el psiquiatra se retiró, Marino empezó a despotricar.

—Menudo caradura.

—Marino —dije en tono cansado.

—No es que haya muchos jóvenes en este sitio. Apuesto a que el setenta y cinco por ciento de los pacientes debe de superar los sesenta años. Por eso es más fácil recordar a los jóvenes, ¿no cree? El tío sabe muy bien quién es Frankie y probablemente nos podría decir incluso qué número de zapatos calza.

—Tal vez.

—Nada de tal vez. Le digo que el tío nos está tomando el pelo.

—Y lo seguirá haciendo mientras usted siga adoptando esta actitud tan hostil, Marino.

—Mierda. —Marino se levantó y se acercó a la ventana que había detrás del escritorio del doctor Masterson—. No soporto que alguien me venga con mentiras. Le juro que lo mandaré detener en caso necesario. Eso es lo que más me fastidia de los psiquiatras. Les da igual tener por paciente a Jack el Destripador. Te mienten, arropan al animal en la cama y le dan cucharaditas de caldo de gallina como si fuera un angelito. Menos mal que ha dejado de nevar —musitó con incongruencia tras hacer una pausa.

Esperé a que volviera a sentarse y le dije:

—Creo que la amenaza de acusación de complicidad en un asesinato ha sido demasiado fuerte.

—Pero le ha hecho efecto, ¿verdad?

—Dele la oportunidad de salvar las apariencias, Marino.

Marino contempló enfurruñado los visillos de la ventana, mientras daba una chupada al cigarrillo.

—Creo que ahora ya ha comprendido que le conviene colaborar —dije.

—Sí, bueno, pero a mí no me conviene perder el tiempo jugando al gato y al ratón con él. En estos momentos, Frankie *el Chalado* está en la calle pensando cosas raras y es como una maldita bomba de relojería a punto de estallar.

Pensé en mi tranquila casa de mi tranquilo barrio, en la cadena de Cary Harper colgada del tirador de la puerta de atrás y en los murmullos de la voz en mi contestador automático: «¿Tienes el cabello rubio natural o te lo decoloras?» Qué extraño. La pregunta me desconcertaba. ¿Qué más le daba eso a él?

—Si Frankie es el asesino —dije respirando hondo—, no acierto a comprender qué relación puede haber entre Sparacino y los homicidios.

—Ya veremos —musitó Marino, encendiendo otro cigarrillo y clavando sombríamente la mirada en la puerta.

—¿Qué quiere decir con eso de «ya veremos»?

—Nunca deja de asombrarme la facilidad con la cual una cosa conduce a otra —contestó enigmáticamente.

—¿Cómo? ¿Qué cosas conducen a otras, Marino?

Marino consultó su reloj y soltó una palabrota.

—Pero ¿dónde demonios se ha metido ése? ¿Se habrá ido a almorzar?

—Esperemos que esté buscando el historial de Frankie.

—Sí, esperemos.

—¿Qué cosas conducen a otras? —volví a preguntar—. ¿En qué está pensando? ¿Le importaría concretar un poco más?

—Digamos que tengo el presentimiento de que, de no haber sido por el maldito libro que Beryl estaba escribiendo, los tres aún estarían vivos. Y probablemente Hunt también lo estaría.

—Yo no estaría tan segura.

—Por supuesto. Usted siempre es muy objetiva. Yo lo que digo es que tengo este presentimiento. —Marino me miró y se frotó los cansados ojos. Tenía el rostro arrebolado—. Presiento que Sparacino y el libro guardan relación. Es lo que inicialmente relacionó al asesino con Beryl, y después una cosa condujo a la otra. A continuación va el tipo y se carga a Harper. Y la señorita Harper se traga una cantidad de pastillas suficiente para matar un caballo antes que quedarse sola en aquella maldita casa mientras el cáncer se la come viva. Y, finalmente, Hunt se cuelga de una viga en calzoncillos.

La fibra anaranjada con su curiosa sección de trébol pasó fugazmente por mi mente junto con el manuscrito de Beryl, Sparacino, Jeb Price, el hijo cinematográfico del senador Partin, la señora McTigue y Mark. Todos ellos eran miembros y ligamentos de un cuerpo que yo no lograba recomponer. De una inexplicable manera, eran la alquimia mediante la cual unas personas y unos acontecimientos aparentemente no relacionados entre sí se habían convertido en Frankie. Marino tenía razón. Una cosa siempre conduce a otra. El asesinato nunca emerge del vacío en toda su plenitud. Ninguna maldad surge aislada.

—¿Tiene usted alguna teoría sobre cuál pueda ser exactamente ese eslabón? —le pregunté a Marino.

—No, ninguna en absoluto —me contestó con un bostezo justo en el momento en que entraba el doctor Masterson, cerrando la puerta a su espalda.

Observé con satisfacción que éste llevaba un montón de carpetas en la mano.

—Bueno, pues —dijo fríamente el doctor Masterson sin mirarnos a ninguno de los dos—, no he encontrado a nadie llamado Frankie, por cuyo motivo deduzco que podría ser un diminutivo. Por consiguiente, he sacado los casos coincidentes con la fecha de tratamiento, la edad y la raza. Aquí tengo los historiales de seis pacientes varones de raza blanca, excluido Al Hunt, que estuvieron ingresados como pacientes en el Valhalla durante el período de tiempo que a ustedes les interesa. Las edades de todos ellos están comprendidas entre los trece y los veinticuatro años.

—¿Qué le parece si nos deja revisarlos mientras usted se queda aquí sentado fumando su pipa?

Marino estaba un poco menos combativo, pero no mucho.

—Preferiría darles sólo sus historias por razones confidenciales, teniente. Si alguno de ellos parece más interesante, revisaremos detalladamente su historial. ¿Les parece bien?

—Nos parece bien —contesté yo antes de que Marino pudiera protestar.

—El primer caso —dijo el doctor Masterson, abriendo la primera carpeta— es un joven de diecinueve años de Highland Park, Illinois, ingresado en diciembre de 1978 con unos antecedentes de consumo de estupefacientes... concretamente heroína. —Pasó una página—. Metro setenta de estatura, setenta y cinco kilos de peso, ojos y cabello castaños. Estuvo tres meses en tratamiento.

—Al Hunt no ingresó hasta el mes de abril siguiente —le recordé al psiquiatra—. No coincidieron como pacientes.

—Sí, tiene usted razón. No me había dado cuenta. A éste lo podemos descartar.

Mientras el psiquiatra dejaba la carpeta sobre el papel secante de su escritorio, le dirigí a Marino una mirada de advertencia. Tenía la cara tan colorada como un tomate y yo sabía que estaba a punto de estallar.

Abriendo una segunda carpeta, el doctor Masterson añadió:

—El siguiente es un varón de catorce años, rubio y de ojos azules, metro setenta de estatura y cincuenta y cinco kilos de peso. Ingresó en febrero de 1979 y fue dado de alta seis meses más tarde. Tenía unos antecedentes de personalidad retraída y alucinaciones fragmentarias. Fue diagnosticado como esquizofrénico de tipo desorganizado y hebefrénico.

—¿Le importa explicarnos qué demonios significa todo eso? —preguntó Marino.

—Presentaba incoherencia, actitudes extrañas, extremo retraimiento social y otras anomalías de comportamiento. Por ejemplo... —el psiquiatra se detuvo para examinar una página—, salía por la mañana para dirigirse a la parada del autobús, pero no acudía a la escuela, y una mañana lo encontramos sentado bajo un árbol dibujando cosas raras y sin sentido en su cuaderno de apuntes.

—Ya. Y ahora debe de ser un reputado artista que vive en Nueva York —musitó sarcásticamente Marino—. ¿Se llama Frank, Frankie o algo que empiece por F?

—No. Nada que se le parezca.

—¿Quién tenemos a continuación?

—A continuación tenemos a un varón de veintidós años de Delaware. Pelirrojo, ojos grises... hummm... metro sesenta y cinco de estatura, setenta kilos. Ingresó en marzo de 1979 y fue dado de alta en junio. El diagnóstico fue síndrome alucinatorio orgánico. Los factores coadyuvantes fueron una epilepsia transitoria y unos antecedentes de consumo de marihuana. Entre las complicaciones se incluían estado de ánimo disfórico y un intento de autocastración en respuesta a una alucinación.

—¿Qué significa disfórico? —preguntó Marino.

—Ansioso, inquieto, deprimido.

—¿Eso fue antes o después de que intentara convertirse en una soprano?

El doctor Masterson estaba empezando a perder la paciencia, y yo no se lo reprochaba.

—El siguiente —dijo Marino cual si fuera un sargento de instrucción.

—El cuarto caso es un varón de dieciocho años, cabello negro, ojos castaños, metro setenta y cinco y sesenta y ocho kilos. Ingresó en mayo de 1979 y el diagnóstico fue esquizofrenia de tipo paranoico. Su historia... —el psiquiatra pasó una página y alargó la mano hacia la pipa—, incluye cólera y ansiedad difusas con dudas sobre la propia identidad sexual y un acusado temor a ser catalogado como homosexual. La psicosis se desencadenó al parecer al ser abordado por un homosexual en unos lavabos públicos...

—Un momento —si Marino no le hubiera interrumpido, lo habría hecho yo—. Tenemos que hablar de éste. ¿Cuánto tiempo estuvo ingresado en el Valhalla?

El doctor Masterson encendió su pipa. Tomándoselo con mucha calma y examinando el historial, contestó:

—Diez semanas.

—Coincidiendo con la estancia de Hunt —dijo Marino.

—Exactamente.

—O sea, ¿que lo abordó un homosexual en un lavabo y se pegó un susto? ¿Qué pasó? ¿Qué tipo de psicosis? —preguntó Marino.

El doctor Masterson pasó unas páginas. Quitándose las gafas, contestó:

—Un episodio de delirios de grandeza. Creía que Dios le ordenaba hacer cosas.

—¿Qué cosas? —preguntó Marino, inclinándose hacia delante en su sillón.

—Aquí no se especifica nada en concreto; sólo se dice que se expresaba en términos extraños.

—¿Y era un esquizofrénico paranoico? —le preguntó Marino.

—Sí.

—¿Nos lo quiere definir? ¿Qué otros síntomas característicos se dan en estos casos?

—Lo más típico —contestó el doctor Masterson— son los rasgos asociados entre los cuales se incluyen los delirios de grandeza o las alucinaciones de contenido grandioso. Pueden registrarse celos injustificados, una extrema vehemencia en las interacciones interpersonales, inclinación a las discusiones y, en algunos casos, violencia.

—¿De dónde era? —pregunté.

—Maryland.

—Mierda —musitó Marino—. ¿Vivía con sus dos progenitores?

—Vivía con su padre.

—¿Está usted seguro de que era paranoico y no indiferenciado? —pregunté.

La distinción era importante. Los esquizofrénicos de tipo indiferenciado suelen observar una conducta ampliamente desorganizada. Generalmente no tienen capacidad para premeditar crímenes y escapar con éxito a la captura. La persona que buscábamos estaba lo suficientemente organizada como para planear y ejecutar con éxito sus crímenes y evitar que la atraparan.

—Estoy completamente seguro —contestó el doctor Masterson. Tras una pausa añadió, como el que no quiere la cosa—: Curiosamente, el nombre de pila de éste es Frank.

Después me entregó la carpeta y Marino y yo echamos un breve vistazo al contenido.

Frank Ethan Aims, o Frank E., y, por consiguiente, «Frankie», deduje yo, había sido dado de alta en el Valhalla a finales de julio de 1979 y, poco después, según la anotación hecha posteriormente por el doctor Masterson, se había fugado de su casa en Maryland.

—¿Cómo sabe usted que se fugó de su casa? —preguntó Marino, mirando al psiquiatra—. ¿Cómo sabe lo que fue de él tras haber abandonado este hospital?

—Me llamó su padre. Estaba muy disgustado —contestó el doctor Masterson.

—¿Y entonces qué?

—Por desgracia, ni yo ni nadie podíamos hacer nada. Frank era mayor de edad, teniente.

—¿Recuerda si alguien se refería a él llamándole Frankie? —pregunté.

Masterson sacudió la cabeza.

—¿Y Jim Barnes? ¿Fue el asistente social de Frank Aims?

—Sí —contestó el doctor Masterson a regañadientes.

—¿Tuvo Frank Aims algún encuentro desagradable con Jim Barnes? —pregunté.

—Parece ser que sí —contestó el psiquiatra tras dudar un poco.

—¿De qué naturaleza?

—Parece ser que de naturaleza sexual, doctora Scarpetta. Les ruego, por lo que más quieran, que tengan en cuenta mi intención de colaborar.

—Lo tenemos en cuenta, no se preocupe. Quiero decir que no es nuestro propósito repartir comunicados de prensa.

—O sea, que Frank conoció a Al Hunt —dije yo.

El doctor Masterson volvió a vacilar.

—Sí —dijo con la cara muy tensa—. Fue Al Hunt quien formuló las acusaciones.

—Eso ya está mejor —dijo Marino por lo bajo.

—¿Qué quiere decir con eso de que fue Al Hunt quien formuló las acusaciones? —pregunté.

—Quiero decir que se quejó a una de nuestras terapeutas —contestó el doctor Masterson un poco a la defensiva—. Durante una de nuestras sesiones también me dijo algo a mí. Interrogamos a Frank y éste se negó a decir nada. Era un joven muy colérico y retraído. Yo no podía tomar medidas basándome en lo que Al había dicho. Sin la confirmación de Frank, las acusaciones sólo podían considerarse rumores.

Marino y yo guardamos silencio.

—Lo siento —dijo el doctor Masterson con aire profundamente abatido—. No puedo ayudarles a descubrir el paradero de Frank. Ya no sé nada más. La última vez que hablé con su padre fue hace siete u ocho años.

—¿Cuál fue el motivo de la conversación? —pregunté.

—El señor Aims me llamó.

—¿Por qué razón?

—Quería saber si yo había tenido alguna noticia de Frank.

—¿Y la había tenido? —preguntó Marino.

—No —contestó el doctor Masterson—. Lamento decir que nunca supe nada más de Frank.

—¿Y por qué quería saber el señor Aims si usted había tenido alguna noticia de Frank? —pregunté yo.

—Su padre quería localizarle y pensaba que, a lo mejor, yo podría saber algo sobre su paradero. Porque su madre había muerto. Quiero decir, la madre de Frank.

—¿Dónde murió y cómo? —pregunté.

—En Freeport, Maine. No estoy muy al corriente de las circunstancias.

—¿De muerte natural? —pregunté.

—No —contestó el doctor Masterson sin mirarnos a la cara—. Estoy casi seguro de que no.

Marino no tardó mucho en averiguarlo. Llamó al Departamento de Policía de Freeport, Maine. Según los archivos, a última hora de la tarde del 15 de enero de 1983, un «ladrón» que, al parecer, se encontraba en el interior de su casa mató a golpes a la señora Wilma Aims cuando ésta regresó de la tienda de comestibles. Tenía cuarenta y dos años al morir y era una mujer de baja estatura, ojos azules y cabello rubio decolorado. El caso no se aclaró.

Yo no tenía ninguna duda sobre quién era el presunto ladrón. Marino tampoco tenía ninguna.

—Puede que Hunt fuera realmente un vidente, oiga —dijo Marino—. Sabía que Frankie había matado a su madre. Y eso ocurrió mucho después de que los dos chalados hubieran estado juntos en el manicomio.

Ambos estábamos contemplando las piruetas de la ardilla *Sammy* alrededor del comedero de los pájaros. Marino me había acompañado en su automóvil a casa desde el hospital y yo le había invitado a tomar café.

—¿Está seguro de que Frankie no trabajó en algún momento en el túnel de lavado de coches de Hunt en los últimos años? —pregunté.

—No recuerdo haber visto ningún Frank o Frankie Aims en los registros —contestó Marino.

—Es posible que se cambiara el nombre —dije.

—Probablemente lo hizo tras haber liquidado a su mamá, sabiendo que la policía podría buscarle. —Marino alargó la mano hacia su taza de café—. Lo malo es que no tenemos ninguna descripción reciente y los túneles de lavado como el Masterwash son como una maldita puerta giratoria. La gente entra y sale constantemente. Los tipos trabajan un par de días, una semana, un mes. ¿Tiene usted alguna idea de la cantidad de hombres blancos altos, delgados y morenos que andan sueltos por ahí? Estoy buscando nombres y me desvío de la pista.

Estábamos muy cerca y, sin embargo, muy lejos. Era como para volverse locos.

—Las fibras podrían confirmar la hipótesis de un túnel de lavado de automóviles —dije exasperada—. Hunt sabía que Frankie había matado a su madre porque, a lo mejor, Hunt y Frankie mantuvieron contacto tras ser dados de alta en el Valhalla. A lo mejor, Frankie trabajó en el túnel de lavado de Hunt, incluso puede que trabajara allí hasta hace muy poco. Es posible que Frankie se fijara en Beryl cuando ésta llevó su automóvil allí para que se lo lavaran.

—Tienen treinta y seis empleados. Todos menos once son negros, doctora, y, de los once blancos, seis son mujeres. Por consiguiente, nos quedan cinco. Tres de ellos tienen menos de veinte años, lo cual significa que tenían ocho o nueve cuando Frankie estaba en el Valhalla. Por consiguiente, no nos sirven. Y los otros tres tampoco encajan por distintas razones.

—¿Qué razones? —pregunté.

Fueron contratados hace un par de meses o ni siquiera trabajaban allí cuando Beryl llevaba su automóvil al túnel de lavado. Aparte del hecho de que sus características físicas no coinciden con la descripción ni de lejos. Uno es pelirrojo, otro es casi tan bajito como usted.

—Muchas gracias, hombre.

—Seguiré investigando —dijo Marino apartando la vista del comedero de los pájaros mientras la ardilla *Sammy* nos observaba atentamente con sus ojos ribeteados de rosa—. Y usted, ¿qué?

—¿Yo qué?

—¿Saben en su despacho que sigue trabajando allí? —preguntó Marino, mirándome de una manera muy rara.

—Todo está bajo control —contesté.

—No estoy muy seguro, doctora.

—Pues yo sí.

—Me parece —añadió Marino, insistiendo en el tema— que las cosas no van tan bien como dice.

—Tardaré un par de días más en regresar al despacho —le expliqué con firmeza—. Tengo que localizar el manuscrito de Beryl. Ethridge también está trabajando en el asunto. Tenemos que ver lo que contiene. Puede que encontremos el eslabón de que usted hablaba antes.

—Siempre y cuando recuerde mis normas —dijo Marino, apartándose de la mesa.

—Tengo mucho cuidado —le aseguré.

—No ha sabido nada más de él, ¿verdad?

—Exacto —contesté—. Ninguna llamada. Ni rastro de él. Nada.

—Permítame recordarle que tampoco tenía por costumbre llamar a Beryl todos los días.

No hacía falta que me lo recordara. No quería que empezara de nuevo a soltarme un sermón.

—Si llama, me limitaré a decirle: «Hola, Frankie. ¿Qué hay?»

—Oiga, que eso no es para tomarlo a guasa. —Marino se detuvo en el recibidor y se volvió a mirarme—. Era una broma, ¿verdad?

—Pues claro —contesté con una sonrisa, dándole una palmadita en la espalda.

—Hablo en serio, doctora. No se le ocurra hacer nada de eso. Si oye su voz en el contestador, no coja el maldito teléfono...

Cuando abrí la puerta, Marino se quedó petrificado.

—La puta madre...

Salió al porche, extrajo estúpidamente el revólver y miró a su alrededor como un loco.

El asombro me dejó sin habla mientras miraba hacia el exterior, donde los chisporroteos y el rugido del fuego llenaban el aire invernal.

El LTD de Marino era un infierno recortándose contra la negra noche y sus llamas danzaban y se elevaban hacia la luna en cuarto menguante. Asiendo a Marino por la manga, tiré de él hacia el interior de la casa justo en el momento en que se empezaba a escuchar el silbido de una sirena en la distancia y estallaba el depósito de la gasolina. Las ventanas del salón se iluminaron cuando una bola de fuego se elevó hacia el cielo y las llamas prendieron en los pequeños cornejos del fondo de mi patio.

—¡Dios mío! —exclamé al ver que se cortaba la luz.

La enorme sombra de Marino paseaba por la alfombra en la oscuridad como un toro enfurecido a punto de embestir mientras manipulaba su radiotransmisor portátil, soltando maldiciones.

—¡Maldito hijo de puta! ¡Maldito hijo de la gran puta!

Despedí a Marino poco después de que el montón calcinado en que se había convertido su amado automóvil nuevo fuera retirado por medio de un camión con remolque. Había insistido en quedarse toda la noche y yo le había contestado que los numerosos coches patrulla que vigilaban mi casa serían suficientes. Después insistió en que me fuera a un hotel, pero yo me negué a hacerlo. Él tenía que ocuparse de su desastre, y yo, del mío. Mi casa y mi patio parecían un negro pantano y la planta baja estaba llena de pestilente humo. El buzón del final de la calzada parecía una cerilla ennegrecida y yo había perdido por lo menos media docena de arbustos de boj y otros tantos árboles. Pero, por encima de todo, aunque le agradecía a Marino su preocupación, prefería estar sola. Ya era bien pasada la medianoche y me estaba desnudando a la luz de una vela cuando sonó el teléfono. La voz de Frankie se filtró como un vapor malsano en mi dormitorio, envenenando el aire que yo respiraba y mancillando el privilegiado refugio de mi hogar.

Sentada en el borde de la cama, contemplé el contestador mientras la bilis me subía por la garganta y el corazón me golpeaba con fuerza las costillas.

—... me hubiera gustado estar ahí para verlo. ¿Ha sido impre-presionante, Kay? ¿A que ha sido bonito? No me gusta que haya otros hom-hombres en tu casa. Ahora ya lo sabes. Ahora ya lo sabes.

El contestador se detuvo. La lucecita empezó a parpadear. Cerré los ojos y respiré hondo. El corazón me latía violentamente y las sombras de la llama de la vela oscilaban en silencio en las paredes. ¿Cómo era posible que me estuviera ocurriendo a mí semejante cosa?

Sabía lo que tenía que hacer. Lo mismo que Beryl Madison había hecho. Me pregunté si estaría experimentando el mismo temor que ella habría sentido al huir a toda prisa del túnel de lavado tras haber visto el corazón grabado en la portezuela de su automóvil. Me temblaban las manos sin poderlo evitar cuando abrí el cajón de la mesita de noche y saqué las páginas amarillas. Tras haber hecho las reservas, llamé a Benton Wesley.

—Yo no se lo aconsejo, Kay —me dijo, despertándose de golpe—. No. Bajo ningún pretexto. Escúcheme, Kay...

—No tengo más remedio, Benton. Quería simplemente que alguien lo supiera. Puedo informar a Marino si lo desea. Pero no se entrometa. Por favor. El manuscrito...

—Kay...

—Tengo que encontrarlo. Creo que es allí donde está.

—¡Kay! ¡No discurre con lógica!

—Oiga —dije, levantando la voz—, ¿qué quiere usted que haga? ¿Esperar hasta que este malnacido decida pegar un puntapié a mi puerta y hacer saltar por los aires mi automóvil? Si me quedo aquí, me mata. ¿Es que no lo comprende?

—Tiene instalado un sistema de alarma. Tiene un arma. No puede volar su automóvil estando usted dentro. Ah, me ha llamado Marino. Me ha contado lo ocurrido. Están casi seguros de que alguien empapó un trapo con gasolina y lo introdujo en el depósito. Han descubierto huellas de apalancamiento. Forzó con una palanca el...

—Por Dios, Benton. Es que ni siquiera me escucha.

—Usted es la que tiene que escucharme a mí. Por favor, le ruego que me escuche, Kay. Le conseguiré protección, le enviaré a alguien que se instale en la casa con usted, ¿de acuerdo? Una de nuestras agentes...

—Buenas noches, Benton.

—¡Kay!

Colgué y no contesté cuando Wesley me volvió a llamar de inmediato. Escuché en silencio sus protestas a través del contestador automático mientras la sangre me latía en el cuello y evocaba las imágenes del automóvil de Marino silbando y rugiendo al recibir los arqueados chorros de agua de las mangueras de los bomberos desde el otro lado de la calle. Cuando descubrí el cuerpecillo carbonizado al final de mi calzada particular, algo se rompió dentro de mí. El depósito de gasolina del vehículo de Marino debía de haber estallado justo en el momento en que la ardilla *Sammy* corría frenéticamente por el cable del tendido eléctrico para escapar. Durante una décima de segundo, sus patitas habían establecido simultáneamente contacto con el transformador del suelo y el cable de la corriente primaria. Veinte mil voltios de electricidad habían atravesado su minúsculo cuerpo quemándola en un instante y provocando la fusión de los plomos.

La coloqué en una caja de zapatos y la enterré en mi rosaleda porque no podía soportar la idea de ver su figura ennegrecida a la luz de la mañana.

Aún no tenía electricidad cuando terminé de hacer la maleta. Bajé a la planta baja, me tomé un brandy y me fumé un cigarrillo hasta que dejé de temblar mientras el Ruger que había dejado sobre el mostrador del bar brillaba bajo la luz de los reflectores. No me acosté. No contemplé los destrozos de mi jardín cuando cerré con llave la puerta. La maleta me golpeó la pierna y el agua sucia me salpicó en los tobillos mientras corría hacia mi automóvil. No vi ni un solo coche patrulla cuando bajé a gran velocidad por mi desierta calle. Al llegar al aeropuerto poco después de las cinco de la madrugada, me encaminé directamente a los lavabos de señoras y saqué el arma que llevaba en el bolso. La descargué y la guardé en la maleta.

15

Cruzando el puente de embarque llegué al mediodía al soleado vestíbulo, al aire libre del aeropuerto internacional de Miami.

Me detuve para comprar el *Herald* de Miami y tomarme un café. Encontré una mesa medio oculta detrás de la maceta de una palmera, me quité el *blazer* invernal y me remangué las mangas. Estaba empapada y el sudor me bajaba en riachuelos por los costados y la espalda. Me escocían los ojos por falta de sueño y me dolía la cabeza. Lo que vi al desdoblar el periódico no contribuyó precisamente a mejorar mi estado.

En el ángulo inferior izquierdo de la primera plana había una espectacular fotografía de los bomberos apagando con sus mangueras las llamas del automóvil de Marino. El pie de foto que acompañaba la dramática escena de arcos de agua, denso humo y árboles ardiendo al fondo de mi patio, decía:

ESTALLA UN VEHÍCULO DE LA POLICÍA

Los bomberos de Richmond extinguen las llamas del vehículo de un investigador de la policía en una tranquila calle de un barrio residencial. El Ford LTD no estaba ocupado cuando estalló anoche. No hubo heridos. Se sospecha que el incendio fue provocado.

Menos mal que, gracias a Dios, no se mencionaba a quién pertenecía la casa frente a la cual se encontraba aparcado el automóvil de Marino ni el porqué. Aun así, mi madre vería la fotografía e intentaría llamar. «Me gustaría que volvieras a Miami, Kay. Richmond me parece un lugar horrible. Además, el nuevo Departamento de Medicina Legal de aquí es una monada, Kay... parece de película», me diría. Curiosamente, a mi madre nunca se le ocurriría pensar que en mi ciudad natal de habla española se registraban cada año más homicidios, tiroteos, detenciones relacionadas con la droga, disturbios raciales, violaciones y robos que en Virginia y toda la Commonwealth británica combinadas.

Llamaría a mi madre más tarde. Perdóname, Señor, pero ahora no estoy de humor para hablar con ella.

Recogiendo mis cosas, aplasté el cigarrillo para apagarlo y me sumergí en la marea de atuendos tropicales, bolsas de compra de las tiendas *duty-free* y lenguas extranjeras que se dirigían hacia la zona de equipajes, apretando fuertemente el bolso contra mi costado en gesto protector.

No empecé a relajarme hasta varias horas más tarde, cuando crucé el puente Seven Mile en mi automóvil de alquiler. Más adelante, con el golfo de México a un lado y el Atlántico al otro, traté de recordar la última vez que había visto Key West. Con la de veces que Tony y yo habíamos visitado a mi familia en Miami, jamás se nos había ocurrido hacer aquella excursión. Estaba casi segura de que la última vez que había hecho aquel trayecto había sido con Mark. Su pasión por las playas, el agua y el sol era un amor correspondido. Si es posible que la naturaleza tenga predilección por una criatura más que por otra, por Mark sentía una especial predilección. Apenas recordaba el año y mucho menos el lugar adonde fuimos aquella vez que él pasó una semana con mi familia. Recordaba, en cambio, con toda claridad sus holgados calzones blancos de baño y el calor de su mano en la mía durante nuestros paseos por la fresca y mojada arena de la playa. Recordaba la deslumbradora blancura de sus dientes contrastando con el cobrizo color de su piel y la saludable e irreprimible expresión de alegría de sus ojos mientras buscaba dientes de tiburón y conchas y yo le miraba con una sonrisa desde la sombra de la ancha ala de mi sombrero. Pero, por encima de todo, lo que no podía olvidar era el hecho de haber amado a un joven llamado Mark James más de lo que yo creyera posible amar algo en este mundo.

¿Por qué había cambiado? No acertaba a imaginar que se hubiera pasado al bando enemigo, tal como Ethridge creía y yo no tenía más remedio que aceptar. Mark siempre había sido un niño mimado. Su conducta posesiva era la propia del guapo hijo de unas personas guapas. Se creía con derecho a disfrutar de los bienes del mundo, aunque jamás había faltado a la honradez ni se había comportado con crueldad. Ni siquiera se podía decir que hubiera adoptado jamás una actitud de superioridad con las personas menos afortunadas que él, o que hubiera tratado de manipular a su antojo a las que sucumbían a su encanto. Su único y verdadero pecado era el de no haberme amado lo bastante. Desde la perspectiva de la distancia y del tiempo, se lo podía perdonar. Lo que no le podía perdonar era la falta de honradez. No podía perdonarle que se hubiera convertido en un hombre inferior al ser que yo antaño había respetado y adorado. No podía perdonarle que hubiera dejado de ser Mark.

Pasando por delante del Hospital Naval de los Estados Unidos al borde de la Nacional 1, seguí la suave curva del North Roosevelt Boulevard que bordeaba la playa. En seguida me adentré en el laberinto de callejuelas de Key West en busca de Duval. El sol pintaba de blanco las callejas mientras las sombras del follaje tropical agitado por la brisa danzaban en el suelo. Bajo el interminable cielo azul, las gigantescas palmeras y los caobos envolvían con sus verdes brazos extendidos las casas y las tiendas, en tanto que las buganvillas y las rosas de China engalanaban las aceras y los porches con sus púrpuras y sus rojos. Pasaban lentamente por mi lado personas con sandalias y calzones en un interminable desfile. Había muy pocos niños y un número desproporcionado de hombres.

El La Concha, un hotel de la cadena Holiday Inn, era un

alto edificio de color de rosa con vastos espacios abiertos y llamativas plantas tropicales. No había tenido ningún problema para reservar habitación, oficialmente porque la temporada turística no empezaba hasta la tercera semana de diciembre. Sin embargo, mientras dejaba el automóvil en el parking semivacío y me dirigía al vestíbulo prácticamente desierto, no pude menos que pensar en lo que me había dicho Marino. Jamás en mi vida había visto tantas parejas formadas por personas del mismo sexo, y estaba clarísimo que, bajo la vigorosa salud de aquella diminuta isla frente a la costa, se ocultaba un inmenso yacimiento de enfermedad. Dondequiera que mirara, veía a hombres moribundos. No temía contagiarme de la hepatitis o el sida, pues había aprendido hacía muchos años a enfrentarme con el peligro teórico de los contagios inherente a mi profesión. Tampoco me molestaban los homosexuales. Con el paso del tiempo, cada vez me reafirmaba más en la opinión de que el amor puede sentirse de muchas maneras. No hay una manera buena o mala de amar; lo importante es la forma en que uno la exprese.

Mientras el recepcionista me devolvía la tarjeta de crédito, le pedí que me indicara en qué dirección se encontraban más o menos los ascensores y subí medio atontada a mi habitación del quinto piso. Me desnudé y, sin quitarme la ropa interior, me tendí en la cama y me pasé catorce horas durmiendo.

El día siguiente fue tan espléndido como el anterior. Me vestí como una turista cualquiera, exceptuando el Ruger cargado que llevaba en el bolso. Me había impuesto la misión de buscar, entre las treinta y tantas mil personas que habitaban en la isla, a dos hombres a quienes sólo conocía como PJ y Walt. Sabía por las cartas que Beryl había escrito a finales de agosto que eran amigos suyos y vivían en la misma pensión donde ella se alojaba. No tenía la menor idea de cuál era el nombre o la dirección de la mencionada pensión y rezaba para que alguien del Louie's me lo pudiera indicar.

Caminaba con un mapa en la mano, comprado en la tienda de regalos del hotel. Entrando en Duval, pasé por delante de numerosas tiendas y restaurantes con galerías que me traían a la mente el Barrio Francés de Nueva Orleans. Pasé por delante de exposiciones callejeras de objetos artísticos y de establecimientos que vendían plantas exóticas, sedas y bombones de la marca Perugina, y después me detuve en un cruce, contemplando el lento avance de los vagones amarillo rabioso del tren turístico Coach Tour. Estaba empezando a comprender por qué razón Beryl Madison no quería marcharse de Key West. A cada paso que daba, la amenazadora presencia de Frankie se iba borrando progresivamente de mi mente. Cuando giré a la izquierda, para entrar en la South Street, Frankie ya era algo tan lejano como el crudo tiempo de diciembre de Richmond.

El Louie's era un restaurante ubicado en un edificio de madera pintado de blanco que antaño había sido una casa, en la esquina entre las calles Vernon y Waddell. El pavimento de madera estaba inmaculadamente limpio y las mesas, cubiertas con manteles de hilo de color melocotón pálido, estaban impecablemente puestas y adornadas con exquisitas flores naturales. Cruzando el comedor con aire acondicionado, me acompañaron al porche, donde me sorprendió la variedad de azules del mar que se juntaba con el cielo y las palmeras y cestos colgantes de plantas floridas agitadas por la perfumada brisa marina. El océano Atlántico se extendía casi a mis pies y numerosas embarcaciones de vela se hallaban ancladas a un tiro de piedra. Pedí un ron con tónica y, pensando en las cartas de Beryl, me pregunté si estaría sentada en el mismo lugar donde ella las había escrito.

Casi todas las mesas estaban ocupadas. Me sentía aislada de la gente en mi mesa situada en un rincón junto a la baranda. A mi izquierda, cuatro peldaños conducían a una amplia terraza donde un reducido grupo de jóvenes de ambos sexos estaban sentados en traje de baño junto a una pequeña barra. Vi que un musculoso joven de apariencia latina vestido con un traje de baño de color amarillo arrojaba una colilla al agua y después se levantaba para desperezarse lánguidamente. Se acercó a la barra para pedirle otra ronda de cervezas al barbudo barman, el cual se movía con los indolentes gestos propios de alguien que estuviera cansado de su trabajo y ya no tuviera edad para ciertos trotes.

Mucho después de que yo me hubiera terminado la ensalada y la sopa de marisco, los jóvenes bajaron los peldaños y se zambulleron ruidosamente en el agua, dirigiéndose a nado hacia las embarcaciones ancladas a escasa distancia. Pagué la cuenta y me acerqué al barman. Estaba sentado en una silla leyendo una novela bajo la techumbre de paja.

—¿Qué va a ser? —me preguntó, levantándose sin demasiado entusiasmo para guardar el libro bajo la barra.

—No sé si vende usted cigarrillos. No he visto ninguna máquina expendedora dentro.

—Ahí tiene —dijo, mostrándome el limitado surtido que tenía a su espalda.

Elegí la marca que me interesaba.

Depositó la cajetilla sobre la barra, me cobró la escandalosa suma de dos dólares y no se mostró demasiado agradecido cuando le dejé cincuenta centavos de propina. Sus ojos verdes miraban con expresión extremadamente hostil, su rostro estaba curtido por muchos años de sol y en su espesa barba morena se observaban algunas hebras grises. No parecía muy servicial y yo tenía la sospecha de que llevaba mucho tiempo viviendo en Key West.

—¿Le importa que le haga una pregunta? —dije.

—No importa puesto que ya me la ha hecho, señora —contestó.

—Tiene razón —dije sonriendo—. Y ahora le voy a hacer otra. ¿Cuánto tiempo lleva trabajando en el Louie's?

—Va para cinco años —contestó, tomando un trapo para limpiar la barra.

—Entonces seguramente habrá conocido a una joven a quien llamaban Straw —dije, recordando por las cartas de

Beryl que ella no había utilizado su verdadero nombre durante su estancia en la isla.

—¿Straw? —repitió el barman, frunciendo el ceño sin dejar de frotar.

—Un apodo. Era rubia, esbelta y muy guapa, y el verano
pasado solía venir casi todas las tardes al Louie's. Se sentaba
junto a una mesa y escribía.

El barman dejó de limpiar y clavó sus duros ojos en mí.

—¿Qué tiene usted que ver con ella? ¿Acaso es amiga
suya?

—Es una paciente mía.

Fue lo único que se me ocurrió para no esquivar la pregunta y no decir una descarada mentira.

—¿Cómo dice? —El barman arqueó una poblada ceja—.
¿Paciente, dice usted? ¿Acaso es usted una doctora?

—Pues sí.

—Bueno, pues lamento decirle que ahora ya no le podrá
hacer ningún bien, doctora.

El barman se dejó caer en la silla y se reclinó contra el respaldo, esperando.

—Lo sé —dije—. Sé que ha muerto.

—Sí, me quedé de piedra cuando me enteré. Los de la policía se presentaron hace un par de semanas con sus malos modales y sus intimidaciones. Le voy a decir a usted lo que mis com-
pañeros les dijeron a ellos. Aquí nadie sabe una mierda de lo
que le ocurrió a Straw. Era una chica muy discreta y educada
—añadió el barman, indicándome una mesa vacía a dos pasos de
donde yo me encontraba—. Solía sentarse allí sin decir nada.

—¿Alguno de ustedes consiguió trabar amistad con ella?
—pregunté esperanzada.

—Pues claro. Solíamos tomar juntos unas copas. A ella le
gustaban mucho las Coronas y la lima. Pero no creo que alguien la conociera lo que se dice personalmente. Quiero decir
que no estoy muy seguro de que alguien supiera de dónde era,
aparte del hecho de que procedía de la tierra de los pinzones
de las nieves.

—De Richmond, Virginia —dije yo.

—Verá usted —prosiguió diciendo el barman—. Aquí van y vienen muchas personas. Key West es un lugar donde se vive y se deja vivir. Por aquí hay un montón de artistas muertos de hambre. Straw no se diferenciaba mucho de la mayoría de las personas a las que yo trato... aparte del hecho de que la mayoría de las personas a las que yo trato no acaban asesinadas. Maldita sea —añadió, sacudiendo lentamente la cabeza—. Me cuesta imaginarlo. Una cosa así te deja hecho polvo.

—Hay muchas preguntas sin respuesta —dije yo, encendiendo un cigarrillo.

—Sí, por ejemplo, ¿por qué demonios fuma usted? Yo creía que los médicos sabían que eso no es bueno.

—Es una cochina costumbre muy poco saludable. Y sé perfectamente que no es bueno. Y me parece que ya podría usted empezar a servirme un ron con tónica porque, además, me gusta beber. Barbancourt con una pizquita de tónica.

—¿Cuatro, ocho, cuál prefiere? —me preguntó, poniendo a prueba mis conocimientos alcohólicos.

—Veinticinco, si tiene.

—No. En las islas sólo lo encontrará de veinte años. Tan suavecito que le darán ganas de llorar.

—Pues el mejor que tenga entonces.

Me mostró con el dedo una botella a su espalda con la conocida etiqueta del vaso color ámbar y cinco estrellas. Barbancourt Rhum, envejecido en toneles durante quince años, exactamente igual que la botella que yo había descubierto en el armario de la cocina de Beryl.

—Estupendo —dije.

Esbozando una sonrisa, el barman se levantó con súbita energía de la silla y sus manos se movieron con la habilidad de un prestidigitador, midiendo un largo chorro de dorado líquido haitiano sin la ayuda del correspondiente vasito y añadiendo a continuación unas centelleantes rociadas de tónica. Como broche final, cortó hábilmente una impecable raja de lima de los cayos que parecía recién arrancada del árbol, la exprimió en mi copa y pasó una corteza de limón por el borde. Después se secó las manos con la toalla que llevaba remetida en el cinturón de sus desteñidos pantalones Levi's, deslizó una servilleta de papel por la barra y me ofreció el resultado de su arte. Era, sin lugar a dudas, el mejor ron con tónica que jamás me hubiera acercado a los labios, y así se lo dije.

—Invita la casa —dijo, rechazando con un gesto de la mano el billete de diez dólares que yo le estaba dando—. Una médica que fuma y sabe apreciar un buen ron me parece muy bien. —Alargó la mano bajo el mostrador para sacar su propia cajetilla—. Mire —añadió, agitando la cerilla para apagarla—, ya estoy harto de oír toda esa mierda santurrona sobre el tabaco y todo lo demás. Usted me entiende, ¿verdad? La gente te hace sentir casi un criminal. Yo digo vive y deja vivir. Ése es mi lema.

—Sí, entiendo muy bien lo que quiere decir —contesté mientras ambos dábamos unas prolongadas y hambrientas chupadas a nuestros respectivos cigarrillos.

—Siempre están juzgándote por algo. Lo que comes, lo que bebes, con quién sales, ya sabe.

—Hay personas muy criticonas y antipáticas —dije.

—Estoy totalmente de acuerdo.

Volvió a sentarse a la sombra de su cobertizo repleto de botellas mientras yo permanecía bajo un sol de justicia que me estaba asando la tapa de los sesos.

—O sea, que era usted la doctora de Straw —dijo—. ¿Y qué pretende averiguar, si no le importa que se lo pregunte?

—Hay varias circunstancias un tanto confusas que se produjeron antes de su muerte —contesté—. He venido con la confianza de que sus amigos me puedan aclarar algunos detalles...

—Un momento. —El barman me interrumpió y se incorporó un poco más en su asiento—. Me ha dicho que es médica, pero ¿qué clase de médica?

—Yo la examiné...

—¿Cuándo?

—Después de su muerte.

—Mierda. ¿Me está diciendo que es de la funeraria? —preguntó en tono de incredulidad.

—Ejerzo la medicina legal.

—¿Una forense?

—Más o menos.

—Maldita sea mi estampa. —Me miró de arriba abajo—. En mi vida lo hubiera adivinado.

No supe si me acababa de hacer un cumplido o todo lo contrario.

—¿Es costumbre enviar por ahí a... cómo ha dicho que se llamaba eso... una médica legal como usted para que obtenga información tal como usted lo está haciendo?

—Nadie me ha enviado. He venido por mi cuenta.

—¿Por qué? —preguntó mientras sus negros ojos volvían a mirarme con recelo—. Pues menudo viajecito se ha pegado.

—Me interesa lo que le sucedió. Me interesa muchísimo.

—¿Quiere decir que no la ha enviado la policía?

—La policía no tiene autoridad para enviarme a ninguna parte.

—Menos mal. —El barman se rio—. Eso ya me gusta más.

Alargué la mano hacia mi copa.

—Son una cuadrilla de matones. Se creen unos Rambos de vía estrecha. Vinieron con unos malditos guantes de goma. Jesús. ¿Qué debieron de pensar los clientes? Fueron a ver a Brent... uno de nuestros camareros. Es un moribundo y, ¿a que no sabe lo que hicieron? Los muy imbéciles se pusieron unas mascarillas quirúrgicas y permanecieron de pie a unos tres metros de él como si tuviera el tifus, preguntándole yo qué sé cuántas mierdas. Le juro por Dios que, aunque yo hubiera sabido algo sobre lo que le ocurrió a Beryl, no les hubiera dicho ni tanto así.

El nombre me golpeó como un puñetazo. Cuando nuestras miradas se cruzaron, adiviné que él había comprendido el significado de lo que acababa de decir.

—¿Beryl? —pregunté.

Se reclinó en silencio contra el respaldo de su silla.

—¿Sabía usted que se llamaba Beryl? —insistí.

—Tal como ya le he dicho, los policías vinieron para hacer preguntas y hablar sobre ella.

Con creciente nerviosismo, encendió otro cigarrillo sin mirarme a los ojos. A mi amigo el barman no se le daban muy bien las mentiras.

—¿Hablaron con usted?

—No. Yo me largué en cuanto vi lo que ocurría.

—¿Por qué?

—Ya se lo he dicho. No me gustan los policías. Yo tengo un Barracuda, una mierda de cacharro que me compré de jovencito. Por alguna u otra razón, siempre tienen que meterse conmigo. Siempre me están poniendo multas por esto o por aquello, avasallándome con sus enormes pistolas y sus gafas Ray Ban como si se creyeran los astros de una serie de televisión o yo qué sé.

—Usted conocía su nombre cuando ella estaba aquí —dije en tono pausado—. Usted sabía que se llamaba Beryl Madison mucho antes de que viniera la policía.

—¿Y qué? ¿Qué tiene eso de malo?

—Ella tenía especial empeño en ocultarlo —contesté con emoción—. No quería que la gente de aquí supiera quién era. Lo pagaba todo en efectivo para no utilizar tarjetas de crédito, cheques o cualquier otra cosa que pudiera identificarla. Estaba asustada. Huía de algo. No quería morir.

El barman me miró con los ojos muy abiertos.

—Por favor, dígame todo lo que sabe. Se lo ruego. Tengo la sensación de que usted era su amigo.

El barman se levantó sin decir nada y salió de detrás de la barra. De espaldas a mí, empezó a recoger las botellas vacías y otros desperdicios que los jóvenes habían dejado diseminados por la terraza.

Tomé mi consumición en silencio y contemplé el agua. En la distancia, un bronceado joven estaba desplegando una vela de color azul para hacerse a la mar. Las frondas de las palmeras susurraban movidas por la brisa y un negro labrador brincaba en la orilla, entrando y saliendo del oleaje.

—*Zulu* —musité, contemplando con asombro el perro.

El barman interrumpió su tarea y me miró.

—¿Cómo ha dicho?

—*Zulu* —repetí—. Beryl mencionaba a *Zulu* y a los gatos de aquí en una de sus cartas. Decía que los animales que tenían recogidos en el Louie's comen mejor que muchos seres humanos.

—¿Qué cartas?

—Escribió varias cartas mientras estuvo aquí. Las encontramos en su dormitorio después de su asesinato. Decía que la gente de aquí se había convertido en su familia y creía que éste era el lugar más bello de la Tierra. Ojalá no hubiera regresado jamás a Richmond. Ojalá se hubiera quedado aquí para siempre.

La voz que surgía de mí me sonaba como procedente de otra persona y se me estaba borrando la visión. La falta de sueño, la tensión acumulada y el ron se estaban cobrando su tributo. El sol parecía sacar la poca sangre que circulaba por mi cerebro.

Cuando regresó finalmente de su choza de paja, el barman me dijo con serena emoción

—No sé qué decirle, pero sí, yo era amigo de Beryl.

—Gracias —dije, volviéndome para mirarle—. Quisiera pensar que yo también era su amiga. Que soy su amiga.

Bajó la vista turbado, pero no sin que antes yo observara la suavización de las facciones de su rostro.

—Nunca puedes estar seguro de quién viene con honradez y de quién no —comentó—. Hoy en día es muy difícil saberlo, desde luego.

El significado de sus palabras penetró poco a poco en mi mente a pesar del cansancio.

—¿Han venido personas a preguntar por Beryl? ¿Otras personas aparte de la policía? ¿Otras personas aparte de mí?

Se echó una Coke en un vaso.

—¿Ha venido alguien más? ¿Quién? —repetí, súbitamente alarmada.

—No sé cómo se llama. —El barman tomó un buen trago de su bebida—. Un tipo muy guapo. De unos veintitantos años. Moreno. Muy bien vestido, con gafas de diseño. Parecía recién salido de una revista de moda. Creo que estuvo aquí hace un par de semanas. Dijo que era investigador privado o una mierda por el estilo.

«El hijo del senador Partin.»

—Quería saber dónde vivía Beryl cuando estaba aquí —añadió el barman.

—¿Y usted se lo dijo?

—Qué va, ni siquiera hablé con él.

—¿Alguien se lo dijo? —insistí.

—No es probable.

—¿Por qué no es probable? ¿Y cuándo me va usted a decir su nombre?

—No es probable, porque eso sólo lo sabíamos yo y un amigo mío —contestó—. Y le diré mi nombre si usted me dice el suyo.

—Kay Scarpetta.

—Encantado de conocerla. Yo me llamo Peter Jones. Mis amigos me llaman PJ.

PJ vivía a dos manzanas de distancia del Louie's en una casita casi completamente oculta por la selva tropical. El follaje era tan denso que estoy segura de que no hubiera adivinado que la casita de madera despintada estaba allí dentro de no haber sido por el Barracuda aparcado delante. Una sola mirada al automóvil me bastó para comprender exactamente por qué la policía hostigaba constantemente a su propietario. Era algo así como el dibujo de una pintada de estación de metro sobre unas ruedas descomunales, embellecido con toda clase de adornos, la parte posterior muy levantada y las delirantes formas, dibujos y colores psicodélicos de los años sesenta.

—Aquí tiene a mi nene —dijo PJ dando una cariñosa palmada a la cubierta del motor.

—Desde luego, es impresionante —comenté.

—Lo tengo desde los dieciséis años.

—Y lo tendría que conservar siempre —dije con toda sinceridad mientras me agachaba para pasar por debajo de las ramas y le seguía a una fresca y oscura zona de sombra.

—Es muy poca cosa —dijo PJ disculpándose mientras abría la puerta—. Sólo un dormitorio de más y un retrete en el piso de arriba, que es el que ocupaba Beryl. Cualquier día de éstos creo que lo voy a volver a alquilar. Pero yo soy muy maniático con los inquilinos.

El salón era un batiburrillo de trastos viejos: un sofá y un sillón tapizado en chillones tonos rosas y verdes, varias lámparas hechas con cosas raras como conchas y corales y una mesa de centro que en su vida anterior debió de ser una puerta de roble. Se veían por doquier cocos pintados, estrellas de mar, periódicos, zapatos y latas de cerveza, y se aspiraba en el húmedo aire el acre olor de la podredumbre.

—¿Cómo se enteró Beryl de que usted alquilaba una habitación? —pregunté, sentándome en el sofá.

—En el Louie's —contestó el barman, encendiendo varias lámparas—. Los primeros días se alojó en el Ocean Key, un hotel bastante bonito de Duval. Si tenía previsto quedarse aquí una temporada, debió de calcular que le saldría muy caro. —PJ se sentó en el sillón tapizado—. Creo que fue la tercera vez que almorzó en el Louie's. Comía simplemente una ensalada y se quedaba allí, contemplando el mar. Entonces no estaba trabajando en nada. Permanecía simplemente sentada y eso era un poco raro. Porque se pasaba horas, prácticamente toda la tarde. Al final, creo que fue al tercer día, se acercó a la barra y se apoyó en la baranda, contemplando el panorama. Sentí lástima por ella.

—¿Por qué?

El barman se encogió de hombros.

—No sé, se la veía muy desvalida. Comprendí que estaba

deprimida o algo por el estilo. Empecé a conversar con ella. Y no fue nada fácil, se lo aseguro.

—Era difícil trabar amistad con ella —convine yo.

—No había forma de entablar una conversación amistosa. Le hacía preguntas como: «¿Es la primera vez que viene aquí?» o «¿De dónde viene usted?». Cosas de este tipo. Y a veces ni siquiera me contestaba. Pero era curioso. Algo me dijo que tenía que insistir. Le pregunté qué le apetecía beber y empezamos a hablar de las distintas clases de bebidas. Eso le soltó un poco la lengua y despertó su interés. Primero una Corona con un chorrito de lima, eso la volvió loca. Después un Barbancourt como el que le he preparado a usted. Le pareció una cosa exquisita.

—No me extraña que se le soltara la lengua —comenté.

—Sí, usted ya me entiende. —El barman esbozó una sonrisa—. Se lo preparé bastante fuerte. Empezamos a hablar de otras cosas y, de pronto, va y me pregunta si hay algún sitio donde pueda alojarse por esta zona. Fue entonces cuando le dije que yo tenía una habitación y la invité a venir a verla y a pasar más tarde por aquí, si quería. Era domingo y los domingos siempre salgo muy temprano.

—¿Y vino aquella noche?

—Me sorprendió muchísimo. Pensé que no aparecería. Pero vino y encontró el sitio sin ninguna dificultad. Para entonces, Walt ya había regresado a casa. Se quedaba en la plaza vendiendo sus mierdas hasta el anochecer. Acababa de llegar. Los tres empezamos a conversar y después decidimos salir a dar una vuelta y acabamos en el Sloppy Joe's. Como ella era escritora, todo eso la encantó y se pasó un rato hablándonos de Hemingway. Era una chica estupenda, se lo digo yo.

—Walt vendía joyas de plata —dije—. En Mallory Square.

—¿Y usted cómo lo sabe? —preguntó PJ, sorprendido.

—Por las cartas que escribía Beryl —le recordé.

Por un instante, la triste mirada de PJ pareció perderse en la lejanía.

—También hablaba del Sloppy Joe's. Tengo la impresión de que los apreciaba mucho tanto a usted como a Walt.

—Es que Beryl tenía algo —dijo PJ, mirándome—. Vaya si tenía algo. Jamás había conocido a una persona como ella y probablemente no la volveré a conocer. Una vez superabas la barrera, era una chica estupenda. Y muy inteligente —añadió, apoyando la cabeza en el respaldo del sillón mientras contemplaba el desconchado techo—. Me encantaba oírla hablar. Decía cosas preciosas sin necesidad de pensarlas, así por las buenas. —PJ chasqueó los dedos—. Yo no hubiera podido hacerlo aunque me hubiera pasado diez años pensando. Mi hermana se le parece. Es profesora en un colegio de Denver. Lengua y literatura inglesa. A mí lo de hablar se me da muy mal. Antes de ponerme a trabajar de barman, me dedicaba a trabajos manuales. Construcción, albañilería, carpintería. También me dediqué un poco a la cerámica, pero con eso me moría de hambre. Vine aquí gracias a Walt. Le conocí nada menos que en Misisipí. En una terminal de autobuses, imagínese. Empezamos a charlar y viajamos juntos hasta Luisiana. Al cabo de dos meses, los dos nos vinimos aquí. Es curioso —dijo PJ mirándome—. Quiero decir que eso fue hace casi diez años. Y ahora lo único que me queda es este tugurio.

—Su vida dista mucho de estar acabada, PJ —le dije amablemente.

—Sí.

Levantó el rostro hacia el techo y cerró los ojos.

—¿Dónde está Walt ahora?

—Según mis últimas noticias, en Lauderdale.

—Lo siento mucho —dije.

—Son cosas que ocurren, ¿qué le vamos a hacer?

Se produjo una pausa de silencio y decidí lanzarme.

—Beryl estaba escribiendo un libro.

—Exacto. Cuando no salía por ahí con nosotros dos, trabajaba en aquel maldito libro.

—Ha desaparecido.

PJ no dijo nada.

—El presunto investigador privado que usted ha mencionado y otras varias personas están muy interesadas en él. Y yo creo que usted lo sabe.

Con los ojos cerrados, PJ permaneció en silencio.

—No tiene usted ningún motivo para fiarse de mí, PJ, pero espero que me escuche —añadí en voz baja—. Tengo que encontrar el manuscrito en el que Beryl estaba trabajando durante su estancia aquí. Creo que no se lo llevó consigo a Richmond cuando se fue de Key West. ¿Puede ayudarme?

PJ me miró con los ojos entornados.

—Con el debido respeto, doctora Scarpetta, suponiendo que lo supiera, ¿por qué se lo tendría que decir? ¿Por qué tendría que quebrantar una promesa?

—¿Le prometió a Beryl no decir jamás dónde estaba el manuscrito? —pregunté.

—Eso no importa y yo le he hecho primero una pregunta —contestó PJ.

Respirando hondo, contemplé la sucia alfombra de pelo de color dorado que había bajo mis pies mientras me inclinaba hacia delante en el sillón.

—No se me ocurre ninguna razón justificada para que rompa usted la promesa que le hizo a una amiga, PJ —dije.

—Eso son tonterías. Usted no me hubiera hecho la pregunta si no supiera que hay una razón justificada.

—¿Le habló Beryl de él? —pregunté.

—¿Se refiere al hijo de puta que la estaba acosando?

—Sí.

—Pues sí, algo me dijo. —De pronto, PJ se levantó—. No sé a usted, pero a mí me apetece una cerveza.

—Gracias —contesté, considerando que era importante aceptar su hospitalidad en contra de mi sentido común, pues aún estaba un poco achispada a causa del ron.

Regresó de la cocina y me ofreció una sudorosa botella de Corona muy fría con una raja de lima flotando en su largo cuello. Sabía a gloria.

PJ se sentó y empezó a hablar de nuevo.

—Straw, quiero decir Beryl, creo que ya puedo llamarla Beryl, estaba muerta de miedo. Y, a decir verdad, cuando supe lo ocurrido, no me sorprendió demasiado. Bueno, me llevé un disgusto enorme, pero la verdad es que no me sorprendió. Le dije que se quedara aquí. Le dije que no se preocupara por el alquiler y se quedara. Walt y yo, bueno, la cosa tiene gracia, pero, al final, ella era algo así como nuestra hermana. El muy cerdo también me fastidió a mí.

—¿Cómo dice? —pregunté, sobresaltada por su repentino acceso de cólera.

—Fue entonces cuando Walt se marchó. Al enterarnos de lo que había pasado. No sé, Walt experimentó un cambio, aunque no puedo decir que el único motivo fuera lo que le ocurrió a ella. Teníamos nuestros problemas, pero aquello le afectó profundamente. Empezó a mostrarse distante y ya ni siquiera quería hablar. De pronto, una mañana se fue. Así, sin más.

—¿Y eso cuándo fue? ¿Hace varias semanas, cuando ustedes se enteraron de lo ocurrido a través de la policía, cuando los de la policía se presentaron en el Louie's?

PJ asintió con la cabeza.

—Eso también me ha fastidiado a mí, PJ —dije—. A mí también me ha fastidiado por completo.

—¿Qué quiere decir? ¿Cómo es posible que eso la haya fastidiado, dejando aparte las molestias que le está ocasionando?

—Estoy viviendo la pesadilla de Beryl —me atreví a contestar.

PJ tomó un sorbo de cerveza y me miró fijamente.

—En estos momentos —añadí—, creo que estoy huyendo... por las mismas razones que ella.

—No entiendo nada —dijo PJ, sacudiendo la cabeza—. ¿De qué está usted hablando?

—¿Ha visto usted la fotografía de la primera plana del *Herald* de esta mañana? —pregunté—. La fotografía de un vehículo de la policía incendiado en Richmond.

—Sí —contestó, desconcertado—. Creo que la recuerdo.

—Eso ha ocurrido delante de mi casa, PJ. El investigador estaba en el salón de mi casa hablando conmigo cuando incendiaron su automóvil. Y eso no es lo primero que ha ocurrido. Como ve, él también me persigue a mí.

—Pero ¿quién es, por el amor de Dios? —preguntó.

Sin embargo, yo adiviné que ya lo sabía.

—El hombre que asesinó a Beryl —contesté, haciendo un esfuerzo—. El hombre que después mató al mentor de Beryl, Cary Harper, de quien ella posiblemente le habló.

—Muchas veces. Mierda. No puedo creerlo.

—Por favor, ayúdeme, PJ.

—No sé si puedo. —Estaba tan trastornado que se levantó del sillón y empezó a pasear arriba y abajo—. Pero ¿por qué iba ese cerdo a perseguirla a usted?

—Siente celos injustificados. Sufre una obsesión. Es un esquizofrénico paranoico. Odia a cualquier persona que esté relacionada con Beryl. No sé por qué, PJ. Pero tengo que averiguar quién es. Tengo que encontrarle —dije.

—No sé quién demonios es ni dónde demonios está. Si lo supiera, ¡iría a por él y le arrancaría la maldita cabeza! —estalló, verdaderamente enfurecido.

—Necesito el manuscrito, PJ —añadí.

—¿Qué demonios tiene que ver el manuscrito con todo esto? —protestó.

Se lo dije. Le hablé de Cary Harper y del collar. Le hablé de las llamadas telefónicas, de las fibras y de la autobiografía que Beryl estaba escribiendo y de que yo había sido acusada de robar. Le revelé todo lo que se me ocurrió acerca de los casos mientras el alma se me encogía de miedo. Jamás en mi vida, ni una sola vez, había comentado los detalles de un caso con nadie que no fueran los investigadores o los fiscales que estuvieran trabajando en él. Cuando terminé, PJ abandonó la estancia en silencio. Al regresar llevaba un macuto del ejército que depositó sobre mis rodillas.

—Ahí tiene —dijo—. Juré por Dios no hacerlo jamás. Perdóname, Beryl —musitó—. Perdóname.

Levantando la solapa de la lona, saqué cerca de unas mil páginas mecanografiadas con notas escritas a mano y cuatro disquetes de ordenador, todo ello atado con resistentes cintas elásticas.

—Nos dijo que no se lo entregáramos a nadie en caso de que le ocurriera algo. Y prometí no hacerlo.

—Gracias, Peter. Dios le bendiga —le dije. Después, le hice una última pregunta—: ¿Le mencionó Beryl alguna vez a alguien a quien ella llamaba «M»?

PJ permaneció inmóvil, contemplando su cerveza.

—¿Sabe usted quién es esa persona? —pregunté.

—Yo misma —contestó.

—No entiendo qué quiere decir.

—«M» de «misma». Se escribía cartas a sí misma —contestó.

—Las dos cartas que encontramos —le dije—. Las que encontramos en el suelo de su dormitorio después del asesinato, aquellas en las que se les mencionaba a usted y a Walt, estaban dirigidas a «M».

—Lo sé —dijo PJ, cerrando los ojos.

—¿Cómo lo sabe?

—Lo supe cuando mencionó usted a *Zulu* y a los gatos. Comprendí que había leído aquellas cartas. Fue entonces cuando comprendí que era usted de fiar y era quien decía ser.

—O sea, ¿que también leyó las cartas? —pregunté, sorprendida.

PJ asintió con la cabeza.

—No encontramos los originales —musité—. Sólo encontramos fotocopias.

—Porque ella lo quemó todo —explicó PJ respirando hondo para tranquilizarse.

—Pero el libro no lo quemó.

—No. Me dijo que no sabía adónde iría ni qué haría en caso de que él continuara persiguiéndola. Que me llamaría más tarde y me diría dónde tendría que enviarle el libro. En caso de que no tuviera noticias suyas, me dijo que lo guardara y no se lo entregara jamás a nadie. Pero no llamó, ¿sabe? Ya no llamó. —PJ se enjugó los ojos y apartó el rostro—. El libro era su esperanza, ¿comprende? Su esperanza para poder seguir viviendo. —Se le quebró la voz al añadir—: Jamás perdió la esperanza de que todo se arreglara.

—¿Qué es lo que quemó exactamente, PJ?

—Su diario —contestó—. Creo que así lo podríamos llamar. Cartas que se escribía a sí misma. Decía que eran su terapia y que no quería que nadie las viera. Eran muy personales, en ellas expresaba sus más íntimos sentimientos. La víspera de su partida quemó todas las cartas menos dos.

—Las dos que yo vi —dije en un susurro—. ¿Por qué? ¿Por qué no quemó aquellas dos cartas?

—Porque quería que yo y Walt las conserváramos.

—¿Como recuerdo?

—Sí. —PJ alargó la mano hacia la cerveza y se enjugó torpemente las lágrimas de los ojos—. Un pedazo de sí misma, un registro de lo que pensaba durante su estancia aquí. La víspera de su partida, el día en que lo quemó todo, salió y fotocopió sólo esas dos. Se quedó las copias y nos entregó los originales, diciendo que eso era como una especie de contrato de vinculación entre nosotros... ésa fue la palabra que empleó. Los tres estaríamos siempre espiritualmente unidos mientras tuviéramos las cartas.

Cuando me acompañó a la puerta, me volví y lo abracé en gesto de gratitud.

Al regresar a mi hotel, ya se estaba poniendo el sol y las palmeras se recortaban contra una franja de fuego cada vez más ancha. Grupos de personas se dirigían ruidosamente a los bares de Duval y el aire encantado vibraba con la música, las risas y las luces. Yo caminaba con paso decidido y con el macuto del ejército colgado del hombro. Por primera vez en varias semanas me sentía feliz y casi eufórica. No estaba en absoluto preparada para lo que me esperaba en mi habitación.

16

No recordaba haber dejado las lámparas encendidas y pensé que el personal habría olvidado apagarlas tras cambiar la ropa de la cama y vaciar los ceniceros. Ya había cerrado la puerta y estaba tarareando para mis adentros al pasar por delante del cuarto de baño cuando me percaté de que no estaba sola.

Mark se hallaba sentado junto a la ventana con una cartera de documentos abierta sobre la alfombra, a su lado. En el instante de duda en que mis pies no supieron hacia dónde moverse, sus ojos se cruzaron con los míos en silenciosa comunicación, llenándome el corazón de terror.

Pálido y vestido con un traje de invierno de color gris, parecía que acabara de llegar del aeropuerto. Su bolsa de viaje estaba apoyada contra la cama. Si él hubiera tenido un contador Geiger mental, yo estaba segura de que mi macuto lo habría puesto en marcha de inmediato. Lo enviaba Sparacino. Pensé en el Ruger que guardaba en mi bolso, pero comprendí que jamás podría apuntar con un arma a Mark James y apretar el gatillo llegado el caso.

—¿Cómo has entrado? —le pregunté sin moverme.

—Soy tu marido —contestó, sacándose del bolsillo la llave de hotel de mi habitación.

—Serás hijo de puta —musité mientras el corazón me martilleaba en el pecho.

Mark palideció y apartó la mirada.

—Kay...

—Oh, Dios mío. ¡Hijo de la gran puta!

—Kay, estoy aquí porque Benton Wesley me ha enviado. Por favor —añadió, levantándose de la silla.

Le observé en anonadado silencio mientras sacaba un botellón de whisky de su bolsa de viaje. Se dirigió al bar y colocó hielo en los vasos. Sus movimientos eran lentos y pausados, como si estuviera haciendo todo lo posible por no alterarme más de lo que ya estaba. Se le veía muy cansado.

—¿Has comido? —me preguntó, ofreciéndome un vaso.

Pasando por su lado, dejé el macuto y el bolso sobre la cómoda.

—Yo estoy muerto de hambre —dijo, desabrochándose el botón del cuello de la camisa y aflojándose la corbata—. Debo de haber cambiado cuatro veces de avión. Creo que no he comido más que unos cacahuetes desde el desayuno.

No contesté.

—Ya he pedido la cena para los dos —añadió—. Estará lista para comer, cuando nos la suban.

Acercándome a la ventana contemplé las nubes grises veteadas de púrpura sobre las luces de las calles de la Ciudad Vieja de Key West. Mark acercó una silla, se quitó los zapatos y apoyó los pies en el borde de la cama.

—Cuando estés preparada para que te lo explique, ya me lo dirás —dijo, agitando el hielo de su vaso.

—No me podría creer nada de lo que tú me dijeras, Mark —contesté fríamente.

—Muy bien. Me pagan para que viva una mentira. Y lo he hecho estupendamente bien.

—Sí —repetí yo—, lo has hecho estupendamente bien. ¿Cómo me encontraste? No creo que Benton te lo haya dicho. Él no sabe dónde estoy y en esta isla debe de haber cincuenta hoteles y otras tantas pensiones.

—Tienes razón. Estoy seguro de que sí, pero me bastó una sola llamada telefónica para encontrarte —dijo Mark.

Me senté con aire abatido en la cama.

Rebuscando en un bolsillo de su chaqueta, Mark se sacó un folleto doblado y me lo entregó.

—¿Lo reconoces?

Era la misma guía de información turística que Marino había encontrado en el dormitorio de Beryl Madison, una fotocopia de la cual se había incluido en su ficha. La misma guía que yo había estudiado incontables veces y de la que me acordé dos noches antes de mi partida, cuando decidí huir a Key West. Contenía una lista de restaurantes, tiendas y lugares de interés y un plano rodeado de anuncios, uno de los cuales era el del hotel donde nos encontrábamos; por eso se me había ocurrido la idea de alojarme allí.

—Tras repetidos e infructuosos intentos, Benton consiguió finalmente localizarme —añadió Mark—. Estaba muy alterado. Dijo que te habías ido para venir aquí y entonces intentamos seguirte la pista. Al parecer, en la ficha que él tiene hay una fotocopia del folleto de Beryl. Supuso que tú también la habrías visto y que probablemente habrías sacado una fotocopia para tu propio archivo. Y pensamos que, a lo mejor, se te ocurriría la idea de usarlo como guía.

—¿De dónde lo has sacado? —pregunté.

—En el aeropuerto. Resulta que este hotel es el único que figura en los anuncios. Fue el primer sitio al que llamé. Tenía una reserva a tu nombre.

—Muy bien. Eso demuestra que no soy una buena fugitiva.

—Bastante mala.

—De aquí saqué la idea, si te interesa saberlo —reconocí, enojada—. He revisado tantas veces los papeles de Beryl que recordaba perfectamente el folleto y el anuncio de un hotel de la cadena Holiday Inn en Duval. Me debió de llamar la atención porque debí de preguntarme si ella se alojó aquí cuando vino a Key West.

—¿Se alojó aquí? —preguntó Mark, tomando un sorbo de whisky.

—No.

Mientras se levantaba para ir a por más hielo, llamaron a la puerta y el corazón me dio un vuelco en el pecho al ver que Mark extendía la mano hacia atrás y se sacaba una pistola de 9 milímetros de debajo de la chaqueta. Sosteniéndola en alto, aplicó el ojo a la mirilla de la puerta, se guardó el arma en el bolsillo posterior de los pantalones y abrió. Había llegado la cena. Cuando Mark le pagó a la camarera en efectivo, ésta esbozó una ancha sonrisa diciendo:

—Muchas gracias, señor Scarpetta. Espero que los bistecs estén a su gusto.

—¿Por qué te has registrado como si fueras mi marido? —pregunté.

—Dormiré en el suelo. Pero tú no te vas a quedar sola en esta habitación —contestó, colocando los platos tapados sobre la mesa que había junto a una ventana y descorchando la botella de vino.

Quitándose la chaqueta y arrojándola sobre la cama, colocó la pistola al alcance de su mano encima de la cómoda, no lejos de mi macuto.

Esperé a que se sentara antes de preguntarle por qué iba armado.

—Un pequeño monstruo, pero puede que sea mi único amigo —contestó, cortando el bistec—. Pero supongo que tú también llevas tu treinta y ocho, probablemente en ese macuto —añadió, contemplando el macuto de la cómoda.

—Para tu información, te diré que lo llevo en el bolso —confesé estúpidamente—. ¿Y cómo demonios sabes tú que yo tengo un treinta y ocho?

—Benton me lo dijo. También me dijo que te han concedido recientemente la licencia para llevar un arma oculta y que seguramente la llevarías contigo a todas partes. No está mal —añadió, tomando un sorbo de vino.

—¿También te ha dicho Benton qué talla de ropa uso? —pregunté, tratando de comer, a pesar de que mi estómago me suplicaba que no lo hiciera.

—Bueno, eso no hace falta que me lo diga. Sigues usando la cuarenta y cuatro y estás tan guapa como cuando vivíamos en Georgetown. Mejor dicho, todavía más.

—Te agradecería mucho que dejaras de comportarte como un caballeroso hijo de puta y me dijeras cómo demonios conoces tan siquiera de nombre a Benton Wesley, por no decir cómo has conseguido merecer el privilegio de reunirte tantas veces a solas con él para hablar de mí.

—Kay —Mark posó el tenedor y me miró a los ojos—, conozco a Benton desde hace mucho más tiempo que tú. ¿Acaso no lo has comprendido todavía? ¿Tengo que escribírtelo con luces de neón?

—Sí, escríbelo en letras mayúsculas en el cielo, Mark, porque ya no sé lo que pensar. Ya no tengo ni idea de quién eres. No me fío de ti. Es más, en este momento te tengo un miedo atroz.

Reclinándose en su asiento y poniéndose más serio de lo que yo jamás le hubiera visto, Mark me dijo:

—Kay, lamento mucho que me tengas miedo y lamento que no te fíes de mí. Lo cual es perfectamente lógico porque muy pocas personas en este mundo tienen idea de quién soy y hay veces en que ni yo mismo lo sé. No te lo podía decir antes, pero ya todo ha terminado. —Hizo una pausa—. Benton fue profesor mío en la Academia mucho antes de que tú le conocieras.

—¿Eres un agente? —le pregunté con incredulidad.

—Sí.

—No —dije mientras la cabeza me empezaba a dar rápidas vueltas.

«¡No! ¡Esta vez no te voy a creer, maldita sea!»

Levantándose sin una palabra, Mark se acercó al teléfono de la mesita de noche y marcó.

—Ven aquí —dijo volviéndose.

Después me pasó el teléfono.

—¿Diga?

Reconocí inmediatamente la voz.

—¿Benton? —dije.

—¿Kay? ¿Se encuentra usted bien?

—Mark está aquí —dije—. Me ha encontrado. Sí, Benton, estoy bien.

—Gracias a Dios. Está en buenas manos. Estoy seguro de que él se lo explicará.

—Yo también lo estoy. Gracias, Benton. Adiós.

Mark tomó el teléfono y lo colgó. Cuando regresamos a la mesa, me miró largo rato antes de hablar.

—Dejé el ejercicio de la abogacía cuando murió Janet. Aún no sé muy bien por qué, Kay, pero no importa. Trabajé como agente de calle en Detroit durante algún tiempo y después me convertí en agente secreto. Lo de Orndorff & Berger fue una estratagema.

—No me irás a decir que Sparacino también trabaja para los federales —dije sin dejar de temblar.

—No, por Dios —contestó Mark, apartando la mirada.

—¿Qué se proponía, Mark?

—Entre sus delitos de carácter leve se incluían estafas a Beryl Madison y alteración de las declaraciones de derechos de autor, como tantas veces ha hecho con otros muchos clientes suyos. Ya te conté que la estaba manipulando en un intento de enemistarla con Cary Harper para poder organizar un escándalo publicitario... tal como ha hecho muchas otras veces.

—Entonces, lo que me dijiste en Nueva York es cierto.

—Sí, pero no todo. No te lo podía decir todo.

—¿Sabía Sparacino que yo viajaría a Nueva York?

Era una pregunta que me atormentaba desde hacía varias semanas.

—Sí. Yo lo organicé todo, diciéndole que, de esta manera, podría arrancarte más información y conseguir que hablaras con él. Sparacino estaba seguro de que tú jamás accederías a tratar con él. Por eso yo me ofrecí a conducirte hasta él.

—Jesús —musité por lo bajo.

—Pensé que lo tenía todo controlado. Pensé que él no sospechaba de mí hasta que llegamos al restaurante. Entonces comprendí que todo se había estropeado.

—¿Por qué?

—Porque él me tenía vigilado. Sé desde hace tiempo que el hijo de Partin es uno de sus confidentes. Así se gana la vida mientras espera que le den algún papel en los seriales, los anuncios de la televisión y la publicidad de calzoncillos. Está claro que Sparacino no se fiaba de mí.

—¿Por qué envió a Partin? ¿No comprendió que tú le reconocerías?

—Sparacino no sabe que conozco a Partin —contestó Mark—. Cuando vi a Partin en el restaurante comprendí que Sparacino lo había enviado para cerciorarse de que yo me reunía efectivamente contigo y ver qué me llevaba entre manos, de la misma manera que envió al llamado Jeb Price a revolver tu despacho.

—¿Me vas a decir que Jeb Price también es un actor muerto de hambre?

—No. Lo detuvimos en Nueva Jersey la semana pasada. Se pasará una buena temporada sin molestar a nadie.

—Supongo que lo de que conocías a Diesner en Chicago también fue una trola —dije.

—Es un personaje de leyenda. Pero yo jamás le he conocido.

—Y tu visita a Richmond para verme también fue un montaje, ¿verdad? —pregunté, tratando de reprimir las lágrimas.

—No venía por carretera desde el distrito de Columbia —contestó Mark mientras volvía a llenar los vasos de vino—. Acababa de llegar en avión desde Nueva York. Sparacino me había enviado para sonsacarte y tratar de averiguar todo lo que pudiera sobre el asesinato de Beryl Madison.

Tomé un sorbo de vino y permanecí en silencio un instante, tratando de recuperar la compostura.

Después pregunté:

—¿Ha tenido él algo que ver con su asesinato, Mark?

—Pues, al principio me preocupaba esta posibilidad —contestó—. Temí que los juegos de Sparacino con Harper hubieran llegado demasiado lejos y que éste hubiera perdido la cabeza y hubiera asesinado a Beryl. Pero cuando mataron a Harper, no conseguí encontrar nada que me indujera a pensar que Sparacino estaba relacionado con las muertes. Creo que

Sparacino quería que yo averiguara todo lo que pudiera sobre el asesinato de Beryl porque estaba un poco paranoico.

—¿Temía que la policía registrara el despacho de Beryl y descubriera que las declaraciones de derechos de autor que él le había hecho eran fraudulentas? —pregunté.

—Tal vez. Sé que anda tras el manuscrito porque le consta su valor. Pero, aparte eso, no sé nada más.

—¿Y qué me dices de su querella, de su venganza contra el fiscal general?

—Se ha armado un gran escándalo —contestó Mark—. Sparacino desprecia a Ethridge y le encantaría poder humillarle e incluso obligarle a abandonar el cargo que ocupa.

—Scott Partin ha estado aquí —le dije—. Estuvo aquí no hace mucho, haciendo preguntas sobre Beryl.

—Interesante —se limitó a decir Mark mientras tomaba otro trozo de bistec.

—¿Cuánto tiempo llevas con Sparacino?

—Más de dos años.

—¡Dios mío! —dije.

—El FBI lo organizó todo con mucho cuidado. Me enviaron bajo el disfraz de un abogado llamado Paul Baker que buscaba trabajo y quería hacerse rico rápidamente. Hice todo lo necesario para que se tragara el anzuelo. Como es lógico, me mandó investigar y, al descubrir algunos detalles que no concordaban, me exigió explicaciones. Le confesé que utilizaba una identidad falsa y que formaba parte del Programa de Protección de Testigos. Es muy complicado y difícil de explicar, pero Sparacino creía que yo me había dedicado a actividades ilegales en Tallahassee, que me habían detenido y que los federales me habían recompensado la colaboración dándome una identidad y un pasado falsos.

—¿Y es cierto que habías desarrollado actividades ilegales? —pregunté.

—No.

—Ethridge cree que sí —dije—. Y cree que estuviste en la cárcel.

—No me sorprende, Kay. Los directores de prisiones suelen colaborar estrechadamente con el FBI. Sobre el papel, el Mark James que conociste en otros tiempos tiene muy mala pinta. Un abogado que delinquió y se pasó dos años en chirona tras habérsele retirado la licencia.

—¿Debo suponer que la relación entre Sparacino y Orndorff & Berger es una tapadera? —pregunté.

—Sí.

—¿Tapadera de qué, Mark? Aquí tiene que haber algo más que los escándalos publicitarios.

—Tenemos el convencimiento de que Sparacino ha estado blanqueando dinero procedente del mundo del hampa, Kay. Dinero procedente del tráfico de droga. También creemos que está relacionado con el crimen organizado en los casinos. Hay políticos, jueces y otros abogados implicados. La red es increíble. Lo sabemos desde hace tiempo, pero es muy peligroso que una parte del sistema judicial ataque a otra. Tiene que haber pruebas admisibles de culpabilidad. Por eso me enviaron a mí. Cuantas más cosas descubría, tantas más quedaban por descubrir. Los tres meses se convirtieron en seis y después en años.

—No lo entiendo. Su bufete es legal, Mark.

—Nueva York es el coto privado de Sparacino. Tiene poder. En Orndorff & Berger apenas tienen idea de lo que hace. Yo jamás trabajé en ese bufete. Ni siquiera saben cómo me llamo.

—Pero Sparacino sí —dije yo—. Le oí referirse a ti como a Mark.

—Sí, él conoce mi verdadero nombre. Tal como ya te he dicho, el FBI tiene mucho cuidado. Hicieron un buen trabajo al inventarse de nuevo mi vida y crear un reguero de documentos que convierten al Mark James que antaño conociste en alguien que no reconocerías y que te gustaría muy poco. —Mark hizo una pausa con el rostro muy serio—. Sparacino y yo acordamos que él se referiría a mí llamándome Mark en tu presencia. Aparte de eso, yo era siempre Paul y trabajaba para él. Durante algún tiempo viví con su familia. Era su fiel hijo o, por lo menos, eso era lo que él pensaba.

—Sé que en Orndorff & Berger jamás han oído hablar de ti —confesé—. Intenté llamarte a Nueva York y Chicago y no sabían de quién les hablaba. Llamé a Diesner y tampoco sabía quién eras. Puede que no sea una buena fugitiva, pero tú tampoco eres muy buen espía que digamos.

Mark guardó silencio un instante y después dijo:

—El FBI no tuvo más remedio que introducirme en el caso, Kay. Apareciste en escena y yo corrí muchos riesgos. Me sentía emocionalmente implicado porque tú estabas implicada. Fui un estúpido.

—No sé qué contestar a eso.

—Bébete el vino y contempla cómo sale la luna sobre Key West. Es la mejor manera de contestar.

—Pero, Mark —dije, inevitablemente atrapada en sus redes—, hay un punto muy importante que no comprendo.

—Estoy seguro de que hay muchos puntos importantes que no comprendes y que tal vez jamás comprenderás, Kay. Nos separa una brecha muy grande; no se puede cerrar en una noche.

—Dices que Sparacino te envió para que me sonsacaras. ¿Cómo sabía que me conocías? ¿Acaso tú se lo habías dicho?

—Hizo una referencia a ti poco después de enterarnos del asesinato de Beryl. Dijo que eras la jefa del departamento de Medicina Legal de Virginia. Me asusté. No quería que tratara directamente contigo. Decidí hacerlo yo en su lugar.

—Te agradezco el detalle —dije con ironía.

—Bien me lo puedes agradecer. —Mark clavó los ojos en los míos—. Le dije que habíamos salido juntos en otros tiempos. Quería que me encomendara la misión a mí. Y así lo hizo.

—¿Y eso es todo? —pregunté.

—Ojalá, aunque me temo que mis motivos son un tanto confusos.

—¿Confusos?

—Creo que me atraía la posibilidad de volver a verte.

—Eso me dijiste.

—Y no mentí.

—¿Me estás mintiendo ahora?

—Te juro por Dios que no —contestó.

De pronto me di cuenta de que todavía iba vestida con un polo y unos calzones cortos y tenía la piel pegajosa y el cabello hecho un desastre. Me excusé levantándome de la mesa y me fui al cuarto de baño. Media hora más tarde salí envuelta en mi albornoz de rizo preferido y Mark se había quedado profundamente dormido en mi cama.

Gruñó y abrió los ojos cuando me senté a su lado.

—Sparacino es un hombre peligroso —dije, pasándole lentamente los dedos por el cabello.

—De eso no cabe la menor duda —me contestó con voz adormilada.

—Envió a Partin. No entiendo muy bien cómo sabía que Beryl estaba aquí abajo.

—Porque ella le llamó desde aquí, Kay. Él lo sabía desde el principio.

Asentí con la cabeza sin sorprenderme demasiado. Aunque Beryl hubiera dependido de Sparacino hasta su amargo final, debió de empezar a desconfiar de él en determinado momento. De otro modo le hubiera confiado el manuscrito a él y no a un barman llamado PJ.

—¿Qué haría si supiera que estás aquí? —pregunté en un susurro—. ¿Qué haría Sparacino si supiera que tú y yo estamos conversando en esta habitación?

—Le daría un ataque de celos.

—Hablo en serio.

—Probablemente nos mataría si pensara que podía hacerlo impunemente.

—¿Y podría hacerlo impunemente, Mark?

Atrayéndome hacia sí, Mark contestó contra mi cuello:

—Mierda, no.

El sol nos despertó a la mañana siguiente. Tras hacer nuevamente el amor, nos dormimos abrazados el uno al otro hasta las diez.

Mientras Mark se duchaba y se afeitaba, contemplé el día y me pareció que jamás había visto unos colores más brillantes ni un sol tan resplandeciente en la pequeña isla costera de Key West. Compraría una casa en una urbanización donde Mark y yo pudiéramos hacer el amor el resto de nuestras vidas. Montaría en bicicleta por primera vez desde mi infancia, volvería a jugar al tenis y dejaría de fumar. Pondría más empeño en llevarme bien con mi familia, y Lucy nos visitaría a menudo. Acudiría al Louie's con frecuencia y adoptaríamos a PJ como amigo. Contemplaría la luz del sol danzando sobre el mar y rezaría por una mujer llamada Beryl Madison cuya terrible muerte había conferido un nuevo significado a mi vida y me había enseñado a volver a amar. Después de un buen desayuno que tomamos en la habitación, saqué el manuscrito de Beryl del macuto mientras Mark me miraba con incredulidad.

—¿Es eso lo que creo que es? —preguntó.

—Sí, es exactamente lo que crees que es —contesté.

Mark se levantó de la mesa.

—Pero ¿dónde demonios lo has encontrado, Kay?

—Se lo dejó a un amigo.

Nos colocamos unos almohadones detrás de la espalda y dejamos el manuscrito entre nuestros cuerpos en la cama mientras yo le contaba a Mark todos los pormenores de mis conversaciones con PJ.

La mañana se convirtió en tarde, pero no salimos de la habitación más que para dejar los platos sucios en el pasillo y sustituirlos por los bocadillos y tentempiés que fuimos pidiendo cada vez que nos apetecía tomar algo. Transcurrieron varias horas sin que apenas nos habláramos mientras pasábamos las páginas de la vida de Beryl Madison. El libro era increíble y más de una vez me hizo asomar lágrimas a los ojos.

Beryl era un pájaro cantor nacido en una tormenta, un

minúsculo ser de bellos colores aferrado a las ramas de una vida espantosa. Su madre había muerto y su padre la había sustituido por una mujer que la trataba con desprecio. Incapaz de soportar el mundo en el que vivía, aprendió el arte de crearse otro más de su gusto. La escritura era su manera de resistir y se había convertido en ella en un refinado talento, como ocurre con la habilidad artística en el caso de los sordos y la música en el de los ciegos. Era capaz de crear con las palabras un mundo que yo podía saborear, oler y sentir.

Su relación con los Harper había sido tan intensa como desquiciada. Eran tres elementos explosivos que se transformaron en una tormenta de increíble potencia destructora cuando finalmente vivieron juntos en aquella mansión de cuento de hadas a la orilla de un río de sueños infinitos. Cary Harper compró y restauró la casa por Beryl, y una noche, en aquella habitación del piso de arriba donde yo había dormido, le había robado su virginidad cuando ella tenía apenas dieciséis años.

Sorprendida de que Beryl no bajara a la mañana siguiente a la hora del desayuno, Sterling Harper subió a ver qué ocurría y la encontró llorando en posición fetal. Sin poder enfrentarse con el hecho de que su famoso hermano hubiera violado a la que hacía las veces de su hija, la señorita Harper decidió luchar contra los demonios de su casa con un ejército de negativas. Jamás le dijo ni una sola palabra a Beryl ni intentó intervenir. Se limitó a cerrar suavemente la puerta de su dormitorio por las noches para entregarse a sus agitados sueños.

Los acosos contra Beryl se sucedieron semana tras semana, cada vez menos frecuentes a medida que ella crecía hasta que, al final, cesaron por completo, coincidiendo con la obtención del premio Pulitzer... La impotencia del ganador había sido provocada por las largas veladas de borrachera y otros excesos, incluidas las drogas. Cuando los intereses acumulados de las ganancias del libro y la herencia familiar ya no pudieron costear sus vicios, el escritor recurrió a su amigo Joseph Mc-Tigue, el cual se encargó amablemente de rentabilizar su precaria economía, logrando que el autor «no sólo recuperara su solvencia, sino también que se hiciera lo bastante rico como para comprarse cajas enteras del mejor whisky y pudiera entregarse al vicio de la cocaína siempre que le apetecía».

Según Beryl, cuando ella abandonó la casa, la señorita Harper pintó el retrato que colgaba sobre la repisa de la chimenea de la biblioteca, el retrato de una niña revestida de inocencia, en un intento, tal vez inconsciente o tal vez no, de atormentar a Harper para siempre. Él se entregó cada vez más a la bebida, apenas escribía y empezó a sufrir insomnio. Poco a poco adquirió la costumbre de frecuentar la Culpeper's Tavern, alentado por su hermana, la cual aprovechaba las horas de su ausencia para conspirar contra él con Beryl por teléfono. El golpe definitivo se produjo a través de un dramático desafío cuando Beryl, animada por Sparacino, quebrantó el contrato.

Fue su manera de recuperar su vida y, en sus propias palabras, «preservar la belleza de mi amiga Sterling, prensando sus recuerdos entre estas páginas cual si fueran flores silvestres». Beryl inició el libro poco después de que a la señorita Harper le fuera diagnosticado un cáncer. El vínculo entre ambas era inquebrantable y tan profundo como el amor que se profesaban.

Como es natural, la biografía contenía largas digresiones sobre los libros que Beryl había escrito y las fuentes de sus ideas. Se incluían fragmentos de sus primeras obras y yo pensé que aquello tal vez hubiera podido explicar la presencia del manuscrito parcial que encontramos en su dormitorio después del asesinato. Aunque no era fácil establecerlo. No era fácil averiguar qué pensamientos habían cruzado por la mente de Beryl. Sin embargo, comprendí que la obra era extraordinaria y lo bastante escandalosa como para haber provocado el temor de Cary Harper y la codicia de Sparacino.

Pero, a lo largo de toda la tarde, no logré encontrar nada capaz de hacerme evocar el espectro de Frankie. En el manuscrito no se mencionaba la pesadilla que al final acabó con la vida de Beryl. Pensé que, a lo mejor, era algo demasiado terrible como para que pudiera describirlo. Tal vez esperaba que todo pasara con el tiempo.

Me estaba acercando al final del libro de Beryl cuando Mark apoyó súbitamente la mano en mi brazo.

—¿Qué hay? —pregunté sin apenas poder apartar la vista de las páginas.

—Kay, fíjate en eso —dijo Mark colocando cuidadosamente una página encima de la que yo estaba leyendo. Era el comienzo del capítulo Veinticinco, una página que yo ya había leído. Se trataba de una fotocopia muy clara y no de una página original mecanografiada como todas las demás.

—Pensé que me habías dicho que éste era el único ejemplar —dijo Mark en tono inquisitivo.

—Tenía la impresión de que así era —repliqué, perpleja.

—A lo mejor hizo una copia y cambió las páginas.

—Eso parece —dije en tono pensativo—. Pero, en tal caso, ¿dónde está la copia? No ha aparecido.

—No tengo ni idea.

—¿Estás seguro de que no la tiene Sparacino?

—Estoy completamente seguro de que lo sabría si la tuviera. He revuelto su despacho de arriba abajo durante sus ausencias y he hecho lo mismo en su casa. Además, creo que me lo hubiera dicho, por lo menos cuando pensaba que éramos compinches.

—Será mejor que vayamos a ver a PJ.

Descubrimos que era el día libre de PJ. No estaba en el Louie's ni en su casa. Caía la noche en la isla cuando finalmente nos tropezamos con él en el Sloppy Joe's y comprobamos que llevaba una trompa fenomenal. Le tomé del brazo en la barra y, asiendo su mano, le acompañé a una mesa.

Hice rápidamente las presentaciones.

—Mark James, un amigo mío.

PJ asintió con la cabeza y levantó una botella de cerveza de largo cuello en un borracho gesto de brindis. Después parpadeó varias veces como si quisiera aclararse la vista mientras admiraba sin disimulo a mi atractivo acompañante. Mark pareció no darse cuenta.

Levantando la voz por encima del barullo que estaba armando la gente y la orquesta, le dije a PJ:

—El manuscrito de Beryl. ¿Hizo alguna copia de él durante su estancia aquí?

Tomando un sorbo de cerveza y balanceándose al ritmo de la música, PJ contestó:

—No lo sé. Si lo hizo, a mí no me dijo nada.

—Pero ¿cómo es posible? —insistí—. ¿Pudo hacerlo quizá cuando fue a hacer las fotocopias de las cartas que le entregó a usted?

PJ se encogió de hombros mientras las gotas de sudor le bajaban por las sienes y por las arreboladas mejillas. PJ no estaba simplemente achispado, sino borracho como una cuba.

Mientras Mark contemplaba la escena con rostro impasible, volví a intentarlo.

—Bueno, pues dígame si se llevó el manuscrito cuando fue a fotocopiar las cartas.

—... como Bogie y Bacall... —entonó PJ con áspera voz de barítono, dando rítmicas palmadas contra el borde de la mesa mientras seguía el compás junto con la gente.

—¡PJ! —grité.

—Pero bueno —protestó el hombre sin apartar los ojos del escenario—, es mi canción preferida.

Me hundí en mi asiento y dejé que PJ siguiera cantando su canción preferida. Durante una breve pausa del espectáculo, repetí la pregunta. PJ apuró la botella de cerveza y contestó con sorprendente claridad:

—Lo único que recuerdo es que aquel día Beryl llevaba el macuto, ¿vale? Se lo regalé yo, ¿saben? Para que pudiera acarrear sus mierdas por ahí. Se dirigió al Copy Cat o a algún sitio así y estoy seguro de que llevaba el macuto. —Sacó la cajetilla de cigarrillos—. A lo mejor llevaba el libro en el macuto. Y puede que lo mandara fotocopiar cuando hizo las fotocopias de las cartas. Yo sólo sé que me dejó lo que yo le entregué a usted no recuerdo cuándo.

—Ayer —dije yo.

—Eso es, ayer.

Cerrando los ojos, PJ empezó a aporrear de nuevo el borde de la mesa.

—Gracias, PJ —le dije.

No nos prestó la menor atención cuando nos fuimos, abriéndonos paso entre la gente para salir al fresco aire nocturno.

—Eso es lo que yo llamo un ejercicio vano —dijo Mark mientras regresábamos caminando al hotel.

—No sé —repliqué—. Pero me parece lógico que Beryl hiciera una fotocopia del manuscrito cuando fotocopió las cartas. No puedo creer que le dejara el libro a PJ a no ser que ella tuviera una copia.

—Tras haberle conocido, yo tampoco puedo creerlo. PJ no es precisamente lo que yo llamaría un guardián muy de fiar.

—Pues lo es, Mark. Lo que ocurre es que esta noche está un poco bebido.

—Más bien, totalmente trompa.

—A lo mejor se ha emborrachado por culpa de mi visita.

—Si Beryl fotocopió el manuscrito y se llevó la copia a Richmond —añadió Mark—, quienquiera que la matara lo debió de robar.

—Frankie —dije yo.

—Lo cual tal vez explique por qué decidió cargarse después a Cary Harper. Nuestro amigo Frankie se puso celoso y la sola idea de imaginarse a Harper en el dormitorio de Beryl lo volvió loco... más loco de lo que ya estaba. En el libro de Beryl se menciona la costumbre de Harper de ir todas las tardes a la Culpeper's.

—Lo sé.

—Quizá Frankie lo leyó, averiguó dónde podría encontrarle y pensó que la mejor manera de atraparle sería actuando por sorpresa.

—¿Qué mejor momento que cuando estás medio borracho y bajas de tu automóvil en una calzada oscura y desierta? —dije yo.

—Lo que me extraña es que no se cargara también a Sterling Harper.

—Puede que lo hubiera hecho.

—Tienes razón. No se le ofreció la oportunidad —dijo Mark—. Ella le ahorró la molestia.

Tomándonos de la mano, guardamos silencio mientras nuestros zapatos avanzaban despacio por la acera y la brisa agitaba las ramas de los árboles. Hubiera deseado que aquel momento se prolongara indefinidamente. Temía las verdades con las que tendríamos que enfrentarnos. Sólo cuando ya estábamos en nuestra habitación bebiendo vino juntos, hice la pregunta:

—¿Y ahora qué, Mark?

—Washington —contestó él, volviendo el rostro para mirar a través de la ventana—. Mañana mismo. Me someterán a un interrogatorio y me reprogramarán —respiró hondo—. Y después no sé qué voy a hacer.

—Tú, ¿qué quieres hacer? —le pregunté.

—No lo sé, Kay. ¿Quién sabe adónde me enviarán? —añadió, contemplando la noche—. Sé que tú no vas a dejar Richmond.

—No, no puedo dejar Richmond. Ahora, no. Mi trabajo es mi vida, Mark.

—Siempre ha sido tu vida —dijo él—. Mi trabajo también es mi vida. Lo cual significa que queda muy poco espacio para la diplomacia.

Sus palabras y su rostro me estaban partiendo el corazón. Sabía que Mark tenía razón. Cuando intenté decir algo, las lágrimas asomaron a mis ojos.

Nos estrechamos con fuerza hasta que él se quedó dormido en mis brazos. Soltándome suavemente, me levanté y regresé junto a la ventana, donde me senté a fumar mientras mi mente repasaba obsesivamente multitud de detalles hasta que el alba empezó a teñir el cielo de rosa.

Tomé una buena ducha. El agua caliente me calmó y fortaleció mi determinación. Refrescada y envuelta en el albornoz, salí del cuarto de baño y vi que Mark ya se había despertado y estaba pidiendo el desayuno.

—Vuelvo a Richmond —anuncié con firmeza, sentándome a su lado en la cama.

Mark frunció el ceño.

—No es una buena idea, Kay.

—He encontrado el manuscrito, tú te vas y yo no quiero quedarme aquí sola, esperando que aparezcan Frankie, Scott Partin o el mismísimo Sparacino en persona —expliqué.

—No han encontrado a Frankie. Es demasiado peligroso. Mandaré que te envíen protección aquí —objetó Mark—. O en Miami. Tal vez sea mejor. Podrías quedarte una temporada con tu familia.

—No.

—Kay....

—Mark, es posible que Frankie ya haya abandonado Richmond. Puede que tarden varias semanas en encontrarle. O que no lo encuentren jamás. ¿Qué tengo que hacer, permanecer para siempre escondida en Florida?

Mark se recostó contra la almohada sin contestar.

—No consentiré que me destrocen la vida y la carrera —añadí, tomando su mano—, y me niego a dejarme intimidar por más tiempo. Llamaré a Marino y le pediré que acuda a recibirme al aeropuerto.

Mark tomó mis manos y dijo, mirándome a los ojos:

—Regresa conmigo al distrito de Columbia. También podrías quedarte algún tiempo en Quantico.

Sacudí la cabeza.

—No me va a ocurrir nada, Mark.

—No puedo quitarme de la cabeza lo que le ocurrió a Beryl —dijo, estrechándome en sus brazos.

Yo tampoco podía.

Nos despedimos en el aeropuerto de Miami y me alejé rápidamente sin volver la mirada atrás. Sólo estuve despierta durante el intervalo en que cambié de avión en Atlanta. El resto del tiempo me lo pasé durmiendo, pues me sentía física y emocionalmente agotada.

Marino me recibió en la puerta de llegada. Por una vez, pareció intuir mi estado de ánimo y me siguió en paciente silencio mientras cruzábamos la terminal. Los adornos navideños y los objetos que se exhibían en los escaparates de las tiendas del aeropuerto sólo sirvieron para intensificar mi depresión. No esperaba con ansia la llegada de las fiestas. No estaba muy segura de cómo o cuándo volvería a ver a Mark. Para agravar las cosas, cuando llegamos a la zona de recogida de equipajes, Marino y yo tuvimos que esperar una hora mientras los equipajes giraban lentamente como en un tiovivo. Ello ofreció a Marino la ocasión de interrogarme mientras yo perdía la paciencia por momentos. Al final, no tuve más remedio que notificar la pérdida de la maleta. Tras rellenar un detallado impreso con múltiples apartados, recogí mi automóvil y me dirigí a casa, seguida de cerca por Marino.

La oscura y lluviosa noche borró misericordiosamente los daños que había sufrido el patio mientras aparcábamos en mi calzada. Marino me había recordado previamente que no habían tenido suerte en la localización de Frankie en mi ausencia, por cuyo motivo no quería correr ningún riesgo. Tras iluminar con la linterna todos los rincones del exterior de mi casa, en busca de ventanas rotas o cualquier otra señal de la presencia de un intruso, recorrió toda la casa conmigo, encendiendo las luces de todas las habitaciones, abriendo los armarios e incluso mirando debajo de las camas.

Nos estábamos dirigiendo a la cocina con la intención de prepararnos un café cuando ambos reconocimos la clave de su radiotransmisor portátil.

—Dos-quince, diez-treinta y tres...

—¡Mierda! —exclamó Marino, sacándose el radiotransmisor del bolsillo de la chaqueta.

Diez-treinta y tres era la clave de «Socorro». Las transmisiones radiofónicas rebotaban como balas por el aire y los coches patrulla estaban respondiendo cual aviones que despegaran. Un oficial se encontraba en una tienda no muy lejos de mi casa. Al parecer le habían herido de un disparo.

—Siete-cero-siete, diez-treinta y tres —le ladró Marino al oficial de comunicaciones mientras corría hacia la puerta—. ¡Maldita sea! ¡Walters! ¡No es más que un condenado chiquillo! —Salió corriendo bajo la lluvia—. Cierre bien, doctora —me dijo, volviéndose—. ¡En seguida le mando a un par de agentes!

Empecé a pasear por la cocina y, al final, me senté junto a la mesa con un vaso de whisky mientras la lluvia tamborileaba con fuerza sobre el tejado y azotaba los cristales de las ventanas. Había perdido la maleta y el 38 estaba dentro. Había olvidado mencionarle aquel detalle a Marino porque estaba atontada por el cansancio. Demasiado nerviosa como para irme a la cama, empecé a repasar el manuscrito de Beryl que había tenido la prudencia de guardar en el equipaje de mano mientras esperaba la llegada de la policía.

Poco antes de la medianoche, me sobresalté en mi sillón al oír el timbre de la puerta.

Apliqué el ojo a la mirilla de la puerta, esperando ver a los oficiales que Marino me había prometido, pero, en su lugar, vi a un pálido joven vestido con un impermeable oscuro y tocado con una especie de gorra de uniforme. Se le veía mojado y muerto de frío, con la espalda encorvada para protegerse de la lluvia y una tablilla sujetapapeles apretada contra el pecho.

—¿Quién es? —pregunté.

—Servicio de Mensajería Omega del aeropuerto Byrd —contestó—. Traigo su maleta, señora.

—Gracias a Dios —dije con alivio mientras desactivaba la alarma y abría la puerta.

El terror me paralizó cuando el joven dejó la maleta en el recibidor y súbitamente lo recordé. ¡En el impreso de reclamación que había rellenado en el aeropuerto había escrito la dirección de mi despacho, no la de mi domicilio particular!

17

Un flequillo de cabello oscuro le asomaba por debajo de la gorra y no me miró a los ojos cuando me dijo:

—Si es usted tan amable de firmar, señora.

Me entregó la tablilla sujetapapeles mientras unas voces resonaban tumultuosamente en mi mente.

«Tardaron en venir desde el aeropuerto porque las líneas aéreas habían perdido el equipaje del señor Harper.»

«¿Tienes el cabello rubio natural, Kay, o te lo decoloras?»

«Fue después de que el chico entregara el equipaje...»

«Todos han desaparecido ahora.»

«El año pasado recibimos una fibra idéntica a esta anaranjada cuando a Roy le pidieron que examinara unos restos recuperados en un Boeing siete cuarenta y siete...»

«¡Fue después de que el chico entregara el equipaje!»

Lentamente cogí el bolígrafo y la tablilla sujetapapeles que me ofrecía una mano enfundada en un guante marrón.

Con una voz que apenas reconocí, dije:

—¿Sería usted tan amable de abrir la maleta? No puedo firmar nada hasta que me haya cerciorado de que no falta ninguno de mis efectos personales.

Por un instante, el pálido rostro pareció desconcertarse. Abrió levemente los ojos con expresión de asombro mientras los bajaba para contemplar la maleta. Le ataqué con tal rapidez que no tuvo tiempo de levantar las manos para esquivar el golpe. El canto de la tablilla le alcanzó en la garganta, tras lo cual me volví y pegué un salto de animal salvaje.

Cuando llegué al comedor, oí sus pisadas persiguiéndome. Sentí los fuertes latidos de mi corazón contra las costillas mientras corría a la cocina, donde estuve a punto de resbalar sobre el suave linóleo en el momento de rodear el tajo de carnicero y arrancar el extintor de incendios que había en la pared junto al frigorífico. En cuanto entró en la cocina, le arrojé a la cara una asfixiante tormenta de espuma seca. Un cuchillo de larga hoja cayó ruidosamente al suelo mientras él se acercaba ambas manos al rostro jadeando afanosamente. Tomando una sartén de hierro fundido, la blandí cual si fuera una raqueta de tenis y le golpeé el vientre con todas mis fuerzas. Sin poder respirar, el joven dobló el tronco y le volví a golpear, esta vez en la cabeza. Me falló un poco la puntería. Oí un crujido de cartílagos bajo el plano fondo de hierro. Comprendí que le había roto la nariz y probablemente varios dientes. Pero ello no bastó para dejarle fuera de combate. Cayendo de rodillas, tosiendo y parcialmente cegado por la espuma del extintor, me agarró los tobillos con una mano mientras con la otra buscaba a tientas el cuchillo. Descargándole un nuevo golpe con la sartén, aparté el cuchillo de un puntapié y huí de la cocina golpeándome la cadera contra el afilado canto de la mesa y el hombro, contra el marco de la puerta.

Desorientada y entre sollozos, conseguí sacar el Ruger de la maleta y colocar dos cartuchos en el tambor. Para entonces ya casi le tenía encima. Oía el rumor de la lluvia y su afanosa respiración. El cuchillo se encontraba a escasos centímetros de mi garganta cuando, al apretar por tercera vez el gatillo, conseguí finalmente que el percutor tocara el fulminante. En medio de una ensordecedora explosión de llamas y gas, un Silvertip le desgarró el vientre arrojándolo hacia atrás y provocando su caída al suelo. Trató de incorporarse mientras me miraba con los ojos empañados desde la ensangrentada masa de su rostro. Intentó decir algo al tiempo que se esforzaba por levantar el cuchillo. Me silbaban los oídos. Sujetando el arma con trémulas manos, le alojé una segunda bala en el pecho. El acre olor de la pólvora se mezclaba con el dulzón olor de la sangre cuando vi apagarse la luz en los ojos de Frankie Aims.

Después me vine abajo y empecé a sollozar mientras el viento y la lluvia golpeaban con fuerza mi casa y la sangre de Frankie se iba extendiendo por el reluciente suelo de madera de roble. Temblé y lloré sin poder moverme hasta que el timbre del teléfono sonó por quinta vez.

—Marino —sólo pude decir—. ¡Oh, Dios mío, Marino!

No regresé a mi despacho hasta que sacaron el cuerpo de Frankie Aims del depósito de cadáveres tras haberlo limpiado de sangre sobre la mesa de acero inoxidable, una sangre que bajó por los desagües y se mezcló con las fétidas aguas de las cloacas de la ciudad. No lamentaba haberle matado. Lamentaba que hubiera nacido.

—Por lo que parece —dijo Marino mirándome por encima del deprimente montón de papeles que llenaban la superficie de mi escritorio—, Frankie llegó a Richmond hace un año, en octubre. Por lo menos, tenía un piso alquilado en Red Street desde entonces. Un par de semanas después encontró trabajo como repartidor de equipajes perdidos. Omega trabaja por cuenta del aeropuerto.

No dije nada mientras mi abrecartas rasgaba otro sobre destinado a la papelera.

—Los tipos que trabajan en Omega utilizan su propio automóvil. En el mes de enero pasado, Frankie tropezó con un problema. Se rompió la correa de transmisión de su Mercury Lynx del ochenta y uno y no tenía dinero para pagar la reparación. Sin automóvil, no podía trabajar. Fue entonces cuando creo que le debió de pedir un favor a Al Hunt.

—¿Habían mantenido contacto los dos con anterioridad? —pregunté, sintiéndome totalmente exhausta y trastornada y sabiendo que se me notaba en la voz.

—Desde luego —contestó Marino—. A mí no me cabe la menor duda y a Benton tampoco.

—¿En qué basan sus suposiciones?

—Para empezar —contestó Marino—, resulta que Frankie vivía hace un año y medio en Butler, Pennsylvania. Hemos repasado las facturas telefónicas del padre de Al Hunt de los últimos cinco años... porque lo guarda todo por si tuvieran que hacerle una auditoría, ¿sabe? Durante el tiempo que Frankie vivió en Pennsylvania, los Hunt recibieron cinco llamadas a cobro revertido desde Butler. El año anterior habían recibido llamadas a cobro revertido desde Dover, Delaware, y el otro año hubo aproximadamente media docena desde Hagerstown, Maryland.

—¿Las llamadas eran de Frankie? —pregunté.

—Aún lo estamos investigando, pero sospecho que Frankie llamaba a Al Hunt de vez en cuando y probablemente le contó lo que le había hecho a su madre. Por eso Al sabía tantas cosas cuando habló con usted. No es que leyera el pensamiento de la gente ni nada de eso. Contó lo que había averiguado a través de sus conversaciones con su compañero de manicomio. Cuanto más enloquecía Frankie, tanto más se aproximaba a Richmond. De pronto, hace un año, aparece en nuestra encantadora ciudad. El resto ya es historia.

—¿Y qué me dice usted del túnel de lavado de Hunt? —pregunté—. ¿Frankie lo visitaba a menudo?

—Según un par de tipos que trabajan allí —contestó Marino—, alguien cuyo aspecto coincide con la descripción de Frankie iba por allí de vez en cuando, al parecer desde el pasado mes de enero. La primera semana de febrero, basándonos en las facturas que hemos encontrado en su casa, hizo revisar el motor de su Mercury por quinientos dólares, que probablemente le proporcionó Al Hunt.

—¿Sabe si Frankie se encontraba por casualidad en el túnel de lavado el día en que Beryl llevó su automóvil allí?

—Supongo que sí. Mire, la debió de ver por primera vez cuando entregó las maletas de Harper en casa de los McTigue en enero pasado. Después, la debió de volver a ver un par de semanas más tarde, cuando estaba en el túnel de lavado para pedirle un préstamo a su amigo. Eso le debió de parecer algo así como un mensaje. Puede que la viera de nuevo en el aeropuerto... puesto que entraba y salía constantemente de allí recogiendo maletas extraviadas y haciendo a saber qué otras cosas. A lo mejor la vio por tercera vez cuando ella estaba en el aeropuerto a punto de tomar un avión para Baltimore, donde se iba a reunir con la señorita Harper.

—¿Cree que Frankie le comentó también a Hunt algo sobre Beryl?

—Cualquiera sabe. Pero no me sorprendería que lo hubiera hecho. Eso explicaría, sin duda, por qué se ahorcó Hunt. Seguramente vio venir lo que su amigo le hizo a Beryl. Después, cuando mataron a Harper, debió de sentirse muy culpable.

Me moví dolorosamente en mi asiento mientras revolvía los papeles en busca del sello de la fecha que tenía en la mano hacía justo un momento. Me dolía todo el cuerpo y estaba considerando seriamente la posibilidad de que me hicieran una radiografía del hombro. En cuanto a mi estado de ánimo, no estaba muy segura de que alguien pudiera ayudarme. No me sentía yo misma. No sabía muy bien lo que me pasaba, pero no podía estarme quieta. Me era imposible relajarme.

—En su delirio, Frankie debía de personalizar sus encuentros con Beryl y atribuirles un profundo significado. Ve a Beryl en casa de los McTigue. La ve en el túnel de lavado de automóviles. La ve en el aeropuerto. Eso fue seguramente lo que le indujo a actuar.

—Sí. El esquizofrénico debió de pensar que Dios le hablaba y le decía que tenía una relación especial con aquella rubia.

Justo en aquel momento entró Rose. Tomando la hoja de color de rosa del recado telefónico que ella me ofrecía, la añadí al montón.

—¿De qué color era su automóvil? —pregunté.

El automóvil de Frankie estaba aparcado en mi calzada. Lo había visto cuando llegó la policía y los reflectores iluminaron mi casa por todas partes. Pero no me había fijado en nada. Recordaba muy pocos detalles.

—Azul oscuro.

—¿Y nadie recuerda haber visto un Mercury Lynx azul en el barrio de Beryl?

Marino sacudió la cabeza.

—De noche, con los faros delanteros apagados, el vehículo no debía de llamar demasiado la atención.

—Es verdad.

—Después, cuando fue a por Harper, debió de dejar el automóvil en algún lugar apartado de la carretera y debió de hacer el resto del camino a pie. —Marino hizo una pausa—. La tapicería del asiento del conductor estaba muy estropeada.

—¿Cómo? —dije, levantando la vista de lo que hacía.

—La había cubierto con una manta que debió de birlar de algún avión.

—¿El origen de la fibra anaranjada? —inquirí.

—Tienen que hacer algunos análisis, pero creemos que sí. La manta es a rayas anaranjado-rojizas, y Frankie debió de sentarse encima de ella cuando se dirigió a casa de Beryl. Probablemente eso explica toda esa historia de los terroristas. Algún pasajero debió de usar una manta como la de Frankie durante un vuelo transatlántico. Después, el tipo cambia de aparato y la fibra anaranjada acaba casualmente en el avión que posteriormente secuestraron en Grecia. Y a un pobre marine le queda adherida la fibra en la sangre reseca tras ser asesinado. ¿Tiene usted idea de la cantidad de fibras que se deben de transferir de un avión a otro?

—Imposible saberlo —convine mientras me preguntaba por qué razón yo habría merecido el honor de figurar en todas las listas de publicidad por correo de Estados Unidos—. Eso explica probablemente por qué razón Frankie llevaba tantas fibras adheridas a su ropa. Trabajaba en la zona de equipajes. Iba de un lado para otro en el aeropuerto y puede ser que incluso subiera a los aparatos. ¿Quién sabe qué hacía o qué restos quedaban adheridos a su ropa.

—Los empleados de Omega llevan camisas de uniforme —señaló Marino—. De color tostado. Confeccionadas en Dynel.

—Interesante.

—Usted ya debiera saberlo, doctora —dijo Marino, mirándome fijamente—. Llevaba una de esas camisas cuando usted disparó contra él.

No me acordaba. Sólo recordaba su impermeable oscuro y su rostro ensangrentado y cubierto con la blanca espuma del extintor de incendios.

—Muy bien —dije—. Hasta ahora le sigo, Marino. Pero lo que no entiendo es cómo consiguió averiguar Frankie el número de teléfono de Beryl. No figuraba en la guía. ¿Y cómo se enteró de que ella regresaría de Key West la noche del 29 de octubre en que, efectivamente, Beryl regresó a Richmond? ¿Y cómo demonios se enteró de la fecha de mi regreso?

—Los ordenadores —contestó Marino—. Toda la información sobre los pasajeros, incluyendo los horarios de vuelo, números telefónicos y domicilios particulares, está almacenada en los ordenadores. Suponemos que Frankie jugaba a veces con los ordenadores aprovechando algún momento en que no hubiera nadie en algún mostrador, tal vez por la noche o a primera hora de la mañana. El aeropuerto era como su casa. Cualquiera sabe lo que hacía sin que nadie le prestara la menor atención. Hablaba poco y era un tipo más bien discreto que pasaba inadvertido y se movía con el sigilo de un gato.

—Según el test Standford-Binet —dije aplicando el sello de la fecha a la reseca almohadilla de tinta—, su inteligencia estaba por encima de lo normal.

Marino no dijo nada.

—Su cociente intelectual rondaba el nivel de ciento veinte.

—Sí, sí —dijo Marino con cierta impaciencia.

—Era simplemente un comentario.

—Mierda, pero ¿es que usted se toma realmente en serio estos tests?

—Son un buen indicador.

—Pero no son el evangelio.

—No, yo no digo que los tests del cociente intelectual sean el evangelio —convine.

—Me alegro de no conocer el mío.

—Se podría someter a ellos, Marino. Nunca es demasiado tarde.

—Espero que mi cociente intelectual sea más alto que mi puntuación en los bolos. Es lo único que puedo decir.

—No es probable. A menos que sea usted un jugador de bolos muy malo.

—La última vez lo fui.

Me quité las gafas y me froté cuidadosamente los ojos. Temía que el dolor de cabeza no me desapareciera jamás.

—Lo único que Benton y yo podemos suponer es que Frankie obtuvo el número de teléfono de Beryl a través del ordenador y, al cabo de algún tiempo, empezó a controlar sus vuelos. Estoy seguro de que averiguó a través del ordenador que ella había viajado a Miami en julio, cuando huyó tras descubrir el corazón grabado en la portezuela de su automóvil...

—¿Tienen alguna teoría sobre cuándo pudo hacerlo? —pregunté, interrumpiéndole mientras me acercaba la papelera.

—Cuando volaba a Baltimore, Beryl debía de dejar el automóvil en el aeropuerto, y la última vez que se reunió allí arriba con la señorita Harper fue a principios de julio, menos de una semana antes de que descubriera el corazón grabado en la portezuela —contestó Marino.

—O sea, que pudo hacerlo cuando el automóvil estaba aparcado en el aeropuerto.

—Usted, ¿qué piensa?

—Me parece muy posible.

—A mí también.

—Después, Beryl huye a Key West —dije sin dejar de examinar mi correspondencia—. Y Frankie sigue consultando los datos del ordenador para averiguar la fecha de la reserva del billete de regreso. De esta manera, supo exactamente cuándo iba a volver.

—La noche del veintinueve de octubre —dijo Marino—. Frankie ya lo tenía todo previsto. Era muy fácil. Tenía legalmente acceso a la zona de equipajes y supongo que debió de revisar los equipajes del vuelo de Beryl a medida que los iban colocando en la cinta transmisora. Al ver una etiqueta con el nombre de Beryl, debió de apoderarse de la bolsa. Más tarde, Beryl debió de notificar la pérdida de su bolsa de viaje marrón.

Marino no añadió que aquélla era exactamente la misma estratagema que Frankie había utilizado conmigo. Frankie averiguó a través del ordenador la fecha de mi regreso de Florida. Me quitó la maleta y después llamó a mi puerta y yo le abrí.

El gobernador del estado me había invitado a una recepción celebrada una semana antes. Suponía que Fielding habría asistido en mi lugar. Arrojé la invitación a la papelera.

Marino me facilitó más detalles sobre lo que la policía había descubierto en el apartamento de Frankie Aims en Northside.

En su dormitorio estaba la bolsa de viaje de Beryl en la que guardaba la blusa y la ropa interior ensangrentada de su víctima. En un baúl que le servía de mesa al lado de su cama había una colección de revistas pornográficas y una bolsa de perdigones como los que usó para llenar el trozo de cañería con el cual golpeó la cabeza de Cary Harper. En el mismo baúl se encontró un sobre que contenía un segundo paquete de disquetes de ordenador de Beryl colocados entre dos rígidos cuadrados de cartón y la fotocopia del manuscrito de Beryl, incluyendo la primera página del capítulo Veinticinco que ella había cambiado inadvertidamente con la página del original que Mark y yo habíamos leído. La teoría de Benton Wesley era que Frankie tenía por costumbre leer en la cama el libro de Beryl mientras acariciaba las prendas que ella llevaba cuando él la asesinó. Puede que sí. Sin embargo, lo que yo sabía sin asomo de duda era que Beryl no había tenido la menor oportunidad de salvarse. Cuando Frankie llamó a su puerta, llevaba su bolsa de viaje de cuero y se identificó como mensajero. Aunque ella le hubiera recordado de la noche en que le vio entregando el equipaje de Cary Harper en casa de los McTigue, no había razón para que sospechara nada... de la misma manera que yo no sospeché nada hasta que ya había abierto la puerta.

—Si no le hubiera franqueado la entrada... —musité.

Mi abrecartas había desaparecido. ¿Dónde demonios lo había puesto?

—Era lógico que lo hiciera —dijo Marino—. Frankie se presentó sonriente y amable, luciendo la camisa de uniforme y la gorra de Omega. Llevaba la bolsa de viaje, lo cual significaba que también le llevaba el manuscrito. Beryl debió de lanzar un suspiro de alivio. Estaba agradecida. Abrió la puerta. Desactivó la alarma y le invitó a pasar...

—Pero ¿por qué volvió a poner la alarma, Marino? Yo también tengo un sistema de alarma antirrobo. Y, de vez en cuando, vienen repartidores a casa. Si tengo la alarma puesta cuando llega algún mensajero, la desactivo y abro la puerta. Si me fío lo bastante como para franquear la entrada a una persona, no vuelvo a poner la alarma para tener que desactivarla de nuevo y volverla a poner un minuto después, cuando la persona se va.

—¿Se ha dejado usted alguna vez las llaves dentro del coche? —me preguntó Marino, mirándome con aire pensativo.

—Y eso, ¿qué tiene que ver?

—Responda a mi pregunta.

—Por supuesto que sí.

Había encontrado el abrecartas. Lo tenía sobre las rodillas.

—¿Y eso cómo ocurre? En los automóviles nuevos hay toda clase de dispositivos de seguridad que lo impiden, doctora.

—Claro. Y yo, que me los conozco de memoria, hago las cosas sin pensar, cierro las portezuelas y me dejo las llaves colgando del encendido.

—Tengo la impresión de que eso fue exactamente lo que hizo Beryl —añadió Marino—. Debía de estar obsesionada con el maldito sistema de alarma que había instalado tras empezar a recibir las amenazas. Creo que lo tenía puesto constantemente y que pulsaba los botones automáticamente en cuanto cerraba la puerta. —Marino pareció vacilar, contemplando mi biblioteca con expresión ensimismada—. Qué curioso. Deja la maldita arma de fuego en la cocina y después pone la alarma tras haber permitido la entrada del tipo en su casa. Eso demuestra lo nerviosa que estaba y hasta qué extremo la había alterado toda aquella situación.

Ordené un montón de informes de toxicología y lo aparté a un lado junto con toda una serie de certificados de defunción. Contemplando la torre de cintas magnetofónicas que había junto a mi microscopio, volví a sentirme deprimida.

—Dios bendito —se quejó finalmente Marino—. ¿Quiere usted hacer el favor de estarse quieta un momento, por lo menos hasta que yo me vaya? Me está atacando los nervios.

—Es mi primer día de vuelta al trabajo —le recordé—. No puedo evitarlo. Fíjese en todo este jaleo —dije, señalando con un gesto de la mano mi escritorio—. Cualquiera diría que he estado un año ausente. Tardaré un mes en ponerme al día.

—Le doy hasta las ocho de esta noche. Para entonces, todo habrá regresado a la normalidad, tal y como estaba antes.

—Muchas gracias —dije con cierta aspereza.

—Tiene usted un buen equipo de colaboradores. Ellos saben mantenerlo todo en marcha cuando usted no está. ¿Qué tiene eso de malo?

—Nada. —Encendí un cigarrillo y empujé unos papeles a un lado, buscando el cenicero.

Marino lo vio en una esquina del escritorio y me lo acercó.

—Mire, no he querido decir que no sea necesaria —dijo.

—Nadie es indispensable.

—Sí. Ya sabía que era eso lo que pensaba.

—Yo no pienso nada. Estoy simplemente aturdida —dije alargando la mano hacia la estantería que tenía a mi izquierda para coger mi agenda.

Rose había anulado todas las citas hasta finales de la semana siguiente. Después ya sería Navidad. Estaba a punto de echarme a llorar y no sabía por qué.

Inclinándose hacia delante para sacudir la ceniza de su cigarrillo, Marino me preguntó en voz baja:

—¿Cómo era el libro de Beryl, doctora?

—Le partirá el corazón y lo llenará de alegría —contesté al borde de las lágrimas—. Es algo increíble.

—Bueno, pues espero que lo publiquen. Será una manera de mantenerla viva en cierto modo, usted ya me entiende.

—Entiendo muy bien lo que quiere decir —respiré hondo—. Mark verá lo que se puede hacer. Supongo que se tendrán que adoptar nuevas disposiciones. Sparacino ya no seguirá encargado de los asuntos de Beryl, eso por supuesto.

—A menos que lo haga entre rejas. Supongo que Mark ya le habrá comentado lo de la carta.

—Sí —dije—. Me lo comentó.

Una de las cartas de Sparacino a Beryl que Marino había encontrado en la casa después del asesinato había adquirido un nuevo significado cuando Mark la examinó tras haber leído el manuscrito:

Es muy interesante que Joe ayudara a Cary a salir del atolladero... Ahora me alegro todavía más de haberlos puesto en contacto cuando Cary compró aquella soberbia mansión. No, no me extraña en absoluto. Joe era uno de los hombres más generosos que jamás haya tenido el placer de conocer. Espero con ansia nuevas noticias.

Aquel simple párrafo sugería muchas cosas, aunque no era probable que Beryl lo supiera. No era probable que ésta tuviera alguna idea de que, al mencionar a Joseph McTigue, se había aproximado peligrosamente al terreno prohibido de las actividades ilegales de Sparacino, entre las cuales se incluían numerosas empresas fantasma que él se había sacado de la manga para facilitar sus operaciones de blanqueo de dinero. Mark creía que McTigue, con su impresionante potencial económico y sus vastas propiedades inmobiliarias, estaba relacionado con las actividades ilegales de Sparacino y que la ayuda que McTigue le ofreció finalmente a un Harper en situación económica desesperada no había sido precisamente desinteresada. Puesto que jamás había visto el manuscrito de Beryl, Sparacino temía lo que ésta hubiera podido revelar inadvertidamente. Al desaparecer el manuscrito, su afán por recuperarlo fue algo más que simple coincidencia.

—Probablemente pensó que había sido una suerte que Beryl muriera —añadió Marino—. Porque ella ya no podrá decir nada cuando él revise el libro y elimine cualquier referencia a lo que él se lleva realmente entre manos. Después, buscará un poco por ahí, lo venderá y la obra alcanzará un éxito sensacional. Todo el mundo tendrá interés por leerla después de lo que ha pasado y de lo mucho que se ha hablado y escrito. Cualquiera sabe cómo acabará la cosa... probablemente las fotografías de los cadáveres de los hermanos Harper se publicarán en algún periódico sensacionalista....

—Las fotografías que tomó Jeb Price jamás llegaron a las manos de Sparacino —le recordé—. Gracias a Dios.

—Bueno, pues lo que sea. Después de todo el alboroto que se ha armado, hasta yo correría a comprar el libro, y eso que llevo veinte años sin comprar ninguno.

—Lástima —murmuré—. La lectura es algo maravilloso. Debería probarlo alguna vez.

Ambos levantamos la vista cuando Rose volvió a entrar, esta vez con una alargada caja de color blanco atada con una elegante lazada de color rojo. Perpleja, la secretaria buscó un hueco en mi escritorio donde poder dejarla. Al final, se dio por vencida y la depositó en mis manos.

—Pero ¿qué demonios...? —musité con la mente en blanco.

Empujando mi sillón hacia atrás, dejé el inesperado regalo sobre mis rodillas y empecé a desatar la cinta de raso mientras Rose y Marino me miraban. En el interior de la caja había dos docenas de rosas de largo tallo, brillando como rojos joyeles envueltos en papel de seda de color verde. Inclinándome hacia delante, cerré los ojos y aspiré su fragancia; después abrí el sobrecito blanco que las acompañaba.

«Cuando las cosas se ponen mal, los tipos duros se van a esquiar. En Aspen después de las Navidades. Rómpete una pierna y reúnete conmigo —decía la tarjeta—. Te quiero. MARK.»